国家社科基金项目"网络文学观照现实的审美转向研究"（编号：21BZW059）阶段性成果。

网络文学批评的理论考辨

禹建湘 著

中国社会科学出版社

图书在版编目(CIP)数据

网络文学批评的理论考辨/禹建湘著. —北京：中国社会科学
出版社，2023.6
（网络文学品读丛书）
ISBN 978-7-5227-1912-2

Ⅰ.①网…　Ⅱ.①禹…　Ⅲ.①网络文学—文学评论—中国
Ⅳ.①I207.999

中国国家版本馆 CIP 数据核字（2023）第 085440 号

出 版 人　赵剑英
责任编辑　郭晓鸿
特约编辑　杜若佳
责任校对　师敏革
责任印制　戴　宽

出　　　版　中国社会科学出版社
社　　　址　北京鼓楼西大街甲 158 号
邮　　　编　100720
网　　　址　http://www.csspw.cn
发 行 部　010-84083685
门 市 部　010-84029450
经　　　销　新华书店及其他书店

印　　　刷　北京明恒达印务有限公司
装　　　订　廊坊市广阳区广增装订厂
版　　　次　2023 年 6 月第 1 版
印　　　次　2023 年 6 月第 1 次印刷

开　　　本　710×1000　1/16
印　　　张　21.5
插　　　页　2
字　　　数　313 千字
定　　　价　109.00 元

目　录

导论　网络文学评价体系的理论构想 ……………………………（1）

第一章　网络文学批评的历史性表达 …………………………（7）

　第一节　网络文学发展对批评的自觉需求 ……………………（7）

　第二节　网络文学批评对传统文学批评的突破 ………………（19）

　第三节　网络文学批评的失语与成长 …………………………（27）

第二章　新媒介与网络文学批评的演进 ………………………（41）

　第一节　网络文学与网络文学批评的诞生 ……………………（41）

　第二节　自媒体文学批评 ………………………………………（50）

　第三节　传统媒体中的网络文学批评 …………………………（68）

　第四节　文学网民的自由发声 …………………………………（85）

　第五节　面向市场的传媒批评 …………………………………（102）

第三章　网络文学批评的文本形态 ……………………………（118）

　第一节　网络批评文本的存在方式 ……………………………（118）

　第二节　非范式的文本构成 ……………………………………（128）

　第三节　自由书写的修辞术 ……………………………………（139）

第四章　网络文学批评的新语境 ┄┄┄┄┄┄┄┄┄┄┄ （151）

　　第一节　"和而不同"的批评语境 ┄┄┄┄┄┄┄┄┄ （151）

　　第二节　新美学原则下的批评表达 ┄┄┄┄┄┄┄┄ （163）

　　第三节　批评实践中的问题意识 ┄┄┄┄┄┄┄┄┄ （175）

第五章　网络文学批评观念的转型 ┄┄┄┄┄┄┄┄┄ （186）

　　第一节　网络时代文学批评的通变观 ┄┄┄┄┄┄┄ （186）

　　第二节　网络文学批评观念转型的语境与范畴 ┄┄┄ （197）

　　第三节　网络文学批评观念的转型与传承 ┄┄┄┄┄ （208）

第六章　网络文学批评标准的创生 ┄┄┄┄┄┄┄┄┄ （222）

　　第一节　网络文学批评尺度的多维性 ┄┄┄┄┄┄┄ （222）

　　第二节　网络文学批评标准建构的必要与可能 ┄┄┄ （235）

　　第三节　网络文学需要怎样的评价标准 ┄┄┄┄┄┄ （249）

第七章　网络文学批评的表征 ┄┄┄┄┄┄┄┄┄┄┄ （261）

　　第一节　在颠覆中分享话语权 ┄┄┄┄┄┄┄┄┄┄ （261）

　　第二节　网络文学批评的后现代表征 ┄┄┄┄┄┄┄ （278）

第八章　网络文学批评功能的变迁 ┄┄┄┄┄┄┄┄┄ （288）

　　第一节　文学批评功能的变与不变 ┄┄┄┄┄┄┄┄ （288）

　　第二节　网络文学批评的影响力结构 ┄┄┄┄┄┄┄ （301）

第九章　网络文学批评的当今与未来 ┄┄┄┄┄┄┄┄ （312）

　　第一节　网络文学批评的意义与局限 ┄┄┄┄┄┄┄ （312）

　　第二节　文学经典在网络时代的命运 ┄┄┄┄┄┄┄ （324）

后记 ┄┄┄┄┄┄┄┄┄┄┄┄┄┄┄┄┄┄┄┄┄┄┄ （338）

导论　网络文学评价体系的理论构想

当前，网络文学批评不仅发力于网络文学基本学理的构筑，而且用功于网络作家、作品的评价，这使得借助技术的力量野蛮生长、迅猛发展的网络文学评价活动拥有了应有的规范、规制与引导。中国网络文学批评的理论考辨，就是要揭示批评界究竟完成了哪些既定的理论目标，是否回答了网络文学发展的诸多理论问题，如数字技术所催生的网络文学之于传统文学究竟增添了哪些新的质素？网络时代的文学评价活动又经历了怎样的机制转型？中国网络文学评价体系建构的可能性与路径是怎样的？这就要梳理网络文学批评的所有成果，从中找到可能的答案。

20 世纪 50 年代，随着现代科学的发展，人们对自然的认识从深度和广度上有了极大的拓展，先后产生了系统科学的一般理论，如奥地利生物学家贝塔朗菲（V. Bertalanffy）创立了一般系统论、系统思维方式的基本思想是"整体大于部分之和"，早在古希腊时代，亚里士多德就提出这一思想，他认为，"大"在哪里？大在部分（要素）之间的相互联系上，大在部分（要素）之间的结合形式上。现代系统科学的发展创造性地超越了简单的线性加和关系，以及机械分解的思维模式，用系统论和有机论的思维方式来认识事物的整体性质，强调部分或要素之间的有机关联是系统显现整体性质的内在根据，阐明了系统整体的本质属性。系统论为现代科学的系统思维方式的发展奠定了基础。艾布拉姆斯在《镜与灯》中认为，文学批评有作品（works）、世界（universe）、作家（artist）、读者（audience）四大要素，文学理论根据这四要素之间的关系可以分为四大类：模仿理论关注作品和宇宙之间的关系，实用理论关注于作品和受众之间的关系，表现理论关注作品和作者之间的关系，客观理论关注于文本细读。系统科学理论和艾布拉姆斯的文学理论框架对研究网络文学评价体系颇有借鉴意义。中国网络文学评价体系的建构，应综合考虑如下问题：网络文学认识、教育、审美、娱乐功能与经济效益和社会效益的统一；作品的美学风格、艺术形式、思想内涵、文化价值与读者人气、社会影响力的统一；写实主义、浪漫主义与玄幻、穿越、二次元等不同流派、风格、类型作品创作的共生与繁荣。考辨网络文学评价体系，需要厘清各要素构成，建立宏观的评价指标体系。

中国网络文学评价体系的建立，要从作品、作家、读者、世界、媒介、社会效益、文化产业、文化引领等多维度出发，建立一个宏观的评价体系，在艾布拉姆斯理论的基础上，加上了媒介维度、产业维度、文化维度，从中国的国情和网络文学的发展实际出发，创建中国网络文学批评理论体系。要坚持历史评价与美学评价的统一，社会效益与经济效益的统一，文化传承与艺术创新的统一。网络文学评价标准的选择要在"文学"和"网络"的双重背景下来考虑，考虑网络文学的特殊性、情感的认同性、读者的阅读代入感、作品的娱乐性、作品的完本率、与读者的互动性、作品的创作年限，作家的道德水平与法制意识等也应纳入考察的范围。要探讨既符合文学规律和中国国情又切合网络文学特点的网络文学评判标准，网络文学评价体系既要从网络文学写作现实出发，也要着眼于网络文学的未来发展，要有利于网络文学经典作品的诞生，在评价体系上要突破已有的理论评价框架，要从网络文学实践中发展出属于网络文学特点的理论生长点，对网络文学的评价既要坚持运用已有的文学批评理论，又要顺时"通变"，进行开拓创新。网络文学作为文学作品，虽然在传播媒介、阅读方式、评论方式、读者对象、写作原则等方面有了根本的改变，但它仍然是精神产品，它就会符合精神产品的基本特点，具有精神产品的内涵和品格，能满足人们的精神需求，通过阅读网络文学作品能让人认识生活、丰富情感、汲取力量，优秀的网络文学作品会以高尚的精神情怀引导人、教育人、鼓励人，以动人的形象和浓烈的情感感染人，让人积极向上，树立正确的人生观、价值观和世界观。网络文学评价体系要充分地考虑网络文学的"文学"属性，而不是文化读物，是有个性的精神产品，在大众文化发展的世界潮流背景下，经典网络文学既能占领市场，引领阅读潮流，也应具有思想的高度、审美上的厚度、表现人性的深度。网络文学批评体系应建基于文学传统，应对网络文学的发展步伐，面向未来的文学发展，充分考量新的社会变革对文学的要求，尤其是对网络文学产业化的考量。文学产业化、大众化是世界文学潮流，是社会经济高速发展的必然结果。

网络文学批评的关键性问题是从理论上探讨中国网络文学评价体系建构要涵盖哪些内容，从中国网络文学的创作、阅读、传播特点出发，分析中国网络文学特殊的文学与文化属性，探讨网络文学评价与传统文学评价在对象、观念、功能等方面的不同，探讨网络文学评价体系建构的相关路径与内在逻辑。在对以上问题阐发的基础上，提出中国网络文学评价体系建构的理论设想与实施路径的可能性。

对中国网络文学属性的辨析是最先要回答的问题。网络文学评价体系建构问题的提出，是针对中国网络文学的实际写作状况所提出的理论问题，要建构适合中国网络文学发展的理论评价体系，首先必须从理论上认识中国网络文学与传统文学的不同之处。网络文学自由书写、自由创造、自由想象、自由发表，是新媒体对虚构艺术创造力的解放和激活。网络文学的自由写作使网络文学充满了创造力，让更多的表达和阅读需求获得了可能。其写作注重作品的娱乐功能，不同于构建"民族国家共同体"的现代启蒙文学，它在宏观上与时代的主导观念并非相悖，抵抗与创造却在日常生活的微观层面展开。网络文化是一种青年文化，一种探索的文化，一种自娱自由的文化，这是现代民主、自由文化的延伸，它不是来自知识界的启蒙，而是来自民间的自觉和自发，这是网络文学有无限生机的内在保证，是对于新的文化和文学形式创造的动力。在认识网络文学自由属性的同时，也不应忽视现代网络媒体所赋予的自由所带来的问题与局限，一些网络文学作品存在漠视现实，回避苦难，沉浸在想象的快感之中，关注金钱和点击量，自由表达的思想力量为商业机制所剥夺。

网络文学在线写作，作者和读者及时互动，网络文学作品是读者和作者共同完成的，网络文学在线写作也必然带上网络读者群体的趣味。对于那些在商业网站上连载的网络小说来说，网络文学是以读者为中心的，网络小说要好看、要出彩，故事要精彩，人物要有个性，要触及读者的痛点和泪点，要让读者在阅读中享受到情感的体验和精神的愉悦，还能获得思想的启迪，学到生活知识。网络性意味着网络文学总是带有网络文化的趣味，那种小众化的特别情趣、特别群体的精神需求，在网络写作中都有鲜明的体现，网络文学类型化正是以读者的阅读趣味来区分的。

中国网络文学的商业机制是网络文学写作的发动机，让优秀网络文学写作者获得了较高的收益，产生了广泛的社会影响。网络文学的产业化进一步扩大了网络文学的社会影响力，网络文学从个体的创作变为社会文化产品，并在国家文化输出中占有重要地位。这从根本上改变了现代文学以来的属性，改变了"审美是超功利"的传统，网络文学的评判标准也应做出相应的调整。与此同时，我们仍应警惕商业化的负面效应，约翰·费斯克在《理解大众文化》中提醒我们，大众审美被文化产业资本渗透之后，大众审美活动就在更大的程度上越发不再需要以个体的方式进行。所以，我们在确立网络文学的评判尺度时，要以艺术的创造性尺度来过滤那些平庸的套路化的商业之作。

网络文学极大地释放了中国文学的创作想象力，在网络作家们的笔下，他们热衷于创造一个世界，热衷于改变世界；在想象的世界里，个人追求精神的冒险和理想的达成。"虚拟美学"所支撑着的网上"虚拟写作",无疑比传统的写作更有利于情感诉求和人性敞开。写作者在奇妙的拟像世界里抛却现实环境中的一切杂念,将整个身心沉浸其中,从而达成"狂欢化"的深度审美体验,这就有了想象力的勃发。"虚拟"是一种建构世界想象的方式,也是一种生活态度,其游戏性、理想性抵达的是人性的内心节拍,但也有脱离现实、回避现实矛盾的问题,只有在一些优秀的网络作家笔下才能有深层的精神之思。

网络文学之于传统文学的不同,不仅仅是写作的中心变了,写作的方式变了,写作的内容变了,读者的对象变了,还在于网络文学的评价方式有了根本的改变。与传统文学相比,网络文学直面读者,直面市场,更在意读者的评价,而网络文学读者在线的评论以其快捷、互动给网络写作者带来直接的影响。对于网络文学来说,还有来自网络新媒体、作协等文化主管部门的引导,学院派的文学批评也在发挥积极的作用。

网络文学评价主体的多元分立,首先彰显为评价立场的迥异。在线评价主体的立场虽然因其"大众性"千姿百态,但大致说来基本上是基于个人化的"趣味";网络新媒体评价主体的批评立场虽然因其"技术性"招数新奇,但大致说来基本上是基于产业化的"利润";作协等文化主管部门彰显的是国家对网络文学发展的引领,注重网络文学的积极价值导向;而学院派评价主体的批评立场虽然因其"学术性"呈现出百家争鸣的局面,但大致说来基本上是基于理论化的"学理"(文学的或文化的)。评价主体立场的迥异,决定了网络时代文学评价观念的多元化。

在评价网络文学作品时,简单运用传统文学评价尺度来评价网络文学是难以搔到痒处的。与传统文学相比,网络文学更注重娱乐性,更注重读者的阅读体验,而少有追求思想的精深与艺术表现的繁复性。网络文学是中国的大众文化,但又不是单纯的法兰克福学派所批评的文化工业,因为其创作者来自不同阶层,有着不同的审美取向,虽受商业化影响，但很多作品逸出了程式化的写作。

与传统文学评论相比，网络文学评价面对的对象不仅仅是文字，还有影像与电脑游戏，不仅仅是文学，不仅仅是"如何写""写得怎么样"，还有文化传承与社会效益，网络文学评价的空间比纯文学要广阔，网络文学与时代的联系，与社会文化思潮的联系比传统文学更为紧密。建构有效的中国网络文学批评体系，必须要深刻认识到这些变化，认识到网络文学经典与传统文学经典有很大的不同，对网络文学所释放的正、负能量做出清晰的判断，在选择评价尺度和路径时必须有更多的考量，要有利于中国网络文学的健康发展。

文学评价活动蕴含社会文化价值观，在社会主流文化价值选择、培育、建设上有巨大的覆盖面与影响力。抛却立场多维、价值多元的网络文学评价活动对既往文学观念的颠覆与重构不论，问题的关键在于，在众声喧哗之多元价值观念的冲撞博弈中，网络文学评价活动的意义承载与价值宣示不免在弥散中趋于消解，而且网络文学产业化大潮所带来的利益冲动，进一步将这种评价活动的价值赋值导入了虚无的泥淖。正因为如此，中国网络文学评价体系的建构才越发显示出刻不容缓的时代紧迫性。

第一章　网络文学批评的历史性表达

自痞子蔡 1998 年发表的网络浪漫爱情小说《第一次的亲密接触》引起轩然大波后，网络文学已经走过了蓬勃发展的二十多年。网络文学走入大众场域以来，从一个未被定义的草根文学类型，到一个登入文学殿堂有着自身固有名称的文学种类，尽管网络文学还在发展过程中，但其作为一个不能被忽视的文学种类，批评界从漠视、低估到认识到网络文学的价值，终于历史性地表达出了对网络文学的正视，并逐渐深入到网络文学本质性地探讨中。

第一节　网络文学发展对批评的自觉需求

若定义没有边界，定义也便没有意义了。北京大学邵燕君老师将网络文学概括为"在网络上产生的文学"①，不仅将文学的传播空间放置于网络，还强调了网络平台为文学提供的产生空间。网络文学必须身披"网络"与"文学"的双层外衣。但也有部分学者将网络文学定义在通俗文学范畴，认为其是通俗文学的网络版；或是仅强调网络文学的媒介属性，将网络小说看作是印刷文明到网络文明的媒介变革的产物，是不同于传统纸质媒介下的全新的文明形态。

---

① 邵燕君：《网络时代的文学引渡》，广西师范大学出版社 2015 年版。

　　网络文学的横空出世，在带来极大的争议和广泛的讨论的同时，也为它收获了广阔的阅读群体和惊人的读者占有率。网络文学批评的出现本身就是伴随着网络文学的发展，任何文学的发展都离不开文学批评的在场。网络文学的发展与困境都在呼吁着网络文学批评的"入场"，而自我更新，类型繁杂、主题多样的网络文学批评，同时也能够推动和促进网络文学创作的发展。网络文学批评是以承载对特殊文学样式价值批评的责任而存在，要对网络文学生态负责，同时也对具体的小说文本进行分析与评价，以兼容并包的态度将网络文学的发展纳入新媒体时代文学变革之大局中。国内有许多专业学者和评论家在审视着网络文学批评的发展，并常常无形地将其发展纳入网络文学发展的整体框架之中，其中也涌现出一批杰出代表。作为我国第一套研究网络文学的学术丛书，中南大学欧阳友权教授主编的"网络文学教授论丛"从学理角度对网络文学批评产生的背景、审美视角的特征和文本表达的特征等方面进行了详细的阐述与分析。[①] 北京大学的邵燕君老师则以"学者粉丝"的身份专业从事网络文学研究多年，她的学术成果整合在《网络时代的文学引渡》等著作中，也对网络文学提出了自己的观点，对网络文学批评的观察自然而然地成为当下网络文学批评大数据库中的一部分。除此之外，现在也有一些专业的网络文学批评的杂志，如《网络文学批评》等，都对当下研究网络文学发展对批评的自觉需求有着重要的参考价值。近些年来，讨论网络文学批评标准体系建构的学术声音越来越热烈，对网络文学批评兴起原因的讨论之势渐渐消散。但是，网络文学自身发展对网络文学批评的强烈需求仍旧是当下网络文学批评研究的一大背景，是不能忽视的幕后强音。本节对我国的网络文学批评的部分文献进行了梳理与总结，试图解释网络文学的发展从不同角度对网络文学批评的自觉需求。

---

　　① 欧阳友权主编：《网络文学教授论丛》（一套5本），中国文联出版社 2004 年版。

一 网络文学批评的发展历程

网络文学批评作为一项全新的课题，要面对的不仅仅是网络文学的文本，同时还有纷繁复杂的网络文学生态。爆发式增长却又鱼龙混杂的网络文学发展现状急需网络文学批评的出现。"网络文学批评史"这一概念最早由欧阳友权提出，其在理论著作中论证了网络文学批评入史的历史必然、理论前提和价值意义。但当下我国的网络文学研究尚不充分，完整的理论结构也尚未形成，现在学界对"网络文学批评史"的研究尚处于分期阶段。不少研究者从时间上对其发展历程进行了梳理，如曹成竹的《略论网络文艺批评的发展》、周志雄的《网络文学批评的现状与问题》等，但其大概梳理脉络相似，笔者对宋婷在《网络文学批评研究现状》[①] 中对网络文学批评发展史的梳理进行说明，这也是当前学界较为认同的一种具有代表性的分期阶段。

网络文学批评发展的第一阶段是 1998 年以前的网络文学批评，这一时期网络文学批评常常出现在新语丝、橄榄树等海外文学网站上，比较有名的网络文学批评作者有易维、Banly、图雅、散宜生等，批评文章多是一种自发的创作，夹杂在文学场域中总体的文化批评之中，数量较少，并且多是一些对于网络文学的批评文章，出现了《网文大家》《ACT》系列，Banly 的《织网为文》《网络文学商业化》等网络文学批评文章。第二阶段是 1999 年至 2005 年，1999 年前后，大量的网络文学批评文章出现在榕树下等各大文学论坛，一些网络文学作家在创作的同时也写一些文学批评类的文章。同时出现了元辰、吴过等专业的网络文学批评家，《信息世界》杂志于 1999 年刊登了文章《网络文学评论的先行者——吴过》。21 世纪以来，葛涛将网络上的文学批评编辑成包括《网络金庸》《网络鲁迅》《网络张爱玲》在内的一套丛书，元辰整理了十多位网人批评的精品，归集成《问石斋评论》，

---

① 宋婷：《网络文学批评研究现状》，《文学界》2011 年第 2 期。

这一时期网络文学批评的对象已经不是单纯的网络文学，一些传统文学的经典作家和作品也开始为网络文学批评者所关注。第三个阶段是2005 年以后，伴随着博客等网络个人平台的建立，利用个人博客进行文学批评创作的人日益增多，一些文学批评家也进入了网络文学批评领域，这时的文学批评创作变得更加个性化，网络文学批评所涵盖的内容更加广泛，网络文学批评的含义也随之扩展。如网络小说的读者评论区中有各式各样简短的评论，各路媒体也对网络小说进行评价与推介，专业的文学评论家也仍旧活跃在网络文学批评场的一线位置。伴随着新媒体技术的发展，2005 年至今的网络文学批评阵营出现了明显的分化，"传媒批评"与"在线批评"也越来越活跃。

山东理工大学刘瑞娥在其硕士毕业论文《中国网络文学批评现状与建设途径研究》中也对网络文学批评的产生过程进行了说明，大致上的分类与宋婷的《网络文学批评研究现状》相同。她指出，"网络批评"一词首次提出是在崔红楠的《穿过我的网络你的手》[1]。刘瑞娥以 2000 年为界，将网络文学批评的产生过程分成"自言自语"和"众声喧哗"两个阶段[2]：第一个阶段，2000 年以前网络文学批评文章多将注意力和"炮火"聚焦在网络文学这一新兴文学样式上，对"网络"媒介这一部分进行讨论与评价；慢慢地各大文学论坛上才开始对具体的网络小说进行分析与批评，出现了一些网络文学作品批评文章。刘瑞娥认为，这一阶段的网络文学批评处于"自说自话"的境地，未能推动网络文学的发展。2000 年以后网络文学批评发展进入第二个阶段，曾经持观望和怀疑态度的专业文学批评家也开始关注网络文学，以学者的身份和理性的态度审视网络文学的出现与发展。传统作家、网络写手甚至普通的民众站在各自不同的极具个性化的角度对网络文学进行审视与评价。2004 年以后，"网络文学真真正正地进入了中国

---

① 崔红楠：《穿过我的网络你的手》，《南方文坛》2001 年第 3 期。

② 刘瑞娥：《中国网络文学批评现状与建设途径研究》，硕士学位论文，山东理工大学，2017 年，第 5 页。

现代社会的文化分野"，学院派的专业网络文学研究兴起，主流文学越来越多地注意到网络文学生长的态势，并且发出了网络文学批评的声音。吴长青在文章《重提网络文学批评的有效性》中，将网络文学成长历程分为三个阶段：早期、付费阅读、IP 时代。早期的网络文学主要呈现出传统文学的特性，而随着付费阅读体系的成熟，网络文学逐步进入商业时代，而 IP 时代的到来，则标志着网络文学真正进入到网络文艺生态时代。① 文学批评在网络文学批评应运而生成长的三个历程中也发挥着不同的作用，有着各异的形态。传统的文学理论与批评范式越来越不能适应网络文学的发展，许多"旧"理论陷入了无效批评的境地。我们可以看到，网络文学批评的分期基本上与网络文学的发展保持同步，对网络文学批评史的脉络进行梳理能够帮助我们了解文学批评在这一发展过程中扮演着怎样的角色。在文学发展的历史长河中，网络文学仍旧是一个"新生儿"，如同婴儿一般需要被引导与支持，网络文学批评在它的"成长史"中就发挥着这样不可比拟的作用。

二 网络文学发展对不同批评类型的需求

法国文学批评家蒂博代按照批评主体将文学批评分为三种类型：自发的批评②、职业的批评、大师的批评。这种分类与中国文学批评有着不谋而合之处，与网络文学批评按照批评主体进行的分类十分相似。欧阳友权教授在《中国网络文学批评 20 年》一书中将我国现在网络文学批评的主体进行了类别上的划分，是当前学术界广为认同的一种分类。欧阳友权指出，20 年的网络文学形成了三股批评力量——学院派批评、传媒批评和文学网民的在线批评。其中，学院派批评的职能是助推网络文学精品化与主流化；传媒批评旨在凸显热点话题，

---

① 吴长青：《重提网络文学批评的有效性》，《河北日报》2021 年 5 月 7 日。
② ［法］阿尔贝·蒂博代：《六说文学批评》，赵坚译，生活·读书·新知三联书店 1989 年版。

引导舆论走向；而在线批评则以文学网民的即时互动展现出批评的鲜活与敏锐，因而对行业生态影响更大。笔者按照欧阳友权的分类有针对性地选取了不同批评主体的网络文学批评形成原因。

1. 网络文学发展对传媒批评的需求

周秋红在其硕士学位论文《网络文学批评现状及其走向》中从媒体批评的角度入手，分析其形成原因与基本形态，切入角度较小，虽不能全面地解释网络文学批评这一复杂的概念，但精准地分析了媒体视域下的网络文学批评。她将网络文学批评兴起的原因概括为三个：网络文学爱好者有网络文学批评的需要；网络提供了很好的批评平台；网络文学的发展离不开网络文学批评。在第三点中，作者列举了文学网站大唐书屋连载的东方龙吟的"文侠小说"，指出如果没有网站的大力推荐和《中国青年报》的撰文评介，该系列小说的影响不会有现在这么大。周秋红也指出，文学批评需要的是真知灼见，不是一味地吹捧，她注意到当下网站媒体的网络文学批评存在的问题，应该切实加强批评对网络文学创作的影响作用。媒体批评是较早出现的网络文学批评类型，通过媒体的"入场"，网络文学更能吸引到读者，甚至是专业文学工作者的注意。如果没有媒体批评，网络文学作品也只能是小范围传播的作品，无法引起网络上的"一场腥风血雨"。媒体和传媒平台是现代人的眼睛，密切注视着方方面面的最新动向，网络文学的一举一动都被其记录，反映到大众生活之中，与大众文化紧密地联系到了一起。①

2. 网络文学发展对网民在线批评的需求

张晶的硕士毕业论文《网络文学批评之研究》主要从网民文学批评的角度，分析网民"入场"网络文学批评的形成原因、类型与特征。张晶仍旧在广义的网络文学批评之上选取了媒体批评和网民批评这一涉入角度，将专业学院派的网络文学批评也涵盖于前者之中。她

---

① 周秋红：《网络文学批评现状及其走向》，硕士学位论文，江西师范大学，2007 年。

认为网络文学批评的产生主要取决于网络环境，网络平台为文学批评提供了"在线性"的可能。网络文学的"在线写作"与"在线阅读"的特性使得其对传统的文学批评的接受度变小，需要新的批评形式的出现，因此注重生活化、口语化、长度有限的"在线"网络文学批评论述方式更适应网络文学的发展。① 国内还有相关文献对文学网民的在线批评进行了研究，网民的文学批评作为网络文学最直接、快速的一种评论，与文学创作之间不存在时间上的延迟，能够最直观地深入网络文学创作一线。但是，网民的在线批评质量往往不高、个人情绪化较为严重，对写作者文学创作影响较大，其优化网络文学生态的能力还有待加强。

3. 网络文学发展对学院派批评的需求

欧阳友权指出，网络文学兴起后少数敏感者较早介入网络文学领域，解读、评价这一新兴文学，对人们认识网络文学、评价网络作品有着"筚路蓝缕"之功。网络文学萌芽之态出现时就有专业的学术著作对其进行了分析。1997 年人民出版社就出版了郭良主编的网络文化丛书；1999 年出版的陆俊著的《重建巴比塔：文化视野中的网络》将网络与文化联系到一起，对网络文化的结构、特点与形式进行了分析并且认为网络文学的出现是又一次的文学革命；2000 年黄鸣奋出版了专著《比特挑战缪斯：网络与艺术》，系统分析了网络媒体的兴起对于包括文学在内的传统艺术观念的冲击；次年他的《超文本诗学》发行，考察各领域中超文本、超媒体技术的艺术价值及理论意义；南帆于2001 年发行的《双重视域》论述了电子传播媒介形成的新型民主解放，以及新型的权力和控制，主张我们要在双重视域中重新勘测传统的文化坐标；直到 2003 年，人民文学出版社出版的《网络文学论纲》（欧阳友权等著），是我国第一部真正意义上的网络文学理论批评专著。这些是学院派批评家早期介入网络文化、网络艺术的代表性成果。

① 张晶：《网络文学批评之研究》，硕士学位论文，天津师范大学，2005 年。

网络文学需要学院派力量的介入，这是其进入"文学之堂"的必经之路。学院派批评对网络文学的关注使得网络文学有了进入高校课堂和学院派研究领域的可能，以正统化的理论解读网络文学的诞生与发展。早期学院派网络文学批评形成的一大原因在于网络文学静水投石般地闯入了文学世界，专业研究者敏锐洞察的触角不得不接触这一文学类型。当时有不少学者并不看好网络文学的发展，网络文学以其二十多年来的蓬勃发展之势证明了其存在的意义。

三 文学批评推动网络文学的发展

文学批评和社会发展、文化制度、市场形态等众多因素一样，是推动文学发展的重要因素之一。正如董晔指出的，"要让文学参与我们现实生活的美学建构，展示文学自身本真的、美好的一面，我们就必须广泛地开展文学批评活动"。[1] 文学批评本身具有启迪创作、引导欣赏、促进理论建设，具有解读文学现象、回应文学问题、端正文学风尚或营造文学环境等价值，网络文学批评要遵循文学批评的旧功能，同时也要拓展、延伸和改变文学批评的某些功能。正如湘潭大学季水河教授所说，"网络时代的文学批评与传统批评的精英化、学术化、经典化已渐行渐远，呈现出主体大众化、性质新闻化、运作市场化的特点"。这些特质和功能适应了时代的变化和网络技术的发展，符合网络文学发展的客观需求，极大程度地推动了网络文学的发展。

宋婷指出，网络文学批评和网络文学如车之两轮、鸟之双翼，相伴而生，最初的网络文学是网友自发创作的，是无功利的自娱自乐和自我实现，文学的题材和体裁也是多元的，网络文学批评对于网络文学从"自由表达阶段"发展到"出版业主导利益阶段"[2] 起到了巨大的推动作用，使得一批网络文学作者成为畅销书作家。网络文学批评

---

① 董晔：《论文学批评在当代文化视野中的位置与作用》，《新余高专学报》2003 年第 3 期。
② 夏烈：《网络文学三期论及其演进特征》，《文艺报》2009 年 11 月 26 日第 3 版。

对于文学作品的热情程度能直接反映市场消费终端的需求，一方面促使网络文学向"网站直接利益阶段"① 发展，并在网络文学生产中发挥着巨大作用，另一方面也使得网络文学向类型化方向发展。

欧阳友权在《网络文学批评史的问题论域》一文中评价网络文学批评的影响，网络文学批评打破了话语权垄断的批评时代的规则，使草根大众获取了评说作品的权力和遴选作品的机会，批评的门槛降低，批评的权力分散，草根大众开始抒发具有个人色彩的情绪和感受，由此，丰富了文学批评的语言和形式，拉近了批评艺术与人之间的距离，让批评又回归到了朴素、直接的本真，成为我们生活中随时可以出现、随时可以参与的生活艺术。② 由此可以看出，网络文学批评在推动网络文学发展的同时，也能够推动文学批评理论自身的发展，最终又能作用于网络文学生态之上。

湘潭大学吴钊指出，批评之于网络文学，不是口水嘲讽，也不是理论说教，而是一种建设性力量。客观、科学的批评不仅能推动网络文学的生产、传播和接受，也是网络文学理论发展的重要推力。③ 潘桂林在文章《学院派新媒介文学批评的现实困境及其破解》中对学院派的网络文学批评进行了说明，他指出新媒介文学研究已经取得了一定成就，不仅在理论上为一度被边缘化的网络文学争取了合法地位，也对其特征、优势、危机和前景进行了探讨。④ 吴英文发表于《小说评论》上的《网络文学批评的修辞术》通过对网络文学批评语言的分析，整理评论语言的变革特点，指出"网络文学批评通过一系列元素变革，把我们对文学批评的理解从理性引向感性，并由传统批评的'孤独狂欢'状态变成了人人乐于参与的大众化感性修辞"。她也指出

---

① 欧阳文风：《应建立和完善网络文学批评标准》，《文艺报》2009 年 7 月 11 日第 2 版。

② 欧阳友权、喻蕾：《网络文学批评史的问题论域》，《中南大学学报》（社会科学版）2017 年第 3 期。

③ 吴钊：《本体·价值·批评：作为学科的网络文学》，《湘潭大学学报》（哲学社会科学版）2020 年第 5 期。

④ 潘桂林：《学院派新媒介文学批评的现实困境及其破解》，《中州学刊》2017 年第 3 期。

网络上的感官文化与感性文化，在不断更新我们的审美认识和审美体验的同时，也在进一步影响和瓦解我们对自身人文精神创造和体验的深刻性。还有许多学者对网络文学批评的意义、价值进行了分析，总的来说，网络文学批评为在大众文化语境下寻找栖息之地的网络文学找到了一条合理的路径，通过对网络文学的评价与推介，使得网络文学不再是最初只拥有读者、却不被学院注意的文学类型，现在的网络文学已经成长为一棵稚嫩的小树，这其中少不了网络文学批评的养分。网络文学批评在推动网络文学创作、推动网络文学研究的同时，也推动了新媒体语境下文学批评的发展，符合新时代文学发展的走向，有利于优化网络文学生态。

四　网络文学发展困境需要文学批评加入

网络文学发展始终面临困境，其中包括伴随着网络文学创作机制形成而出现的网络文学创作的困境，当前网络文学生态错综复杂、亟待改造的局面，网络文学研究寸步难行的窘境以及网络文学批评本身陷入的"失语"境地都要求网络文学批评的入场与更新。

1. 网络文学创作之困境需要批评加入

网络小说作为一种"想象中的文本"，其创作机制造成了写作者必然要面临创作困境，当前的网络文学市场存在许多优秀的网络小说，读者群广，口碑良好，但当写作者才思枯竭的时候，他们已经很难再创造出如《斗罗大陆》《庆余年》《盗墓笔记》等优质作品。网络文学网站上充斥着大量套路一致、故事老套、价值观娱乐化、主体性削弱、毫无个性的小说，这些问题严重束缚着网络文学的发展。山东师范大学的包明明将网络小说创作的困境分为想象力的枯竭、主体性的削弱、自由表达的受限和文学性的消弭四个方面①，并且在其文章中就唐家

---

① 包明明：《网络小说创作困境与自我突围——以唐家三少、猫腻、辰东为例》，硕士学位论文，山东师范大学，2020年，第36页。

三少、猫腻和辰东的作品进行了具体的论述与分析。突破网络小说创作与发展的困局，不仅依靠创作者的努力和网络小说的自我突围，也需要网络文学批评的入场。

2. 网络文学研究之困境需要批评加入

福建社会科学院文学所副研究员刘桂茹在《网络文学批评的困境与突围》中提及网络文学批评的兴起，面对体量庞大的网络文学，文学批评的声音始终是在场的。打着自由、新潮旗号的网络文学并没有在"后现代"的名义下进行先锋的、反叛的文学实验①。当下在网络文学发展的大环境之中，仍旧是以小说为主，类型相对固定、故事套路也相对固定，网络文学发展的困局要求着网络文学批评发出有力的声音。中国作协网络文学中心主任何弘也对中国网络文学发展存在的问题进行了总结，将其概括为：网络文学免费阅读模式下作品"三俗"问题的客观存在，网络文学评论评价体系尚未建立完善以及网络文学治理体系和治理能力亟待加强。② 何弘主要指向的是当下网络文学整体生态的问题，从管理角度对网络文学的大环境进行评析，网络文学困局的突破除了网络文学自身发展，也依靠网络平台的监督与管理机制，以及网络文学评价新标准的建立。他也指出，当下的网络文学批评对作者和读者产生影响较小，多元共生的网络文学评论研究生态建立迫在眉睫，专业的网络文学评论如何前置到网络仍旧需要认真研究。北京大学崔宰溶在其博士研究生学位论文中，将网络文学研究的困境从文学角度进行了专业化的解释，他指出当下的网络文学研究倾向过于抽象化和概念化，网络文学本身"自由"和"匿名"的特点带有局限性③，除此之外，崔宰溶还指出了网络文学研究处于"后现代"假象与传统的阴影之下，网络文学研究难以突破

---

① 刘桂茹：《网络文学批评的困境与突围》，《文艺报》2018 年 11 月 7 日第 3 版。
② 何弘：《中国网络文学发展现状探析》，《人民论坛》2020 年第 21 期。
③ 崔宰溶：《中国网络文学研究的困境与突破——网络文学的土著理论与网络性》，博士学位论文，北京大学，2011 年，第 29 页。

现有困境。

3. 网络文学批评之困境需要批评加入

禹建湘等在《论网络文学批评的失范及其对策》中讨论了网络文学批评的困境及其产生原因，并提出了可行的应对方法。他指出，网络文学批评在热闹的喧嚣背后，既缺乏理论的自构性，又缺乏对网络文学的针砭性，成为一种刷存在感的自说自话。批评家的暴力理论与网络文学实际呈现的鲜活状态迥然有别，批评家预设的批评立场不能真正进入到网络文学现场。① 网络文学批评的"失语"与"错位"产生的根本原因则是网络文学自身发展的迷局：品类繁多的网络文学更新速度过快，网络文学风向标和流行密码变化迅速，任何批评家都很难长时间地对一部作品实时跟进，进行有效批评。同时，技术和商业化销售模式越来越多地进入网络文学的生产领域，其话语权逐渐更多地偏向读者，网络写作者追求满足读者的需求、实现"爽点"，使网络文学发展容易走入"歧路"。

欧阳友权教授在《网络文学批评的困境与选择》中，对网络文学批评目前所面临的种种问题作了更为清晰的论述，并指出应对危机所需要采取的措施。文章表示，网络文学批评要改变其与网络创作不相适应的格局，需要正视网络作品海量阅读、评价标准无从依傍和评价方式形殊而理异等现实困境。要破解网络文学批评的困局，需要从三个方面着手：一是从上网开始，从阅读出发，呼吁批评家真正进入网络文学现场；二是建立网络文学批评的通变观；三是打通写、读、管、评各环节，建立网络文学的"批评共同体"。

赵小雷《文学为体，网络为用——建构网络文学评价体系的两难境遇》中同样展现出对这一问题的担忧，并认为主要的矛盾在于：一方面，学界对网络文学特殊标准建构的呼吁缺乏具体标准的表述；另一方面，网民们的评价标准却采取了传统的文学理论的方式。因此，

---

① 禹建湘、孙苑茜：《论网络文学批评的失范及其对策》，《写作》2019 年第 2 期。

以文学为体，以网络为用，或许是一种思考的途径。在赵小雷先生看来，"网络"是一种工具，而无关这类新兴文学的本质。

而在《建立网络文学评价标准的必要与可能》一文中，欧阳友权教授再次强调"构建网络文学评价标准势在必行"。在确定必须构建新的文学评价标准的前提下，评价网络文学不能没有"文学"尺度，也不可忽视"网络"本体，其评价标准的要素结构应该是由思想性、艺术性、可读性、网络性、商业性和影响力等诸要素构成的"力的多边形"。这一观点则是将网络文学的"特性"看作是网络文学得以形成和存在的"本体"，与之相对应的文学批评自然也要在这一标准上建立起来。

当研究者将视角放在"我们为什么需要网络文学批评？"或者"网络文学发展为什么需要网络文学批评？"时，不妨我们自问一句，"文学为什么需要批评？""我们为什么需要批评？"这些问题背后蕴含的唯一意味就是，要让网络文学变得更好。我们要能够更好地把握网络文学，在网络与文学之间为这个"异类"找一条"生路"，为它指向更好的未来。当下的网络文学和网络文学批评都还没有发展完全。网络文学起自大众场域，在网络时代来临以前，文学场域与大众场域交集并不多，基于大众场域创作的通俗文学在我国的文学史上也没有走过一段太长的路。网络文学尽管有着通俗文学的特点，但作为一种随着媒体时代到来的新兴文学类型，它背负的不仅仅是文学的责任，更是时代的使命。

第二节　网络文学批评对传统文学批评的突破

进入 21 世纪之后的文学批评，遭遇了前所未有的新境遇与新挑战。这新境遇由经济基础、文化环境和传媒手段等方面发生的变异而造成。现在的文坛由过去以传统文学为主的单一格局，演变为"三分天下"的新格局：以文学期刊为阵地的传统型文学、以图书出版为依托的市场化文学、以网络传媒为平台的新媒体文学。文学批评自身，也在专业批评之外，发展出面向大众的媒体批评与活跃于网际的网络批评。由于新媒体与传统媒体大相径庭的种种特点，网络文学批评也突破了一些传统文学批评所具有的特点，拥有着自身的体系与生命力。随着网络文学作品的不断涌现和网络文学批评的不断发展，学界对网络文学批评相较于传统文学批评的突破的研究也在不断加深。

一 传统文学批评视野下的网络文学批评

传统文学批评既包括源远流长的中国古代文学批评，也包括近现代以来传入中国并得到解读、传播与发展的西方文学批评方法与文学理论。批评流派众多，且研究方向各不相同。在传统文学批评观念中，文学批评被安排在居高临下的位置上，背负启蒙教导的意义，被要求必须具备指导创作、引导欣赏的现实作用。批评的观点也需持之有故，合乎学理性，以维护社会的文学秩序为批评的基本标准。

而自网络文学诞生后，文学创作已经发生了翻天覆地的变化。在自媒体时代，人人都能拥有平等的话语权起点，作家身份的网民化，使得"作家"身份不再像往日一样"神圣"与"权威"。而创作动机的超功利性、创作心态的自由性和创作身份的平民性，使网络文学有可能真正成为大众的、世俗的、袒露自我的艺术样式。与此同时，便捷的网络平台和技术，也促进了创作方式的交互化，读者的喜好与志趣在极大程度上对创作进行了干预。面对浩如烟海且形式内容极为丰富的网络文学作品，传统文学批评已难以全面、准确地对层出不穷的网络文学作品进行批评，遑论理论模型的构建与研究。人们需要重新审视已成体系的文学观念，并对其作出新的调整。网络文学批评也逐步开展起来。

网络文学批评乍现之时，大部分学者并未将网络文学批评看得严肃且重要，并且在相当长一段时间内，学者们都倾向于把它划归为文学批评的一个新领域，依旧采用传统的文学批评眼光与方式去对待它。

宋炳辉等人的《网络时代的文学批评与人文学术》率先提出对网络文学批评现状进行考察与研究，他们认为：网络文学批评虽然给传统文学带来了很大冲击，但并没有使当代文学发生革命性的变化。究其根底，它仍然离传统文学批评的范畴不远，只不过是网络作为一种信息媒介，使人们在人文信息的获取与阅读、参与创造和保存、筛选和交换的各种机制方面发生了许多变化，网络作为文学传播的中介，使文学在表达的对象、途径和方式上面临新的变化。白烨先生在《文学批评的新境遇与新挑战》一文中也提出了相似的观点，认为网络文学是新媒体发展浪潮中产生的新的文学形式，由于媒体是舆论的工具、信息的管道，所以媒体批评对于社会受众的影响广泛，具有某种不可替代性，网络文学批评因此成为文学批评传统形态的重要而又必要的补充。

由此可见，网络文学批评出现初期，大多学者都趋向于认同"网络文学批评是传统文学批评的一种发展与分化"这一观点，虽然有着自身的特性，但仍然可以划归到传统文学批评的方法和语境中去进行研究整理。除此之外，网络文学批评由于形成和发展历程短、长期受到主流批评家忽视、缺乏理论建构等问题，目前仍然存在诸多研究空白有待填补。直至王颖先生在《从主动"缺席"到被动"失语"？——传统批评如何应对网络时代的文学》一文中，才对传统批评是否能够涵盖网络文学的内容范畴提出了新的质疑。文章认为，网络文学经过十余年的发展，它的重要性已毋庸置疑。然而，即便越来越多的传统批评家愿意参与到网络文学的研究中来，传统文学领域与文学网站合作也频频开展与网络文学相关的活动，展现出合作、互动的诚意，然而从成效上看，即便传统批评界不断显示并强调着对网络文学的重视，但它至今仍未完全参与到网络文学的整体创作活动中。并不是传统批评不愿意参与，而是其中的确存在着不易解决的难题。作为一项应新时代与新技术而生的新事物，网络文学自诞生的那一天起，就像置身于一个热闹的舞台，关于它的话题与争议也从未消停过。从"什么是网络文学"的概念之争，到"网络文学是否会取代纸质文学"的未来之争，再到"网络文学的技术性和艺术性"的当下之争，学界一直众说纷纭，莫衷一是。因此，跳出传统文学批评范畴，构造专属网络文学批评的体系与语境成为日渐受到关注的话题。

二　网络文学批评的突破与创新

禹建湘教授在《空间转向：建构网络文学批评新范式》中提到：建构网络文学批评新范式，就是建构"个人化大众批评"批评主体、"跨语境文化批评"批评方法以及"开放性多元批评"的批评的价值观。这一观点摆脱了先前学者试图将"网络文学批评"融入"传统文学批评"的因循守旧，而富有前瞻性地提出将网络文学批评作为新生事物，针对其特点对其批评范式进行建构。

周志雄先生的《网络文学批评的现状与问题》从网络文学批评家及其批评文章，网络文学批评平台的建设与发展，网络文学批评的特性、优劣势及网络文学批评的未来的发展空间等几个方面，较为全面地对网络文学批评现状进行了整理与总结。文章认为，网络文学批评形式灵活、快捷互动，以其鲜活的时代现场感、真切的自我参与感、普泛的民间性获得了生机。网络文学批评的主体是千千万万的大众网民，权威研究者在网上的影响力不大；目前文学批评界对网络文学作者及其作品的关注还很不够，这将是文学批评领域一个新的生长点。

1. 网络文学批评扩大了批评主体

由于传统文学受传播形态的制约，传统文学批评的主体大多都是学者等知识分子。其中坚力量则是专门从事文学研究或学习与之相关的"学院派"。而汪旭东的《网络文学批评之我见》则认为，"在传统文学批评中，从某种程度上来说掌握话语权力的知识精英们的声音会掩盖读者的声音。以他们自身的审美偏好代替了读者的审美偏好"。[①] 这样文学批评活动就远离了普通读者，读者也就没有机会向作者表达

---

① 汪旭东：《网络文学批评之我见》，《陕西教育学院学报》2007 年第 1 期。

自己对书本的想法和感受。读者与作者之间就有了一道鸿沟。而网络文学批评是一种与传统文学批评截然不同的形式。

欧阳友权将网络文学批评主体分为学院派批评、传媒批评和文学网民在线批评三类。其中文学网民在线批评这种批评模式，首次将批评主体扩大到全体公民，打破了学者精英垄断文学批评的局面，话语权由上层知识精英转移到平民百姓，批评主体有了自由性。任何人都可被纳入网络文学批评体系之中，包括微博、豆瓣、贴吧、知乎在内的各种网络信息平台，为网民提供了充足的发声的空间。大家在法律允许的范围内畅所欲言，极大加深了读者对创作内容的深层理解。

除了广阔的网络发声平台外，网络文学批评的形式创新，降低了批评门槛，也为其拓展批评主体提供了重要保证。欧阳友权在《当代中国网络文学批评史》中说道："从结构体式看，互联网文学批评有即兴式短评、体悟式点评和鉴赏式长评等几种。"① 网络文学批评形式的变革，有利于即时、直接、准确地抒发读者内心感受，也使读者与作者在第一时间进行信息交流。文学批评门槛的降低使点评不再是知识精英和专家学者的特权，如果你有能力可以发表长篇大论，知识水平不够也可以直白、随性而说，在别人的评论后跟帖。

这种点评十分接近古代评点式批评，谭德晶在《网络文学批评论》中也将网络文学批评称为"神韵批评的复活"②。正是由于这种新批评形式的出现，批评者不再高高在上，读者可以是批评者，也拉近了读者与作者之间的关系。欧阳友权说道："网民大众获得了评说作品的权利和遴选作品的机会。网络文学批评使批评变成了作者、读者、批评者之间平等的交流与对话。从此，批评主体走向大众化、多元化。"批评权利下移分散，文学批评理论体系的结构也转变优化。王明友的《网络媒介下的文学批评主体研究》中还认为批评者心灵上获

---

① 欧阳友权：《当代中国网络文学批评史》，中国社会科学出版社 2019 年版。
② 谭德晶：《网络文学批评论》，中国文联出版社 2004 年版。

得了自由。"网络文学批评总体上不是为学术成果而评,不是为了名利而评,是为兴趣而评,它没有任何物质性的报酬,批评者只是想用批评来表现自我,印证自己的存在而已。因而,网络批评少了功利牵绊,表现出自在而为的可贵品质。"①

2. 网络文学批评拓宽了传统文学批评的边界

网络文学具有以往任何文学形式都不具备的新媒介审美特性。作为批评者应该要适度"清空"以往的批评经验,突破"雅""俗"文学偏见,把自己真正置身于新媒介现实,借鉴新媒介美学研究成果,建立符合新媒介审美逻辑的批评话语。文学批评发展至今,许多专家学者如今的网络文学批评方法还是沿袭传统的理论体系,文学理论脱离了网络文学的阅读实践。而且批评对象也是以学院派学者确定的"文艺批评标准"为依据,"严格甄选批评作品,选择性地予以评价,只有代表精英文化趣味、为传统文学价值观认可的作品才可以通过批评认可而在文学史上实现传承,才能在大众媒介中大范围传播"。欧阳友权系统阐释了这个观点。因此,在这样的体制下,一些文学书目和作者也得不到系统的解读和评价,一些通俗文学和人才也被埋没。然而网络文学的出现拓展了批评对象,那些通俗,晓畅的文学进入网文批评者的视野,更易受到他们的青睐。在《在线网络文学批评类型探析》一文中作者将这种现象称为"批评客体边缘化",受批评者文化水平,文学素养等因素的影响,"通俗、娱乐、消遣的原创文本是在线网络文学批评的首选对象。如痞子蔡、安妮宝贝、李寻欢、卫慧、棉棉、木子美、林长治等人的作品"②,这些作品获得了网上大量跟帖。欧阳友权认为,这种网络文学批评者可以任意选择文学作品作为批评对象的现象是"以平等的立场实现了批评位置之间的'对应关系',让'作者空间'和'批评空间'构成了'客观默契'"。③ 这也

---

① 王明友:《网络媒介下的文学批评主体研究》,《文教资料》2008 年第 28 期。
② 詹珊:《在线网络文学批评类型探析》,《山西师大学报》(社会科学版) 2007 年第 6 期。
③ 欧阳友权:《当代中国网络文学批评史》,中国社会科学出版社 2019 年版。

促进了网络原创文学的复兴发展。

3. 网络文学批评丰富了传统批评语言

网络文学批评丰富了传统批评语言，具有口语化、通俗化特点，给批评者提供了很大的批评自由。传统文艺批评注重语言典雅庄严，常见的有"引经据典、旁征博引的'掉书袋'习惯和矫揉造作文风"。欧阳友权还认为，"有些批评家为了增加读者的'语言——符号崇拜'，不断强化批评的非经验化、非日常化、非现实化的过渡书写，造成'圈子批评'的高冷与隔膜"。正是这样，导致文学批评与生活相分离，批评的语言文字也不容易被普通大众理解。

而网络文学批评主体的自由性和身份的变化直接导致了批评语言贴近生活化。在《网络文学批评的修辞术》中，吴英文将网络文学批评口语化的特点归类为"口语化的表达彰显个性化的审美立场；生活化表述重塑文学审美意识；通俗化阐释讲求语言气息的凡俗切近"。① 因为网络上的"赛博"空间是一个虚拟、平等的场所，《网络文学批评的价值和局限》认为，"其话语表达讲究'惟陈言之务去'，清新而犀利，表意一语中的，或口无遮拦，不加掩饰，或寓庄于谐，灵巧犀利。用语趋向简短而时尚，除了流行语外，还会有文字、图片和各种符号的拼贴组合。用语一般不会温文尔雅，顾及情面，更不会故弄玄虚，玩弄文字游戏"。② 文学批评的浅显易懂也激发了更多读者阅读文学和参与文学批评的兴趣。不仅加深了对同一作品的理解，还会促进网络文学批评在大众中的传播。文学批评语言形式的丰富多样也会对传统文学批评语言风格产生深刻影响，对文学批评的话语结构也会产生极大变革。形成这个特点的重要原因也是网络匿名制的实施。"批评主体的'平民化'和'匿名化'身份，使他们摒弃了传统文学批评客观谨慎的思维方式，转而追求轻松率意的批评感受；并且身份的变

---

① 吴英文：《网络文学批评的修辞术》，《小说评论》2016 年第 5 期。

② 欧阳友权、吴英文：《网络文学批评的价值和局限》，《探索与争鸣》2010 年第 11 期。

化，可以使批评者消除诸多批评之外利益关系的干扰，让批评本身无所避讳，不绕弯子，钦佩者可五体投地，反对时则不留情面。"匿名使他们的发言不受现实生活的约束，也不必在乎生活中面子的问题，可以率性而为，自由发表心中的看法。"网络文学批评使文学批评回归到了朴素、直接的本真，成为我们生活中随时可以出现、随时可以参与的生活艺术，这正是其价值所在。"① 与以往文学批评中攀比、矫揉的作风相比，网络文学批评有利于健康的文学批评之风形成。但由于不用为自己的观点负责，网络文学批评也会产生负面影响，在下文中会详细阐述。

4. 形成了网络文学互动式批评模式

网络文学批评的另一重大意义在于形成了网络文学互动式批评模式。"以批评直接干预乃至参与创作，形成了网络文学'批评—创作'互动模式。"约翰·布罗克曼在分析网络的影响时指出，"网络的真正力量在于互动性"。传统文学批评是历史性维度，而网络文学批评是共时性维度。王明友认为，"传统模式下的文学批评因为有编辑、印刷、出版、发行等许多环节，很难在第一时间获得反馈和评价，读者来信也有时间差，由于版面限制也不会照顾到不同意见"。② 但是网络批评的互动性解决了这个问题。"这种虚拟世界中的思想交锋往往会吸引许多人的参与，出现'百家争鸣'的景象。"还有学者认为，"网络发表的即时性特征拉近了网络写手和读者之间的距离，使文学生产与评论分享可以同时进行"。③ 因此作者上传作品后读者可以及时发表文学批评形成互动，与作者进行沟通交流，可以促进之后作品的完善。读者的阅读量、评价量及时反馈甚至会影响作者下一步的创作。

网络文学批评在很大程度上也会形成促进网络文学创作的动力。赖敏在《网络文学互动影响多维探析》中分析，"倘若一部文学作品

---

① 欧阳友权：《当代中国网络文学批评史》，中国社会科学出版社 2019 年版。
② 王明友：《网络媒介下的文学批评主体研究》，《文教资料》2008 年第 28 期。
③ 周志雄：《网络空间的文学风景》，人民文学出版社 2010 年版。

一直不从网站上撤离，一直有读者愿意点击进行阅读并跟帖，写手愿意与读者再行探讨，那么作品就永远处于未完结状态，换句话说，作品就一直处于开放状态，印证了罗兰·巴特的'文本本身不应是一种静态结构'的观点"。① 邢育森对读者的鼓励反应是："北邮一批绝对热心的读者在不断地给予我们鼓励和赞扬，使我们从稚嫩走向成熟，从盲目走向自觉，所以我说，是北邮的 BBS 造就了我。"② 而且由于网络小说等大多以连载的方式呈现，这些作品在创作时可能并没有完整的故事框架，而这也让批评者的反馈意见渗透到作品创作中具有可能性与可行性。拿《盗墓笔记》举例，南派三叔本来打算在创作完第二部《秦岭神树》后就封笔，但是由于读者的反馈十分好，给了他许多意见和灵感，于是他才会继续创作。而且三叔在看读者们的观后评价时发现他们喜好偏向书中"张起灵"这一角色，于是在之后的故事情节中也使他占有十分重要的地位。可见网络文学的创作毋庸置疑是一种互动式创作，使网络文学批评也成为互动式批评。文学批评的功能得到新的发挥和开拓。

第三节　网络文学批评的失语与成长

自 20 世纪 90 年代初汉语网络文学兴起以来，经过短短 30 年的发展，中国网络文学已经成为时代热潮。而网络文学的发轫也促进了网络文学批评的兴起与发展。但面对数量繁杂、种类繁多、品质良莠不齐的网络文学作品时，文学批评的滞后往往难以回应网络创作的变化，更是出现了传统的文学批评家"集体失语"的局面，导致文学批评的指导作用被削弱。

正如罗长青在《"缺席"与"失语"：当下文学批评的社会化质

---

① 赖敏：《网络文学互动影响多维探析》，《社会科学研究》2013 年第 5 期。
② 张英：《网上寻欢》，时代文艺出版社 2002 年版。

疑》中所指出的那样，"当下文学批评与当前文学现实存在着偏离或不适应"。① 而网络文学批评的"失语"便是其中一种偏离。

一　网络文学批评的失语

"无论是 80 年代的美学热，还是 90 年代的审美文化论争，乃至 21 世纪的美学复兴等，都是在美学、文艺理论领域内进行的。大量引进的国外理论促进了中国当代思想的发展，并且在 80 年代后期达到高潮。然而，到了 90 年代，有学者开始对文论的接受提出质疑，其中之一便是'失语症'的提出。"②

陶国山先生在《从"失语"到"走出去"：中国文论的当代建构与影响》中，对中国文学批评"失语"现象进行了溯源式探究。1990 年，一篇名为《文学失语症》的论文率先提出这一病状。③ 该文针对 20 世纪 80 年代中后期中国小说创作中的"语言革命"现象，批评了当代文学创作沿袭西方的状况。其后，这一说法被移用到文论上。1994 年，《假说与失语》提到了文论的"失语"现象。④ 而对失语现状明确予以批判的是曹顺庆的《21 世纪中国文化发展战略与重建中国文论话语》⑤ 一文，其后，曹顺庆在《重建中国文论话语》《文论失语症与文化病态》⑥ 等文章中对"失语症"进行了全面、系统的阐述，将矛头指向传统话语的全面迷失，并严厉批评中国文论没有自己的话语，没有自己特有的表达和学术规则，一旦离开了西方文论话语，就没法说话了，取而代之的是西学话语的天下，并将其源头往前一直追溯至百年前的"五四"新文化运动。由此观之，早期的学者，将"失

---

① 罗长青：《"缺席"与"失语"：当下文学批评的社会化质疑》，《兰州学刊》2016 年第 5 期。

② 陶国山：《从"失语"到"走出去"：中国文论的当代建构与影响》，《中国文学批评》2020 年第 2 期。

③ 黄浩：《文学失语症》，《文学评论》1990 年第 3 期。

④ 夏中义：《假说与失语》，《文艺理论研究》1994 年第 5 期。

⑤ 曹顺庆：《21 世纪中国文化发展战略与重建中国文论话语》，《东方丛刊》1995 年第 3 辑。

⑥ 曹顺庆：《文论失语症与文化病态》，《文艺争鸣》1996 年第 2 期。

语"总结为 20 世纪 90 年代，中国文论研究缺乏专属的话语规则，从而导致了离开西方学术话语"就没有办法说话，活生生一个学术哑巴"的状况。

"失语"的早期理论观点，从某种意义上体现着一种民族的觉醒，即渴望寻求自身的话语表达，但也有学者对文论"失语"的定义提出了质疑，认为 90 年代的这股具有强烈的民族主义气息的批评潮流是中国后殖民理论批评的典型代表，因此不能全盘否定西学的积极影响。①毛宣国《"主体性""失语症"与"强制阐释"——从三次重要论争看 40 年来中国文论的演进》② 一文中，对曹顺庆的观点进行反驳，认为"中国当代文论完全失语，没有自己的理论与批评方法，是一个难以成立的说法"。"这是因为'失语症'提出的主要对象与根据是中国古代文论，是中国古代文论在西方文论的强力介入下'失语'，事实上西方文论话语介入的领域是中国现当代文论，而对于中国现当代文论来说，判断的标准应该以当代文艺理论实践为基础，而中国当代文艺理论在百年来的发展进程中，所接受的理论资源是多元的，不仅有西方文论思想的强力影响，也有在中国当代文学实践和理论探索中所形成的话语，说它完全失语，显然是不符合实际的。"毛先生为我们通过"失语"角度探求网络文学批评提供了一个思路，即文学实践要和理论探索达成一致，力求免除文学理论与实践脱节的现象发生。

29

同毛宣国先生一样，蒋寅《文学医学："失语症"诊断》③ 一文对曹顺庆先生"失语论"进行反驳。蒋寅先生的态度更为鲜明，对其进行言辞激烈、态度强硬，几近"不留情面"的反驳。"如果让我直说

---

① 熊六良：《90 年代文学理论热点评述："失语症"论的历史错位与理论迷误》，《文艺评论》2002 年第 4 期。

② 毛宣国：《"主体性""失语症"与"强制阐释"——从三次重要论争看 40 年来中国文论的演进》，《文艺争鸣》2020 年第 12 期。

③ 蒋寅：《文学医学："失语症"诊断》，《粤海风》1998 年第 5 期。

的话，中国文论的'失语'是个地地道道的伪命题。失语的不是中国文论，而是中国文论学者，更多的也许是比较诗学学者。"其用形象生动的比喻将文学批评界"失语"现象比作失语症，依据它的特点下了明确的定义，即"一种传播速度极快的传染病。通常由心理障碍引起，属功能性意识、思维能力衰退，由此诱发话语能力失常的幻觉，久之导致器质性病变，完全丧失话语交往能力。此症多发作于国际文化交流的场合，经常伴有严重的文化自卑感与精神焦虑。比较文学与比较诗学界为其高发病率区"。同前面几位学者不同，蒋寅先生将这种"失语"的病灶归于中国文论学者而不是文论，点出其伴随"文化自卑"和"精神焦虑"发生的特点，为文学批评家们敲响了警钟。

1. 网络文学批评的"失语"现状

而随着付费文学网站的产生和发展，网络文学迅猛发展，网络文学批评的数量和质量也得到提升。如欧阳友权教授所言，"20 年网络文学创作走过的是一条爆发式增长、'马鞍形'上扬之路，网络文学批评则是在低调起步、艰难前行中日渐发声"。① 与网络文学创作的繁盛相比，网络文学批评仍旧显得微弱和滞后，面对数量庞大、题材新颖、纷繁复杂的网络文学作品，传统的西方文论不足以完全支撑诠释，"失语"的问题同样也沿袭至网络文学批评之上。周志雄和吴长青在《2020 年度网络文学理论观察》② 中表示，由于网络文学作品体量大、类型多，其作品写法及创作旨趣与"五四"以来的中国新文学有很大差异，已有的文学评论体系严重不适应网络文学的发展。套用西方文学理论，或借用传统文学批评方法，对网络文学研究都不适用，网络文学研究一度陷入一种理论"空转"的境况，引起了包括网络作家在内的多方面不满。文章指出了网络文学研究理论"空转"的境况，暗

---

① 欧阳友权、张伟顾：《网络文学批评 20 年》，《中国文学批评》2019 年第 1 期。
② 周志雄、吴长青：《2020 年度网络文学理论观察》，《中国图书评论》2021 年第 2 期。

合了曹顺庆先生"中国文论没有自己的话语，没有自己特有的表达和学术规则"的含义。

此后，更多学者关注到网络文学批评研究中的"失语"现象，党圣元指出，网络文学研究的当下困境主要体现在：受传统观念和西方话语裹挟，致使网络文学创作与理论批评间不能很好地接榫；研究对象选取褊狭单一；论述内容空洞宽泛；对中国网络文学市场化和产业化现实的文化价值认识不够①。禹建湘、孙苑茜在《论网络文学批评的失范及其对策》一文中，针对网络文学批评所存在的重要问题进行讨论，同样也将批评失语，与宏观臆断、表层阐释、理论乏力、传媒预设、言论失实等弊端并列为网络文学批评的失范现状，② 呼吁网络文学批评者建立与中国网络文学发展相适应的崭新范式。

通过对网络文学批评的考察，网络文学批评失语可以分为基于批评主体的主动失语和综合因素下的被动失语。

第一，批评主体的主动失语。

虽然网络文学的发展已成蔚然之势，网络文学对于大众的影响力也远远超越传统文学形式，但在网络文学批评中，批评主体的主动失语却仍不鲜见。我们可以概括为"不见""不听""不说"。一是轻慢姿态下的不见。这种"不见"，既体现在擅长传统文学批评，具有较高理论水平的学者对于网络文学及其发展抱着观望甚至无视的态度，认为网络文学难登大雅之堂，不愿意进入网络文学现场，不愿意投入时间精力开展网络文学批评；也体现在部分批评主体以想当然的姿态进入网络文学批评，因为各自的立场和目的，或居高临下或一味吹捧，比如大肆批评网络文学粗糙、不关心现实、低俗反智，读者水准低下、作者唯利是图等，而没有真正关注及追踪网络文学的变化和发展，缺乏客观、深入、具体、动态的批评和研究。二是偏见裹挟下的不听。

---

① 党圣元：《网络文学研究的当下困境与理论突围》，《江西社会科学》2017 年第 6 期。
② 禹建湘、孙苑茜：《论网络文学批评的失范及其对策》，《写作》2019 年第 4 期。

在网络文学领域，存在批评者、创作者、阅读者等主体的时空错位与彼此隔膜，在批评主体内部，也存在学院派批评者、媒体批评和在线批评各说纷纭。各主体囿于各自的经验、视角，无法倾听和融通，而自说自话。批评者无法指导或者影响创作者和阅读者，创作者和阅读者无法认同批评者，造成形式上的众声喧哗，事实上却毫无成效。三是词不达意间的不说。所谓"词不达意"，主要体现在两个方面：一方面在于网络文学批评大多借鉴或者照搬西方批评理论，沿袭传统文学批评的路径，尚未建立起适合网络文学、符合新媒介审美的专属批评话语体系；另一方面是在海量的文学作品，动辄数百上千万字的长篇巨制，不断涌入、更新换代十分迅速的网络文学创作群体面前，批评主体精力、时间不足，占有材料有限，使批评显得词不达意，甚至有时只能无从置喙。

第二，综合因素下的被动失语。

除了批评主体的主动失语外，还有各种综合因素引起的被动失语。一是创作方式转变的批评失效。大部分网络文学的创作是以连载的形式，通过作者和读者共同参与而动态生成的结果。读者在追更的过程中，会给出自己的意见和建议，为创作提供灵感和方向。它不同于传统文学面世时已经是成熟的作品，其大范围传播时其审美特征还没有发育完全。而对于传统文学批评而言，"文学批评的预设是存在着一个有待阐释的文学作品"，这就使得传统的批评话语失效。二是媒介壁垒造成的批评失语。传统文学批评主要发表在期刊、报纸，发行量小，加上其话语体系不被大众熟知和接受，在学术圈层之外，其影响力十分有限。而在网络文学网站和论坛上，却几乎都是普通读者的跟帖和评论，他们从鲜活的文学现场出发，自发为作者打投，评选符合自身审美趣味的作品，也讨论作品的人物设定、情节设置、语言风格等，但这种批评仍旧显得"野性"有余而"规范"不足，有价值的批评经常湮没于大量口水化刷帖之中。

2. 网络文学批评"失语"的原因

关于网络文学批评存在诸多问题的原因，许多学者提出了自己的看法。欧阳友权指出，网络文学批评需正视网络作品海量阅读、评价标准无从依傍和评价方式形殊而理异等现实困境①。郑崇选指出，网络文学批评严重滞后的主要原因是文本的巨大体量、评价标准的难以建立、传统批评方法的失效、批评人才的缺乏等②。禹建湘、孙苑茜指出，网络文学批评存在诸多问题是由于网络文学质量本身良莠不齐，加上网络文学批评史短暂、未成体系，加上技术和商业化的冲击③。具体到网络文学批评失语，原因可以归结为以下几点。

第一，批评体系未有效构建。网络文学的批评体系建设早已成为学界的共识，黄鸣奋、刘莉莉、王一川、欧阳友权等学者从 21 世纪初就开始关注这一问题，国家社科基金也几次立项重大项目，但对于网络文学批评系统的构建却仍旧是一项进行中的工作。网络文学既有作为文学的思想性、艺术性与可读性，又具有网络媒介下发展所需要的娱乐性、消费性与大众性。网络文学的批评到底应该坚持什么样的标准和尺度？不同的尺度之间到底应该具有何种内在关联性？我们应该如何突破传统文学批评的标准而更为科学地判断网络文学的价值？如何以全新视角去看待以新媒介为载体的网络文学所具有的美学特性？关于这些问题有一些讨论，但还没有形成比较统一和恒定的标准。正因为批评体系尚未构建，批评标准各执一词，就使得网络文学批评显得涣散无力，阻碍了观点的传播和交流，不能更好地发挥其指导创作、引领方向的作用。而对于网络文学的思想性、艺术性等方面的批评，则更显得稀缺。

第二，批评主体素养不足。前面说到网络文学批评中，批评主体"不见、不听、不说"的现象，究其原因，还是因为批评主体的素养

---

① 欧阳友权：《网络文学批评的困境与选择》，《中州学刊》2016 年第 12 期。
② 郑崇选：《网络文学批评滞后于网络文学创作》，《社会科学报》2019 年 2 月 28 日。
③ 禹建湘、孙苑茜：《论网络文学批评的失范及其对策》，《写作》2019 年第 4 期。

不足。有学者曾指出："现在很多网络研究脱离了当下网络文学现场，大多是从网络文学外来影响、传播学和媒介革命的角度进入。网络文学研究者的理论准备明显不足，深入网络文学复杂多变现场的能力普遍缺乏，对网络文学生态和机制的认识程度远远不够。网络文学批评和研究的影响仍然局限于研究者内部，很难在更大范围的网络空间上取得作家、编辑、读者的普遍认可。"① 这一评价是较为中肯的。学术批评主体中，具备较深厚理论素养，在哲学、美学、文艺理论、媒介理论方面学养颇深的学者们多数对于网络文学不够熟悉，没有足够的时间精力阅读大篇幅的网络文学著作；而年轻的批评者们，理论素养又经常不足以支撑他们来面对网络文学这一与传统文学具有较大区别的对象，在开展批评时难免生搬硬套，就更不论说从文学、艺术、媒介等学科融合的角度更为客观立体地开展批评。而媒介批评主体大多数为作家、记者、编辑，或者是由资本授意的自媒体写手，他们的长处是具备更为灵动鲜活的语言，更熟悉传播的法则和规律，但在理论素养方面同样存在较大的不足，且批评常常体现较重的先入为主的痕迹，甚至有些媒介批评成为作品 IP 开发中的炒作工具。开展在线批评的阅读者，其实是与网络文学更为接近，也最能影响网络文学创作的群体，可作为读者的身份局限和专业性的不足又让他们很难开展有深度有意义的批评，即使偶有较为认真和专业的评论者，也常常停留在浅尝辄止、蜻蜓点水式的批评。

第三，批评体制束缚较多。体制的束缚，在对传统文学样式开展批评时尚不明显，但在网络文学批评中就变得显性。网络文学的创作和传播本身就是以网络媒介作为载体，但文学批评，尤其是学院派批评却仍旧固守于传统媒体，从传播方式就与它的研究对象形成了天然的隔膜。但当前学术评价体系，包括高校的学术考核、基金、课题等，

---

① 《逐步建立网络文学评价体系，积极引导网络文学健康发展——中国作家协会召开全国网络文学理论研讨会》，中国作家协会创作研究部：《网络文学评价体系虚实谈——全国网络文学理论研讨会论文集》，作家出版社 2014 年版。

都只认可传统纸媒学术出版物，这就让学者们不得不主要固守传统媒体。有些学术期刊也试图实现媒体融合发展，开设微博、微信公众号或者头条号等，但其主要的稿源仍旧是期刊上的稿件，只是"新瓶装旧酒"而已。而且学者们为了适应期刊要求，达到科研考核及各类课题项目考核要求，还必须采取适合期刊发表要求的切入视角与行为方式，写作期刊喜闻乐见的选题，这就与网络表达的日常化、生活化、口语化、通俗化存在较大差异，也与广大网文爱好者喜欢的语言形态、文本立场迥然不同。

二 网络文学批评的成长

在 20 多年的发展中，网络文学得到了蓬勃的发展，网络文学批评也并非停滞不前。尤其是近年来网络文学逐步进入官方渠道视野，网络文学及网络文学评论的官方赛事逐渐增多，网络文学参评茅盾文学奖的作品也逐年增加；各地成立了网络文学作家协会，国家社会科学院成立网络文学研究院；网络文学经典化和网络文学批评的史学构建也受到学界的关注，成为近年来讨论得较为热烈的话题。虽然网络文学还存在各种各样的问题，但其也从各个方面呈现出成长的趋势。

1. 网络文学批评的成长趋势

网络文学批评的成长有目共睹，从无到有，从浅显的普及性批评到纵深的学理性辨析，网络文学批评的成长表现在以下三个方面。

第一，批评理论的有力拓展。近年来，伴随着网络文学蓬勃发展，从官方到民间都在为网络文学的经典化与正名努力；从学者批评到在线批评，都在对网络文学的地位、价值、审美性与思想性展开讨论，带来了网络文学批评在学理上的显著拓展。在网络文学的批评标准方面，李阳指出："中国网络文学的理论设定不能照搬西方固有的后现代主义研究模式，也不能依靠法兰克福学派的理论体系，更不能用传统文学对于经典作品的衡量标准，要引领中国网络文学走出理论设定的瓶颈必须要选择一条本土化理论设定的道路①。"王颖从"反思精英标准，理解网络文学"的角度出发，提出要"创建网络批评独立话语，分析网络文学艺术发展的构成和逻辑，逐步建立符合其创作规律的评价标准和体系"。② 还有一些学者提出了自己的思路和构想，比如康桥提出了"快感与美感体验"的标准，他认为这一标准是与批评对象的文学承诺、创作实践、读者期待相匹配的③。邵燕君指出，"评价网络文学必须注重三个要素：超文本、粉丝经济和 ACG（动画、漫画、游戏）的文化连通性"。④ 在网络文学审美特征方面，王国平指出："我们探讨网络文学作品，应当在坚持文学本质的前提下，注重研究网络文学的特点，寻找和发现网络文学与传统文学的不同点，经过较长时间的创作实践和理论探讨，逐步地形成符合网络文学创作和传播实际的、具有网络文学特点的审美评价体系。⑤"韩模永指出，"从传统小说到网络小说发生了从典型到类型、从情节到故事、从环境到场景的变迁"。⑥ 周艳艳则指出，"网络文学的作者和读者是在一个新的媒介环境下，以一种全新的审美感知、情感和表达方式进行审美活动，与传统的作者和读者截然不同。只有引入新媒介审美的思考才是打开网络文学审美现象的钥匙，也是网络文学批评能够切中肯綮的关键所在"。⑦ 在网络文学的多维批评尺度方面，"网络文学批评作为全新的命题，需要面临文学自身空间扩展的问题，也具有大众文化互容共生的问题，应该厘清文化批评与文艺批评以及文学批评三者之

---

① 李阳：《网络文学研究的理论设定与审美转向》，《学习与探索》2019 年第 6 期。

② 王颖：《茅盾文学奖与网络文学——兼谈网络文学中的几个问题》，《网络文学评价体系虚实谈——全国网络文学理论研讨会论文集》，作家出版社 2014 年版，第 177 页。

③ 康桥：《网络文学批评标准刍议》，《光明日报》2013 年 9 月 3 日。

④ 邵燕君：《媒介革命视野下的网络文学"经典化"》，《网络文学评价体系虚实谈——全国网络文学理论研讨会论文集》，作家出版社 2014 年版，第 177 页。

⑤ 王国平：《网络文学亟待确立批评"指标体系"》，《光明日报》2012 年 7 月 3 日。

⑥ 韩模永：《网络小说三要素变迁及其现实主义反思》，《学习与探索》2019 年第 6 期。

⑦ 周艳艳：《新媒介审美逻辑下网络文学批评话语的问题及重构》，《文艺评论》2020 年第 6 期。

间的关系，同时需要采取跨文化和跨学科的研究方法，使得批评既有针对性又能体现出批评的价值和意义"。① 欧阳友权等提出探讨"在传统文学标准的基础上，是否还应该有适于技术传媒的标准、网民粉丝群黏度与点击量的标准、市场产业化标准、写作中的'续更'能力"。② 但在网络文学也应具有文学所普遍具有的"情感""想象""良知"等，却成为学界的普遍共识。

第二，批评媒介的融合发展。这种批评的融合发展主要体现为：一是媒体融合发展。随着技术的发展，媒介融合发展成为常态。网络文学批评媒介，也呈现出融合的趋势。从网络文学批评起步阶段的传统媒体与网络媒体全然隔绝，到现在诸多期刊创设网络媒介平台；或由相关的学术机构、学者打造一些专门的公众号、头条号等，有些平台甚至开始尝试开通独立的供稿系统、发表适合公众阅读习惯的短评。二是表达相互渗透。这种渗透包括学术期刊在选稿上，越来越注重及时回应公众的关切和社会热点，除了一般性的理论研究之外，一些创新性的杂志也注重对一些热点问题从理论层面开展探究。比如"阅文风波"发生以后，先后有王玉王在《文艺报》发表《免费阅读与 IP 导向》、黄志强发表《网络文学：新问题与新挑战》、欧阳友权教授在《中南大学学报》（社会科学版）发表《从"阅文风波"看网络文学生态培育》、孟隋在《中国图书评论》发表《打破市场天花板：网络文学新商业模式探析》等相关评论文章。而媒体评论则从在线式评论中汲取养分，尝试采用网络文学观众所熟悉的、喜闻乐见的语言和形式，"爽""甜""逆袭""魔改"等网络流行词汇在传媒网络文学批评中也随处可见。

第三，批评主体的交流互通。一是学院派批评主体主动走下"神

① 吴长青：《网络文学批评的边界及学院批评的可能性》，《网络文学评价体系虚实谈——全国网络文学理论研讨会论文集》，作家出版社 2014 年版。

② 欧阳友权、喻蕾：《网络文学批评史的问题论域》，《中南大学学报》（社会科学版）2017 年第 5 期。

坛"。他们不但通过传统学术媒体发声，也通过开设自己的自媒体平台，或者参与其他媒体的讨论，以及在网络平台上传视频课程，举办平台直播等方式，引导或参与公众对于网络文学的讨论。让其深厚的理论学养和全面、深刻的分析能力在媒介技术的加持下得到了更大的发挥，增加了理论性评价的影响力，也为其他批评主体理论素养的提升起到了示范、引导的作用。二是传媒批评广泛吸取力量。随着网络文学的发展，得到了官方媒体平台的关注，《光明日报》、光明网、《文艺报》、《文汇报》、《中国社会科学报》、《中国文化报》、《中国艺术报》等报纸与网站都经常发表关于网络文学的评论文章。这些媒体平台或主动邀请、或通过平台吸引力得到了学者、专家、传统文学作家、网络文学作家、网络文学粉丝等不同主体的关注和加入，使传媒批评的力量得到壮大，影响力不断扩大。三是"粉丝学者"与"学者粉丝"。2002 年马特·希尔斯的《粉丝文化》（*Fan Culture*，2002）面世，从心理学和身份认同理论对被"想象"成"他者"的粉丝进行细致研究，他认为，"粉丝不喜欢学者，反之亦然"。在如何组合学者与粉丝双重身份上，希尔斯将自己的研究立场称为"粉丝型学者"（fan-scholar）；2012 年琳·朱贝尼斯与凯瑟琳·拉尔森共同发表《十字路口的粉丝：庆典，耻辱与粉丝/制片人关系》（Fandom at the Crossroads：Celebration，Shame and Fan/Producer Relationship），她们因为对电视剧《超现实》的狂热喜欢而加入粉丝文化研究行列，称自己为学者型粉丝（scholar-fans）[1]。在网络文学批评界，邵燕君就在《以"爽文"写"情怀"——专访著名网络文学作家猫腻》（《南方文坛》2015 年第 5 期）、《猫腻：中国网络文学大师级作家——一个"学者粉丝"的作家论》（《网络文学评论》2017 年第 2 期）等文章中多次亮出自己"学者粉丝"的身份；青年学者吉云飞则表示，"在对网络小说进行追评

---

① 王毅：《从粉丝型学者到学者型粉丝：粉丝研究与抵制理论》，《湘潭大学学报》（哲学社会科学版）2014 年第 1 期。

的过程中，我自认为的身份是'粉丝学者'。首先是小说的粉丝，这时，我的语言可能是非常粉圈化的，但同时学院的训练使我能够看到和说出一般粉丝不了解的门道，并得到他们的欢迎乃至成为粉丝中'意见领袖'。而在进行学术批评时，我自认为的身份是'学者粉丝'"。①"学者粉丝"与"粉丝学者"的出现，是学者主动进入网络文学现场的积极尝试，也是拥有较高的网络文学阅读兴趣与丰富的网络文学阅读体验的年青一代进入学术批评领域后的优势凸显。他们的出现为网络文学理论和内容、批评和现象之间的紧密咬合提供了可能。

2. 网络文学批评的成长空间

网络文学批评的成长趋势让我们对其发展进步，取得更大的成就，发挥更大的作用充满信心。但同时我们也应该看到，网络文学批评也仍旧存在一些亟待解决的问题，作为一种带有先锋性、技术性的新型的文学批评门类，它仍旧有较大的成长空间。

第一，重构批评话语。网络文学批评要真正发挥其引领文学创作、回应文学问题、营造文学环境的功能，就必须拥有更为规范的批评范式和有效的批评话语。网络文学批评话语如何构建，要处理好三种关系：一是媒介和批评的关系。网络文学具有以往任何文学形式都不具备的新媒介审美特性。作为批评者应该要适度"清空"以往的批评经验，突破"雅""俗"文学偏见，把自己真正置身于新媒介现实，借鉴新媒介美学研究成果，建立符合新媒介审美逻辑的批评话语。二是西方和本土的关系。网络文学批评开始之初照搬西方批评理论的做法已经证明行不通，网络文学的发展与西方的"超文本"存在显著不同。网络文学是技术变革的产物，但在其叙事母题选择、世界观构建、文化内蕴、娱乐价值等方面，又体现出对传统通俗文学的承接性。我们在网络文学批评话语构建中，应该汲取中国传统审美批评的养分，

---

① 吉云飞：《网络文学批评的三种模式——以〈2015—2017 中国年度网络文学〉为中心》，《文艺论坛》2019 年第 2 期。

也应该多深入网络文学现场从读者自发地在线式批评中获得能量。三是网络与文学的关系。网络文学同时具有"网络性"和"文学性"，如果只关注其"文学性"，就免不了用传统眼光看待它、要求它；如果只看到其"网络性"，那它就失去了作为文本的根本价值。因此，我们在构建批评话语时一定要兼顾其"文学性"和"网络性"，以思想价值和艺术价值作为其根本标准，兼顾娱乐价值和消费价值。

第二，突破批评语境樊篱。当下学者们习惯于将网络文学批评分为学院派批评、传媒批评和在线批评三种，但这三者之间的相互隔膜和疏离，三种批评话语之间的互不融通，却正是影响网络文学批评发挥更大作用的重要原因。批评只有深入现场才能切中要害、一语中的，批评也只有抵达现场才能起到引导、改善和营造的作用。因此亟待打破批评语境的樊篱，实现三者之间的沟通互补。要实现这一目标，一是要改革科研评价机制，推动网络文学成果纳入科研评价体系，促使学院派批评主体跳出平台制约，更便捷地推出批评成果，推出更接地气更具影响力的内容，指导网络文学实践。二是要营造"在场批评"的氛围。要让学院派批评者更多的进入网络文学现场，让其在大量阅读、现场阅读的基础上开展有力量、有针对性、有态度的批评，同时让其批评直接抵达文学现场。要更好地发挥传媒作用，让具备批评能力的批评者都能发声，并让其发声得到传递。

第二章　新媒介与网络文学批评的演进

　　世界上第一台电子计算机"埃尼阿克"诞生二十余年后，互联网正式诞生，与电子计算机一起为海外网络文学的发生提供了技术支撑。1994年4月20日，中国国际互联网TCP/IP协议的签署，宣告了互联网时代的到来。自此，中国得到国际认证，成为拥有全功能Internet的国家。而随着互联网技术的不断成熟，也为中国文学的发展提供了一个前所未有的自由平台。漂泊海外的汉语网络文学萌芽借机回归祖国生根发芽。在经历二十余年的发展后，现已逐渐茁壮，成为一支不容忽视的文学新军。而其造就的现象级文化景观，也吸引了越来越多的文学研究专家、学者走入网络文学研究场域，本文将对网络文学与互联网批评的诞生进行系统梳理。

第一节　网络文学与网络文学批评的诞生

一　网络文学的诞生与兴起

　　"网络文学"指的是新近产生的，以互联网为展示平台和传播媒介的，借助超文本链接和多媒体等手段来表现的文学作品、类文学文本及含有一部分文学成分的网络艺术品。早在20世纪60年代，美国学者特德·尼尔逊提出的"超文本"的概念，就被广泛运用于电子计算机技术，这是后来互联网超文本链接协议的雏形。超文本小说开创性运用了这一技术，成为萌芽阶段网络文学的主要形式，并且也为超文本小说与网络的对接奠定了基础。

1. 汉语网络文学的海外萌芽

互联网诞生于 20 世纪的美国，80 年代被广泛运用于政府、商业和大学等机构，此时，恰逢中国开始实行对外开放，大批青年学子为留学深造远赴重洋，在此机缘下，一批北美留学生最早接触到互联网，并通过文学作品的形式抒发独在异乡的羁旅之情。北美汉语网络文学的出现，标志着网络文学进入萌芽阶段。

1991 年留学纽约大学布法罗分校的王笑飞创立"中国诗歌网"，同年 4 月 5 日，梁路平、朱若鹏创办了互联网上第一份中文杂志《华夏文摘》，自此，海外留学生的作品开始以整体的形象出现在读者面前，同月该网络杂志发表了网络作家少君的《留学生文学专辑》，在海外华人留学生中引起了强烈反响，鼓励大批留学生写手进入原创写作，有效促进了汉语网络文学的发展。

1992 年，留美学生搭建了中文新闻组（alt. chinese. text），为中文国际网络的产生奠定基础。次年，第一位网络诗人——诗阳在中文新闻组和中国诗歌网上进行了大量的诗歌创作，与此同时，中国学生学者联谊会主办的各类综合性中文电子杂志相继涌现。包括：美国的《威斯康星大学通讯》《布法罗夫人》《未名》，丹麦的《美人鱼》，加拿大的《联谊通讯》《红河谷》等。

现存的中国诗歌交流网络的文稿发表时间为 1991—1993 年。主要包括以下内容：

其一，中国古典军事、哲学名著：《孙子兵法》《老子》《论语》等；

其二，中国古典诗词：《诗经》、唐诗三百首、宋词；

其三，现当代诗词：徐志摩、郭沫若、舒婷、北岛等名家，也有摘自各种刊物的诗词；

其四，原创诗词：这一部分大约只有数十首，虽然内容不多，但它是网络诗歌的发端，是海外学人真实情感的写照，弥足珍贵。

1994 年后，发表原创作品的网络期刊逐渐增多，如诗阳与鲁鸣等人合办的第一份中文网络诗词期刊——《橄榄树》，第一份女性文学期刊《花招》，成为当时留美学生的精神文化家园。

2. 本土网络文学的诞生与发展

1994 年中国国际互联网，网友们呼吁"全世界网民联合起来，网络的自由就一定要实现！"，而事实网络技术的"平权式"规制，的确消灭了传统体制下文学作品的"出场"焦虑，拆卸了文学创作、发表资质认证的门槛，使所有网民都获得了当作家的平等权利。1995 年之后，中国的互联网基础建设持续推进，创生于海外的文学网站"新语丝""橄榄树""花招"纷纷挺进本土，常年漂泊海外的汉语网络文学萌芽得以回到本土扎根。

早期的本土网络文学创作，依托于文学论坛的建立。1995 年 8 月 8 日，中国内地第一个 BBS"水木清华"在教育网上开通，成为当时内地最具人气的 BBS 之一，旗下开设的文学、读书、武侠版块，为文学创作者和爱好者提供了发表、阅读和沟通的平台。1996 年网易个人网页的开通，以互联网作为媒介传播的文学作品第一次通过门户网站登上舞台。同年，《中国时报·资讯周报》推出了"网络文学争议专栏"，争论焦点集中在纸媒介与网络的传播差异、垄断与开放、网络文学的品质等问题，也被后继学者认为是"网络文学"（中国台湾称为"网路文学"，新加坡称为"网际文学"）一词正式进入纸质媒体的标志。1997 年"榕树下"正式创办，聚集了以宁财神、安妮宝贝、李寻欢等一大批早期网络作家，这一时期的网络文学作品包括：《告别薇安》《八月未央》《悟空传》《成都，今夜请将我遗忘》《大连金州不相信眼泪》《性感时代的小饭馆》。自由开放的网络环境，激发了写手们的创作激情，形成了中国网络文学创作的第一个高峰，对于本土网络文学的兴起具有重大意义。

"榕树下"于 1998 年以网络文学公司的身份正式上线，成为当时中国最大的中文原创文学网站，此后，包括"清韵书院""西祠胡同"

"博库""麦田守望者""文学城"等在内的一大批文学网站次第诞生，而随着中国第一部"网人写网恋供网友阅读"的网络长篇小说《第一次的亲密接触》的诞生，也让 1998 年成为约定俗成的"网络文学元年"。

但此时，文学站点都是由对文学充满热情的爱好者或是有着同样文学观点的群体创建组成，其目的是为文学爱好者提供一个阅读交流的平台。除了"榕树下"，其他网站的原创性均有些不足，大多以转载和分享实体书籍为主，而即便有原创作品，也与传统文学作品区别甚微，作品的叙事方式、风格特征还没有充分体现出网络化特征。同时，由于深陷商业化和版权的困境，这些网络文学网站很快难以为继，2002 年，由于经营不善，"榕树下"不得已以 1000 万美元的价格卖给全球传媒巨头贝塔斯曼，后又被以 500 万美元的价格转让给欢乐传媒。网络作家也纷纷转行，投入传统文学的创作之中，网络文学的发展陷入了瓶颈期。

2003 年 10 月 10 日，起点中文网正式推出 VIP 电子出版作品，付费阅读模式正式启动。2005 年出现了当月签约作品和稿酬发放突破 100 万的作者（血红），使电子出版进入高速发展的黄金时期，2007 年 7 月，盛大文学成立，整合了包括起点中文网、小说阅读网、榕树下、红袖添香、言情小说吧、潇湘书院在内的六大原创文学网站，以及天方听书网、阅读网、晋江文学城（50% 股份），同时还拥有华文天下、中智博文、聚石文华三家图书策划出版公司，占据了原创文学市场 72% 的份额。网络文学终于寻找到一条切实可行的商业化之路，进入了"爆发式"增长的繁荣时期。

二　网络文学批评的诞生

既然"一代有一代之文学"，则"一代也有一代之批评"。伴随着网络文学的创作热，相关的文学批评也开始大量涌现，孙瑾在《网络文学批评文体研究》中对网络文学与互联网批评的关系进行阐述，

"网络文学批评的产生与发展同网络文学的发展密切相关。新世纪以来，短短数十年间，网络文学以迅雷之势走进了文学的领地，各大文学网站雨后春笋般蓬勃而生，网络作家队伍也不断纳新，网络文学可谓是风生水起且无退潮之势，这种文化现象不仅引起了文学界的重视，同时因为媒介的发达也在大众中掀起不小的波澜。网络文学批评也由此而生，不拘泥于传统的文学批评理论和批评观念，精英与大众的融合使得网络文学批评尤为兴盛。从文学活动论的角度来说，文学批评是文学活动的重要组成部分。……网络文学与网络文学批评是相伴而生的"①。

广义的网络文学批评，指的是各种媒介上所发表的针对网络文学文本及文学现象进行的评价和讨论；而狭义的网络文学批评则特指发表在互联网平台之上，针对网络文学文本及现象进行的讨论。狭义的网络文学批评，又被称为"线上批评"或者"互联网批评"，是伴随着互联网普及而诞生的新型文学批评新样式，其特征也更鲜明地体现于对网络文学的言说上，欧阳友权的《网络文学概论》一书中提出："网络文学批评不是指在传统媒体上对网络文学进行的批评或评价，而是指在互联网上由网友就网络文学作品或网络文学现象所作的评价和议论"②，在其《网络文学批评的价值和局限》一文中再次诠释了定义："网络文学批评是指在网上由网友就网络文学作品或网络文学现象所作的随机性、感悟式、点评式批评和议论"③；周林妹认为，"网络文学批评是一种新的批评方式，是一种在互联网上展开的'在线批评'或'即时批评'"④；周志雄谈及的网络文学批评主要包含在"网络论坛、博客、'留言板'上首发或转发的文学批评文章"；罗华在《网络文学批评的特质及其不足》中，将网络文学批评定义为"指在

---

① 孙瑾：《网络文学批评文体研究》，硕士学位论文，江西师范大学，2019 年，第 14 页。
② 欧阳友权：《网络文学概论》，北京大学出版社 2008 年版，第 182 页。
③ 欧阳友权、吴英文：《网络文学批评的价值和局限》，《探索与争鸣》2010 年第 11 期。
④ 周林妹：《浅议网络批评》，《辽宁教育行政学院学报》2003 年第 7 期。

互联网上由网民就网络文学原创作品及其所引发的网络文学现象所做的评论和议论"。① 所以本文侧重于对狭义的网络文学批评，即互联网批评进行讨论。

相较于以往的种种文学批评类型而言，互联网批评最显著的特征则是依托于网络而出现，其特性、发展与互联网即网络文学的特性、发展息息相关，《网络环境中文学批评的重组与构建》②、《迷惘与清醒——网络文学批评初探》③ 和《我国网络文学批评存在的问题与对策研究》等文中，作者们认为中国的网络文学评论大致经历了两个阶段：

第一个阶段：自言自语：网络文学批评的萌芽。

当网络文学在大洋彼岸的北美初现萌芽之际，早期互联网批评也在海外初见雏形。早期的互联网文学批评主要出现于海外文学网站，包括《ACT 的兴起》《ACT 的繁荣》《ACT 的衰败》《海外的中文电子刊物》等文，评论者多为早期网络文学写手，他们熟悉网络文学发展状况，发表的类似随感的文字，成为具有珍贵价值的史料。1991 年，世界上第一家中文电子周刊《华夏文摘》，也在北美创刊发行。少君在《华夏文摘》上发表小说《奋斗与平等》，成为北美华文网络文学第一人，与此同时，他也开始收集资料，致力于推动北美华文网络文学研究。而随着 1998 年中国本土进入网络文学元年，以"榕树下"、西祠胡同、天涯、西路 BBS 为代表的汉语原创文学论坛崭露头角，聚集了大批原创网络文学爱好者，引发网络文学创作高潮的同时，许多写手和文学网民也开始在讨论区发表大量评论文字，交流、分享与网络文学作品相关的意见观点。

---

① 罗华：《网络文学批评的特质及其不足》，《飞天》2011 年第 4 期。

② 胡璟：《网络环境中文学批评的重组与构建》，《武汉理工大学学报》（社会科学版）2009 年第 4 期。

③ 司宁达：《迷惘与清醒——网络文学批评初探》，《南阳师范学院学报》（社会科学版）2005 年第 11 期。

而网络文学的兴起也受到了学院派和传统媒体的关注，中国作协召开的"北美华文作家作品研讨会"上，少君发表了《华文网络文学》论文，并向学术界详细介绍了北美华文网络文学的发展历史、特征和存在的问题，开启了互联网批评的发展序幕。

同年，黄鸣奋出版《电脑艺术学》，此书运用作者所提出的"传播六要素"原理，选取"换笔""机读""数码""机器人""后人""信息社会"六个范畴，分别考察电脑与艺术主体、艺术手段、艺术方式、艺术对象、艺术内容和艺术环境之间的关系，试从文化学、心理学、传播学等多种角度，系统考察了计算机与艺术之间相互渗透的意义。此后，黄鸣奋于2000年和2001年，分别出版了《比特挑战缪斯——网络与艺术》和《超文本诗学》，考察网络媒体的兴起对传统艺术观念的冲击，并分析超文本、超媒体技术的艺术价值及理论意义。推动了数码媒体艺术理论的建构。

学术界多将1991年至1998年3月，作为互联网评论的第一阶段。在这一时期，网络文学的评论多来自写手本身，表现出自言自语的场景和特点。因为这一时期网络文学作为一个新的文学现象还未形成趋势，传统的媒体批评和学院派处于"观望"状态，呈现"失语"特征；而相反网络写手们不仅亲身投入网络文学的创作，同时又掌握着批评的话语权。[①] 对这一时段的划分，周志雄在《网络文学批评的现状与问题》中也作了大致相同的论述，并且他还提出了"网络的出现为文学批评者提供了施展才华的空间"[②] 的观点，并举出图雅、易维、笨狸、散宜生等著名早期IT批评家的例子，他们在早期的海外文学网站新语丝、橄榄树上发表了大量文学批评的文章。

总体来看，他们的网络文学批评文章数量较少，大多数属于随感性的评论。这就大致从初期奠定了网络文学批评的基本意义和局限：

---

① 刘湘宁：《我国网络文学批评存在的问题与对策研究》，硕士学位论文，中南大学，2013年。
② 周志雄：《网络文学批评的现状与问题》，《山东师范大学学报》（人文社会科学版）2010年第2期。

因学界的"缺席"导致写手的自说自话有一种自吹自擂的味道，颇显尴尬，同时写手们缺乏深度的"自言自语"，缺乏理论性的、系统的、深刻的阐释，学理性不强。但是这种多以评点的批评方式介入批评活动，对表层感情把握较好，富有生气。① 同时，其最大的意义就是以亲身参与者的视角，关切地设想了网络文学的前景，以自己的方式呵护和守望着属于自己的精神家园，为后期网络文学评论的开展奠定了基础。

第二个阶段：众声喧哗：网络文学批评的发展。

在《我国网络文学批评存在的问题与对策研究》中，刘湘宁认为，1998 年 3 月，网络写手蔡智恒发表了《第一次的亲密接触》，引发了点击狂潮，这不仅在创作上出现了"网络文学热"，而且也打破了主流学界对于网络文学的"沉默"。而这一划时代的事件，也拉开了互联网批评"众声喧哗"阶段的序幕。

周志雄在《网络文学批评的现状与问题》中写道："1999 年前后，榕树下的论坛中刊发了大量的网络文学批评文章，有关安妮宝贝、李寻欢、宁财神等人的文学评论都是在榕树下发表的，这时出现了吴过、元辰、张远山等网络文学批评家，其中以吴过的评论影响较大。吴过的《谁来保护网络写手?》、《请勿本末倒置》、《从王蒙等人打官司说起》、《网络给文学带来了什么?》、《文学刊物上网了》、《网络写作的另一种意义》、《再对文学网站拍一砖》、《沙里淘金：浅说网络文学现状》、《电子出版刍议》、《网络：文学的双刃剑》、《邢育森与网侠小说》等'乱弹网络文学'的文章，对宁财神、邢育森、李寻欢、漓江烟雨、笨狸、小挚、残剑、will、youth、安妮宝贝、似水流年、水晶珠链、王猫猫等早期网络知名作者进行了专访。这些文章初刊于榕树下、新语丝、自由村等网站，后被众多文学网站转载，部分文章于 2000 年

---

① 刘湘宁：《我国网络文学批评存在的问题与对策研究》，硕士学位论文，中南大学，2013 年。

前后在《程序员》、《出版参考》、《中国新闻周刊》、《电脑爱好者》等刊物上发表过，但作为网络文学评论家的吴过在 2001 年后基本上销声匿迹了。作为早期在网络上沙里淘金的工作，吴过的梳理和发掘工作促成了早期网络原创文学创作阵容的形成，所谓网络文学'三驾马车'、'五匹黑马'等早期网上创作群体与吴过的评论是分不开的。榕树下留存的吴过采访安妮宝贝、李寻欢等早期网络作者的文章，现在已经成为研究网络文学的珍贵资料。"①

而网络文学的风靡，也极大程度调动了文学网友们的讨论热情，早期的大量互联网文学评论还出现于网站的回复区、跟帖区。读者直接、实时地表达对作品的看法，读者与读者及作者之间也可以直接交流、看帖、跟帖、回帖，成为网友之间最热衷的网络行为。尽管即兴发帖的互联网评论多为缺乏专业性的短评，但由于数量庞大、讨论度高，依然对提高网络文学知名度，促进互联网批评发展，起到了必不可少的作用。

网络文学批评的形式逐渐丰富，批评主体的阵容也逐渐成型。2001年 6 月，北京市文联研究部主办、《中国青年·数字青年》周刊协办的"网络批评、媒体批评与主流批评"研讨会召开，有专家将当代文学批评按照主体进行了划分，分为：学院派批评、媒体批评和网络在线批评，这种"一分为三"的做法也沿袭至网络文学批评领域。评论家白烨在《文学批评的新境遇与新挑战》一文中，总结了当下文学批评的结构类型，认为主要有"以传统形态的批评家为主体的专业批评、以媒体从业者及媒体文章为主角的媒体批评、以网络作者尤其是博客文章为主干的网络批评"这三种类型的批评。② 尽管"互联网批评"这一名称可能包含歧义——因为网络本身即是一种媒体，因此这种划分并不严谨——但至少说明，互联网文学批评已被视为网络文学

---

① 周志雄：《网络文学批评的现状与问题》，《山东师范大学学报》（人文社会科学版）2010年第 2 期。

② 白烨：《文学批评的新境遇与新挑战》，《文艺研究》2009 年第 8 期。

批评，乃至是当代文学批评中的一股重要力量。

第二节　自媒体文学批评

自媒体文学批评是一个较为年轻的概念，近年来热度维持稳定增长态势。本文将从自媒体文学批评兴起的背景、自媒体文学批评的重要性及意义、自媒体文学批评的发展历程及其概念阐释的变化、自媒体文学批评发展过程中所遇到的问题以及如何持续发展五个方面来对学界的观点进行梳理。本文所列举的自媒体文学的批评对象由网络文学和非网络文学共同构成。

欧阳友权在《中国网络文学批评 20 年》中指出，20 年的网络文学形成了三股批评力量，即学院派批评（主体为关注网络文学的传统批评家）、传媒批评（主体为面向文化市场的媒体批评者）和文学网民的在线批评。[①] 胡友峰则根据"批评电子媒介时代文学批评的审美变异者的身份差异"，又将批评力量细分为"传统学院派批评、媒介批评、个体读者批评和作者批评"，同时其指出，"媒介批评涵盖自媒体矩阵，如豆瓣、微博等"[②]。以上类别皆以批评主体的差异性进行划分。王一川和王廉真认为，在数字时代，文学批评呈现出不同于以往的多样性和复杂性，并将文艺批评划分为"学者职业批评圈"、"网众自发批评圈"和"名人自媒体批评圈"，且"这 3 个圈层之间实际上不存在固定界限，而是可以相互兼顾、交融或换位"，并指出这是原有的文学批评在数字媒介条件下产生的历史性移位的结果。[③] 因此，本文所讨论的自媒体文学批评的主体不囿于自媒体经营者，而是面向全社会。本文所定义的自媒体文学批评是指人们在自媒体平台上对文学进行分

---

① 欧阳友权、张伟颀：《中国网络文学批评 20 年》，《中国文学批评》2019 年第 1 期。
② 胡友峰：《电子媒介时代文学批评的审美变异》，《中州学刊》2020 年第 1 期。
③ 王一川、王廉真：《数字时代文艺批评的三个圈——兼谈文艺批评家素养》，《陕西师范大学学报》（哲学社会科学版）2018 年第 4 期。

析、评论与判断，是以大众批评为主，与精英批评共存的应用批评。

一　自媒体文学批评兴起背景

在"新媒体"和"自媒体"概念被广泛使用的同时，我们发现"新媒体和自媒体被混淆了"。[①] 因此，本文尝试在开头对"自媒体"进行相对清晰的界定，并就二者关系展开辨析，使文章有更为准确的平台定义。

吴潮对新媒体、自媒体二者关系进行研究，指出"新媒体目前已基本被公认为是报刊、广播、电视等传统媒体之后媒体演变的新形式，新媒体的表述可以独立存在，而自媒体与新媒体的技术背景完全一致，新媒体的概念中涵盖着自媒体，自媒体无法脱离新媒体独立存在。从这一意义上，它只能是新媒体的衍生物或新媒体的子概念"。[②]

2001 年 9 月 28 日，美国科技作家和专栏作者 Dan Gillmor 在对其"新闻媒体 3.0"概念进行定义时，使用了自媒体这一概念。2003 年，美国的肖恩·鲍曼（Shayne Bowman）和克里斯·威尔斯（Chris Wills）在自媒体专题报告《自媒体：大众将如何塑造未来的新闻和信息》（*We Media*：*How Audiences Are Shaping the Future of News and Information*）中，对自媒体进行了界定："自媒体是大众借助数字化、信息化技术，与全球信息及知识系统连接后所展现出来的大众如何提供、分享他们自身的信息、新闻的渠道和方式。"其主要含义就是"一个普通市民经过数字科技与全球知识体系相联，提供并分享他们真实看法、自身新闻的途径"。[③] 他们把媒体传播分为三个阶段，第三阶段，即自媒体阶段，是"民众相当聪明，赋予其手段，他们便能分类整理进而

---

① 程苓峰：《关于自媒体的九个问题》，南方报业传媒集团、南方传媒学院、南方传媒研究（第四十一辑：自媒体）、南方日报出版社 2013 年版。

② 吴潮：《新媒体与自媒体的定义梳理及二者关系辨析》，《浙江传媒学院学报》2014 年第 21 卷第 5 期。

③ S. Bowman, C. Willis, *We Media*：*How Audiences Are Shaping the Future of News and Information*, Virginia：The Media Center at The American Press Institute, 2003：V.

发现自我版本真理"的阶段①。Gillmor 则把这种传播演化称为从"讲座模式"到"会话模式"的进化②。这种"进化"在文学批评方面可表现为民众由阅读学院派的文学批评转变为通过自媒体平台来主动参与文学批评。

在美国，自媒体的表现形式非常丰富，主要有 Twitter、YouTube、Facebook、Posters、Bloggers、Podcasters 等。③ 在中国，有微信公众号、简书、知乎、豆瓣、QQ 空间、微博、网易号、头条号、大鱼号、企鹅号、熊掌号、领英专栏、搜狐号、视频 up 主等。严格来说，"自媒体"在技术层面上属于移动媒体，同时也是一种兼具移动媒体和社交媒体优势的信息发布平台，能够让普通大众从被动的信息阅读者迅速成为信息的创造者，自媒体的出现助推了如今"人人皆可创作，人人皆可评论"时代的来临。

自媒体文学批评兴起的原因有如下几个方面。

1. 互联网的普及与网络文学用户的增加

互联网较高的普及率和网络文学用户的增长分别从应用技术和主体层面为自媒体文学批评的兴起提供了条件。

2021 年 2 月 3 日，中国互联网络信息中心（CNNIC）正式发布了《第 47 次中国互联网络发展状况统计报告》。截至 2020 年 12 月，中国网民规模达 9.89 亿，较 2020 年 3 月增长 8540 万，互联网普及率达 70.4%，较 2020 年 3 月提升 5.9 个百分点。截至 2020 年 12 月，中国手机网民规模达 9.86 亿，较 2020 年 3 月增长 8885 万，网民使用手机上网的比例达 99.7%，较 2020 年 3 月提升 0.4 个百分点。④ 2019 年，

---

① S. Bowman, C. Willis, *We Media*: *How Audiences Are Shaping the Future of News and Information*, Virginia: The Media Center at The American Press Institute, 2003: V.

② Gillmor D., "Here comes 'We media'", *Columbia Journalism Review*, 2003, 41 (5): 20.

③ 阎先宝、潘慧琼、杨化坤：《美国"We-Media"概念下古代文论话语的阐释困境与对策》，《安徽理工大学学报》（社会科学版）2019 年第 4 期。

④ 中国互联网络信息中心：《第 47 次中国互联网络发展状况统计报告》，http://www.cnnic.net.cn/hlwfzyj/hlwxzbg/hlwtjbg/202102/t20210203_71361.htm。

《第44次中国互联网络发展状况统计报告》统计显示，中国手机网络文学用户规模为4.35亿，占中国手机网民的51.4%，去年同期为48.3%，网络文学在应用使用时长中的占比为9%。[①] 通过移动设备客户端阅读网络文学作品，已经成为自媒体时代人们获取文学的重要方式。

网络文学在发展之初就被打上了"草根文学"的烙印，这一认识与Gillmor对自媒体的理解极其相似。[②] 他认为，"we the media：grassroots journalism by the people，for the people"（自媒体即人民群众自制并服务于人民群众的草根新闻）。[③] 中国网络文学用户规模较2020年3月增长475万，占网民整体的46.5%。网络文学用户增长稳定，规模达4.67亿，网络文学显示出强大的传播力量，发挥了积极的文学影响力。[④]

2. 自媒体的发展及新媒体文学批评的崛起

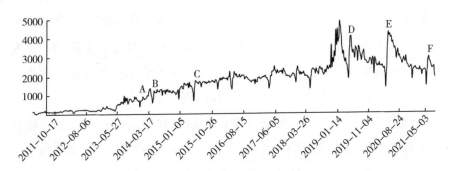

图1 百度指数中"自媒体"搜索量变化趋势

（选取时间段为2011年10月—2021年5月[⑤]，2021年5月3日查询于百度指数）

---

① 中国互联网络信息中心：《第44次中国互联网络发展状况统计报告》，http：//www.cnnic.net.cn/hlwfzyj/hlwxzbg/hlwtjbg/201908/t20190830_70800.htm。

② 阎先宝、潘慧琼、杨化坤：《美国"We-Media"概念下古代文论话语的阐释困境与对策》，《安徽理工大学学报》（社会科学版）2019年第21卷第4期。

③ Gillmor, D., *We the Media: Grassroots Journalism by the People, for the People*, California: O'Reilly Media, 2006：1.

④ 中国社会科学院：《2020年度中国网络文学发展报告》，http：//www.cssn.cn/wx/wx_xszx/202103/t20210318_5319695.shtml。

⑤ 选择2011年10月17日起是因为"百度指数"所能提供的全部数据以此为起始时间，终止时间是笔者在写作该文时进行搜索的时间点。

资讯指数概览

关键词	日均值
■自媒体	133，999

图2　百度指数中"自媒体"资讯指数

（关键词所选时间段的总体资讯关注表现）概览

（选取时间段为 2017 年 7 月 3 日—2021 年 5 月 5 日①，2021 年 5 月 5 日查询于百度指数）

从图 1 "百度指数中'自媒体'搜索量变化趋势"和图 2 "百度指数中'自媒体'资讯指数概览"可看出，近年来，社会对于自媒体的关注度稳步上升且维持较高热度。张翼指出，"对于以网络为生活必需品的当代读者尤其是当代青年读者而言，自媒体既是他们获取信息、发表意见、抒发情绪的重要交流工具，也体现着他们依赖经验、追求速度、拒绝深刻的思维方式与价值立场"。② 伴随自媒体发展的有众多自媒体分区，其中便有文学分区，"微博、微信成为大众主要社交活动的平台，更多的主体在这两种社交平台上参与文学活动，不断壮大微博文学和微信文学的发展，使其更易于呈现在大众的日常生活视野中，并成为自媒体文学的重要组成部分"。③

欧阳友权指出，我国网络文学的崛起是与大众媒介尤其是新媒体的大范围普及相伴前行的，除传统媒体之外，新媒体批评对网络文学的影响越来越大，文章的质量与传统的学术刊物相比不遑多让。如成立于 2014 年的"爆侃网文"，作为国内首家也是最大的网络文学、数字阅读行业资讯媒体平台，一直专注最新网络文学行业动态，聚焦第一手网文圈、数字阅读行业资讯，为网络文学从业人员以及文学爱好者提供了行业资讯平台。成立于 2015 年的橙瓜网，是一个网络文学作者、网站、编辑、读者、研究者之间的交流服务平台，它拥有一整套

---

①　选择 2017 年 7 月 3 日起是因为"百度指数"所能提供的全部数据以此为起始时间，终止时间是笔者在写作该文时进行搜索的时间点。

②　张翼：《纯文学刊物自媒体应用调查》，《当代文坛》2015 年第 4 期。

③　卢超：《媒体进化与文学批评的新样态》，硕士学位论文，沈阳师范大学，2019 年。

媒体矩阵，包括旗下的橙瓜 App、橙瓜首页论坛、橙瓜微信公众号、今日头条账号等自媒体平台。2017 年 8 月，在北京举行的中国"网络文学＋"大会，借助官方门户网站、手机网站、微博、微信等渠道，通过图文、微视频、直播等方式，全面展现了大会盛况、网络文学作家风采以及网络文学的发展动态。① 新媒体文学批评的成功经验，无疑对作为其子概念的自媒体文学批评的发展具有借鉴意义，新媒体矩阵（如橙瓜网）中的部分自媒体平台的初步建设也为自媒体文学批评的发展奠定了基础。

3. 纸质刊物与自媒体的合作

张翼提到，"纯文学刊物的自媒体应用是综合的，一方面体现为自媒体构成的多元化上，另一方面，其综合性还表现为纸质刊物与自媒体之间合作的多样化上"。② 二者的合作形式有"内容上的联动、宣传的相互渗透以及其他形式的合作"。最常见的合作形式是内容联动，即纸质刊物为自媒体提供一定内容，自媒体则在发布信息的基础上深入拓展。如 2014 年《收获》在其微信公众号连载阎真《活着之上》的部分内容，并以"《收获》微信专稿"的形式发布阎真的创作随感《市场时代，活着是否就是意义的边界和终极》，连载结束当天发布《活着之上》获得首届路遥文学奖的新闻。纸质刊物除了与自媒体保持着宣传上的相互渗透外，刊物与自媒体之间其他形式的合作也渐趋频繁。一些刊物利用自媒体平台推送对于纸质刊物内容的评论，提升读者的参与度。如《人民文学》官方微博在 2014 年 11 月 2 日专门发起了"我刊近作短评"的征文活动，征求读者对刊物近期发表作品的短评，并承诺"来文在我刊自媒体发表"。

纯文学刊物对于自媒体的积极应用，显然是向普通大众的有意识地介入，是刊物针对读者新的阅读方式、阅读期待，尤其是对青年读

---

① 欧阳友权：《建立网络文学评价标准的必要与可能》，《学术研究》2019 年第 4 期。

② 张翼：《纯文学刊物自媒体应用调查》，《当代文坛》2015 年第 4 期。

者行为方式、思维方式、价值立场所做出的调整。纯文学刊物以自媒体的形式介入读者阅读期待、阅读方式，使自媒体终端的阅读主体增加；同时刊物通过使用自媒体加强了读者、作者与刊物之间的交流，尤其是调动了读者的积极性，两方面皆有利于使更多读者加入自媒体文学批评的队伍中来。

4. 自媒体环境下读者话语权的提升

孙玉明、顾娟认为，话语权主要包含两个层面的含义，一是合法言说的权益，即有顺畅、自由的渠道能够将话语传递出去；二是话语所产生的影响力。在移动互联网和智能手机快速发展的背景下，自媒体将互联网的核心观念逐步放大，对传统的话语结构产生了巨大的冲击。自媒体瓦解了原本牢牢掌控在政治与经济资本下的话语权，将其下放到普通民众手中，使每个社会个体都有了发声的途径。在这基础上，越来越多的民间声音得以在网络中不断回响，同时也会形成自己的"意见领袖"进一步增强民间话语的影响力。[1]

胡友峰指出，进入电子媒介时代，互联网的交互性使得区别于"作者期待视野中的读者"的真正意义上的读者的主动性得以显著呈现，解读文学的"话语权"逐渐转移，"批评主体开始发生显著变化，读者的主观能动性得到突出"，除了传统认知中的"批评家和作家阅读"，还"涵盖以自媒体为代表的新媒介群体和活跃的个体读者等"[2]。学院派批评的经典遴选体系一家独大的局面被打破，以兴趣集中起来的作为"网络群落"原住民的读者的大众遴选体系开始活跃起来。

5. 网络文学基本导向对传统文学体制的解构

欧阳友权提出，网络文学"以读者为中心"的基本导向，解构了传统文学"以创作为中心"的体制，网络作家的粉丝数量和作品销

---

[1] 孙玉明、顾娟：《分权之后的狂欢与隐忧：自媒体环境下的艺术批评》，《艺术工作》2019年第6期。

[2] 胡友峰：《电子媒介时代文学批评的审美变异》，《中州学刊》2020年第1期。

量，反映了一个作品的价值认同度，已成为评判网络文学的重要依据，文学网民对作家作品的接受程度成为检验作品影响力的重要尺度。检验一个网络作品的品质和影响力需要有以经济效益实现社会效益的商业性指标、技术媒介的网络性指标和消费接受度的读者喜爱指标等①，因此网络文学对于自媒体文学批评的依赖程度较传统文学更为强烈，而网络文学"以读者为中心"的基本导向也使得读者更为自发地参与自媒体文学批评。

二　自媒体文学批评重要性及意义

刘巍、张叶叶指出，自媒体文学批评拥有与传统文学批评所不同的言说渠道媒体化、话语表达时尚化、审美评价情绪化等新质，且新媒体营造的人文图景为文学批评提供了更加开放、可待提升的空间。传统文学批评虽通过专业的学术刊物公开发行，但过于浓厚的学理气息使它们的接受与传播只是在专业领域的有限范围内进行，而不能像新媒体一样在社会各个阶层区域流行。新媒体的发达使这些高大上的刊物开通了抵达读者的通道———比如开设微信公众号（此处以自媒体为例，故纳入本文讨论范围），读者可以随时随地、随心所欲地接触到文学批评的前沿。② 欧阳婷认为，微博、博客、微信等自媒体传播是除传媒外更为快捷、更具活力的网络传播和批评的载体，自媒体中即兴时评的发言的针对性和实效性不时把网络文学现象推到传媒前沿，有利于提升网络文学的社会关注度和文化影响力。自媒体传播可以让传统媒体的单向传播变成多向传播，从传统的"推传播"变成现在的"拉传播"和"推拉并举"式传播，大大提高了信息的传播广度及覆盖面。在自媒体上批评者与批评对象、批评者与批评者间得以展开互动交流与及时反馈，大大加强了网络

---

① 欧阳友权：《建立网络文学评价标准的必要与可能》，《学术研究》2019 年第 4 期。
② 刘巍、张叶叶：《新媒体与文学批评的声音》，《艺术广角》2016 年第 4 期。

批评的临场感和针对性，有效磨砺了批评的锋芒，增强了文学批评的活力。① 杨蕾提出，互联网改变了传统的文学活动，自媒体的影响下网络文学活动过程各环节参与主体具有多元性，而社会分层又使网络文学作者与读者的行为具有明显的层级特征，在网络文学活动中作者与读者互动下的协调写作、文学批评的民间参与等"群动"之下更显复杂。② 欧阳友权指出，文学网民借助博客、微博、微信等自媒体评说文学，是在颠覆中分享文学批评话语权，从主体身份上破除了少数批评者的垄断格局，形成网络时代"人人均可批评"的新局面。③

自媒体文学批评与网络文学的在线批评具有交叉部分，禹建湘在读了欧阳友权《网络文艺学探析》后指出，网络文学在线批评是最具主体性的文学批评，网络文学批评摆脱了传统文学批评的秩序和批评范畴，批评主体的"平民化"可以摒弃"客观谨慎"的思维方式，改正"掉书袋"的矫揉造作的批评文风，可以更便捷地搭建批评者和作者的多向度交流，互动语境的间性对话拆除了"批评中介"，使得网络文学批评更直接、更有效。④ 通过自媒体可以更为便捷有效地搭建网络文学的在线批评平台。

三　自媒体文学批评的阐释与发展

从图3可看出，近年来，学界对自媒体网络文学批评的研究保持上升态势，在自媒体文学批评发展的同时，我们对这一概念的理解和阐释也在不断深化。

在2015年12月5日"批评的力量"暨湖北省美学学会学术年会上，张贞谈道，"随着科学技术水平的提高、传播媒介的发展和时代

---

① 欧阳婷：《网络文学批评的学术梳理》，《求是学刊》2016年第3期。
② 杨蕾：《层级与异化："群动"下的网络文学》，《东吴学术》2017年第3期。
③ 欧阳友权：《走进网络文学批评》，凤凰出版社2019年版。
④ 禹建湘：《网络文艺学的历史性演进——读欧阳友权〈网络文艺学探析〉》，《中国图书评论》2018年第9期。

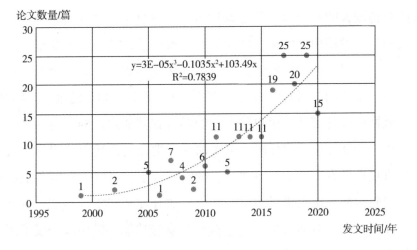

$$y=3E-05x^3-0.1035x^2+103.49x$$
$$R^2=0.7839$$

图3　自媒体网络文学批评论文发文量统计

（2021 年 5 月 4 日查询于中国知网）

语境的转变，'自媒体批评'逐渐成为新世纪文艺批评的'代言人'。从存在形态来看，生产和传播自媒体批评的网络平台主要分为个体建立和多个主体共同建立两种，并且二者都强调鲜明的'主体理念'。从生产机制来看，自媒体文学批评主要借助互联网进行生产和传播，具有即时、迅速、碎片化、分众化、非线性、多媒体融合等特征。从批评内容来看，自媒体文学批评具有文艺研究文化化、对话意识增强等特点"。作为一种尚未成熟的文学批评式样，"自媒体文学批评"还有待进一步深入探讨和阐释。①

　　曾繁亭指出，2008 年之后学院派对具体网络文学作品进行研究的专著或论文仍然偏少，是因为网络文学领域虽有不少引发话题的作品出现，但真正在文学性上有所突破的作品十分鲜见。但在网络文学的在线批评领域，自媒体平台的出现使得网络文学批评的生态与整体状况发生了巨大变化。虽然 2007 年模仿 Twitter 的社交网络站点"饭否"

---

　　① 郝日虹：《学者关注"自媒体文学批评"：如何彰显出文学批评力量》，《中国社会科学报》2015 年 12 月 7 日。

未能获得较大的影响力，但是 2010 年新浪微博的出现几乎席卷了整个中文网络。微博用户的文学批评具有易操作性，能够随时发布简短的文字，对此时所阅读的网络文学作品直接发表观点，大学教授、媒体人士也可以使用微博对网络文学进行专业、独到、精炼的批评。同时，由于微博的强社交性，用户的观点能够得到其他用户的及时转发，以及更进一步地评论或者反驳，再次加强了批评的传播力。读者"甚至可以直接在原有文本上进行改写，随时地加上自己阅读和审美上的印迹。同时微博系统会提供对话、私信、加好友和转发等功能，方便一点与多点之间的对话与交流"①。微信公众号功能则进一步扩展了网络文学在线批评的可能性：一方面，用户建立公众号，上传自己的评论文章，并通过"转发至朋友圈"功能向现实交际圈扩散，达成更具针对性的传播效果。另一方面，由传统媒体以及新媒体运营的微信公众号对关注者进行推送，因而发布文章能够适应更为集中的受众群。而且，微信公众平台中同样存在相当专业的文学评论推送账号，这些自媒体有着严格的用稿标准以及审稿团队，文章的质量与传统的学术刊物相比不遑多让。再者，网络文学批评的主体并非固定不变，由于网络这一载体的特殊性，文学批评者可以依靠其相对轻松地进行身份转换，而微博与微信的普及更是让几种网络文学批评之间存在的界限几乎消弭了，如普通网民可以在自媒体上发表文章，对时兴的网络文学作品进行评论；教授同样可以注册自媒体账号来对某一网络文学文本进行阐释等。② 欧阳友权指出，随着网络技术的发展以及网络文学相关网站版图的变迁，社交网络和自媒体的广泛应用，让在线批评成为文学批评的常态，学院派批评也开始在网络上进行，其与网络批评之间的界限变得模糊甚至日渐消弭。③

---

① 李夫生：《作为公共空间的微博及其文学生产》，《创作与评论》2012 年第 1 期。
② 曾繁亭：《网络文学批评主体的衍变》，《小说评论》2016 年第 5 期。
③ 欧阳友权、喻蕾：《网络文学批评史的问题论域》，《中南大学学报》（社会科学版）2017 年第 3 期。

刘巍、张婷指出，成立于 2005 年 3 月的豆瓣是以用户为主力军的社交网站，该网站糅合了自媒体、微内容、长尾理论等时髦的互联网概念，功能和价值已不仅仅是一个社交网络平台的运营，更大的影响力在于将文学和新媒体引渡融合。豆瓣集文学性、权威性、民间性和分享性等功能于一体，这种功能期待具有广泛而深远的发展空间，更新了自媒体时代的文学批评方式。① 刘巍认为，网络模糊并格式化了现实社会中批评主体的年龄、性别、学历、身份，使得文学批评向"社区化"转变——以共同的兴趣爱好、审美标准和价值取向为纽带，由特定人群组建的，信奉和推行群体内特有的文化价值体系、思维方式和欣赏模式的族群。自媒体是该类族群建立的重要平台，其优点即在于它的凝聚力，由于社交软件的低门槛使用策略，它已成为不同群体汇聚内部声音的重要场所，可以将有大致相同审美趣味及水准的人扭结在一起交流心得，② 为当代文学批评提供了"沾泥土""带露珠""冒热气"③ 的批评氛围。刘巍、张叶叶发现，原本只在象牙塔里传道授业解惑的专业评论家、文学教授、作者本人等"正统"批评者成为新媒体的拥趸。新媒体的迅速发展促使学者对文学批评这一学科进行反思，力图突破传统学术研究的局限，在实践中找到新的生长点。比如许多编辑通过自己的微博、微信发布刊物信息、文学感悟，为读者提供了"纸媒时期幕后英雄"的全新视角。《文学评论》的微信公众号上每一期都有"编后记"，从中我们可以感受到编者初衷、编辑理念、评价标准，而且点评也字字珠玑、一针见血，与所编发文章相得益彰。《小说月报》的公众号在向读者提供最新出版的作品的同时推出关于作品的评论文章。《收获》在 2016 年第 2 期推出了张悦然的长

---

① 刘巍、张婷：《新媒体与文学批评的功能期待——以豆瓣为例》，《艺术广角》2017 年第 6 期。

② 刘巍：《新媒体与当代文学批评之新变》，《文艺争鸣》2018 年第 12 期。

③ 中共中央文献研究室编：《在党的新闻舆论工作座谈会上的讲话》，《习近平总书记重要讲话文章选编》，中央文献出版社、党建读物出版社 2016 年版，第 438 页。

篇小说《茧》，同期刊登了金理对这部小说的评论文章《创伤传递与修复世界》，甚至设置了"微信专稿"的栏目，刊登了双雪涛的《双手插袋的少女》，也是对《茧》的读书札记。在这些公众号推送文学批评文章的下方还设有给读者评论的"弹幕"，比起纸质文学批评的"读者来信"形式，自媒体以其快速直接的方式聆听了更多读者的声音。文学研究与批评在过去囿于固定圈层，受众较小，随着传统媒体和新媒体的携手共赢，文学批评也可以成为大众化的行为。微信的便捷给作者、读者、评论者之间提供了畅谈的虚拟沙龙，加快了文学批评与反馈的进程。①

四　自媒体文学批评发展中的问题

卫洪指出，在自媒体文艺评论活动中，"网民"仍为主要评论力量，不可避免地存在大众评论随意性大，情绪化倾向明显，缺乏必要的精度与深度等问题。由于个人文化背景、审美习惯、欣赏水平、社会立场等的差异，不同受众对同一作品的看法不一。由于缺乏评论的专业性，导致评论内容沦为个人意见，无法产生共鸣，不能形成大众共识，不能提供普遍性的学理指导，无法变成系统化的理论体系，自然难以实现引导创作、引领审美的目的。② 欧阳友权也指出，我国网络文学批评一直存在的两大痼疾之一是主体缺位，职业批评家尤其是学院派严重缺位，许多学人不愿意抑或不屑于把视线移至稚嫩而粗糙的网络文学，而把评价这一文学的话语权拱手留给了在线网友，让网络论坛、社区、贴吧、作品评论区成为网络文学评价的主阵地。③ 禹建湘在读了欧阳友权《网络文艺学探析》后指出，《探析》提出了三个追问：一是平民化开放空间评价标准何在？二是共享式乐园里还要不要主体承担？三是谁来为自由言说的"粗口秀"

---

① 刘巍、张叶叶：《新媒体与文学批评的声音》，《艺术广角》2016 年第 4 期。
② 卫洪：《文艺评论需要跟上自媒体的时代步伐》，《中国文艺评论》2021 年第 3 期。
③ 欧阳友权：《建立网络文学评价标准的必要与可能》，《学术研究》2019 年第 4 期。

埋单？① 主体的责任及评判标准未确定始终是自媒体文学批评面临的大难题。

胡友峰指出文学批评的边界被模糊。符号化的酷评是否算得上真正的文学批评？点赞或踩是一种批评方式，还是一种互动社交手段？而多用于商品买卖和服务行业质量情况回馈的好差评的打星级模式，能否属于文学批评？这些疑问和困惑充分说明了电子媒介时代文学批评的模糊性。②

自媒体的文学批评主体易受利益驱使。胡友峰提到，利益驱使有时会严重折损文学批评的有效性，使得批评主体自主判别能力大打折扣。一些被收买的"水军"无脑黑对家，无视自己对文学文本本身的自主鉴赏力。一些自媒体百家号，有时为了商业利益，追求刺激性来吸引眼球和引发讨论，使得对文本的评论并不那么中肯。欧阳友权、张伟颀谈道，由于传媒批评面向的是大众市场，其网络文学批评难免走向功利，让热点变为"炒作"，乃至使通俗成为肤浅。③ "在消费文化影响下，媒体批评对感官刺激津津乐道，加上网络、微信、博客等新兴媒体如鱼得水，它对媒体批评的参与，增添了拥挤、热闹、繁盛的意味，但大都是印象堆积、感性围观，不少是隔靴搔痒，而且存在不少误读。"且自媒体上的在线批评常常表现为即兴式批评、娱乐式批评、感悟式批评、颠覆式批评，乃至冒犯式批评、吐槽式批评等，其众声喧哗让批评充满生气，但也有其明显的局限性。虚拟空间的自由性导致一些批评情绪化乃至"拍砖"的粗鄙化，出现不文明用语。就内容而言，一己一时的阅读感受可能会造成与所评文本的疏离，缺乏对文本深入细致的分析，没有全面考辨研究对象，显得十分零碎而不成系统，甚至为招人注意而有意哗众取宠、

---

① 禹建湘：《网络文艺学的历史性演进——读欧阳友权〈网络文艺学探析〉》，《中国图书评论》2018 年第 9 期。

② 胡友峰：《电子媒介时代文学批评的审美变异》，《中州学刊》2020 年第 1 期。

③ 欧阳友权、张伟颀：《中国网络文学批评 20 年》，《中国文学批评》2019 年第 1 期。

夸大其词，有失文学批评的公正性。① 史霄鸿也谈到以自媒体和大众媒体为主要阵地的独立评论人不断崭露头角，激活了互联网文艺评论的生态环境。但是，作为"意见领袖"的独立评论人受点击率、转发率乃至植入广告等经济利益驱动不在少数，或为迎合读者发表低级趣味及媚俗内容，其评论亦多蜻蜓点水，在"去中心化""去精英化"的同时容易导致扁平化、浅薄化的评论倾向。李夫生针对微博指出，"由于审查制度的缺席，微博文学批评的生产者既是创作者又是把关人，因此难免不鱼龙混杂，甚至泥沙俱下。由于微博的裂变式传播方式，极易在极短的时间内几何级差地播散开来，因此，微博文学生产者的个人情绪极易感染影响其他的接受者、传播者，进而演变为公众情绪"。②

五　自媒体文学批评如何持续发展

胡友峰指出，"微信公众号"的出现为想要发表专业长评的读者提供了传播平台。个人通过程序极其简单的申请注册，就可以拥有自己的公众号，自由发表文学见解或评论文学作品。根据腾讯公布的数据，"每天注册微信公众号的数量上万。如此庞大的数据证明很多人都有做自媒体的意愿"。③ 在自媒体上发布评论文章并不需要具备严谨的学术论文结构，倘若运营得当，一些自媒体大号一年获得的传播量，甚至远远大于一些机构媒体全年的传播量。自文学诞生以来，"文学批评"与"文学创作"之间，从未有过如此平等、便捷、深入的互动。④⑤ 自媒体文学批评的泛化主体与平台构建分别为自媒体文学批评

---

① 杜国景：《当代中国文学批评语境与机制研究》，《中山大学学报》（社会科学版）2015年第4期。

② 李夫生：《作为公共空间的微博及其文学生产》，《创作与评论》2012年第1期。

③ 井婷婷：《自媒体红利》，西南财经大学出版社2015年版，第10页。

④ 胡友峰：《电子媒介时代文学批评的审美变异》，《中州学刊》2020年第1期。

⑤ 阎先宝、潘慧琼、杨化坤：《美国"We-Media"概念下古代文论话语的阐释困境与对策》，《安徽理工大学学报》（社会科学版）2019年第4期。

的发展提供了主体条件和平台技术条件。自媒体文学批评必须认识如下几个问题，才能提升网络文学批评的质量。

1. 自觉认识相对有限性的存在

吴俊在《不确定性中的文学批评之惑——从制度转型和文学生态之变谈起》中指出，包括自媒体现象的网络文学之类现象只是表层问题，从根本上、最关键的是我们失去了有效应对不确定性现状的能力——还没有充分认识到，某种确定性的价值观已经很难应对不确定性的现状。在自媒体网络文学批评中则体现为即便是在最关注网络文学、网文写作的理论家笔下，批评理论和批评实践要么受到传统纸媒文学理论阴影的笼罩，要么就暴露出理论突破、理论新创、理论原创能力的欠缺。这实质上说明了我们的文学批评水平还远低于文学创作的现实。当新媒体写作（网络文学、一般网文等）与前沿技术的更新和进步产生与时俱进的共振时——犹如文学现实的图景在不断被刷屏，我们的文学批评却仍在一筹莫展。自觉认识到一种相对的有限性的关系存在，对于发现我们身处的不确定性现状中的价值体现或能产生积极意义。①

2. 进一步深入探讨阐释

除了夯实理论根基之外，文学批评还必须与时俱进。江汉大学人文学院副教授张贞在"批评的力量"暨湖北省美学学会学术年会上从存在形态、生产机制、批评内容等方面，对新媒体时代语境中"自媒体文学批评"的现状与发展进行了介绍。"'自媒体批评'逐渐成为新世纪文艺批评的'代言人'；从存在形态来看，生产和传播自媒体批评的网络平台主要分为个体建立和多个主体共同建立两种，并且二者都强调鲜明的'主体理念'；从生产机制来看，自媒体文学批评主要借助互联网进行生产和传播，具有即时、迅速、碎片化、分众化、非

---

① 吴俊：《不确定性中的文学批评之惑——从制度转型和文学生态之变谈起》，《小说评论》2019 年第 6 期。

线性、多媒体融合等特征；从批评内容来看，自媒体文学批评具有文艺研究文化化、对话意识增强等特点。"张贞表示，作为一种尚未成熟的文学批评式样，"自媒体文学批评"还有待于进一步深入探讨和阐释。①

3. 批评主体、话语、标准的构想

刘巍、张叶叶认为，"关于新媒体与文学批评的现在与未来，不妨做一些构想，以期促成对二者都有利的发展。关于批评主体，最好是批评者的思维模式能够与时俱进，能树立针对新媒体技术革命的美学文化精神，建构与新媒体时代特征相协调的批评意识和知识结构"。批评家要及时更新自己的"素材"，要在新媒体中丰富学识，使得整个批评活动更具说服力，同时更"亲民"，同时使当代文学批评实践更加科学与客观。对于网友，最好能在"自律"的基础上丰富、完善自身的批评实践，不把情绪化的语言带入文学批评之中，而是面对真实的作品、出自内心的责任感发言。

关于批评标准，是在实践中得到验证的，是大数据信息资源背景下批评家达成的共识。当代文学批评要借助新媒体让真正高质量的作家作品凸显出来，就目前来看，批评标准的设定最好能兼顾异质性与系统性———异质性是在新媒体空间中寻找个性化的批评定位；系统性则是文学批评既要符合各层级的利益，也要在大的系统中保持价值观的纯净。

关于批评话语，新媒体批评除有线上、纸质同期发表的文章（《人民日报·文艺评论版》《文艺争鸣》都开设了微信公众号，许多批评家也以朋友圈、微博发表评论），更具特色的是新媒体"点评"式的表意，新媒体批评的话语方式是最具新媒体特色的，但也是问题最突出的，它的直接、杂乱已经影响到批评的神圣感和权威性。这促

---

① 郝日虹：《学者关注"自媒体文学批评"：如何彰显出文学批评力量》，《中国社会科学报》2015 年 12 月 7 日。

使我们思考：研究者能不能在文学批评发言尺度的拿捏上做些工作，尽量使发言者的自律和媒体监管结合，既符合政策上的限定，也利于媒体技术上的执行。新媒体有着传统媒体无可比拟的迅捷便利、开放自由和平民色彩，当代文学批评也是在建构中生成的，若能将二者的发展性、动态性更好契合，会是文学批评的福祉。[①]

当我们讨论自媒体文学批评的持续发展问题时，首先要考虑到已有的主体条件和技术条件，如何在现有平台的基础上增加主体的参与感以及如何优化自媒体平台使用感。同时，要承认批评理论和批评实践能力的欠缺，自觉到一种相对的有限性的关系存在，并尝试突破原有传统文学批评的阴影，提高文学批评的理论水平。因此，作为一种尚未成熟的文学批评式样，"自媒体文学批评"还有待于进一步深入探讨和阐释。在此基础上对批评主体、话语、标准的构建展开合理构想，有助于为自媒体文学批评的发展提供可行路径。

自媒体文学批评应在实践中建立，批评标准既要具有自媒体个性化的批评定位，又要符合各层级的利益，保持价值观的纯净，与文学批评及网络文学批评的大标准相适应。在构建标准过程中，应坚守价值导向，追求认识、教育、审美、娱乐功能与市场效益的统一，均衡美学标准、人气、经济效益等评价范式来展开对文学作品的思想内涵、艺术形式、审美风格的鉴赏和评价，同时也要结合自媒体特性（如碎片化观点呈现、主体的泛化、自媒体文学批评界限的模糊等）进行综合考虑。

自媒体文学批评具有文艺研究文化化、对话意识增强等特点，"去中心化""去精英化"的特征使读者话语权得到提升，而自媒体平台加快了文学批评与反馈的进程，调动了读者的积极性。同时，文学批评的自媒体呈现有利于受众群的增加，在一定批评标准约束下，读者通过自媒体文学批评的相关内容展开学习，再通过自媒体平台及时反馈和进行实践，在此过程中，读者的知识水平和运用能力都能得到

---

① 刘巍、张叶叶：《新媒体与文学批评的声音》，《艺术广角》2016年第4期。

一定提升，进而对社会文化氛围的建设起到一定助推作用。

第三节　传统媒体中的网络文学批评

所谓的传统媒体，指的是包括报刊、书籍、广播、电视在内的大众媒体。21 世纪初，大众传播媒介骤然兴起，开始大规模挤占精英文艺的市场空间，而作为大众媒介的报纸、电视开始面向公众搭建文艺批评平台。由此，大批不讲学理的"八卦"式批评开始指点文艺的江山。这种批评当时被称为"媒体批评"，它一方面因为拉近了文艺与大众的距离而受到欢迎，另一方面却在文艺批评界引发了焦虑甚至愤怒。虽然在新媒体崛起后，传统媒体的生存空间受到了严重的挤压，但他们仍在文学批评领域发挥着举足轻重的作用，而这种影响力也延续至网络文学批评领域。

欧阳友权在其《中国网络文学二十年》中将网络文学批评的主体"一分为三"，其中的第二股力量指的就是面向文化市场的媒体批评，这一阵营主要由记者、编辑、作家和关注网络媒体的文化学人构成。他们善于从媒体传播的角度，在网络文学中发现具有新闻价值的文学现象，找到一个切入点进行导向性文化点评，或者以敏感的"新闻鼻"将其纳入某个"议程设置"予以舆论引导，以形成广泛的文化关注，具有较强的实效性以及市场导向性。

一　传统媒体中网络文学批评的发展

早期的网络文学并没有进入大众视野，自然也不能引起传统媒体和传统批评家的重视。因此，传统媒体起初对于网络文学的反应并不是十分迅速和灵敏。现存的期刊文章和报纸并不多，2000 年之前，传统媒体上的网络文学批评屈指可数。我们现在可以找到的最早的期刊是黄鸣奋在 1997 年发表在《厦门大学学报》的《电脑艺术学刍议》，在这篇文章中，还没有出现我们现在所使用的"网络文学"这一概念，网络文学被涵盖到"电脑艺术学"这一大概念下；但是，这篇文章十分有先见性地断言"电脑艺术学的研究，有助于认识信息社会到来对我国文艺建设的影响，丰富有中国特色的中国文艺"①。而其2000年发表于《文学评论》的《女娲、维纳斯、抑或魔鬼终结者？——电脑、电脑文艺、电脑文艺学》一文，也再次探讨了电脑对人类生活、文学艺术乃至文艺批评的影响，认为电脑并不是人文精神的对立物，没必要对其发展产生焦虑。此后，黄鸣奋继续发表了《换笔：电脑与文艺家的情感》《电脑文艺：对理论、批评和史学的呼唤》等文章，并对网络文学现象进行阐述。

　　1998年，在痞子蔡的《第一次的亲密接触》大火之后，网络文学也逐渐受到了学界的重视，他们以传统媒体为阵地，针对这一新兴的文学类型展开了讨论。陈海燕在《网络小说的兴起》② 中着重讨论了她所定义的网络小说的特征：作家隐匿，文本开放，虚拟的真实，接受的当下性。作者同黄鸣奋一样，十分看好网络文学的前景发展，认为其虽然在当下充满瑕疵，但是前景光明。其他如《电脑报》《电脑爱好者》《Internet信息世界》等技术媒体也发表了一些如《"网络"＋文学还是"网络文学"》《网络给文学带来了什么》《痞子蔡的"第一次亲密接触"》等评论或者推介文章，也以浅显易懂的语言，对网络文学的出现以及发展状况进行简要介绍。2001年，欧阳友权《互联网上的文学风景——我国网络文学现状调查与走势分析》③ 一文，针对我国的网络文学发展状况进行了研究，详细地介绍了网络文学网站，网络文学"网"了些什么，网民最爱看什么作品，并且就网络文学的健康走向提出了一些建议。早期的传统媒体网络文学批评虽然数量不多，但仍为后续研究打下了坚实基础。

---

　　① 黄鸣奋：《电脑艺术学刍议》，《厦门大学学报》（哲学社会科学版）1997年第4期。

　　② 陈海燕：《网络小说的兴起》，《小说评论》1999年第3期。

　　③ 欧阳友权：《互联网上的文学风景——我国网络文学现状调查与走势分析》，《三峡大学学报》（人文社会科学版）2001年第6期。

2000 年之后，网络文学俨然成为学界关注的研究热点，2004 年 6 月中南大学文学院、《文学评论》编辑部、《文艺理论与批评》编辑部联合举办的"网络文学与数字文化"全国性学术研讨会，吸引了来自高校与科研机构近百位专家、学者参会，这是网络文学研究领域第一次高层次的研讨会，被称为"在野"的网络文学第一次遭遇学院派。①会后，《文学评论》《理论与创作》《文艺理论与批评》等期刊相继刊发了本次会议的综述，传统媒体再一次发挥其作用，为网络文学批评提供了坚实阵地。

二 传统媒体中网络文学批评所关注的问题

迄今为止，传统媒体中网络文学批评关注的问题涉及方方面面。从网络文学诞生到现在，随着网络文学的不断发展，我们也可以看到传统媒体中的网络文学批评也在不断与时俱进，那么，传统媒体中的网络文学批评究竟在关注哪些问题？

1. 对网络文学的认识与定义

对于网络文学的概念界定，是早期网络文学在产生之初批评家们所关注的问题，我们在上文传统媒体中网络文学批评的发展中也有所提及。作为一种全新的文学样式，批评家首先要面对的问题是"网络文学"的概念界定问题。面对这个看似简单实则至关重要的问题，学界观点并不一致。

在出现网络文学之前，我们对文学类型的命名或如：唐宋文学、明清文学、现代文学、当代文学，这一般以时间为标准划定；或如：伤痕文学、寻根文学、先锋文学这样以文本的特点来命名，而"网络文学"的命名则是以"网络"这种新型的传播媒介来界定的。1998 年被公认为我国"网络文学元年"，实际上，网络文学及其概念的产生要更早一些。此前，人们曾使用电脑文学、多媒体文学、赛伯（博）

---

① 欧阳友权：《当代中国网络文学批评史》，中国社会科学出版社 2019 年版。

文学、数字（位）文学、超文本文学、互联网（因特网）文学、在线文学、比特文学等，来指代这种不同于传统龟甲、竹帛、纸张等"原子"形态书写或传播介质的新媒介文学①。1996 年，《中国时报·资讯周报》推出了"网络文学争议"专栏，被认为是"网络文学"在我国印刷传媒中首次正式采用。②

欧阳友权在《网络文学本体论纲》中这样界定网络文学：网络文学是一种用电脑创作、在互联网上传播、供网络用户浏览或参与的新型文学样式。③ 杨新敏《网络文学刍议》认为，"网络文学即与网络有关的文学"，起码包括"印刷类文学的网络化"与"网络原创文学"两大类④。许苗苗、许文郁认为，"网络文学应该是由网人在网络上发布的，供网人在线阅读的文学作品"。⑤ 这些界定都是以"网络"为核心，看是否与网络发生关联来判定是否属于网络文学的范畴。

"超文本""超链接"这样的概念在网络文学诞生之初也被学者作为网络文学概念界定时考虑的因素。顾晓鸣、葛红兵等人还曾以"网话文""网话文学"命名网络文学，葛红兵将充分地利用声音、图片、动画、文字等计算机多媒体技术进行组合创作的"超文本的多媒体语言"艺术视为"网话文学的高级形态"，认为网话文的语言也不同于传统文学的语言，它"在一个母本中链接着不同的子本"，形成一种"多向链接语言"，带给读者更为广阔的欣赏视野⑥。

但是很多学者对于带有技术崇拜的网络文学概念的界定持有怀疑态度。陈平原以网络时代的化学、哲学等学科为例，认为这些学科因其并未体现出"知识体系"的不同，也就未表现出以"网络化学""网络哲学"命名的"企图"；同理，"文学就是文学，网上/网下的写

① 单小曦：《媒介与文学：媒介文艺学引论》，商务印书馆 2015 年版，第 173 页。
② 欧阳友权、袁星洁：《中国网络文学编年史》，中国文联出版社 2015 年版。
③ 欧阳友权：《网络文学本体论纲》，《文学评论》2004 年第 6 期。
④ 杨新敏：《网络文学刍议》，《文学评论》2000 年第 5 期。
⑤ 许苗苗、许文郁：《网络文学的定义》，《北京市政法管理干部学院学报》2002 年第 1 期。
⑥ 葛红兵：《网络文学：新世纪文学新生的可能性》，《社会科学》2001 年第 8 期。

作与阅读，不应该成为或褒或贬的理由"，"强调'网络'的独特性，而忽略'文学'的普遍性""并非明智之举"。①

李敬泽认为，"文学产生于心灵，而不是产生于网络"，"网络文学"只不过是"网络在一种惊人的自我陶醉和幻觉中被当作了心灵的内容和形式"。② 余华认为，讨论传统出版文学和网络文学的话题是"没有什么意义"的，它们只是网络与纸质出版两种传播方式的不同，而并非文学本质的不同。③

网络文学的概念随着网络文学的发展一直在扩充内涵。总体上看，在网络文学概念演变过程中，其初兴时因新媒介出世所带来的技术震撼与冲击随着网络的普及有所减弱，而技术普及后所带来的审美习惯与生产机制变革等因素在内涵界定中所占的权重逐渐增加。④ 2011 年，崔宰溶在《中国网络文学研究的困境与突破》一文中，从网络文学的网络性、流动性、过程性出发，认为对网络文学的研究不能局限于固有的作品思维，应突破作品、文本、超文本等概念的局限性，从网络文学区别于传统文学的"网络性"特征出发，他认为在研究中应用"网络性"取代"网络文学"术语。⑤ 虽然网络文学的概念到今天还有争议，但是我个人认为，随着时代的发展，网络文学的定义和内涵也应当有相应的调整以适应正在发展中的网络文学。

2. 评判网络文学的价值和缺陷

网络文学自从诞生以来就处在非议之中，直到今天，还有人提起网络文学十分不屑地认为其是文字垃圾。网络文学的价值和缺陷这样的命题自然不是与文本交互的读者群们可以通过简单的文本剧情可以评价的。传统媒体对于网络文学的价值与缺陷的批评一直层出不穷，

---

① 陈平原：《"文学"是否需要重新命名》，《中国图书商报》2001 年 1 月 23 日。
② 李敬泽：《"网络文学"要点和疑问》，《文学报》2000 年 4 月 20 日。
③ 余华：《网络和文学》，《作家》2000 年第 5 期。
④ 王江红：《网络文学概念内涵演变》，《安庆师范大学学报》（社会科学版）2019 年第 6 期。
⑤ 崔宰溶：《中国网络文学研究的困境与突破》，博士学位论文，北京大学，2011 年，第 76 页。

直到今天仍然在讨论范畴中。

聂庆璞在 2002 年便认为，网络文学将成为"未来文学的主流形态"。① 很多批评者都从与传统文学比较的角度入手，阐释、赞扬网络文学体现了自由、平等、开放的精神。姜英认为，网络超文本技术不仅改变了文学的传播方式和传播渠道，而且形成了对文学创作和思维方式、文学认知与阅读体验的不可避免的改变。超文本网络文学作为最具网络特征的网络文学形态，充分显示了它与传统纸媒体文学不同的诸多特点。本文力图梳理超文本网络文学的简短的发展历程，并阐明它与传统文学相较之下的审美特性。②

当下，当网络文学发展已经成熟并且带来巨大的经济和社会效益之后，网络文学的价值还在被学者们挖掘。

欧阳友权认为，网络文学切入"网络性"与"文学性"之间的价值关联，需要从网络时代社会变迁和网络作家人文审美的主体选择上考辨网络文学价值律成的必然性，据此可探寻的维度如：网络文学的虚拟体验，蕴含了社会转型期人们在赛博空间的梦想与抵抗；网络技术平权下的读者本位，规制了网络作家平视审美的价值立场；而类型小说的"套路"叙事，则是网络创作中艺术适配创新性的价值选择。③

周志雄、王婉波认为，中国网络文学的主流化优秀网络文学作品实现了网络性、思想性、文学性的融合，在作品内涵上向人情事理深处拓展，向知识性拓展，在语言表达、文化意蕴、小说结构、人物形象塑造等方面向纯文学学习，探索精品化创作道路，不仅有愉悦读者的作用，也有提升读者的作用，不仅给人精神上的正能量，也给人艺术的审美享受。④

马季甚至还谈到了网络文学对于少数民族文学的价值。"在某种

---

① 聂庆璞：《网络文学：未来文学的主流形态》，《社会科学战线》2002 年第 4 期。

② 姜英：《超文本网络文学及其审美价值》，《三峡大学学报》（人文社会科学版）2004 年第 3 期。

③ 欧阳友权：《网络文学价值的三个维度》，《江海学刊》2020 年第 3 期。

④ 周志雄、王婉波：《网络文学的主流化倾向》，《江海学刊》2020 年第 3 期。

程度上，少数民族地区反而成为这次传播革命的最大受益者。一根网线缩短了他们与文化发达地区的时空距离，改变了民族创作的生存空间，巨大而无形的网络为新生一代少数民族作家心灵还乡创造了条件。"①

网络文学的缺陷也一直是批评者关注的重点。不得不承认，网络文学虽然数量极为庞大，但是质量良莠不齐。自从 2003 年起点中文网站推行 VIP 付费模式，付费阅读成为文学网站基本盈利模式以及后来盛大网络公司收购起点中文网，采取一系列举措开启网络文学大规模的产业化的发展道路，网络文学的商业性日益明显。主流媒体如《人民日报》《光明日报》等也刊发了许多文章，网络文学过度商业化的缺陷进入了批评家的视野。

周传雄在《网络文学与中国当代文学的发展》中提到，网络文学还处于发展的起步阶段，还存在着很多的缺陷和不足，主要表现在：一是鱼龙混杂，整体格调有待提高；二是商业化气息较浓，信马由缰地自由化写作；三是惯性复制，一味追求"好看"。一些作者成名之后只求写作速度，一味复制自己。②

这篇文章提到的问题直到十年后网络文学并未解决，并且随着 IP 时代的到来，网络文学与商业之间的纠缠越发深厚，网络作家以及网络作品比之十年前更是增长到极为庞大的数字，这些缺陷现如今越发明显，并且随着社会环境的发展变化，甚至产生了更多的缺陷。对于网络文学审美价值的缺失也一直是批评家们所关注的。因为网络文学很多都是"爽文"，也即大众通俗文学，因此，在审美上与传统文学、经典文学相比，自是差了许多。"网络文学审美的娱乐性一直是学界比较关注的问题。无深度、平面化，追求阅读快感和阅读刺激是网络文学的主要问题之一。网络写作的多种风格和多元结构，以及追求个人价值感的认同，是一把双刃剑，它在创建个体精神的同时，容易忽

---

① 马季：《少数民族网络文学的价值与意义》，《南方文坛》2011 年第 5 期。

② 周志雄：《网络文学与中国当代文学的发展》，《理论学刊》2009 年第 4 期。

略对受众的心理关怀。因此，一旦失去边界，就会因为追求娱乐性而导致创作责任的缺失，构成对网络文学发展的制约。"① 无论是肯定网络文学的价值还是指出网络文学的缺陷，其目的都是促进网络文学更好的发展，以适应时代发展以及人们更高层次的精神追求，推进中国文学的发展。

3. 建构网络文学批评体系

网络文学出现了很多有别于传统文学的特质，如果还用老一套的标准、批评眼光来看待、批评网络文学，显然是不适合的。网络文学批评该采取怎样的标准？

批评家白烨提出："当前的网络文学需要文学批评，而且非常迫切。"而谙熟网络文学的作家陈村认为："文学首先是读者的需要，而不是批评家的需要。网络文学现在已存在，不能以批评家的个人喜好为转移。"②

陈崎嵘《呼吁建立网络文学评价体系》一文明确提出，对网络文学的评价可以有许多标准，但主要的取向是思想价值取向和审美趣味取向。首先，网络文学应当有正确的思想价值取向，有起码的社会责任、基本的法理和道德底线。"网络文学同样要树立以人民为中心的创作导向，在思想境界上追求对国家民族的担当，对真善美的赞颂，对假恶丑的鞭挞，对暴力的抵抗，对欺骗的揭露，对遗忘的拒绝，对人生终极意义的不懈追问，对人类精神世界的永恒探寻。""在反映现实时，应当分清主流与支流、光明与黑暗、现象与本质、现实与理想、合理性与可能性，恪守基本的道德标准和伦理规范……哪怕是虚构玄幻世界，也应当符合人类既有的知识经验和生活常理，体现人性人情。"其次，网络文学应当有高雅的审美趣味取向，对文学心怀敬畏，对网络志存高远。网络文学应当追求积极、健康、乐观、高雅、清新的审美趣味，反对消极、颓靡、悲观、低俗、污浊的审美趣味。这种

---

① 马季：《网络文学的传承与变革》，《名作欣赏》2017 年第 4 期。

② 赵晨钰、江舒远：《网络文学：新文明的号角还是新瓶装旧酒》，《中华读书报》1999 年 12 月 2 日。

追求或反对，体现在题材选择、情节设置、人物塑造、语言使用、文本气质诸多方面，需要具体分析①；李朝全的《建立客观公正的网络文学评价体系》一文则提出：网络文学是网络与文学的结合体，因此，评价网络文学，首先要运用文学的标准、小说的标准。文学的艺术性、思想性、审美观赏性，语言的特点与叙事的风格，表现人性的深度与人文色彩，这些评价标准同样适用于网络文学。同时，评价网络文学还有其特殊性标准，这是由网络文学的网络属性和特质决定的。由于是借助网络这一平台进行即时创作、传播和阅读，网络文学因此具有便捷性、互动性、流传性等特征，传播力和转化力都很强。诚如有关专家所言，网络文学创作需要遵循满足读者阅读快感原则，符合"多巴胺原理"，角色可代入性等。这些规则或原理，便是评价网络文学的特殊标准。②

马季谈到，与传统文学相比，网络文学也表现出了一些局限和问题，如无深度、平面化、追求阅读快感和阅读刺激，因此，建构网络文学理论批评体系，帮助读者草中识珠，提醒作家任重而道远，不仅仅是学术上的与时俱进，实际上也是应对新世纪文化战略课题的必然选择③。

许多研究遵循从"史实"到"史论"的持论逻辑，欧阳友权、禹建湘、欧阳婷、罗先海等人，在观念转向、标准创建、功能变迁等论域，开拓出网络文学批评史的思维空间与学理范式。用新理论、新方法、新视野构建网络文学的理论批评体系，成为网络文学研究的新亮点。④ 禹建湘和孙苑茜认为，当下"网络文学批评的建构应立足于纵向深入网络文学场域，横向拓展多维批评体系，打通网络文学的文化辐射"。⑤

张知干提出，"网络文学以行业的高速发展回应了这个时代对它

① 陈崎嵘：《呼吁建立网络文学评价体系》，《人民日报》2013 年 7 月 19 日。
② 李朝全：《建立客观公正的网络文学评价体系》，《河北日报》2014 年 12 月 5 日。
③ 马季：《网络文学的传承与变革》，《名作欣赏》2017 年第 4 期。
④ 欧阳友权、贺予飞：《网络文学研究的几个学术热点》，《文艺理论研究》2019 年第 3 期。
⑤ 禹建湘、孙苑茜：《论网络文学批评的失范及其对策》，《写作》2019 年第 2 期。

的一切质疑，已经成为当代文学中绕不开的存在、文化产业中重要的一环、当代文化中最有活力的内容。面对在商业机制中自给自足的网络文学，应当遵循社会主义核心价值观，深刻了解网络文学创作主体和媒介特质，探索网络文学创作规律，建构符合网络文学网络传播媒介特征和别于传统文学特征的网络文学评价体系和批评标准，并且在网络文学批评实践中不断发展和完善"；① 既是网络小说创作者也是批评者的梣椤认为，对于网络文学乃至整个网络文艺而言，评价体系建设是一项"当务之急"。当前网络文艺中存在的诸种问题，与评价体系薄弱、评价标准缺失和批评方法不当有直接关系。本文从分析网络文学批评存在的问题和成因入手，在与传统文学批评进行比较的过程中，寻找制约网络文学批评的难点，探索提高批评效果的可能性路径，提出从事网络文学批评工作应当具备的基本条件。②

如何建构网络文学的标准体系，建立怎样的标准？用怎样的方法？都是当务之急，批评家们也是各持己见、各执一词。但是可以肯定的是，建立行之有效多维度的批评体系对于网络文学的发展是有必要的。没有行之有效的，多元化的批评体系，网络文学自身可能很难发现自己的问题，也很难朝着良性的方向去发展；况且文学的发展必然要伴随着相应的批评，二者是相辅相成的。传统文学批评很多都依赖西方文学理论，更遑论网络文学，因此除了建立批评体系之外，如何发展出经典的理论也是我们应该关注的问题。这已经不仅仅是传统媒体对于网络文学批评的事情了。

4. 对具体的网络文学作品进行评论

与诗歌、散文、戏剧等体式相对稳定的文类相比，网络文学的类型化主要是指网络小说的类型化。成立于 2001 年的幻剑书盟网站最早对网上文学作品加以分类，并以奇幻、武侠类作品闻名；到 2006 年前

---

① 张知干：《建构网络文学评价体系和批评标准势在必行》，《网络文学评论》2019 年第1 期。

② 梣椤：《网络文学批评有效性弱化及对策》，《中国文艺评论》2020 年第 1 期。

后，伴随大量文学网站商业化或文化产业化实践，类型化写作已经成为网络文学创作的重要前提；2011 年，盛大文学推出中国网络文学分类标准，将网络文学分成奇幻、玄幻、武侠、仙侠、言情、都市、历史、军事、游戏、竞技、科幻、悬疑、灵异、同人、图文、剧本、短篇、博客及其他等 19 个类别①。

　　网络文学的类型化研究是网络文学批评的核心问题之一。网络文学类型化研究的代表性成果有：2007 年，中国文史出版社"网络文学新视野丛书"推出《网络小说论》《网络诗歌论》《博客文学论》《网络文学语言论》等系列著作。《理论与创作》（2008 年第 3 期）杂志辟有"新锐之思"专栏，集中刊载了网络文学类型研究的若干论文，包括马为华《网络历史小说：传统、现代欲说何》、陈立群《网络"古典神话"：现代性症候的中国式救赎》、王姝《网络玄幻小说的历史母题与价值观审视》、杨雨《网络诗歌功能论》等。邵燕君《网络文学经典解读》（2016 年）从传承性和独创性角度考虑，分别选取西游、奇幻、修仙、玄幻练级、盗墓、历史穿越、官场、清穿、宫斗、都市言情、耽美、种田等十多种类型小说代表作，提炼网络文学类型经典标准。

　　陶东风认为，青春文学、玄幻文学和盗墓文学可以看作"80 后"写作的三个主要代表。② 陈晓明、彭超谈到网络小说类型中，奇幻、玄幻与魔幻三个概念虽经常为人们所谈起，但常常被误用和混淆，他从文学范畴的角度对三个概念进行梳理与界定。③

　　许苗苗认为，历史穿越小说在网络文学中占据着很大的市场。为规避史实方面的错误，网络作者还会采取"架空"的方式。网络文学

---

　　① 欧阳友权主编：《网络文学词典》，世界图书出版公司 2014 年版，第 30 页。
　　② 陶东风：《青春文学、玄幻文学与盗墓文学——"80 后写作"举要》，《中国政法大学学报》2008 年第 5 期。
　　③ 陈晓明、彭超：《想象的变异与解放——奇幻、玄幻与魔幻之辨》，《探索与争鸣》2017 年第 3 期。

挣脱惯性、谋求发展的动力，蕴含在参与者的交互行为中。互动提供了历练的机会，是促使网络文学参与者自我反思、理性自觉的重要渠道。① 刘小源来自二次元的网络小说已经成为当今网络文学领域最具活力的生长点。随着"80后"、"90后"乃至"00后"作者们的成长与成熟，二次元文化正逐渐由边缘的"小众文化"向中心的"大众文化"渗透，而来自二次元文化的网络小说也必将随之成为网络文学的主流。② 邵燕君《再见"美丰仪"与"腐女文化"的逆袭——一场静悄悄发生的性别革命》以《琅琊榜》为切入点，对当下的耽美文学进行了从女性主义立场出发的解读；但练暑生认为耽美小说折射了女性身份政治在男权文化、强者逻辑和异性霸权中的掣肘，难以确立起新时代的独立女性意识。③

不同于《甄嬛传》等宫斗题材，以《香蜜沉沉烬如霜》《三生三世十里桃花》《花千骨》《琉璃》为例的仙侠剧是近年来爆火的剧，霍美辰、王方兵认为这些古装"仙幻剧"多半取材于网络文学或网络游戏，在文本叙述和价值取向上都带有鲜明的网络二次元文化意味，给受众营造如梦似幻的"青春异托邦"，也形成了此类剧集与中华历史文化精粹的断裂与隔离。④ 除了仙侠剧，一大批现实题材如《大江大河》《都挺好》等热播剧也反映了当下网络小说类型的新转向，2019 年以来，网络文学发展出现了引人瞩目的转向，对现实题材的关注已经成为新的话语焦点。随着现实题材站上"风口"，网络文学不再专注于异质生活的挖掘，取而代之的是将过去 20 年网络文学升格为"传统"。正是在后一个尺度上，网络文学的创作和发展显现出强烈的主流

---

① 许苗苗：《从"穿越"到"穿越指南"：网络文学如何实现内在规范》，《探索与争鸣》2016 年第 3 期。

② 刘小源：《二次元文化与网络文学》，《东岳论丛》2017 年第 9 期。

③ 练暑生：《"耽美"文学与〈北京故事〉的文化逻辑———网络身份政治的可能性及其不可能性》，《福建论坛》（人文社会科学版）2017 年第 4 期。

④ 霍美辰、王方兵：《"青春异托邦"的迷思与反省——国产古装"仙幻剧"的价值征候探析》，《中国电视》2018 年第 11 期。

化特征，以至于传统类型作品在被经典化的同时也被消解。①

除了对类型的解读，批评家对于一些经典的网络文本如《甄嬛传》《芈月传》《琅琊榜》《大江大河》《庆余年》等也会做出具体的文本分析。对于一些文本，批评家的视角有时与读者背道而驰，比如《打火机与公主裙》是青春小说的代表作品，拥有众多粉丝，很多读者认为李珣、朱韵的爱情十分动人，"我愿为你征战沙场，做你的不二之臣"更是成为经典；但是一些传统批评家却并不如此认为，他们直接批评《打火机与公主裙》中叙述的爱情是十分畸形的，并不值得追捧。还有一些批评家如欧阳友权会专门做《网络作家批评年鉴》《湖南省网络作家群》，对网络作家的代表作品进行具体文本解读以及批评。

5. 探究网络文学的文化传承

网络文学与传统文学之间的关系也一直是传统媒体的网络文学批评所重点关注的问题。随着网络文学的兴盛，以及科技的发展，传统媒体下的纸质出版已经相当没落，更遑论文学经典。人们手机点开的电子书也大多是网络文学，传统文学、经典文学的命运该何去何从一直是批评家们关注的重点。

网络文学现在面临经典化、主流化的，从他者到主体的问题。优秀的网络文学对于优秀的传统文学是有着必然的联系的。

欧阳友权在文章中谈及，网络文学传承中国古代的"乐感文化"基因，以虚拟审美光大俗文学传统，形成了以通俗性娱乐为主打功能的"爽"文学观。网络虚拟审美的娱乐本体要追求媒介合规律性与艺术合目的性的统一，既要避免"奥威尔式"的文化禁锢，又要谨防"赫胥黎式"的"娱乐至死"，调适电子化媒介制造的无节制欲望和对欲望的娱乐化满足，对网络文学的过度娱乐化保持必要的警惕，并为之设立必要的边界；② 网络媒体引发的媒介权力重新分配，使文学经

① 刘赛、葛红兵：《网络文学发展的五大趋势：2019 年度网络文学创作与出版观察》，《中国图书评论》2020 年第 1 期。
② 欧阳友权：《网络文学虚拟审美的娱乐边界》，《社会科学辑刊》2021 年第 1 期。

典的命运开始发生变化。网络传播的技术机制对文学经典意义的祛魅、后现代主义观念对文学经典的价值论解构，以及消费主义文化语境对文学经典的欲望化规避，让文学经典遭受到了前所未有的冷遇。不过，经典的暂时隐退并不意味着它的历史性退场，经典的网络传承及其新经典的打造，必将给文学经典的时代创生带来新的机遇。①

覃皓珺、陈帅认为，"其大多在中国传统文化中汲取了丰富滋养。中国网络文学对于传统文化的吸收，不仅在于语言层面对经典的中国古诗词的合理应用，在故事叙述层面对于传统历史元素的承袭与革新，还在于网络作家对于中国传统哲学的改造、杂糅上"。② "尽管容量巨大的网络文学显示出了这样或那样的问题，但这并不妨碍我们换一种观察角度，将其看成一个当下通俗文学与中国传统文化融合的自由场域，假以时日，相信在这个场域中一定会诞生更多脍炙人口的作品，网络文学的经典化指日可待。"

从审美上讲，网络文学反映了新生代作家群体对生活的理解和认知；从文化传承上看，网络文学与传统的通俗文学有着极深的渊源。成功的网络作家都曾经大量阅读中国古典文学，甚至研究程度要比传统作家更细致。网络作家的思想来源于，既有中国古典文学，比如《红楼梦》《封神榜》《七侠五义》《西游记》《聊斋志异》，甚至金庸、古龙等人的武侠小说，也有很多西方大众文学，如《哈利·波特》《魔戒》《冰与火之歌》等。③

很明显，网络文学离开网络，仍然脱离不了其文学，以及人类精神产品的本质。网络文学传承优秀传统文化是必要的，如此才能打开文本更多的可能性，不仅是在语言上，更是在叙事结构、行文方式、审美意境上，只有质量上去了，我们才能谈论其经典化的问题。

---

① 欧阳友权：《文学经典在网络时代的命运》，《求是学刊》2019 年第 3 卷。
② 覃皓珺、陈帅：《追索与迷失：中国网络文学与传统文化刍议》，《创作与评论》2017 年第 4 期。
③ 马季：《网络文学的精神资源与话语方式》，《新阅读》2018 年第 10 期。

6. 关注网络文学的海外传播

被称为与美国好莱坞电影、日本动漫、韩国电视剧并驾齐驱的世界文化创意产业之一，网络文学以玄幻等类型小说为主，以"爽"为主要的感官体验，代表着"民间话语权"，吸引着世界各地的年轻人。网络文学出海首先在东南亚等受中华传统文化影响区域出现，然后于2015 年进入欧美，尤其是在美国以"武侠世界（Wuxia World）"为代表的网站网络文学翻译中取得较为广泛的影响。国内学者邵燕君、吴赟、顾忆青、尹倩、曾军等分别就网络文学在英语世界的译介、海外传播现状等进行了研究，

据《中国网络文学蓝皮书（2017）》，[①] 网络文学创作队伍达 1400万人。中国网络文学的海外传播，从海外粉丝的自发翻译，呈现出向国内网站搭建海外平台发展之势，东南亚、北美、俄罗斯已建立起多个中国网络文学海外传播平台。[②]

郭竞、吴长青、何明星、庹继光、高纯娟、尤达等梳理与剖析了中国网络文学海外译介及传播的现状、路径、特点，肯定了中国网络文学在全球化进程中作为一种文化现象，深深地植根于中国内地民间社会，可喜的是得到了国家的认同与支持。网络文学的社会影响力也在慢慢释放，它为当代文学的新空间拓展创造了新的可能。关注海外网络文学传播与研究，对提高网络文学的质量，特别是增进文化输出、增强国家文化"软实力"等都具有较强的现实意义。[③] 尤达从海外受众媒介消费基本属性入手，着重分析其媒介消费的主动参与性，并试图在此基础上运用 Jabet Staige 关于媒介消费的六种行为模式对海外受众的媒介消费行为加以概括和总结。[④]

---

① 邵燕君、吉云飞、肖映萱：《媒介革命视野下的中国网络文学海外传播》，《中国文学年鉴》2019 年第 1 期。

② 《中国网络文学蓝皮书（2017）》，http：//www.chinawriter.com.cn/n1/2018/0530/c404027 - 30022514.html，2018 - 05 - 30。

③ 吴长青：《中国网络文学的社会影响力及海外传播》，《世界华文文学论坛》2017 年第 2 期。

④ 尤达：《网络文学海外受众媒介消费研究》，《编辑学刊》2019 年第 1 期。

目前传统媒体对于网络文学的关注还有一些问题，比如网络文学经典化问题，网络文学社会效益与法制监管，网络文学产业问题研究，小说改编，版权保护，网络文学数据资源建设与学术路向选择，网络小说的现实主义审美转向，网络文学中的女性意识，等等，涉及面十分广博，这与网络文学本身的复杂性，动态发展以及时代发展密不可分。

三　传统媒体中网络文学批评的不足之处

传统媒体中的网络文学批评发展至今，产生了很多卓越的成果，其学术深度、思考力度、学理化、智性化是新媒体批评所无法逾越的，这也与传统媒体中的批评主体有关。但是这并不代表传统媒体中的网络文学批评就可以在网络文学批评中占据绝对话语权，因为与交互性很强的在线批评相比较，还是存在一些问题。

批评界不能确定以及建构网络文学的批评准则，因为这实在是有些复杂。在网络文学理论批评体系建构中，一方面，不少学者存在"崇古贬今""过度西化""唯技术论"的偏向，导致理论参照与文学现实之间扞格不入，价值认同断裂，范畴指涉狭窄；另一方面，许多理论与评价标准自说自话、空泛僵化，缺乏入场研究及互动交流。[①]很多批评家在批评的时候，往往以一种"俯视"而不是交流的态度来看待网络文学，不免带着些假大空的意味，与网络在线批评、作者互动交流介入不同，理论家往往没有耐心或者兴趣对不断出现的以网络小说为代表的网络文学保持高度的"在场"，研究者本身可能都没有认真读完自己所批评的文本本身，就已经凭着自己的专业素养进行批评，这不免有些傲慢。而这也直接导致了传统媒体中的网络文学的新现象、新热点研究的滞后与缺位。

当传统媒体中的批评家们还在批评网络小说的类型化、套路化、模式化，并且总结一种类型的相关特点时，却没有注意到很多网络小

---

① 欧阳友权、贺予飞：《网络文学研究的几个学术热点》，《文艺理论研究》2019 年第 3 期。

说的创作者本身也在创新，反套路，创作出背离类型化的文本，很多类型之下出现了新的设定，新的趋势，新的人设，新的类型，如果不是长期浸淫于网络文学，是无法发现这些创作中的新热点问题的。我们以晋江的女频举例子，"霸道总裁"的龙傲天式男主已经不太吃香，近来十分流行阴郁、变态、病娇的"暴君"人设，主打女主治愈救赎，但是我们在写类型化批评时，如果不保持对于网络小说文本的高度"在场"，是很难注意到的；再比如，女性言情在最近还经常出现一种文章，女主既不是灰姑娘，也不是公主王妃，而是古代的"外室"或者小妾，这一点也不"玛丽苏"，言情小说的欣赏对象多为女性，很多网络上的互动式评论表示对这一设定无法接受；近几年还有一种设定，很多女性读者要求作者笔下的男女主角必须是"双处"，如果男主不是"处男"，会被网友冠以不守男德的帽子，表示强烈的抵制，为了迎合这些读者，很多作者会在文章之前写上"双洁"来表示自己笔下主人公的纯洁，这都是网络文学的当下正流行的。

在上文中我们谈到，邵燕君认为腐女文化是一场悄悄的性别革命，但是豆瓣上女权主义公共论坛以及网络小说打分论坛认为，耽美文化是一场彻彻底底的厌女文化，包括耽美小说以及当下风头正盛的一系列耽改剧，如《陈情令》《山河令》《山河故人》等，并将男演员演耽改剧称之为"下海"。

在一些公共论坛上，在线评论的批评者的嗅觉往往比传统批评家更为敏锐，她们一直关注着小说中的变化，并且能总结出规律或者特点，比如在豆瓣上"小说打分器"小组，自创"晋江封建制度"来讽刺以晋江小说网站为代表所创作的一些网络小说中的痼疾，批评力度并不比专业批评家批评力度小，只是少了学理化的分析；另外，传统媒体中的网络小说批评是不会关注被打以低俗标签的"肉文"，因为这说白了就是在搞黄色，但是一些女性读者在关注这些黄色文学的同时分析其中的文学性，很多以明清狭邪小说，例如《金瓶梅》作比较，分析其语言特征，比如很多人认为黄文《小家碧玉》的语言颇得明清《三言二拍》之风韵，也有很多人将其与女性性意识联系起来，进行考据分析，批评在这种文学样式的批评上，他们走得更远。

第四节　文学网民的自由发声

随着中国互联网和网络小说产业的飞速发展，文学批评也在互联网时代产生了新的发展变化，在批评主体、批评方式和批评标准上都产生了许多新变。[①]　其中，文学网友的自由发声最能体现网络批评的特色。

"文学网民的自由发声"即网民在线批评，也就是所谓的"草根批评"。国内学者对于网络文学批评中文学网民在线批评的研究始于21世纪初，稍晚于网络文学文本研究。由于网络文学批评主要由学院派批评、传媒批评、文学网友在线批评三部分共同参与，因此专门研究或讨论文学网友在线批评的文献或研讨会议较少，但只要有关网络文学批评的研究一般会涉及文学网民的在线批评。"蔚蓝2000年发表的论文《因特网与文学批评》可能是最早的涉及网友在线批评的研究文献，2001年《南方文坛》第三期刊发三篇文章，讨论了媒体批评（包括普通网民在线批评）。2004年中南大学谭德晶教授出版专著《网络文学批评论》，这也是国内最早一部与此话题相关的专著，此后《探索与争鸣》杂志在2010年第11期刊发欧阳友权等人探索有关'网络文学批评'的文章。以上就是本世纪前十年间国内学者对于网络文学批评中文学网友在线批评探讨的大致情形。"[②]　在第二个十年间，随着网络文学的迅猛发展，网络文学的有关研究也越来越受到重视，涉及此话题的研究在2011—2018年起逐年上升，近两年相较之前有所下降，但十年间总体呈上升趋势。2019年出版《中国网

---

① 柳颖：《赛博空间中的众声喧哗》，硕士学位论文，河北大学，2012年。
② 黎杨全：《数字媒介与文学批评的转型》，华中师范大学出版社2012年版。

络文学批评史》，是第一部系统梳理网络文学批评史的学术专著，其中多个章节涉及对文学网友在线评论的研究和探讨。这个时期关于此话题的论文著作不胜枚举，比较有代表性的有周静《网络文学批评的难局与新路》、李静《网络文学批评——构建属于自身的标准》、禹建湘《网络文学批评标准的多维性》、曾繁亭《网络文学批评主体的演变》等。

一　从小众讨论到 "众声喧哗"：网民在线批评的发展

作为网络文学批评的先遣军，文学网民的自由发声几乎是伴随着汉语网络文学的出现而出现，1991 年，第一家中文电子期刊《华夏文摘》在北美创刊，汉语网络文学从此诞生。与传统文学相比，虽然早期网络文学创作与阅读有着极大自由性、平等性，许诺 "人人都可成为艺术家"①，但是，由于技术的限制，大部分普通民众已被排除在网络文学的门槛之外。网络文学创作者多集中于高学历人群和文学爱好者，例如邢育森为北京邮电大学信息工程博士，李寻欢本科毕业于西北大学经济专业，朱威廉曾于加州大学洛杉矶分校主修法律。这些早期的文学网民不仅仅是批评者，更是网络文学的创作者，他们在 "榕树下"、天涯论坛等平台对作品进行剖析讨论，而这种 "草根" 网络文学评论也以发帖形式出名，形成了最早的文学网友批评的生态，但这一时期的文学网民在线批评还仅仅停留在 "小众讨论" 阶段。

而时间推移至 1998 年，这一年被诸多学者认定为对于中国网络文学具有非比寻常的意义，甚至可以说是 "中国网络文学元年"，欧阳友权教授在《中国网络文学二十年》中给出了这样看法的原因："根据有二：一是 1997 年 12 月 25 日第一家最具规模的原创文学网站 '榕树下'（www.rongshuxia.com）上线，1998 年春这个大型网站的身姿

①　黄鸣奋：《网络时代的许诺："人人都可成为艺术家"》，《文艺评论》2000 年第 4 期。

开始进入人们的视野；二是第一部'网人写网事供网友阅读'的网络原创长篇小说——痞子蔡《第一次的亲密接触》于1998年春上线，让人们脑洞大开——原来网络还可以玩文学，文学还可以这么玩，从此大大普及了网络文学，随之迎来网络文学的'草根崛起'。"① 网络文学影响力同时作用于网络文学批评，痞子蔡的《第一次的亲密接触》在百度贴吧陆续更新的过程中吸引了大量网友参与评论，"不到两个月的时间里就有超过5万人次在线评论"。② 充分展示了文学网民自由批评的惊人影响力。

2000年后，得益于互联网在中国的更大规模普及，据中国互联网络信息中心发布的《第47次中国互联网络发展情况报告》，截至2020年12月，我国网络文学用户规模达4.60亿，较2020年3月增长475万，占网民整体的46.5%；手机网络文学用户规模达4.59亿，较2020年3月增长622万，占手机网民的46.5%。③ 与此同时，文学网站和网络文学作品也如雨后春笋般快速增加，网络文学从"无功利创作的自由生长期"转向了商业化运作的发展方向，付费阅读的盈利方式逐渐被确立之后，网络文学就不再只是文学爱好者的"自娱自乐"，网络文学的阅读也有了物质消费性。更多的人开始接触网络文学，从而成为文学网民群体中的一员，网络文学网站为旗下的文学作品开辟了专门的评论区域，网民们可以通过"灌水""拍砖"等发帖形式，参与到对作品的创作和讨论中，更方便、更灵活、更快捷地实现自我言说，文学网民的在线批评进入"众声喧哗"阶段，也成为网络文学批评中不容忽视的重要力量。与面向市场的媒体批评、学院派的学理建树互补共融，构成了当下网络文学批评的基本生态。④

---

① 欧阳友权：《中国网络文学二十年》，《文艺论坛》2018年第1期。

② 欧阳友权、张伟颀：《中国网络文学批评20年》，《中国文学批评》2019年第1期。

③ 中国互联网络信息中心，《第47次中国互联网络发展状况统计报告》，（2021－02－03）[2021－4－30]，http：//www.cnnic.net.cn/hlwfzyj/hlwxzbg/hlwtjbg/202102/t20210203_71361.htm。

④ 欧阳友权：《当代中国网络文学批评史》，中国社会科学出版社2019年版。

二 网民在线批评的类型

大多数网民的在线批评，是基于阅读网络文学作品过程中的有感而发，其更多的是遵行内心的喜好，是即兴的、感悟的，也是即时性的，具体来说有如下几种类型：

1. 即兴式点评

文学网民在作品的评论区发表的或长或短，即兴而作的评论被一些学者称作"即兴式点评"，欧阳友权教授在《中国网络文学批评20年》中对即兴的网络文学批评进行了概括："就内容而言，在线批评所谈及的往往是一己一时的阅读感受。"[①] 在线批评的低门槛和匿名性导致即兴式点评在网络文学批评中占比较大，"网络文学批评者身份可以隐匿的特点导致了批评主体的大众化，同时也使批评的核心带着十分清晰的大众意识。这种批评凭借个人的直觉或情感被抒发和描述，通常能够言简意赅地将作品概括出来，更容易引发读者的共鸣"[②]。即兴式点评的内容往往较短，主要是看到某些章节时的感受和看法，有时甚至能简短到诸如"顶""好看""666""支持""神作""垃圾"等这样单独的词汇，但是即兴的点评之中能直接地传达出读者对于作品的褒贬之意，这种批评的方式与中国古代文学的评点式批评有相似之处。

由于网络文学平台的商业化运作，对于一个作品的评价除了留下文字形式的批评之外，还可以进一步简化为仅仅在作品的评价区进行点赞或点踩，或者对作品进行打分。这样的评价方式还包括进行打赏时留下只言片语，将手中的推荐票和月票等投给作者，在"评价票排行榜"中，每一部小说的热度指数和好评指数都依次以数据方式呈现。一方面，网民读者通过点击实现了文学作品的瞬时评判；另一方

---

① 欧阳友权、张伟顾：《中国网络文学批评20年》，《中国文学批评》2019年第1期。

② 刘瑞娥：《中国网络文学批评现状与建设途径研究》，硕士学位论文，山东理工大学，2017年。

面，排行榜等参照系将各类评判指标以数据统计方式呈现，这使原本文字式的批评在读者们的点击中被一个个数据的累积所量化，这种数据化的评价不仅刷新了网络文学批评的存在形式，其快捷性也使得越来越多的网民读者加入批评主体阵容中来①，或许也可以将上述内容视为即兴式点评的一部分。

2. 感悟式点评

感悟式点评是网民们根据自身阅读的感悟发表的网络文学评论，最为明显的标志就是在批评文章中出现"我"这种第一人称的表达方式，以"我"为中心，是"我"被作品中的人物或情节所打动，"我"是主要展示对象，是"我"情不自禁地发出一些感慨，没有功利性，没有高深的艺术理论，也没有鸿篇巨制的篇幅，更没有什么太多的启迪性质的社会意义和教育意义，仅仅是读者的自身感受，有些通过诗化的语言来表达，与古代文学批评中的体验如出一辙。

在网络文学的创作中，"代入感"比较受到作家的关注，受到欢迎的作品往往是读者能够将自己代入小说中主角的身份，去体验小说世界中塑造的"爽点"的作品。这种创作中就有的倾向自然会导致网络文学批评的参与者将目光着眼到自己身上，将自身的经历与作品的内容结合起来进行评价。这里我们以豆瓣用户 Z 某人在《全职高手 1·放逐斗神》评论区中的评价为例："有很多很多瞬间，我以为我看的不是一本网游小说，而是井上雄彦的《灌篮高手》，明明是要考试的节奏，结果毫无自制力，星人就被一本从名字到简介都听起来渣到不要不要的书给拖住了。更何况，这书也太厚了，奋战了一个星期，才看到第 15 本。"②Z 某人的评价中包含了自身过往的阅读经验和阅读过程中发生的事件与感悟，但是实际上却是在评价作品《全职高手》的精彩程度与《灌篮高手》相似，并且引人入胜。

---

① 欧阳友权：《当代中国网络文学批评史》，中国社会科学出版社 2019 年版。
② https://book.douban.com/subject/10561209/.

3. 灌水与跟帖互动

灌水与跟帖互动是所有网络文学批评类型中最具有特色的部分，这些内容在互联网普及以及网络文学诞生之前是完全没有产生的空间的，只有当网络文学网站和其他网络社区为评论者提供了平台之后才能出现，灌水与跟帖都是与论坛的发帖机制以及用户等级等系统密切相关。灌水与跟帖并不是网络文学批评所独占的形式，在互联网空间中对其他问题的讨论中也十分常见，下文中对二者的讨论只限于其在网络文学话题下的价值。

灌水在网络中的定义是："向论坛中发大量无意义的帖子"，一部分学者认为，灌水的内容包括前文提到过的即兴式点评的内容，即文学价值不大的文学批评内容也被视作了灌水；另一部分学者则倾向于网民们的文学批评内容不能算作灌水，只有出现在网络文学评论区却完全没有体现出文学价值的内容才能被算作灌水。笔者认为后一种观点更为合理，如果将即兴式的点评内容也算作灌水，就会成为一种传统批评对网络文学批评的偏见，扭曲了文学网民发帖评论的本意。

"灌水帖"没有实际的阅读意义和价值，文学网民通过刷屏式的"灌水"占据论坛的大量版面和空间，不仅刷掉了别人发的旧帖，而且以一种反叛传统、消解意义的方式获得一种自由的释放和心灵的关注。文学网民之所以做出刷屏式的"灌水"行为主要出于以下六种情况：第一，打发无聊时间；第二，发泄不满情绪；第三，以恶作剧方式调节论坛气氛；第四，打招呼，看看有什么朋友在线；第五，增加论坛经验值；第六，引起论坛网民的关注，使别人记住自己。①

当论坛上有人发帖时，网民会将此人称为"楼主"。交互型网民会在"主帖"下以"跟帖"形式交流互动，此时，"楼主"与"跟帖"者之间、"跟帖"者与"跟帖"者之间不是主客关系，而是平等的对话关系。这种由于"跟帖"而形成的"楼上"与"楼下"密切相

---

① 欧阳友权：《当代中国网络文学批评史》，中国社会科学出版社 2019 年版。

连的评论正如一列列长短不一的多米诺骨牌，而网络在线批评就在主体间性所搭建的多个对话序列中形成了批评场域的连锁效应。在"众声喧哗"的网络空间，个体化的碎片式言论很容易被湮没。由于网络在线批评的即时性，在大量的信息浏览和更新之下，一个小时或者一天前的发帖很有可能因众多新帖涌入而不断下沉，而交互型网民在跟帖回复中所形成的连锁效应就将原本热度递减的帖子再次炒热，这种变相的"顶帖"效果正彰显着交互式对话批评的巨大张力及舆论活力。①

跟帖互动分为两种：读者与作者的互动，读者与读者的互动。由于互联网的发展带来了前所未有的信息传播速度，读者与作者之间的距离被无限拉近，甚至可以通过在论坛或评论区跟帖的方式直接进行实时的交流，这种在作品尚在连载过程中就能收获读者反馈的创作，在传统的文学作品中是无法想象的，因此读者与作者的互动就有了影响作品的重要价值。"在传统文学中，作品的创作与评价是两个泾渭分明的阶段，先有创作，后有评价。读者'后置性'的评价会形成经过读者阐释形成的文本，但不会对作者创作的文本产生影响。网络文学的边创作边发表的模式，使得读者反馈直接作用于作品的创作过程。不同读者依据原有阅读经验形成的期待视阈和审美经验的不同，直接导致评价的不同，作者在与读者的交流过程中，可能会依据读者的不同反馈和期待对创作方向进行调整，甚至修改前文。读者的期待视阈和审美经验，通过释义评价，直接作用于文本创作，使得创作阶段和评价阶段交织在一起，共同完成最后的文本创作。文本不再是以作者为主体，而是在作者、读者以及文本三者共同作用下完成。"② 在读者与作者互动的过程中，网络文学作品的受众黏性得到了提升，同时作者也因为得到了及时的反馈而获得更大的创作动力。

读者与读者的互动表现为网络文学的爱好者们在相关网站中就作

---

① 欧阳友权：《当代中国网络文学批评史》，中国社会科学出版社 2019 年版。
② 王银瓶：《谈读者对网络文学创作和评价的影响》，《语文学刊》2016 年第 6 期。

家、作品等交换自己的意见，如：部分读者对整篇网络小说进行概括，并向其他网民表达自己认为这本书值不值得阅读；更有甚者会将自己阅读过的网络小说进行分类整理，做成"书单帖"，这样的帖子如同目录一般，带有读者的打分和评语，能够帮助其他读者快速找到喜爱类型的网络小说；或者对小说中某一情节发表自己看法后乐此不疲地与其他读者进行交流和辩论，就作品的未来走向进行争论。这种讨论最初在论坛和评论区最为多见，如今形成了一些更加专门的书籍推荐网站，如优书网（https：//www.yousuu.com/）。学界也关注到，随着跟帖互动的评论方式的发展，一些专属于网络文学批评的名词也被发明出来，如：发帖者"楼主"、批评"拍板砖"、帖子前三个回复楼层依次为"沙发""板凳""地板"、论坛新人"菜鸟"、与之相对的高手"大虾"。这些词汇有的如今还在网络小说的评论中广泛使用，而另一部分则淡出了日常的适用范围。

三 网民在线批评的基本特征

欧阳友权在《中国网络文学批评史》中将文学网友的在线批评分为四类：一是即时表达，即态度型网友的点击与回复，这类网友习惯于使用简洁明了的词语短语，诸如"赞""顶""写得好""不喜欢"等进行回复，还有的采用表情或图片等形式表达自己的看法。这类评论的语言具有口语化、简短化、生活化的特点，总体具有平面化和直观化的特点。二是连锁效应，即交互型网友的对话和跟帖。他认为这类批评具有交互性、多元性、在场性和游离性的特点，打破了"自言自语"式批评、"一对一"式批评、"一对多"式批评，在散点辐射与焦点互动所构成的多重对话结构中勾勒出一个连锁式的批评场所。虽然这种交互式批评在表层形式上紧密相连，但它在深层意义上却不断发生聚焦偏离和转换。读者们在一连串的跟帖和回帖中碰撞出思维的火花，思想的交锋与游离便会激活不同的理念与新的话题，由此不断开拓和延伸出新的批评空间。三是焦点发声，即评论型网友的鉴赏与点评。这类批评是在网络在线批评中最具批评力量、文学特质和个性色彩的。这类帖子也主要分为感悟式批评、说理式批评和趣味恶搞式批评三类。感悟式批评继承了古代神韵批评的精髓，注重个体的阅读感受和情感表达；说理式批评一般思路清晰、逻辑严密、旁征博引；趣味恶搞式批评一般具有轻松搞笑、戏谑娱乐的效果。四是"身份"悬置，即刷屏型网友的"灌水"与商业操作，这类评论通常是为了发泄情绪或实现商业利益，没有多大的文学价值和意义。①

赖敏在《网络文学互动影响多维探析》中以顾漫的作品《何以笙箫默》为例，具体分析了网络在线批评对网络文学文本的影响和发展方向。文中提到网络在线批评具有强大的交互性的特点，可以对文本产生实时的影响。②

蔚蓝的《因特网与文学批评》较早总结了在线批评的一些特点，如文本的流动性、无序性、变异性，批评的无功利性，直率真实，理论化品格的减弱，文体的简短与自由，主体知识结构的复合化，等等③，于洋等人分析了"跟帖化文体与连锁式批评"等特点④。最早对在线批评的基本特征进行系统总结的是谭德晶的《网络文学批评论》。他在"网络批评的美学特征"一章中将其概括为三条：一是"批评的狂欢"，网络是一个众声喧哗的"超级批评广场"，大家可以话由心生，自由言说，平等交流，同时也滋生出"笑谑"和"下身化"表达方式；二是"主观精神的盛宴"，网上的批评有着更为强烈的主观色彩，表现为"情感的参与融合""过程与体验的现形""抒情与批评的结合"等；三是"神韵批评的复活"，如欣然自得与评点批评、感悟与印象、诗性智慧与诗意语言等。⑤ 谭德晶还在《"在线性"对文学批

---

① 欧阳友权：《当代中国网络文学批评史》，中国社会科学出版社 2019 年版。
② 赖敏：《网络文学互动影响多维探析》，《社会科学研究》2013 年第 5 期。
③ 蔚蓝：《因特网与文学批评》，《湖北大学成人教育学报》2000 年第 6 期。
④ 于洋、汤爱丽、李俊：《文学网景》，中国编译出版社 2004 年版。
⑤ 谭德晶：《网络文学批评论》，中国文联出版社 2004 年版。

评形式的影响》一文中剖析了网络写作和阅读"在线"的特性,分析了"在线性"对网络批评形式的重要影响,他认为,所谓"在线"就是作者和读者的直接在场,这一性质使网络文学批评的写作更加短小、更生活化,也使批评更加注意艺术形式和技巧的新颖独特。① 他的另一篇文章把网络批评的形式描述为"即兴化、短小化、中心泛化"等,网络批评语言"口语化和幽默化",还有"批评内容的边缘化、情绪化与趣味化"等,而网络文学批评这种新的变化,在其根本上又都是由网络批评主体的某种特定的精神向度所决定的。"因此,研究互联网时代的文学批评,一个最重要的切入点也许就是,从剖析批评主体的精神向度开始。"② 欧阳友权也在《网络文学批评史的问题论域》中提出,"网络文学在线批评主要表现为从注重群体认同转向更重视个性好恶,从形而上认知变为形而下评说,从价值理性抽绎转而更侧重个人经验判断"③。

四 在线批评的价值判断和意义探讨

关于网络文学中网民在线批评的价值和意义的探讨,目前学界对其看法不一,陈晓明认为,互联网让文学批评变得"随心所欲""骂你没商量"④,崔红楠认为,网络让草根群体有了指点江山,臧否名作家的巨大权力,但似乎难以形成共识,难以看到思想的碰撞⑤。张颐武认为,网民在线批评是"胡说的民主""民主的胡说"⑥。南帆认为,

① 谭德晶:《"在线性"对文学批评形式的影响》,《中南大学学报》(社会科学版) 2003年第 5 期。
② 谭德晶:《"冒犯"与"躲避"——网络文学批评主体的精神向度分析》,《文艺争鸣》2005 年第 4 期。
③ 欧阳友权、喻蕾:《网络文学批评史的问题论域》,《中南大学学报》(社会科学版) 2017年第 3 期。
④ 陈晓明:《媒体批评:骂你没商量》,《南方文坛》2001 年第 3 期。
⑤ 崔红楠:《穿过我的网络你的手》,《南方文坛》2001 年第 3 期。
⑥ 转自王山《批评:碰撞中的坚守与新生——"网络批评、媒体批评与主流批评"研讨会评述》,《文艺报》2001 年 7 月 10 日。

网上的民主非常自由，但这究竟是真正的民主还是彻底的失范，尚需进一步的思考与观察①。洪治纲认为，信息文化的崛起让文学批评陷入了群殴之境，文学批评的理性、科学性被严重消解②。杨雨玄认为，网络文学的全民参与性，瓦解了精英意识，恰与现代大众文化中的快速浏览的急切心态、能量发泄式的狂歌劲舞的深层无意识的非理性冲动发泄趋势走到了一起③。目前对于这个问题进行较为详尽的系统分析和论述的是欧阳友权和吴英文所著的《网络文学批评的价值和局限》。其认为网络文学批评是一种新型的文学批评样式，它在言说立场、话语表达以及批评方式方面都表现出了与传统文学批评迥异的艺术特性，一方面具有直言其真、拒绝陈腐、批评犀利、实时交互等优点，另一方面也具有浮于表面、缺乏深入思考和学理性批评等局限。

欧阳友权等认为，从积极方面而言，主要有三个方面：一是在线批评的言者立场是以真话对抗虚假。网络批评是最具主体性的文学批评，其魅力之处在于消除了言说者的社会面具和人际焦虑，能够以独立的身份和自由的立场表达"真我"心态，从而以真话对抗虚假，规避传统文学批评难以避免的人情批评、面子批评。在网上，批评者可以隐匿自己的身份，抛开社会角色定位的约束，"隐身"在广袤无边的网络世界里冲浪，获得一种现实中无法实现的自主性和自由感。此时的批评没有了编辑审查的约束、稿酬版税的焦虑和批评之外功名利益的考量，在无约束、无压力、无功利的"三无"状态下激发起敢说真话的勇气，获得"我口表我心"的畅快。当然，他也提到对于文学批评本身而言，话语的真伪并没有一个严格的是非评判标准，言说者的立场也只与他个人的批评视角和批评态度相关，话语的真假，也许仅能从批评者的内心感觉来考量。但毋庸置疑的是，较之于传统批评，网络文学批评由于祛除了各种外在因素的影响，能更加贴近主体内心

---

①　宋炳辉等：《网络文学时代的文学批评与人文艺术》，《上海文学》2003 年第 1 期。
②　洪治纲：《信息时代：文学批评的挑战与选择》，《南方文坛》2010 年第 6 期。
③　杨雨玄：《从边缘化到大众化：从网络文学评论看其发展》，《文艺评论》2020 年第 2 期。

的真情实感，这是对传统文学批评中广为人所诟病的"面具批评"的一种有效矫治。

二是在话语表达方面：网友在线批评用犀利替代陈腐。网络"赛博空间"是一个平等、兼容、自由、开放的虚拟民间场所，其话语表达讲究"惟陈言之务去"，清新而犀利，注重生活化、口语化，用词简短朴素，表意一语中的，或口无遮拦，不加掩饰，或寓庄于谐，灵巧犀利，相对于传统的文学批评，多了一些灵动和随意，少了一些老套与陈腐，能给批评带来一股清新之风。"在场式"批评消解了绵密的思维过程，往往直奔主题，直陈要害，乃至直指软肋，一般不会温文尔雅，顾及情面，更不会故弄玄虚，玩弄文字游戏。与传统文学批评相比，网络批评少了些臃肿的修辞、艰涩的阐释和抽象的玄思，也不大注意措辞的精当和表意的委婉，传统文学批评中常见的引经据典、旁征博引的"掉书袋"习惯和矫揉造作文风，在这里没有市场。形成这种现象的一个重要原因在于，批评主体的"平民化"和"匿名化"身份，使他们摒弃了传统文学批评"客观谨慎"的思维方式，转而追求"轻松率意"的批评感受；并且身份的变化，可以使批评者消除诸多批评之外利益关系的干扰，让批评本身无所避讳，不绕弯子，钦佩者可五体投地，反对时则不留情面。以往批评中的"小圈子"唱和、谄媚式话语，还有貌似公正评品实则空话套话的老套陋习，此时则变成了坦诚相告、问药投医、明眼指瑕。这些都将有助于健康的文学批评之风的形成。

三是从批评方式来看：网民在线批评有利于产生互动语境的间性对话。蛛网覆盖的网络文学批评终止了传统批评认同过去的时间美学，开辟出在线空间的互动式批评，在结束批评家单向度私密评品的同时，开创了大众参与、交互共享的思维空间。网络文学的在线性决定了网络批评只"活"在网上，是网络文学作者、读者身份交融之后批评主体之间脉理交织的多向度交流。在网络语境中，批评过程呈现出明显的动态间性。一方面，由传统批评家充当的"批评中介"被消除了，批评从被动接受到亲身参与，作者和读者之间得以直接对话，距离拉近了，交流更为频繁，更为普遍；另一方面，一个"潜在的批评者"出现了，也就是说，作者的写作需要时刻考虑到网友的存在，以便根据他们的审美需求调整创作；读者的批评也要考虑到"他者"的存在，并不断通过交流更新观念和看法，使自己的欣赏、批评可以成为互动过程的一个有效构成部分。在网络文学批评中，网民"第一时间"读到作品，充当了文学作品的直接"把关人"，他所得到的审美感受也是未受他者干扰的"第一性"的自我体悟，由此也能更真实地体察到写手的审美诉求，这在传统批评全景式批评中是难以实现的。这种交互语境的间性批评方式，很好地弥合了作者和读者之间的审美距离，真正实现了接受美学家们提出的"从受众出发，从接受出发"的文学旨趣。

　　但是，欧阳友权等认为，目前的网络文学在线批评仍然具有许多的局限性：首先，即兴式点评可能弱化思考的深邃性。常见的网络文学批评，主要是直观感知和灵机参悟的即兴点评，这是一种感悟式的批评方式。网友把自己的阅读感受用简短的话语即兴发表在留言板中，类似于传统的神韵批评，是他内心欣然自得的涌现，表达上有如"智慧体操"，轻巧而灵动。不过，这种"碎片化"的写作方式和"平面化"的表达欲求，与思想严整、逻辑缜密的理论批评相比，显然缺少了思考的深度和广度。正因为是即兴的，又是即时的，网络批评往往不作细致的思忖，只求一时宣泄的快感，传达的是自得其乐的阅读意趣，有的评点只是借助批评对象来吸引眼球的"灌水帖""标题党"。这类评点有的还未来得及把作品内容看个究竟，就急忙下帖占位，"抢沙发"（第一个跟帖者）、"争板凳"（第二个跟帖者），为的是引起他人注意，获得一种参与的满足。由于习惯于即兴式的评点，网友们大都厌倦抽象的理论和逻辑论证，偶尔有此类帖子出现，也会被视为假装深沉而遭群起攻之，讥之为另类。这样的批评立场，以及由之形成的短、平、快书写特征，自然谈不上对作品思想和艺术手法等作深入的探究，结果便是批评的平面化、随意化，从而弱化思考的深邃性，传统批评中的"灵魂探险"在此演绎成了蜻蜓点水式的即兴快意。其次，网络表达的趣味式言说消解了批评的学理性。网络文学批评区别于传统批评的一个鲜明特征是其趣味性，它把严肃的批评行为变得生动活泼，把庄重思辨变成灵活出击，往往能够从某个新颖的角度出发，发出常人意想不到之论，使人在轻松诙谐，忍俊不禁中获得快意和情趣。但另一方面，网络批评的这一特点又在一定程度上削减了批评的话语深度，绕开了文学研究历史性和社会性的理论担当，因为轻飘飘的趣味表达可能削弱批评的学理和深刻。再次，恶搞式批评的"舆论暴力"和价值偏误。恶搞式批评通过颠倒、逆向、贬低、嘲弄、戏仿、拼贴等手法，以一些已被大众公认的文化经典、知名人物和事件等为对象，对它们进行意义上的解构、重组、抽换，创造出与原始文本迥然不同的新文本。作为一种时尚化的文化批评方式，恶搞式批评的立足点是"渎圣思维"、"脱冕叙事"和"平庸崇拜"。它以颠覆神圣、讥嘲崇高来实现后现代性的反中心论、反权威性、反整一性和反传统。恶搞挑战的是传统的批评标准和言说方式，形式多样，内容离奇，有的是为了颠覆经典，消解文化上的等级权威；有的想借恶搞经典名著来展现自己的才智，引起他人注意，获得某种自我满足；有的则是为了缓解长期以来对经典文化的审美疲劳，改用审丑来刺激和调节大众的审美神经；有的则纯粹为了排遣无聊，宣泄情感，以"无厘头"的轻松方式表达对某些现实现象的认同或不满。这种批评因其言说方式和思想表达符合大众化草根性口味，往往能引起网民的共鸣甚至蜂拥，形成"一呼千百应"的舆论局面。睿智适度的恶搞，可以活跃批评氛围，激发网民的创造思维和参与意识，有的还能起到对现实不良现象的批判、反讽和舆论监督的作用。从这个角度说，恶搞类似于日常生活中的"恶作剧"，可以一笑了之。但如果超越了一定的"度"，超越了道德底线和社会良知，就会把恶搞变成"恶俗"，甚或"恶劣"行为，形成"舆论暴力"和价值失当，出现目空一切，行无忌惮，为图一时之快，拿别人隐私开涮，损害他者权益等不良现象。这样，就将把原本属于另类艺术行为的恶搞批评弄成了赤裸裸的"舆论暴力"。

总体来看，欧阳友权等认为，网络文学批评改写了批评的机制与格局，让文学批评从传统的精英姿态转向民间立场，实现了批评话语权的平等与共享，但其即兴、趣味、恶搞等颠覆式批评方式，也在一定程度上消解了批评的学理性，弱化了批评的深邃性，甚至引发批评的"舆论暴力"和"价值偏差"①。

由于文学网民在线批评所出现的价值导向的混乱、主体责任感缺失、深度思考和学理性缺乏等问题，许多学者对此提出了自己的思考和建议。魏亚峰《新时代我国网络文学批评存在的问题与改进建议》中针对网络文学在线批评存在批评内容缺少理性沉淀、批评主体责任意识不强、文学批评有哗众媚俗之嫌等问题提出了自己的看法，他认为，首先应提高网络文学批评主体素养，使其树立批判精神，在进行网络文学批评的过程中做到坚持实事求是，独立思考，从而做出具有价值和深度的文学批评内容。具体做法如在各大网络文学创作和传播平台宣扬正确的文学批评观念和方法，通过物质奖励的方式不定期筛选优秀的网络文学批评作品或内容，最终形成良好的网络文学批评氛围；在宣传和展示网络文学作品内容的过程中，除了经济考量之外，从文学角度出发，增添正确文学批评观念等公益性广告和标语，让网络文学评价主体能够保持独立性和客观性，避免盲从，推动网络文学正向发展。其次，尽快制定和构建网络文学批评标准，开拓创新，结合网络文学的特点，注重批评对象的审美观照和创作方式，具体做法如，批评家要重视文学文本的阅读与研究，在展开批评时要强调从文本出发，主要讲述对于文本的理解和看法。为此可以建立文本阅读时长机制，只有网络文学批评主体阅读文本达到一定时间，并满足基础条件之后，才能展开文学批评，如此网络文学批评才能成为"源头活水"；要求网络文学批评者遵守文学自身的特殊规律，与社会趣味保

---

① 欧阳友权、吴英文：《网络文学批评的价值和局限》，《探索与争鸣》2010 年第 11 期。

持审慎的距离，保持文学的独立性、客观性和批评性；使网络文学批评建立在文学文本的审美体验上，以一种非功利的心态先钻进去，深入阅读和体验，注重文本审美的生发与创造。另外，还需呼吁专业化的网络文学批评内容，拓宽传统文学批评主体的批评视野，将网络文学纳入文学领域当中，加深专业文学批评主体对于网络文学的认知；及时进行理论更新，便于批评主体创作出更多优质的内容或作品；调整批评话语，在网络文学中，"文字亲民"是其一大特征，网络文学批评也应该与时俱进，在展开文学批评时避免晦涩艰深，应尽可能地让受众容易理解，多使用网络用语或热词①。欧阳友权、喻蕾论文阐述："活跃于网络上的文学批评者和网络文学批评者，更应当强化自己的责任感，对自己写下的文字负责——惟有对自己的文字负责，对自己的批评立场和态度负责，才能对自己批评的对象负责；而对批评对象的负责，也就是对其他读者负责、对社会负责。传统的批评家应该利用新媒体平台切入网络现场，为积极健康的网络文学批评承命担责；在线批评主体也要注意提高自身的文化水平和道德修养，自觉约束自己的网上行为，审慎而平和地发表言论，避免过激的情绪宣泄，切戒稍有不满则恶言相向，更不要啸聚网络党同伐异"②。除此之外，欧阳友权在《网络文学批评的价值和局限》中，针对文学网民在线批评中平面化的表达、无深度的言说、零散化的复制，造成的批评深度的缺失，批评学理的消解，把原本属于意义赋予的文学批评变成了个性展现的话语游戏和娱乐消遣的问题。呼吁在话语平权和张扬个性中建构起富含普适价值的评价标准。针对由于批评者身份的虚拟和游移不定，使得许多网络批评在"无我"与"真我"的双重游戏中逃避了自身所应该承担的艺术使命，回避了应有的社会责任，提出应在共享式乐园中

---

① 魏亚峰：《新时代我国网络文学批评存在的问题与改进建议》，《北方文学》2020 年第23 期。

② 欧阳友权、喻蕾：《网络文学批评史的问题论域》，《中南大学学报》（社会科学版）2017 年第3 期。

重建主体责任承担；针对在线批评中存在的消解崇高、颠覆神性、贱视权威的"渎圣"现象和粗暴言论，呼吁言说的自由最终是要靠意义的有效表达才能获得价值支撑①。

以上就是国内网络文学批评中有关文学网友在线批评的基本研究现状，从总体上看，对于网络文学批评中文学网民在线批评的现象及问题研究较为全面，并且随着网络文化的普及和影响力的扩大，对于文学网民在线批评的研究也越来越深入，但是仍存在一些问题：

第一，大多数学者由于职业和身份原因，对网络文化和网络用语了解较少，未能深入到网络文化内部去发现、观察和总结在线批评现象，并且大多数学者并不参与在线批评，仅仅通过大致浏览就下定相应的结论，缺乏第一手的翔实材料。如现在很多网络小说进行的 IP 改编，许多网民在线评论涉及改编影视作品与原著的关系，从而涉及饭圈文化现象、控评操作以及粉丝互撕等现象。

第二，缺乏网络文学批评的必要的抽象层面的理论构建。目前大多数学者对于网络文学网民在线批评的分析和研究停留在现象层面，缺乏针对在线批评这一新现象的抽象的理论分析和思考，忽略了在线批评的特殊性，直接将西方现代的文学理论或者中国古代的批评理论生搬硬套。比如将巴赫金的"狂欢广场"简单地等同于网民在线批评，将中国古代的神韵批评等同于当代网民的个性化评论等。中国网络文学植根于深厚的中华民族文化土壤，呈现着中国式的叙事话语与文学想象，因而需要立足于中国网络文学现象与文化现实，浸入中国网络诗学语境，建构出符合中国网络文学发展规律、具有中国特色和指导作用的理论框架与学术话语体系。

第三，对于如何解决网民在线批评中的问题缺乏具体可操作的建议。众多学者对如何解决在线批评中存在的问题，构建起对于网络文学批评的健康有效引导仍旧停留在理论和假设层面，缺乏切实可操作的解

---

① 欧阳友权、吴英文：《网络文学批评的价值和局限》，《探索与争鸣》2010 年第 11 期。

决方案和有效建议。诚然，网络文学中的在线批评中存在的问题涉及大多国家法律、社会文化、经济发展、数字技术等多个层面，牵一发而动全身，因此对于解决网络在线批评中存在的问题仍旧任重而道远。

第四，缺乏跨学科视野。大多数学者由于学科视野和学科专业性的原因，对于文学网民在线批评的研究主要停留于文学批评和文学理论层面，较少触及网络文学在线批评的数字化特质等，对于数字媒介与网民在线批评的关系研究较少，因此大多只停留在对于网民在线批评的现象和社会原因层面，很少深入到网民在线批评的数字技术和数字媒介的深层介质关联。

第五节 面向市场的传媒批评

"传媒批评"在学界也称"媒体批评"，在中国出现于 20 世纪 90 年代。"电视里的文化类节目、人物访谈、谈话节目，大众报刊（晚报、周末报、都市报、周刊）上的文艺副刊、读书和书评版块、文学专栏、文学报道，以及在 20 世纪 90 年代最后几年兴起的互联网上各种文学类网页和论坛等等，成为公众获知文学信息和文学价值评判的主要渠道。在许多从事文学研究和批评的人看来，正是从这里产生出所谓'媒体批评'或曰'传媒批评'。"[1] 最早，李敬泽指出，"媒体批评"的概念，将它与"学院式"的学理性批评区别开来，他认为"媒体批评"面向大众、面向市场，在报纸上、电视上直接为大众提供批评判断[2]，但是并没有一个明确定义。有学者在定义时注重其属性，认为传媒批评是指"利用现代传媒工具进行的一种大众化的文艺批评方式"[3]，更加详细的解读为"由大众传媒展开的文艺批评，是依附于现代传播媒介的文化权力和文化主导地位而渐成气候的一种新的

---

① 林舟：《大众传播与当代文学批评的空间构成》，《南方文坛》2004 年第 4 期。
② 杨少波：《迎接挑战——关于文学评论现状的访谈》，《人民日报》1998 年 8 月 21 日。
③ 张益萍：《传媒时代的文艺批评》，《重庆三峡学院学报》2005 年第 2 期。

批评话语"①。也有学者对传媒批评的定义更偏向其依附的媒介，李贤平认为，传媒是指那些具有一定新闻性、时效性的报刊、广播、电视以及网络等，简单地说，传媒批评就是指借助于这些媒介呈现的关于文学的批评文字。②

一　多角度的传媒批评

在《六说文学批评》中，阿尔贝·蒂博代将批评按批评家的性质分为三种类型：以报刊文学记者为主体的"自发的批评"、以大学教授为主体的"职业批评"和以作家为主体的"大师的批评"③。但在当今中国，与此分类相似的提法仍在被响应，分别对应传媒批评、学院批评和作家批评。④

一是传媒批评。传媒批评的主体是新闻记者、读者和少数专栏的作家、批评家，批评对象则是以当前文学作品为核心的文学活动。媒体批评在当今市场上占据一定的地位，其优势在于短小灵活、时效性强，其大众化和娱乐化的价值取向能够迅速抓住普通读者的眼球，但其软肋在于专业性相对较差。⑤

二是学院批评。学院批评的主体"主要是从事专业文艺理论和批评的工作者，特别是高校学者"⑥。与传媒批评向社会推荐优秀作品、富有艺术感染力的特点不同，学院派批评强调以学术为本位，学科意识非常明显，十分强调学术本位，另外，学院批评强调方法、方法论，强调理论框架的依托、概念术语的精确内涵、逻辑的推演，依靠权威

第二章　新媒介与网络文学批评的演进

103

---

① 张邦卫、李文平：《"后批评时代"与传媒符码——兼论传媒文艺批评的感性之维》，《湘潭师范学院学报》（社会科学版）2005 年第 3 期。

② 李贤平：《传媒批评的属性探究》，《辽宁教育行政学院学报》2009 年第 10 期。

③ ［法］阿尔贝·蒂博代：《六说文学批评》，赵坚译，生活·读书·新知三联书店1989 年版。

④ 张杰：《学院批评时代的危机》《宜宾学院学报》2006 年第 9 期。

⑤ 杨利景：《市场经济时代的文学批评》，《当代作家评论》2011 年第 4 期。

⑥ 柯汉琳：《网络批评与学院批评：矛盾与互补》，《华南师范大学学报》（社会科学版）2015 年第 3 期。

性、逻辑说服力来推动学术的发展。以前把学院批评叫作死人的批评，基本上是批评已故作家或已定型作家，注重学术性。①

三是作家批评。顾名思义，就是作家进行的文学批评。艾略特在《批评的功能》中说："我甚至认为一个受过训练、有技巧的作家对自己创作所作的批评是最中肯的、最高级的批评。"② 作家批评往往聚焦于文学本身，关注文学的创作实际，从批评者本身的专业角度——写作角度来研究文学现象，其最后的结论多是为其他的作家写作或现实文学问题"献计献策"③。

提到传媒批评，英文翻译同为"media criticism"的媒介批评是一个容易被混淆的概念。媒介批评是以传播学为基础，按照一定社会和阶级的利益和理想，根据一定的批评标准，对大众传播媒介及其产品——大众文化的是非、善恶、美丑所作的价值判断和理论鉴别。④ 在这里，批评的对象是媒介及其产品，作用是引导传媒合理发展、监督传媒行业行为，这与我们所说的"传媒批评"是不同的两个概念，我们所说的传媒批评是在新兴大众媒体上的文艺批评，它的定义没有规范且指向模糊。⑤

其一，传媒批评以大众传媒为载体。媒体批评以大众传媒为载体是传媒批评区别于传统批评的一大特点，但要注意这只是传媒批评的必要非充分条件，仅从载体来判定批评的属性会混淆传媒批评和传统批评的概念。

其二，传媒批评是面向大众的批评。传媒批评以普通大众为接受

---

① 欧阳文风、王静：《"传媒时代下的文学批评"专题学术座谈会综述》，《中南林业科技大学学报》（社会科学版）2009 年第 5 期。

② 欧阳文风、王静：《"传媒时代下的文学批评"专题学术座谈会综述》，《中南林业科技大学学报》（社会科学版）2009 年第 5 期。

③ 高玉：《"学院批评"与"作家批评"——当代文学批评的两种路向及其问题》，《思想战线》2005 年第 3 期。

④ 雷跃捷：《新闻理论》，北京广播学院出版社 1999 年版。

⑤ 颜东升：《略论传媒批评》，《大众文艺》（理论）2009 年第 19 期。

主体，属于大众文化的范畴。萨特指出：读者的接受水平如何，作品就如何存在。传媒批评意味着精英文化的"下移"，批评家将自己的专业立场用十分通俗易懂的方式传递给大众，从而形成了一种新的批评范式。

其三，传媒批评关注当下的文学话题。媒体批评顺应了市场经济体制下图书市场的需要，它关注的是即时性，具有捕捉现实的敏锐性和针对性，并侧重于对文学的功效性和传播性的推动。捕捉新作新动向，永远是媒体批评追寻的目标。由此说来，在市场经济体制下，大众传媒具有商品性，发表面向市场的传媒批评在大众传媒上的媒体批评也往往以市场盈利为目的①。

二　传媒批评的兴起

唐洁璠在《媒体批评兴盛原因探析》一文中，认为媒体批评的兴盛是社会转型和文化转型的结果。大众传媒的繁荣、文学的转型，以及受众欣赏习惯的改变，是媒体批评兴盛的外在基本因素；而在市场经济体制下，文学批评自身也面临着困境和危机，其改革和转型成为必然，这构成了媒体批评兴盛的内在因素。②《论媒体批评兴盛的文化语境》指出，由于对大众传媒的抵抗，纯文学和追求深刻的文学批评便逐渐远离了话语中心位置，变得冷冷清清，不再受热捧，取而代之的是与大众传媒关系密切的通俗文学以及喧哗的媒体批评。③ 传媒批评的兴起有如下原因：

1. 大众传媒的繁荣

传媒时代的到来使得文学批评进入了一个众声喧哗的传媒批评时代，互联网技术的发展和大众传媒的繁荣使传媒批评找到了存在和发展的巨大空间。随着我国社会主义市场经济体制的建立，大众传媒被

---

① 唐洁：《媒体批评：界定和特征》，《名作欣赏》2009 年第 27 期。
② 唐洁璠：《媒体批评兴盛原因探析》，《电影文学》2008 年第 7 期。
③ 杨光洲：《论媒体批评兴盛的文化语境》，《广东技术师范学院学报》2008 年第 1 期。

逐步推向市场，只有遵循市场规律才能得以发展和壮大，这就使大众传媒不得不将消费者的需求纳入考虑范围。市场经济的竞争机制给大众传媒带来了压力，也带来了动力，促使大众传媒形式和各种形式的媒体蓬勃兴起，传媒批评拥有了存在和发展的巨大空间。

2. 文学的转型

首先，社会主义市场经济体制的建立带来了多元文化格局的形成，作家摆脱意识形态的束缚，创作自由激发了作家的热情，中国文学创作经历着空前的繁荣。文学作品不仅在数量上取得了突破，而且在文学体裁上也取得了突破。面对浩如烟海的文学作品，读者常常茫然不知所措，不知道该如何选择。许多读者仍然坚持传统的文学观念，无法进行自主的正确赏析。而传媒批评恰恰具有与时俱进的特点，对读者的阅读起着"导航"的作用，使读者得到精神上的享受。其次，文学生产进入市场经济轨道。读者已经成为文学市场上的自由消费者，但是文学作品并不是人们休闲娱乐的唯一选择。在这种情况下，传媒批评利用大众传媒的广泛性来评论作家的作品。它具有捕捉现实的敏锐性和针对性，并专注于促进文学的功效和传播，成为文学的生产和消费过程中必不可少的环节。最后，网络文学正在蓬勃发展。它以通俗文学的态度，与传统思想文学和精英文学处于三足鼎立的状态，引起了越来越多人的关注。与网络文学的繁荣相匹配的是网络文学批评也积极转向传媒批评，而网络文学批评正是传媒批评的主力军。

3. 受众欣赏习惯的改变

尼采曾经说过，"在人类的漫长寿命中，没有什么比孤独更可怕"。内在的孤独和焦虑感迫使人们去主动了解外界的信息，以跟上时代的发展并获得他人的认可。同时，快节奏的生活使人们失去了认真研读的耐心，公众的接受也呈现出后现代主义的特征：缺乏阅读的深度追求、历史意识消失、信息支离破碎……而传媒批评关注当下，具有海量信息，提供给读者的是便于阅读和易于接受的文本，由于适应了大众的欣赏习惯，传媒批评受到了大众的欢迎。直言不讳和反应快速，传媒批评的这些特点是传统批评没法赶得上的，这正是传媒批评兴起的一个重要原因。①

三　传媒批评的特征

孙桂荣在《90 年代文学的媒体批评》中提到 90 年代的媒体文学批评具有即时性、话题讨论式批评的繁盛和文风平民化的特征。王敏芝的《"传媒文学批评"分析》以传统文学批评为参照，从载体、受众、目的、表述方式、价值标准等方面描绘了媒体批评呈现出的新特征，着重分析了媒体批评话语生产方式。孙瑞以图书《山居笔记》通过媒体批评炒作的案例为切入点，探讨媒体批评与职业批评间的关系，分析时下文艺领域中媒体批评出现的炒作的现象，通过与读者的关系的分析，确证媒体批评存在媚俗、迎合读者与炒作的性质。② 唐洁璠在论文《论媒体批评的特征》和《论媒体批评的批评策略》中对媒体批评进行了独到的观察，细致的讨论了媒体批评的主体泛化、批评意图多元以及批评对象新变化等特征，分析细致，观察角度与以往的研究大不相同。

杨光洲的《大众文化时代的媒体批评——以"华语文学传媒大奖"为研究个案》，通过对"茅盾文学奖与华语文学传媒大奖"个案的研究，概括地说明了媒体批评在当代文化批评界的霸权地位，以及媒体批评向消费主义的迎合等特征。欧阳友权、张伟顾在《中国网络文学批评 20 年》中提到网络文学批评的第二股力量是面向文化市场的媒体批评者，它们主要由记者、编辑、作家和关注网络媒体的文化学人构成。这类批评者善于从媒体传播的角度，在网络文学中发现具有新闻价值的文学现象，找到一个切入点进行导向性文化点评，或者以敏感的"新闻鼻"将其纳入某个"议程设置"予以舆论引导，以形成

---

① 欧阳文风、王静：《"传媒时代下的文学批评"专题学术座谈会综述》，《中南林业科技大学学报》（社会科学版）2009 年第 5 期。

② 孙瑞：《媒体炒作下的文艺批评》，《当代作家评论》2000 年第 4 期。

广泛的文化关注。①

《大众传媒与批评的命运》一文指出，"批评既不能拒绝当代艺术大众化努力及其过程的必要阐释，也不能放弃更深入地对文化表征下内在艺术规律的思索"。②《媒体文学批评发展前瞻》一文提到，我国媒体文学批评还不成熟，应该加强媒体文学批评建设和规范的力度，实现与大众传播媒介的良性互动，成为对其他批评形式的有益补充。苏宁也认为，要想营造一个良好的文化艺术产业发展环境，必须先净化大众文化消费环境，实现媒体批评与大众文化消费对话式的良性互动。③ 对于传媒批评的前景，李彩霞认为，新大众批评的形式和内容在商业利益的背后，也引导着大众树立正确的价值观和人生观，不再是媒体批评时代的混乱和扭曲的局面，这样的新大众批评符合了时代和历史的要求，具备了长久发展下去的先决条件。④

具体来说，传媒批评呈现出与传统文学批评不同的特征：

1. 传媒批评的主体大众化

如今，越来越多的大众参与到传媒批评中来，传媒批评的主体并不是传统意义上的专业人士（即职业批评家与学院批评家），而是由编辑、文艺记者、作者、策划人等非专业人士组成⑤。传媒批评主体的进一步泛化，使传媒批评相对较少的专业和精英化，并增加了更多的公众意识。大众传媒就像巴赫金的"狂欢广场"，它的开放性和民主性使"很多环节加入进来分享权力"。公众对传媒批评的需求和欲望更加广泛，这在网络世界中愈加明显。另外，传媒批评主体的泛化还得益于传媒批评的普及和自由化。人们在互联网上拥有更大的自由，可以说这种自由几乎没有限制。这样的特点对批评主体的知识学术背

---

① 欧阳友权、张伟颀：《中国网络文学批评 20 年》，《中国文学批评》2019 年第 1 期。

② 丘慧慧：《大众传媒与批评的命运》，《社会科学家》2000 年第 1 期。

③ 苏宁：《媒体批评与大众文化消费》，《文艺报》2010 年 12 月 20 日第 3 版。

④ 李彩霞：《当前媒体批评的特点及其发展趋势》，《齐齐哈尔大学学报》（哲学社会科学版）2015 年第 4 期。

⑤ 颜东升：《略论传媒批评》，《大众文艺》（理论）2009 年第 19 期。

景没有了强制性的要求，普通大众通俗化的语言就可以自主自由地进行传媒批评，传媒批评在主体不断自由化、广泛化的基础上不断向前发展。

2. 传媒批评的对象商业化

从表面上看，由批评家自己决定选择哪些作家和哪些文本作为批评对象。实际上，在市场经济时代，任何评论家都难以摆脱市场无形之手的控制。为了实现经济利益的最大化，出版商经常使用各种传媒和方法对作品进行铺天盖地的宣传，还有在作品发行前就开始造势和炒作的例子。要知道，市场的铁律之一就是寻求利润，只要能创造销售业绩、可以获利，文学作品的价值就不在其考虑之内。这就必然衍生出两种后果：一是基于市场效应的强迫阅读，二是对在市场策划、宣传上处于劣势作品的遮蔽。这两种后果殊途同归，都将影响到批评家对文本的选择，进而影响到文学批评自身的发展。①

3. 传媒批评的接受者平等化

传媒批评的受众更加广泛，接受过程的开放性更加明显。传媒批评本来就是对公众面向市场的传媒批评的批评，这个特征决定了它的接受主体必须是一个庞大而复杂的群体。传媒批评可以引起社会任何成员的关注，从底层的普通大众到传媒从业人员，再到专家学者。受众的泛化是传媒批评发展的根本动力。传媒批评只有在更广泛的受众中才能生存和发展。传媒批评过程的开放性是传统批评无法比拟的。正如巴赫金所说，在人文科学领域，"真理只能在平等的人的生存交往过程中、在他们之间的对话中，才能被揭示出一些来"。只有更多平等的人可以参加，传媒批评可以更加有效和丰富。传媒批评过程的开放性使公众可以直接参与热点事件，有时甚至可以主导事件的发展和方向。媒介批评的互动性在一定程度上反映了巴赫金的人文立场和"对话"的投机方式，使批评充满了生机与活力。

① 杨利景：《市场经济时代的文学批评》，《当代作家评论》2011年第4期。

四　传媒批评的优势与争议

传媒批评兴起以后，以自己独有的特色，与学院批评形成分庭抗礼之势。传媒批评之所以能在当今的批评市场占据一席之地，有如下优势：

1. 手段方便快捷，反应迅速灵敏

传媒批评具有传统批评所没有的优势，现代传媒意味着传播过程更加快捷，批评家们可以对最新的文学现象进行及时的反映，并且能够直接地进行交流或争论。传统批评的方式速度则很慢，严格的制度也减缓了这一沟通过程。传媒批评也超出了传统的批评范围，具有突出的即时性特点，这在过去通过文学杂志组织和发表批评文章是无法做到的。如今，大多数传媒批评都通过新闻形式或具有新闻本身的特征来传达文学批评的声音，并通过新闻报道来传达这一时代的文学信息。此外，传媒批评关注批评的新闻价值，新闻的价值必须快速便捷，以使批评的对象被形成，沉淀、蒸发和更新。因此，传媒批评具有极大的新闻价值和时效性，传媒批评的主体和受众也具有普遍性。

2. 降低批评门槛，氛围自由公开

经济的飞速发展、科学技术的突飞猛进、文化教育的普及、批评主体的普遍化和批评文章的通俗易懂催生了一大批受众。批评的本质是想象力、激情和直觉。从这个本质上来说，传媒批评是最接近文学批评本质的形式。首先，传媒批评降低了文学批评的门槛，批评便利化的媒介和大众化的重要内容，向大众传播文学批评，提出了一种基于"共鸣"的平等对话与交流，达到了真正的意义上的"百家争鸣"。其次，传媒批评营造了自由、平等、公开的氛围。与传统批评只关注经典不同，传媒批评可以以极大的热情关注当前的文学现象和文学世界的新兴现象，并将公众的文学阅读地位作为重要的内容，弥补了学术批评的不足。而且，在传媒批评的推动下，文学阅读的消费逐渐普及。面向市场的传媒批评迎合市场需求，带动作品消费，当前，传媒

批评更多的满足了当下都市的时尚需求和流行文化趣味，正依凭新闻出版网络之势迅速扩张。在消费文化时代，大众传媒对市场的追求就被放在第一位。所以，从传播学的角度出发，一种新的文学批评关系出现：批评家（生产者）—批评文本（产品）—传媒（传播者）—受众（消费者）。① 大众传媒在文学评论产品的营销过程中起着非常重要的作用，因此，从艺术生产和消费需求的角度，我们可以清楚地看到大众传播媒介对文学批评的市场化作用。传媒批评具有广告消费的性质，是指传媒对某种作品或现象的批评，而批评本身就具有将文学作品免费推向市场的趋势。批评家的艺术生产和受众的消费需求是消费文化市场互动与共生的两个主要主体，批评家通过大众传媒为市场提供重要产品，观众通过大众传媒消费重要产品。传媒批评的出现是必然的，它是社会文化转型的结果，既符合媒体、公众和文学创作的需要，也符合文学批评自身发展的需要。可以说，传媒批评凭借其独特的个性在文学批评领域充满了活力与生机。

20世纪90年代，传媒批评走向兴盛后，改变了学院派批评一统天下的既有格局，成为影响文艺舆论的一支强大力量。来自学院和学术机构的批评家以及作家、艺术家，对新出现的批评方式感到陌生和难以接受，在这一新起的强势力量挤压下，失去了面对公众发言的位置，产生拒斥的态度和焦虑心理，纷纷发出质疑、批评以至声讨的声音，至今未见平息。② 学界指责传媒批评是对学院批评的挤压、蚕食，甚至对民族文化心理和社会审美心理造成了冲击、侵害，身兼"转换批评主体，窃取批评话语权""转换价值标准，用评论制造新闻热点""转换评论目的，理性阐释成为文化消费的广告""转换心理认同，诱使文艺评论和社会欣赏失足"等数宗罪状。③

---

① 吴玉杰：《大众传媒与当代文学批评的市场角色》，《文艺争鸣》2010年第15期。

② 熊唤军：《从文艺批评到媒体批评——对媒体文艺舆论话语权位移的观察》，《新闻前哨》2005年第10期。

③ 欧阳文风、王静：《关于传媒介入文学批评的是与非》，《湖南社会科学》2009年第5期。

1. 对象边缘，主体浮躁

传媒需要话题和热闹，而文学批评讲究的是准确和敏感。传媒批评出现后，传统文学批评所追求的批评对象的重大、深刻、高雅，逐步滑向非经典性、非重大性、非正统性。我们知道，传媒时代是大众文化大行其道的时代，严肃高雅的文艺日益边缘化使得文化娱乐消费也呈现出鲜明的多样性特征，为了迎合这种文化的发展要求，传媒批评所涉猎的范围已非正统文学艺术所能界定，其批评领域涉及大众生活的各个层面，只要是人们关心的文化现象和话题就能被拿来批评，这样一来，它们就失去了代表价值标准和等级秩序的意义。传媒批评家们以猎人的目光穿透优雅的高墙，从中寻找有吸引力面向市场的传媒批评的东西，而不是最有价值的东西。传媒批评的批评主体非职业化且良莠不齐。当文学批评进入传媒时代以后，专横的媒体逐渐扰乱了圈子内的和谐平衡关系，文学批评越来越脱离读者、文本和文学创作实践，越来越急功近利、肤浅和浮躁。批评家通过媒体获得虚假名声的欲望空前高涨，媒体为他们的出场和成名提供了机遇，而且无形中增加了出场者的荣誉资本和社会地位。于是，很多人不再专注于自身内在技能的培养，而开始积极讨好媒体，等待媒体的青睐和关注。一些企图一夜成名的无名小卒或是有一定知名度又担心被冷落的中小名人，开始以"骂"尤其是骂名人的评论方式活跃在媒体中。

2. 偏离正轨，缺乏理性

传媒批评强调作家和作品的新闻价值。为了抓住时间、抢占市场，促进舆论效果，其表达和言论往往是迅速而肤浅的、片面的、极端的和煽情的。可以说，有的传媒批评从理性丧失到口诛笔伐。与传统批评相比，传媒批评疏远了美学，偏离了艺术，对艺术本身的分析不足，更倾向于印象派和批判性的批评。另外，传媒批评中情感表达较多，缺乏理性。由于媒体自身的功利主义和本位主义，批评标准不可避免地带有刻板印象、片面性和随意性。此外，对轰动效应的追求使传媒批评背离了科学理性的标准。部分媒体为了追求新闻效应，采用耸人听闻的标题引发关注，或者怂恿批评家大爆雷人雷语。这样的讨论偏离了正常的学术轨道，不仅无法产生文学批评对话成果，而且影响文学批评在整个社会的形象。① 我们的绝大多数批评，正是这样进入这一无物之阵，其内容、其意义被轰轰烈烈的形式喧宾夺主，在无数网民和观众的点击率和口水中被集体消费了。②

3. 规范未定，意义缺失

传媒批评缺少规范是一个毋庸置疑的事实。③ 媒体时代是一个追求利益的时代，传媒批评很容易掩盖和歪曲文学的本质。在商业化浪潮的冲击下，大众传媒的价值和功能开始面临严峻的挑战。文学批评一旦被商业利益左右，容易靠捕捉低级趣味性的东西来满足世俗的偷窥心理，形而上的精神追求直接滑向形而下的感官享受。处在高压生活中的紧张和无所适从的现代民众在日复一日的感官刺激下，人们能动的审美追求便被异化为被动的感官享受。传媒批评全然不顾及传统批评的要求，具有随意性、通俗性、迅捷性和感性化等特点，它主要利用现代传媒随意发表意见，不受约束，它不期望具有权威性或说服力。传媒批评像是一个亟待规范的市场，不乏有意义和有价值的东西，但更多的是垃圾。因为面向市场的传媒批评没有一定的规则限制，就会导致批评的浮躁、鲁莽，使批评失去了最起码的意义。如果我们的传媒批评不能主动积极地适应传媒业的健康发展，那么它将很快地坠入"狗仔队"或"准狗仔队"一类的泥潭，这是我们需要加以警惕的。④

4. 限于资本，沦为傀儡

娱记和传媒常常禁不住市场叫卖者的心态，为了吆喝而吆喝，批评话语成为一个又一个文艺界事态或事端、故事或是非的展览与披露，

---

① 罗长青：《"缺席"与"失语"：当下文学批评的社会化质疑》，《兰州学刊》2016 年第 5 期。

② 丁莉丽：《传媒产业语境中的批评困境》，《文艺争鸣》2011 年第 11 期。

③ 张邦卫：《论传媒批评的存在空间及局限性》，《长沙电力学院学报》（社会科学版）2002年第 1 期。

④ 潘凯雄：《传媒批评该是啥模样》，《中华读书报》2003 年 10 月 29 日。

正说、反说都成为文化消费时代的广告与宣传。唯利是图、务实求实的"媒介批评"不仅让社会鉴赏主体失策，而且将整个文学批评引入歧途。由此，迎合文化消费和低级趣味，抛弃理论思维、人文情怀和社会责任感成为必然。文学批评一旦被市场"征用"，批评就再也难以保全其应有的独立品格。市场之所以要"征用"批评，最根本的目的就是使批评变相为产品宣传。在市场经济中，恰恰是最强大的资本产生了最弱的批评。目前，一些文学批评正在成为或已经成为资本手中的傀儡，成为文学进入市场、赢得市场的策划环节。这是批评的最大危机，也是批评最大的悲哀。可以说，批评的热情和激情带来了批评的繁荣，使批评更容易走进受众的阅读视野。但如果这种热情和激情被市场利用，只有热情和激情，而没有内涵，那么批评的热潮就会变成虚假的繁荣和泡沫。

五　传媒批评的未来发展

传媒批评在资本和权力的庇护下策划炒作和制造卖点，缺乏内在思想、关注经济利益。这些肤浅、片面、单一和浮躁的批评暗示着传媒批评朝"健康批评"的方向发展还有很长的路要走。因此，对传媒批评进行批评至关重要。正如法国著名评论家蒂博代指出的那样，"没有对批评的批评就没有批评"，"没有批评的批评，批评本身就会死亡"，"自由主义的形成永远离不开对自由主义的批评"。

1. 传媒批评的主体必须提高素养

传媒批评的发展问题是我们时代急需解决的问题。时统宇在《传媒批评与传媒教育》一文中指出，中国的传媒批评首先不是理论问题和学术问题，首先应该回到最起码的真诚。学术真诚、创作真诚和说话者本身应该坚持的真诚。这一点是最重要的，也是最稀缺的学术资源和社会资源①。与专家批评相比，传媒批评者的素质偏低，再加上

---

① 时统宇：《传媒批评与传媒教育》，《现代传播》（中国传媒大学学报）2011 年第 7 期。

传媒批评较强的功利性，有的批评者将批评的自由随意演变成了信口开河。这从根本上背离了批评的初衷和本意，只会扼杀文学批评、阻碍文学的发展。当前，学术界已经形成了一个面向市场的传媒批评基本共识，即媒体时代的文学批评者应严格遵守文学批评的边界，尽可能保持自己的精神品格，保持独立的批评精神和价值标准，而不是被市场经济的洪水淹没。为此，无疑还有很多工作要做，批评主体素养的提高却是最为重要的，因为只有批评主体的整体素质上去了，批评才不受人类感情有形或无形的约束。传媒批评很重要的一个立场就是良知，良知就是去功利化，不是为某一个小圈子、利益集团去宣传、推广，而是以自己的良知来感召读者。批评作者应遵守自身的职业道德，文学批评要保有独立的品格。如今，许多传媒批评作者只为经济利益而不顾职业操守，使得批评在广告化、娱乐化中丧失了理性批判的精神，学院批评则日益艰深晦涩，真正符合大众口味又能加以科学引导的批评正在离我们远去。批评作者应明确自身使命与责任，在批评主体信守职业道德的基础上，建立符合多元价值观的批评标准。只有在一定审美规范与道德尺度的基础上，文学批评才能在喧哗浮躁的社会中保持清醒的独立品格。由此，面对特别是经济利益这样的问题和功利主义等各种因素的制约，才有可能逐步形成和规范传媒批评的运行机制。

2. 传媒批评应实现平等对话

批评者和被批评者本是一种平等对话的关系，双方应该在互相尊重的基础上进行对话，批评者提出自己的批评意见，其出发点应是更好地促进创作和消费，而不是"居高临下"的横加指责。被批评者要虚心接受，从而推动文学的健康发展。一方面，传媒批评者要学会自律，努力提高自身学养，把握住批评的分寸；同时，应该通过教育来培养大批具备一定素质的消费者，通过提高消费者的文学素养来推动和促进良好的文学批评生态的形成。学院批评应接受来自大众媒体合理的批评，适当地冲破学术壁垒，正确认识与传媒批评二者之间的关系，以开放的心态介入大众媒体中。传媒批评同样也要肩负起社会责任，不仅要满足读者的需求，实现媒体的经济效益，还要提高读者的鉴赏水平，对读者的审美情趣加以科学引导，从而实现传媒批评的社会效益。传媒批评应当借鉴学院批评的科学性与逻辑性，唯有如此，在撰写批评时，才能得出较客观的评价；在选刊文章时，才能对来稿做出正确的处理而提高媒体的水平，正确引导读者乃至社会的审美风尚，实现传媒批评的社会效益。总之，传媒批评作者与学院批评家们要增加交流与沟通。这样一来，传媒批评的规范整合才有实现的可能，学院批评才能摆脱尴尬的处境，文学批评才能终结混乱的局面，回到良性发展的轨道上。

3. 传媒批评必须关注大众面向市场的传媒批评

学院派批评是小众的，传媒批评则关注大众的现实生存状况。从文学的角度来看，把文学当作蕴涵的东西，加上个人的解读，这样它的价值才能被更多的人接受。这就是理想的传媒批评的公共性，这也是传媒批评区别于学院派批评的重要立场之一。此外，传媒批评并不是由语言学、心理学、人类学、结构主义、精神分析等学科的定义来证实的，而是由作品共时性解读的常识来证实的。因为同步且及时，所以它带有一定的普适性，可以被更多的人接受，并被他们的生活经验证明，这也是传媒批评的一个重要立场。

4. 面向市场，超越市场

在中国，媒体具有垄断的特征，因此传媒批评具有重要的导向性，特别是对于文化艺术市场，它影响着消费者的心理，对大众文化消费产生了直接的影响。传媒批评作为当代文学批评的一种新范式，存在于大众文化与大众传播媒介共同创造的文化现实中。它不仅面临外界的种种诱惑和挑战，而且还面临着自身的局限性和突破这些局限性的各种障碍。按照市场经济的规律，生存应该是第一位的。批评文章成了一种特殊的商品，要想赢得市场生存下去，就必须有卖点。所以，在某种意义上传媒批评就有了刻意迎合消费者趣味的嫌疑，往往会媚俗，从而失去了文学批评独立的品格，文学批评就会偏离其发展的正确轨道。在提高公众的审美意识和文化素养的同时，传媒批评也将成为某些人吸引市场和追求利益的工具，受众的被动接受和误导的非理性消费只会限制中国文化艺术市场的可持续发展。为文化艺术产业的发展创造良好的环境，我们必须首先净化大众文化消费的环境，避免过度的商业运作损坏文字的批判性的情况，实现传媒批评与大众文化消费对话式的良性互动。传媒批评不仅要适应市场，而且要超越市场，以满足文学艺术自身发展规律的需要。在实践中，要想实现各种因素的全面平衡和协调将花费相当长一段时间的努力。但是，只要我们理解问题并从关键处着手，就一定会拥有广阔的艺术空间和良好的艺术前景。

第三章　网络文学批评的文本形态

　　网络文学的发端开启了文学创作、传播、接受模式的深刻变革。铁凝认为，网络文学的发展"颠覆了传统写作的话语霸权""网络文学的兴起使有写作欲望的人心态更自由、更平等，它的匿名性使作者的情感和心境更放松，流淌出在书面写作里很难看到的非常鲜活的语言。它使文学变得多元。""（网络文学）是势不可挡的，而且今后的影响还会更大"，它的兴起"给中国人的生活带来了非常丰富的变化，丰富了中国人的生活，也使文学变成是多元、共生的存在"①。网络文学的批评文本也发生了从主体、模态、话语到场景的多重变化，呈现出一些新的面貌和特征。网络技术的赋能给传统的文学批评带来了开放、互动、多元等积极变化，但文学批评对网络文学文本关注的这一核心却并未发生较大的改变。

第一节　网络批评文本的存在方式

　　文学批评文本为多元主体介入提供平台，主体间相互交涉也构建了网络批评文本的多模态呈现。以网络文学批评与其传播媒介之间的互动、互构关系为切入点，网络文学批评文本出现了媒介化生存的特

---

① 黄小驹、焦雯：《铁凝、王蒙妙论中国当代文学》，《中国文化报》2008 年 8 月 8 日。

征，批评话语则在官方话语与民间话语相互纠缠和交叠中展现出复杂性。这要求我们进入网络文学批评的网络实践现场，考察在日常生活深入媒介的当下，文学批评文本呈现出哪些主体、模态、话语和场景的新变化。

一 主体赋能： 网络批评文本对传统批评方式的叛离

传统文学批评主要依托专业的期刊，定期刊发并面向特定群体发行。纸质书籍出版的高门槛，成为互联网时代之前横亘在少数文化精英知识分子与普通民众之间不可逾越的鸿沟，精英知识分子的网络文学批评主体地位无法撼动。但当网络文学铺天盖地袭来时，文学批评主体在网络交流平台的多元化前提下开始分化，主体之间既相互联系又相互区隔。欧阳友权认为，"从批评主体的身份看，20 年网络文学批评主要由三股力量构成：一是关注网络文学的传统批评家，特别是那些关注文学发展、回应现实问题的批评家，他们以学院派的身份或职业批评家的眼光看待新兴的网络文学，及时调整思维聚焦，敏锐地面对新兴媒体中的文学发声，构成学理化批评最具实力的一派。第二股力量是面向文化市场的媒体批评者，它们主要由记者、编辑、作家和关注网络媒体的文化学人构成。这类批评者善于从媒体传播角度在网络文学中发现具有新闻价值的文学现象，找到一个切入点进行导向性文化点评，或者以敏感的'新闻鼻'将其纳入某个'议程设置'予以舆论引导，以形成广泛的文化关注。还有一类是文学网民的在线批评，批评主体是关注并阅读网络文学作品的态度型网民、跟风追读型粉丝、论坛灌水型刷屏者、创作与评论的交互型聊友、匿名上网的评论型鉴赏者，甚或作为文学幕后推手的商业型'马甲'、'水军'等。这三股力量各有其阵地，又各具其功能，虽角色不同却彼此互补，共同打造了 20 年网络文学批评多维互动的开放式格局"。

三类不同主体的身份差异，也使其批评文本的特质出现了与主体身份耦合的现象，在曾繁亭看来，"传统的学术批评或学院派批评主体——这类批评主要在专业文学批评领域中发生，通常发表在学术刊物或者学术会议之中，批评主体往往使用专业的文学批评范式，对某一部网络文学作品或整个网络文学进行分析与阐发。其二是大众传媒批评主体——主要指报纸、杂志、电视、广播、门户网站等大众传媒，这类批评的目的大多数情况下以推荐网络文学作品为主，具有较强的时效性以及市场导向性。其三则是在线批评主体——在网络空间中，通过个人账号在小说网站的书评区、专门的网络小说论坛、贴吧或是社交网络以及自媒体发言的文学批评者"。①

我们认为第一类与第二类的批评主体尚且可归为知识学者派批评的门类，与传统的学院派批评主体尚有重叠之处，因此对于传统的批评标准、批评方法和批评模式是吸取与沿用的状态。但随着海量网络文学增加了传统批评家的阅读难度，传统的文学批评方式在网络文学评论中遭遇"滑铁卢"，传统精英文学观念与"爽"文学之间形成了不可调和的冲突，不仅表现在传统批评主体对于网络文学文本的批判性情绪，也表现在对传统批评标准、批评方法以及批评模式的改变。欧阳友权认为，与网络文学井喷式增长的势头相比，"本来就有些薄弱的网络批评愈发相形见绌、声音微弱，赶不上呼啸前行的创作快

车"。于是，网络文学批评特别是学院派批评处境颇有些尴尬——一方面在网络文学界遇"冷"，不被网络写手和网民读者看好；另一方面又被传统批评视为"小道"和"边缘"，相对于积淀深厚的主流文学批评，网络文学批评似乎是"不入流"的。② 禹建湘、孙苑茜则认为，"不断尝试新的批评范式，探索新的批评标准。在这一过程中，夹杂着粉丝跟帖、商业营销的非学术性批评形式，以及学院派批评应对网络文学的仓促与知识储备不足而呈现的窘境，使得网络文学批评在一定程度上成为一个混杂的文化现场"。③ 以网络小说《凡人凡语》

---

① 曾繁亭：《网络文学批评主体的衍变》，《小说评论》2016 年第 5 期。

② 欧阳友权：《网络文学批评的困境与选择》，《中州学刊》2016 年第 12 期。

③ 禹建湘、孙苑茜：《论网络文学批评的失范及其对策》，《写作》2019 年第 2 期。

为例，其评论以粉丝在书评区、百度贴吧、知乎、豆瓣等平台自由发表帖子为主，与传统的专家批评相比，"凡人凡语"粉丝批评的语言表达不需要经过长期的职业训练，也无须经过编辑的层层审核，只需要获得足够多的点赞量即可。用粉丝自己的话说，他们不需要学院气、书卷气，他们既不懂文学批评理论，也不是文学精英，他们的文字都是用自己的才智和情怀浇筑而成的。由于网络粉丝的文学素养参差不齐，其批评话语也有较明显的随意性，且缺乏一定的深刻性和学理性。也正是因此，即使在今日，有关网络文学是否是值得批评的对象，乃至"网络文学是否是真正的文学"这样的议题，仍会不时引发论争。因此批评主体对于网络批评文本的态度暧昧，学院派批评主体既有逐渐接受网络文学繁荣的现象，也有对此所引发的文化现象保持疏离的谨慎。事实上，在文学的属性之外，网络文学还兼具大众文化的属性，它并非仅是网络文本自身所为读者呈现出来的部分，实体书出版、漫画/动画改编、影视剧剧本改写以及时下最为流行的游戏 IP 授权等，均属于网络文学议题之下的内容。网络文学呈现方式的多元化，带来了网络文学批评的多元化。"如何判断一个网络文学批评的对象是网络文学还是网络文学所引发的文化现象，也不能不说也是一个颇为值得玩味的问题。"①

121

二　媒介赋能：网络批评文本的多模态呈现

从书籍到电视，从文字到光电，从视觉到视听，每一种媒介都是对我们自身某种感觉器官的延伸。这种延伸借助某种传播介质，将人类的思想意识转换成某种符码或在不同符码之间进行译码，然后通过符码接收者的解码完成传受主体之间的信息、情感交流。每一种传播媒介在帮助人类传播信息的同时也在以特定的符码转换机制改变和规约着人类感知世界的尺度和方式，影响着不同感觉在生活中发挥作用

---

① 曾繁亭：《网络文学批评主体的衍变》，《小说评论》2016 年第 5 期。

的频率与强度,从而对人的交流方式、行为方式、思维方式产生规定性,进而对一个时期的社会运行和文化发展产生结构性作用。自20世纪90年代中期我国接入国际互联网以来,网络从一开始的少数专业人士小众应用,到今天深入大众的日常精神、物质生活,以其特有的分布式、多向性传播模式打破了印刷时代点面式、单向性的传播格局,并随着它对社会生活各方面介入的深化而使这种运作模式的解构与重构遍布当下中国社会文化生活的诸多角落。一个富于流动性、联结性、互动性、个性化的真实虚拟空间正由网络传播模式形塑而出,并持续地生成与演化。网络媒介对当代社会文化空间的这种变革与重塑促成了20年来文学场域的新变与位移,在网络文学、网络批评与传统文学、传统批评的碰撞与交融中,生成了文学批评新的呈现空间。

欧阳友权认为,网络文学区别于传统文学最根本的标志是那些把文字与视频、音频结合起来制作超媒体、超文本链接式的作品。[①] 网络文学具备了跨文化传播的属性,在其呈现样态上也由传统的文本衍变为文字、音频、视频等多模态表征。

麦克卢汉提出"媒介即信息"理论,揭示了媒介本身作为一种结构性力量对人类感知模式、社会总体结构和组织机制的能动性作用。麦克卢汉将媒介传播的内容比作"滋味鲜美的肉",媒介就好比提着肥肉进门的盗贼,每天接触媒介的人们只注意到了肉的鲜美与否,却从没意识到盗贼是如何偷走我们的注意力的,而这正是媒介隐秘地发挥作用的过程。每一种媒介的使用,都会在过程中对人产生一种"尺度",而这种"尺度"就会要求人们按照特定的模式去感知世界、沟通彼此,并以此为基础去组织社会生活。任何媒介或技术的"讯息",离不开它引入的认知事物的尺度变化、速度变化和模式变化,这才是传播媒介真正的意义所在。这种感知世界的"尺度"一旦深深植入我们的大脑,就会形成看待和理解世界的固定模式,从而形成一种固定

---

① 禹建湘:《网络文学批评标准的多维性》,《求是学刊》2016年第3期。

的无意识，在我们的社会生活和文化中发挥作用。"媒介对人感官的延伸与'再统合'，改变了人类认识世界的手段、思维方式及其表达路径。它使认知方式不仅仅局限于视觉的理性思维，而是借助嗅觉、触觉、听觉、视觉、味觉，综合运用理性和感性的思维方式带来了文学批评形式的诸多变化。这是另一种形式的跨语境，这使得网络文学批评可能从抽象、单一的文字形式转变成为形象、生动的同时具有影、音、文字的多维立体的表达形式。如果这种批评方式得以放大，就可以开辟出新的批评路径，拓展新的批评领域，丰富新的批评手段。"[1]禹建湘认为，"网络文学批评以市场化为重要考量因素，就会出现文学批评的'媒体化'转向问题"。[2] 这"一方面促进了传统文学批评的现代化转型，网络文学批评借助大众传媒的平台获得了更为丰富的发展；另一方面，网络文学批评不再拘泥于一种形式，而是批评与传媒进行互动"。[3] 笔者认为，文学批评的"媒体化"转向实际上也是一种多模态的综合呈现，这虽然有利于文学批评的繁荣，成为吸引大众目光，增加曝光率和点击率的有益方式，增加大众的参与度，但由此带来的媒介伦理困扰也不容忽视。有些批评文本纯粹为了迎合市场化的需求，罔顾社会伦理道德，一味追逐曝光率和点击率，这必然使本就艰难发展的网络文学批评陷入难堪。

三　互动赋权：官方话语与民间话语的博弈

赋权也有"增权""赋能"之意，赋权一词发端于20世纪六七十年代西方社会运动，初入历史舞台就自带向权威挑战的基因，John Conyers在研究黑人政治问题时首次触及了赋权和政治之间的紧密关系。[4]

---

① 禹建湘：《空间转向：建构网络文学批评新范式》，《探索与争鸣》2010年第11期。
② 禹建湘：《网络文学批评标准的多维性》，《求是学刊》2016年第3期。
③ 禹建湘：《网络文学批评标准的多维性》，《求是学刊》2016年第3期。
④ 陈楚洁：《公民媒体的构建与使用：传播赋权与公民行动——以台湾Peo Po公民新闻平台为例》，《公共管理学报》2010年第4期。

历经学界的多元阐发，赋权的概念展现出多学科的特点，也有了更为丰富的理论内涵。传播学视野下的赋权研究在国外已开展多年，并取得了一定进展。在弗莱雷和阿林斯基的著作中，赋权最早被视为一种传播过程，他们都认为传播过程促进了赋权。罗杰斯和辛戈尔追随他们，主张将赋权的根本视为一个传播过程，这个过程产生于小群体内众多个体间的相互交往。从符号学视角看，当前官方话语体系与民间话语体系的反差乃至对立，在于官方符号与民间符号言说方式的不同。在传统媒体主导时代，媒体"自上而下"进行单向传播，信息渠道单一，"噪声"低、效果好。透过"把关人"，官方符号的能指与所指保持高度一致，成为民间符号生产的唯一标准。

在传统的文艺批评模式中，因刊物版面和审稿机制等条件的限制，文艺批评往往是少数专业人士和文人雅士的专利，并且这些文艺批评家经常以官方、权威的面孔出现在读者（观众）面前①，而普通大众则找不到发声的平台。在社会政治学家卡尔·多伊奇看来，这种传播目的与效果的错位，是现代民主社会进行政治传播的必然结果。多伊奇为此提出"瀑布模型"：官方信息像瀑布一样倾泻而下，被精英阶层、大众传媒、意见领袖和草根大众的水潭依次打断和改造，最后才形成舆论。② 美国政治思想家乔万尼·萨托利补充到，瀑布底还不是舆论生产的终点，随着知识人口的激增，部分舆论也将向上沸腾和回流，反过来影响精英、媒体和政府。③

今天，新媒体的技术赋权一定程度上释放了民间批评话语动能，压缩了权威的声音。传统的批评文本传播方式也从自上而下转变为"扁平化"的态势。由于网络这一载体的特殊性，文学批评者可以依

---

① 李建强：《网络影评的生存状态及其走向研究》，上海交通大学出版社 2010 年版，第 48 页。

② Karl Deutsch, *The Analysis to International Relations*, Englewood Cliffs, N. J., Frectice-Hill, 1968, pp. 101–110; 转引自［美］萨托利《民主新论》，冯克利、阎克文译，上海人民出版社 2009 年版，第 108—109 页。

③ ［美］萨托利：《民主新论》，冯克利、阎克文译，上海人民出版社 2009 年版，第 109—111 页。

靠这一载体相对轻松地进行身份转换：普通网民可以在大众媒介上发表文章，对时兴的网络文学作品进行评论；德高望重的教授同样可以注册网络账号，在属于他/她的网络空间中对某一网络文学文本进行阐释……在现有技术条件下，学院派批评、大众传媒批评及在线批评的界限已然变得模糊不清。[1] 因此，网络文学批评文本出现了民间话语出圈，强烈的去政治化走向。在传统的文艺批评中，许多批评家囿于自己的社会身份，惧怕担负政治或文化责任，没有勇气说出自己的真实判断，结果导致大部分文艺评论只是顾左右而言他、隔靴搔痒地"兜圈子"。而互联网的"虚拟性、间接性和匿名机制，使得每一个网民都拥有自由选择和决定自己身份、角色的绝对权力"[2]，这就为普通大众以匿名的方式参与文艺批评提供了自由的话语平台。概言之，互联网的开放性、匿名性、互动性等特性，不仅深刻地改变了文艺批评主体的身份构成，还为普通大众提供了发表意见、交流思想的平台，使得文艺批评越来越大众化。自此，文艺批评再也不是专家学者、精英知识分子们的专利，而成为人人都可以参与的一项社会文化活动。[3] 民间话语的介入，让本就复杂的网络文学批评舆论场增加了更加复杂的属性，即批评话语也出现了通俗化的转向。禹建湘认为，因为草根批评在网络中的大量涌现，网络文学批评的话语方式也随之发生了重大改变，向通俗化的方向行进。……这种批评姿态，体现了网络文学批评的自由心态、自我表达、自在方式的草根性质。网络文学批评尽量避免长篇大论，取而代之的是短小精悍的随笔性批评；同时，尽量避免使用晦涩的专业理论和名词，采用大众化的口吻，谈论大众喜爱的文学作品和现象，这种通俗化的批评话语，为僵滞的文学批评注入了新的言说方式。[4]

---

① 曾繁亭：《网络文学批评主体的衍变》，《小说评论》2016 年第 5 期。

② 欧阳友权：《网络文学论纲》，人民文学出版社 2003 年版。

③ 周旭：《从媒介环境到互文修辞——网络文艺批评的超文本书写》，《贵州社会科学》2019 年第 9 期。

④ 禹建湘：《空间转向：建构网络文学批评新范式》，《探索与争鸣》2010 年第 11 期。

网络变革了批评主体的身份构成，批评的话语权力从"专家"泛化到"网众"，身份庞杂的批评主体之间的位置关系也在从"中心—边缘"结构，转向"节点—节点"结构，并仍处在持续的自演化状态中。批评的方式从网络前时代的专业批评主体通过专业媒体进行一对多的单向传播，转变为多主体即时互动的共场在线模式，文学批评不只有专家"独白"，还有网友在线"对话"，文学批评从预设理论框架的标准化判评演变成现场互动的生成性过程。以猫腻的网络小说《庆余年》为例，作为一部以数字媒介为阅读载体的动态批评文本，其中内容可以随时增补、删减和修改，这与传统媒介的文学批评文本有着本质区别。在信息交互模式下的网络文学摆脱了原有的线性生产模式，在开放性的文本生产环境下，《庆余年》批评文本的生成不再是静止的实物，而是一种"信息流"。这种信息流不同于固态的印刷文字，它不是现成的产品，而是一种生产过程和实践活动，是一种液态化的符号连续体呈现出的编织物。得益于数字媒介的技术支撑，《庆余年》批评文本成了一个"没有编织完成"的符号联合体。在其编辑过程中，每上传5篇就设一"调整篇"，其原因是在粉丝收集帖子时，难免会有遗漏和错误，设置调整篇方便随时修改补充。同时，编辑者也会每月整理一次当月的帖子，将拟收录的帖子在《庆余年》书评区公布，听取书友们的意见，并在确定后进行上传。除此之外，《庆余年》中呈现的每一篇书评都不是它们最终的状态，彼此之间也不存在线性的逻辑关系，信息与信息之间互相交织而没有终结。

四　场景赋能：网络批评文本的情绪化展演

场景化、碎片化是移动时代信息传播和消费的主要特点，受众新闻信息的获取多以个性化的自我需要为出发点，在特定的场景中进行有效的沉浸式体验。场景成为用户网络文学阅读过程中重要的外在因素，其在很大程度决定了用户文学作品阅读的质量和方式。"场景代表着用户对内容更深的理解度，代表着能够触发用户的沉浸式体验，意味着对个人需求的满足和情感的共鸣，也意味着更强烈的付费和分享欲望以及忠诚度和黏性。"移动互联网环境中的场景（Context）不同于传统传播环境中的情境（Situation）和场所（Scene），它由"空间与环境、实时状态、生活惯性、社交氛围"构成，涵盖了"此时此地""此前彼处""此后彼处"。① 通过适配场景，媒介使内容与用户产生深度的连接，进而构建一个全新的媒介生态，在场景的深度介入下，网络文学的批评场域也呈现出多元的面貌。

禹建湘认为，网络文学更体现了后工业时代的特性，其文本的通俗性、游戏性、娱乐性、随意性，无一不显示出与精英文学相对抗的姿态。② 2002 年，欧阳友权对网络文学批评增加了"人文精神意义"的标准。他认为网络文学具有不加掩饰的本色情感和真情实感特征，网络文学形成了纪实性、写真性的情感宣泄模式，张扬了世俗化、人性化的泛情主义。③ 评论者、粉丝或者读者在这种媒介生态中肆意表露情感、宣泄情绪，此时的批评行为的发生已经由对文艺作品的鉴赏与围观，向一场自导自演的戏剧狂欢转变，在其所呈现的批评文本中也烙印下鲜明的情感指征。

网络文学批评生产过程同时也是网络文学营造的虚拟场景体验过程，这契合了兰德尔·柯林斯提出的互动仪式链的四个要素：两个或以上的人聚集在同一场所、对局外人设置界限、将注意力集中在共同的对象或活动上、分享共同的情绪体验。情感能量成为互动仪式的驱动力。④ 大量的批评主体通过终端聚在云端，选择中意的文学作品阅读，用户在这个时候不再是被迫接受信息的受众，他们充分拥有了选择性体验、参与，乃至影响文学创作者的权利。即时的"评论"也成为双方交流思想的媒介，作者和读者在网络世界中共同进行了一场

---

① 彭兰：《场景：移动时代媒体的新要素》，《新闻记者》2015 年第 3 期。
② 禹建湘：《空间转向：建构网络文学批评新范式》，《探索与争鸣》2010 年第 11 期。
③ 欧阳友权：《论网络文学的精神取向》，《文艺研究》2002 年第 5 期。
④ ［美］兰德尔·柯林斯：《互动仪式链》，林聚任等译，商务印书馆 2012 年版，第 51 页。

"虚拟交往"，并在这个独特的场域中获得了各自所需的情绪体验，作者依据评论进行同期的文学改编与创作，读者因为情节反转走向提升了阅读体验，不失为一种良性场景互动机制的构成。

依据媒介技术对社会文化的形塑作用与认知创新功能，对网络传播时代的社会文化表征空间进行了特征描摹。作为这个文化表征空间重要组成部分的文学批评在新的文化空间中表现形态与存在方式发生了诸多变化。首先，网络变革了批评主体的身份构成，批评的话语权力从"专家"泛化到"大众"，身份庞杂的批评主体之间的位置关系也在从"中心—边缘"结构，转向"节点—节点"结构，并仍处在持续的自演化状态中。批评的方式从网络前时代的专业批评主体通过专业媒体进行一对多的单向传播，转变为多主体即时互动的共场在线模式，文学批评不只有专家"独白"，还有网友在线"对话"，文学批评从预设理论框架的标准化评判演变成现场互动的生成性过程。在线式批评的即时性、互动性鼓励了批评表达的情绪化、口语化与个性化，批评的话语以通俗浅显代替了专业深刻，以吉光片羽的感悟代替了连篇累牍的论述，个性化表现代替了规范化的表述，并在大量的网络实践中积累了一些文学批评的网络话语。在更深层次上，批评的价值取向变得更为多元，这种多元不是判断文学价值经典标准的失效，而是这些标准要素在网络主体价值判断中的比重发生了位移。在对文本价值的评判过程中，愉悦体验的比重超过了审美批判，草根趣味冲击了神圣崇高。

第二节　非范式的文本构成

随着网络媒介的出现发展，新媒体样式层出不穷，文学创作、文学批评与互联网的关系越发密切，不同于网络文学创作的如火如荼，网络文学批评稍显滞后与不足。网络文学批评在创作方式和传播媒介上都与传统的文学批评大相径庭，在文本构成、思想内容和语言表述上也都呈现出自己的特色和风格，如批评内容随意即兴，强调娱乐性、大众性等。虽然网络文学批评正在不断发展壮大，其自身更是经历了从"自言自语"到"众声喧哗"的发展过程，但直到现在，网络文学批评仍然存在众多问题，没有完全得到学术界的认可。但网络文学批评作为一种新型文学现象，已经吸引了一大批学者对其进行研究，如欧阳友权、白烨等。学者们研究网络文学批评不单是因为它的新、它的奇，更多是因为它身上所蕴含的文学、文化内涵，以及它对当代文学发展、文学建构的影响。

同时，研究者们也指出，研究网络文学批评不能仅从媒介入手，更要分析网络文学批评的文本形式、思想内容、产生的影响和存在的问题。只有全方位地了解网络文学批评，才能够对其进行合理调整与引导，使它能够向更规范、更健康的方向发展，从而为文学批评注入生机与活力。网络文学批评文本没有统一、固定的规范，一般比较简短即兴，不循规蹈矩，具有颠覆性和解构性，所以其文本构成与传统文学批评有很大的不同，是"非范式的"。研究网络文学批评的"非范式的文本构成"，有利于从文本内容、构成、取向、形态等方面深入了解网络文学批评，在分析中把握网络文学批评的优势与困境，并以此来寻找真正适合网络文学批评的"新范式"。

一 网络文学批评的文本特征

要想把握网络文学批评的文本特征，就必须了解网络文学批评的创作主体。在互联网和数字媒体的助推下，网络文学批评的主体不断泛化，不同人群的表达方式、言说习惯肯定存在差异和各自的群体特色。因此把握住网络文学批评的创作主体，就可以从大方向把握住网络文学批评的文本特色。欧阳友权的《网络文学概论》《当代中国网络文学批评史》，谭德晶的《网络文学批评论》都介绍了网络文学批评的主体，他们或是将目光主要聚焦在大众网民身上，或是将主体进行详细分析概括。曾繁亭在《网络文学批评主体的衍变》中总结了网络文学批评的三大主体，分别为传统学术派或学院派、大众传媒和在线批评者，并侧重介绍了这三者之间由区隔、对峙到融会的历程。① 欧阳友权、张伟颀在《中国网络文学批评 20 年》中沿袭这一思路，对于包括：学院派批评、传媒批评与网民在线批评的三大批评力量，在职能、研究内容及影响力等方面的差异进行分析研究。② 吴述桥在《回归文本批评：网络文学批评的处境、问题与发展》中指出，网络文学批评有两种不同形态，民间的声音和学术派的批评。③ 詹珊在《在线与非在线网络文学批评之比较》中，通过对比在线网络文学批评与非在线网络文学批评，分析了网络文学批评的主体构成群体及各自的特点。目前学界普遍认为，网络文学批评的主体分为在线群体与非在线群体，分别主要由网民、大众媒体和学院派专家组成。④

相较于网络文学批评内部来说，主体不同，其形成的网络文学批评文本自然有许多不同。相较于传统文学批评来说，网络文学批评在传播媒介、受众群体、研究对象等方面都存在差异，因而，网络文学批评的文本特点也被研究者们纳入重点研究范畴，学者们从不同角度、不同主体切入，对网络文学批评的文本特点进行了深入的研究。桫椤在《网络文学批评发展滞后及对策》中对于专业的网络批评进行了讨论，认为其所具有的严肃的学术规范和格调，已经无法适用于当下的网络文学研究。欧阳友权、张伟颀在《中国网络文学批评 20 年》中，则对学院派批评、传媒批评、在线批评的文本特点进行了详细介绍与归纳，认为这三种批评形式各具特点，学院派批评学理性强、传媒批评突出新闻性和导向性、在线批评则形式灵活内容生动，三者相辅相

---

① 曾繁亭：《网络文学批评主体的衍变》，《小说评论》2016 年第 5 期。
② 欧阳友权、张伟颀：《中国网络文学批评 20 年》，《中国文学批评》2019 年第 1 期。
③ 吴述桥：《回归文本批评：网络文学批评的处境、问题与发展》，《山花》2016 年第 7 期。
④ 詹珊：《在线与非在线网络文学批评之比较》，《福建论坛》（人文社会科学版）2007 年第 10 期。

成，共同构筑了网络文学批评生态。

但就目前的研究结果来看，由于在线批评天然的媒介特性，不仅批评数量繁多，参与者与受众也都是广大网民，且与网络文学联系最为密切。研究者们仍将网络文学批评的研究重点放在在线式网络文学批评上。① 唐小娟的《浅析在线式网络文学批评》就是从在线式的网络文学批评出发，分析其与传统文学批评的不同，强调在线式网络文学批评文本的对话性、随意性、启发性以及文本词汇极具个性。② 而另一部分学者则是从具体现象来分析网络文学在线批评文本，如贾柯的《网络文学的跟贴批评》就详细介绍了"跟贴批评"这一网络文学批评最常见的一种存在方式，分析网络文学在线批评文本所呈现出的"即兴""散点""简短"等特征。③ 吴英文在《网络文学批评的修辞术》里则阐释了包括："火星文"表达，口语化、生活化、通俗化表达，"粗口秀"叙事风格和网络流行语的广泛运用等网络文学在线批评文本中出现的新兴语言形态和修辞方式，并指出这些愈演愈烈的语言形态和语用修辞的变异，这些新兴的表达方式恰恰反映出了网络文学批评文本所具有的感性化、随意性与狂欢性的特点。④ 欧阳友权的《当代中国网络文学批评史》也从"文本的存在方式"、"非范式的文本构成"以及"自由书写的修辞术"三个方面入手，对网络文学批评文本形态特点进行了系统介绍。⑤

二　网络文学批评文本构成的 "非范式"

"范式"是由美国科学哲学家托马斯·库恩提出的科学哲学概念，本质上就是一种理论体系和框架，且在该体系框架之内的该范式的定

---

① 欧阳友权、张伟颀：《中国网络文学批评 20 年》，《中国文学批评》2019 年第 1 期。

② 唐小娟：《浅析在线式网络文学批评》，《中国文学研究》2017 年第 1 期。

③ 贾柯：《网络文学的跟贴批评》，《创作与评论》2013 年第 22 期。

④ 吴英文：《网络文学批评的修辞术》，《小说评论》2016 年第 5 期。

⑤ 欧阳友权：《当代中国网络文学批评史》，中国社会科学出版社 2019 年版，第 163 页。

律、法则、理论都被人们普遍接受，重点强调公认和共同信念。范式这一理论概念可以运用到各个领域，在文学批评研究上也同样适用。那么文学批评的范式就可以理解为特定范围内文学批评研究者们一致接受且共同遵循的有关文学批评的观念、理论原则、制度规范、话语类型等。同理可知，"非范式"就是指相对于某一领域来说，无法得到共同认可的内容。就网络文学批评的"非范式的文本构成"来说，就是指网络文学批评的文本构成，主要是在线式的网络文学批评，与符合范式的传统文学批评存在很大差别，得不到广泛认同。

1. "非范式的文本构成"表现形式

欧阳友权在《当代中国网络文学批评史》中分三个方面介绍了网络文学批评的文本情况，其中就直接以"非范式的文本构成"为题对网络文学批评的文本构成进行详细划分，主要分为"目击道存的感悟性文本范式""率性表达的即兴式文本构成""突破规制的颠覆式文本取向""后现代立场的解构式文本形态"这四种类型。不同类型其内容各有不同，"目击道存的感悟性文本范式"是指其文本内容主要来自批评主体在阅读直觉下迸发的思想火花，强调批评的产生多是依托批评者的个体生命体验的直觉体悟，具有直观性、自主性、顿悟性；"率性表达的即兴式文本构成"，则重视对作品的瞬间感受，强调精短灵巧，率性而为，不必有抽象理论和逻辑论证，文本整体呈现出性情化点评的"碎片化"特征；"突破规制的颠覆式文本取向"指出匿名的"草根"批评者在进行网络文学批评时常采用仿拟、恶搞、曲解的手法，通过改写文学经典、化用成语典故的方式，对批评对象进行个性化评说；"后现代立场的解构式文本形态"认为，在网络文学批评文本中凝聚着解不开的浓烈后现代话语的知识态度和边缘姿态，后现代文化的逻辑内涵深刻地影响了网络文学批评文本的精神建构。①

---

① 欧阳友权：《当代中国网络文学批评史》，中国社会科学出版社 2019 年版，第 176 页。

相对于欧阳友权的整体概括，其他学者是从单个方面或其他角度对网络文学批评的"非范式的文本构成"进行分析：

首先，在强调网络文学批评的感悟性方面，一些学者联系古代的文学批评方式，探究网络文学批评中的"诗性"，构建古代文学批评与现今网络文学批评之间的桥梁，以此挖掘网络文学批评中的"非范式"。张文东在《新媒体与新批评：网络文学批评的"诗性"理解》中提出：网络文学批评与古代"诗话"批评模式有相通之处，二者都强调心灵的感受和情性的体味，强调"个人化思考、感悟式点评"的文本范式。同时也指出，网络文学批评因依托网络这个最活跃的媒介更进一步地强调去科学化、去理性化、去系统化的文本取向。① 谭德晶的《网络文学批评与中国古代神韵批评》也同样持此看法，认为网络文学批评存在"神韵"特征，具体从欣然自得的生活态度决定评点式批评方法、重视主观感悟而非客观体系逻辑以及使用充满诗意的言说方式这三个方面进行论证。有条有理地指出感悟式网络文学批评文本重在反映作者的阅读感悟意趣，不重逻辑更重悟性，多是短小即兴、欣然自得、具有诗意感悟式的批评。

还有一些专家认为，网络文学非范式的文本构成，与互联网"匿名性"的特征息息相关，正是因为匿名制度对批评主体的隐蔽，使批评主体可以更加肆无忌惮，从而使得文本内容更注重内心感受，强调自身感悟。② 宋炳辉、南帆、郜元宝等人在《网络时代的文学批评与人文学术》中指出，批评主体隐藏在网络"假面"的背后很容易召唤出第二自我，这很可能就是作者内心最深处的部分，批评主体能够更坦率、更真诚地表达自我的感悟。③

其次，许多研究者将目光聚焦在网络文学批评的即兴式文本构成

---

① 张文东：《新媒体与新批评：网络文学批评的"诗性"理解》，《当代文坛》2015 年第 6 期。
② 谭德晶：《网络文学批评与中国古代神韵批评》，《中南大学学报》（社会科学版）2006年第 4 期。
③ 宋炳辉、南帆、郜元宝：《网络时代的文学批评与人文学术》，《上海文学》2003 年第 1 期。

上，这也是网络文学批评文本构成最明显的特点，更是其"非范式"的显著特征。因为传统文学批评强调字词准确、格式规范、逻辑清晰、情感冷静，甚至还需要编辑审核，一般一篇传统的文学批评文章从开始构思到最终出版需要很长时间。像胡璟在《网络传播中文学批评的空间构成》中指出，这种率性而为的即兴式的网络文学批评摆脱了传统专业化、理论化、系统化的文学批评的文本范式，追求简单、快捷，文本构成讲究简短灵动，表达即兴感受，不重视结构和逻辑。① 周志雄在《网络文学批评的现状与问题》中说到，网络文学批评是一种随笔性的批评，强调随性、随心而谈，内容非常自由跳脱，情感真实且角度新奇，往往呈现碎片化特征。同时，文章也指出了这种文本构成的弊端，即缺乏对文本的深入细致的分析，没有逻辑，有些批评评论甚至脱离文本只求一时的宣泄或是为了吸引眼球。② 除了整体研究以外，不少学者通过对具体现象或个案的研究也挖掘出了网络文学批评文本构成中的"非范式"特性。其中，比较常见的文本构成现象就是跟帖批评，根据内容又可以分为"灌水"型、"板砖"型。詹珊在《在线网络文学批评类型探析》中就分别介绍了"灌水"型批评和"板砖"型批评。指出"灌水"批评参与者众多，内容结构非常松散，强调即兴自我表达。而"板砖"批评相对较有思想，结构完整且真挚客观。进而在分析中指出网络文学批评文本构成的直觉性、生活化、短小犀利、随心而为等特点。③ 胡璟在文章《网络环境中文学批评的重组与构建》中也强调简短、直感式的"灌水""板砖"成为网络文学批评的主流，批评不需要长篇大论，要的就是即兴书写、即时跟帖。④ 贾柯的《网络文学的跟贴批评》就是对跟帖批评进行专题研究，不仅对跟帖评论

---

① 胡璟：《网络传播中文学批评的空间构成》，《新闻界》2007 年第 6 期。

② 周志雄：《网络文学批评的现状与问题》，《山东师范大学学报》（人文社会科学版）2010年第 2 期。

③ 詹珊：《在线网络文学批评类型探析》，《山西师大学报》（社会科学版）2007 年第 6 期。

④ 胡璟：《网络环境中文学批评的重组与构建》，《武汉理工大学学报》（社会科学版）2009年第 4 期。

进行了分类，还在文章中提到"网络表情""标点符号"这类无字化的批评文本，非常值得重视。① 禹建湘在《空间转向：建构网络文学批评新范式》中指出，网络文学批评以即兴点评或跟帖互动为主，篇幅短小精悍，内容主要为抒发感想且较少引经据典，没有严谨的逻辑或者是规范的形式结构。② 谷硕的《论"凡人凡语"的网络文学批评建构价值》首次选取具体网络文学批评文本《凡人修仙传》的评论合集"凡人凡语"作为研究对象，指出网络文学批评的文本构成具有动态性，所以多以短小灵动的即兴互动式评论为主。因为网络的"开放性"使得网络文学批评表现出极为喧嚣的"广场性"，在这场批评狂欢中，"匿名"的网民以叛逆游戏的姿态突破传统的批评范式，使网络文学批评呈现出"非范式"的颠覆性文本取向。③ 白烨在《文学批评的新境遇与新挑战》中指出，网络文学批评常常因为所具有的草根性、民间化倾向导致文本取向多以"犀利、尖刻和酷评见长"，这其实就是对传统规制的反抗，犀利逗趣只是批评的表象，其内部所蕴含的强烈反叛态度才是网络文学批评的真正取向。④

谭德晶在《"在线性"对网络批评形式的影响》中分析了网络文学批评中存在的特殊技法，举例说明了反讽、戏拟、夸张、调侃等新颖独特的批评方式带来的文本效果，完全颠覆了传统批评规制，极大地吸引了读者们的眼球，掀起了一场场叛逆的批评狂欢。⑤ 同时，他又在另一篇文章《批评的狂欢——网络批评"广场"辩析》中指出，网络批评具有狂欢性，在此基础上存在各种各样的文本表现形式，如反讽、夸张、戏仿、嘲弄、反语等。批评主体自觉运用这些表现形式进行网络文学批评，其文本内容自然就能体现出对神圣道德的消解，

---

① 贾柯：《网络文学的跟贴批评》，《创作与评论》2013 年第 22 期。
② 禹建湘：《空间转向：建构网络文学批评新范式》，《探索与争鸣》2010 年第 11 期。
③ 谷硕：《论"凡人凡语"的网络文学批评建构价值》，《学习与探索》2018 年第 8 期。
④ 白烨：《文学批评的新境遇与新挑战》，《文艺研究》2009 年第 8 期。
⑤ 谭德晶：《"在线性"对网络批评形式的影响》，《中南大学学报》（社会科学版）2003 年第 5 期。

对社会正统权威的嘲弄颠覆。这种"非范式"的网络文学批评不仅饱含着批评主体的情感宣泄，还展现了人的本然活力，这是对传统文学批评僵化规制和壁垒的突破。

此外，后现代文化影响着网络文学创作，自然而然也影响着网络文学批评文本的精神建构。这些影响在网络文学批评文本上的具体反应就是加强了网络文学批评的自娱性，消解了教化等功能性作用，强调个体自我的表达，将批评的话语权交给每一位大众，且凝聚着后现代主义的话语态度和亚文化的边缘姿态。可以说网络文学批评文本所蕴含的颠覆性和解构性是其"非范式文本构成"最应该关注的，这些特性既体现在文本内容与形式上，又贯穿于网络文学批评的整体价值取向中。[①] 罗华在《网络文学批评的特质及其不足》中提到互联网的产生使专业批评家与普通网民的区别被消解了，在网上所有批评者的地位都是平等的，文学批评的话语权直接交给大众。在这种解构式的批评文本中，批评的思想深度被抹平，对高尚和经典也毫无追求，呈现出典型的后现代风格。对于网络文学批评文本中呈现出来的后现代立场，学界在予以客观肯定的同时，也会指出这种文本形态所带来的不利影响。[②] 如欧阳友权和吴英文在《网络文学批评的价值和局限》中指出网络文学批评文本中的趣味式言说会消解批评的学理性，使之缺乏理论担当；恶搞式的网络批评文本会带来舆论暴力和价值偏误。恶搞式批评就是对传统文本采取嘲弄、拼贴、颠倒创造出一个新文本，极具后现代性，往往能引起大众的共鸣，但也可能恶搞变恶俗，造成网络暴力和价值失当。[③]

2. "非范式的文本构成"的原因

不论是感悟性文本范式、即兴式文本构成，还是颠覆式文本取向、解构式文本形态，网络文学批评的文本构成可以说是完全区别于传统

---

① 谭德晶：《批评的狂欢——网络批评"广场"辨析》，《文艺理论与批评》2003 年第 3 期。
② 罗华：《网络文学批评的特质及其不足》，《飞天》2011 年第 4 期。
③ 欧阳友权、吴英文：《网络文学批评的价值和局限》，《探索与争鸣》2010 年第 11 期。

文学批评，拥有属于自己的特点。学界在具体分析了网络文学批评的"非范式的文本构成"的内容和形式后，又以严肃、严谨的态度去探究隐藏在文本背后的深层原因。当然，即使是在分析原因时，各专家学者依然会对网络文学批评的"非范式的文本构成"进行详细解读，从而可以更加全面、更加深入地了解网络文学批评文本构成的"非范式"特点与成因。有的从网络的特性上分析。如谭德晶的《批评的狂欢——网络批评"广场"辩析》，文章肯定地指出网络的"比特广场"与实际的"狂欢广场"具有相似特性，广场的边缘性与隐身性赋予了网络文学批评狂欢广场式的自由与平等，真正的"本我"暴露出来，人们毫无顾忌、毫无节制地宣泄着自己的情绪。[①] 此外，还有刘俐俐、李玉平的《网络文学对文学批评理论的挑战》、黄鸣奋的《网络传媒革命与电子文学批评的嬗变》都是从新媒体特性分析，研究"超文本"带来的互动性、即时性，以及由此造成的网络文学批评的"非范式的文本构成"。又或者是从批评主体入手。谭德晶在《"冒犯"与"躲避"——网络文学批评主体的精神向度分析》中，首先强调文学新景观必将会带来文学批评的新形式，强调网络文学批评文本口语化、情绪化、中心泛化的特点。但他并没有局限于网络文学批评"非范式"文本构成的表面，而是深入文本肌理，探索网络文学批评文本"非范式"的原因。即因为网络文学批评主体具有"冒犯"和"躲避"这两个精神向度，"冒犯"是批评主体挑战权威，对传统说"不"，强调叛逆；"躲避"又分为对象式的躲避和角度式的躲避，说明批评主体们更重视自身的快感和趣味。也正是因为"冒犯"与"躲避"这两种精神向度使得批评文本的内容、形式与结构"与我们过往主流、正统的评论很不一样"，具有颠覆性与解构性。[②]

① 谭德晶：《批评的狂欢——网络批评"广场"辩析》，《文艺理论与批评》2003 年第 3 期。
② 谭德晶：《"冒犯"与"躲避"——网络文学批评主体的精神向度分析》，《文艺争鸣》2005 年第 4 期。

三 "非范式文本构成" 的出路

研究者们通过对网络文学批评的"非范式文本构成"进行发掘研究，可以很清晰地看出网络文学批评所呈现出来的各种优势与劣势。好的一面是，批评主体扩大，任何人都可以借助互联网进行表达和批评；批评具有独立性，真实地反映着人的感受、想法与思考，较少的被各种主义影响；批评话语大众化、通俗化，批评之间相互交流也非常方便快速。但是其问题与不足也非常明显，如有些批评内容毫无营养纯属灌水，缺乏必要的理性和深度；有的只为哗众取宠，媚俗至极；有的一味捧高踩低，缺乏公信力，误导读者。因此如何引导和规范这种"非范式"也是学界必须要重视的问题，而这个问题的首要前提就是要构建网络文学批评的理论范式。有了思想理论的引领，网络文学批评文本才能够找到有所可依的范式。目前不少专家学者都在这一问题上表达了自己的观点和看法，虽各有不同，但基本上都认为应该寻找网络文学批评的新范式，不应该将网络文学批评硬生生地套入传统的文学批评中。而构建这种符合网络文学本身的批评"新范式"，就需要主流批评家、市场媒体以及各网络文学读者、批评者的共同努力。只有得到这三方的认可和接受，那么这样建立起来的网络文学批评理论、创造出来的网络文学批评文本才能为网络文学提供真正有效的批评话语。禹建湘在《空间转向：建构网络文学批评新范式》中就明确给出解决方案，即要想建构网络文学批评新范式，就是建构"个人化大众批评"批评主体、"跨语境文化批评"批评方法以及"开放性多元批评"的批评的价值观。[1] 周静在《网络文学批评的难局与新路》中则认为，网络文学批评应该借助媒介批评带来的新方法，融合市场原则下的文学制作人带来新任务，并认同大众的混杂趣味。[2]

---

① 禹建湘：《空间转向：建构网络文学批评新范式》，《探索与争鸣》2010 年第 11 期。

② 周静：《网络文学批评的难局与新路》，《浙江社会科学》2012 年第 7 期。

研究者们从不同方面、不同角度对"非范式的文本构成"进行了详细的分析，将文本内容与批评主体、网络媒介、后现代主义等联系起来，发掘其文本构成的全新一面，可谓成果颇丰。目前，对"非范式的文本构成"进行全面系统归纳的主要还是欧阳友权，他将其划分为"目击道存的感悟性文本范式""率性表达的即兴式文本构成""突破规制的颠覆式文本取向""后现代立场的解构式文本形态"这四种类型，划分依据是网络文学批评的内容性质。上述研究虽说很全面，但主要还是侧重内容，较少侧重形式、形态。其他学者对"非范式的文本构成"虽都有研究，但并未能从整体出发，逻辑清晰却不够完整。网络文学批评的"非范式的文本构成"，简单来说就是给大众呈现了一种不同于以往文学批评的文本构成。要想研究这种"非范式的文本构成"就应该从源头出发，既要把握造成这种新现象的原因，又要了解这种"非范式"的特点和产生的影响，最后不能止步于此，更要为还在发展中的"非范式"寻找出路，使其能够更好地适应时代发展和人民的需要。

第三节 自由书写的修辞术

自 20 世纪 90 年代初汉语网络文学在北美诞生以来，互联网在我国的迅速普及、文学网站的聚集效应，让我国涌现出大量写手群体和文学网民，大大解放了文学话语权，改变了过去传统文学一家独大的文坛格局，网络文学蓬勃发展。作为一种新生的文学样式，网络文学有着不同于传统文学的语言特色和机制。

一 网络文学语言特点

第一篇讨论网络文学特点的论文名为《编辑遭遇网络文学语言》，由康帅于 2000 年 9 月 30 日发表在《中国出版》，他率先提出了网络语言的六个特点：

其一，大量使用计算机及网络专用术语，包括计算机世界的"软硬"术语和网友们在 QQ、聊天室、BBS 上的习惯用语。

其二，行文中夹杂英语单词及其音译词、缩写词，如 BBS、IP、"因特网"、"伊妹儿"等。

其三，时尚用语（多流行于街头市井年轻人中的语言），如"酷""哇塞帅呆了"充斥于网络文学作品中。不独如此，这类作品中还存在大量新造出来的富有网络特点的"另类"时尚用语。比如把"东西"叫作"东东"，把"大侠"称为"大虾"等，不一而足。

其四，对另类时尚的过分追求，使网络作品中的不少语言成了隐语（或称黑话、切话、行话）。这其中，既有类似"TMD"以及"MM"、"GG"之类的汉语拼音缩略，也有"斑竹"（版主）、"7456"（气死我了）之类的谐音词，还有"米国"（美国）、"恐龙"（丑女）、"青蛙"（丑男）一类的行话，更有诸如用冒号加右括号":)"表示高兴的一整套符号语言。一些粗俗、不文明的语言现象也出现在网络文学作品中。

其五，句子简短，随意性强。独词独句在人物对话中大量存在，句子成分常常被尽可能地省略。如"我天才吧"这样的句子就省略了谓语。有时名词被直接用作谓语。如"有事 E - mail 我"，E - mail 即电子邮件。过度简略与随意的句子在合乎语法规范方面常常可疑。①

其六，错别字多，标点符号和数字的用法经常失当。

关于这一点，石琳在后来的研究中有所补充：一方面网络文学语言使用的特殊句法结构体现了语言结构功能元素之间的弹性关系，它的一些错误句法根据其特征也被读者加以合理化的理解、辨识和容忍，而且有些错误形式已经在网络中广泛传播，成为公认的"规范形式"。另一方面，很多网络文学的作者也对正经八百的现代汉语语法感到厌倦，他们有时会在创作中刻意回避或颠覆现代汉语语法，但在呈现"新鲜"的语言组织形式的同时，也产生了很多不符合现代汉语语法规范的问题。

① 康帅：《编辑遭遇网络文学语言》，《中国出版》2000 年第 9 期。

其一，不符合语法特征。如："很"在现代汉语中作为副词一般不能修饰名词，但在网络文学语言中，用"很＋名词"这样的结构来表示具备某种事物特点的情况屡见不鲜，比如：很女人、很法国、很卡通等。

其二，语法搭配不当。如：严重同意，巨难看，超感动，N 无奈等，作者为了表现出与以往搭配的不同，常常生造这样的组合，虽然根据这种拼合也能大概晓其义，但由于不符合语法规范和读者已有的语感，读起来总觉得有点别扭。

其三，语法变异现象。如：郁闷 ing，在英语里表示动作或行为正在进行的时态标记"ing"被网民们复制转移到了网络文学语言中。①

周建民在《网络文学的语言运用特点》中提到，利用网名体现特殊表达效果：网上交际可令作者极大地张扬个性和个人运用语言的特点，语言风格也相应地体现出多样化的特点，庄重的、随意的，严肃的、戏谑的都有。这一特点集中地体现在网名的运用上。网虫的网名可说是姓名中的"另类"，内容和结构都五花八门，雅名、俗名、洋名；词、短语，乃至句子；甚或读不出音的符号，什么都有。有些名字在现实生活中是不可能出现的，真正体现了姓名只不过是一个符号而已。网络文学作品对网名的运用也反映了这一特点，如：起"小龙女"这个名字并不是我的初衷。在星伴，九色鹿，国讯几个聊天室，我常常叫"举杯邀月"，"画眉深浅"，"青夢"，"红笺"……听起来就有诗意的那种，也好让和我有共同嗜好的朋友慧眼识浪漫。除了真实再现网络中实际的网名外，网络文学还有意利用人物的网名和网络写家的名字进行幽默的调侃，以增添小说情趣，如："没有人知道博世镖局总镖头邢育森的武功到底有多高……没有人知道榕树山庄主人宁财神的财产到底有多少……可惜，安妮宝贝始终还在安妮家族手中，而中原武林为了那本书却不知经历了多少次血腥的残杀……正是少林

---

① 石琳：《网络文学语言的异化和规范》，《当代文坛》2008 年第 3 期。

智僧无过大师……五岳剑派盟主、恒山派掌门仪琳师太……这竟然是十年前失踪的小李飞刀李寻欢……"（李寻欢《宝贝》）邢育森、宁财神、安妮宝贝、无过（吴过）、仪琳、李寻欢都是当下著名的网络文学写家，李寻欢将他们连同自己都编入武侠小说中血战一场，令人读后不禁莞尔一笑。①

此外，周建民还谈到运用以计算机、网络及其术语为材料的修辞方式：计算机和网络对网络文学运用修辞方式也有一定影响，当然这种影响还不足以产生新的修辞方式，但计算机、网络及其术语可以作为修辞的材料，给比喻等古老的修辞方式注入时代的活力，增添表达的魅力，如："这个一九九九年元旦的夜里，我仍然毫无睡意，于是我坐到键盘前，整理我记忆硬盘的碎片，把我一九九八年的事记下来，鉴于我的记忆缺省，我只记得这几个片段了，请你原谅我的故事的不真实。或者说真实。"（易兵《真实的人是可耻的》）熟悉计算机的人都知道，将整理记忆比作整理计算机硬盘的碎片，真是一个绝妙好喻。

刘亚平在《网络文学语言的狂欢化特色》中特别提出"狂欢化"这一概念：在很多情况下，网络文学的语言摆脱了社会规范秩序与等级的束缚，故意破坏长期以来主流意识形态所形成的各种秩序，打破了高高在上、神圣不可侵犯的语言禁忌，以一种毫无顾忌的、眼花缭乱的、戏仿诙谐的方式表达出民众对于社会现象、社会问题的朴素看法。在这种类似于尽情狂欢的广场式语言中，取消了交往者之间的一切等级界限，也弥合了人为建构的神圣与卑俗之间的等级秩序。所以网络文学的语言更具"狂欢化"的特点。网络写手在极具开放性的狂欢广场（互联网）中，形成一种独特的时间和空间形式。并把神圣化作笑谈，将崇高降格为游戏，用喜剧冲淡悲愤，以笑料对抗沉重。这种极具开放的狂欢语言，以一种独特的形式存在于网络作品中。②

---

① 周建民：《网络文学的语言运用特点》，《武汉教育学院学报》2000 年第 5 期。

② 刘亚平：《网络文学语言的狂欢化特色》，《长春工业大学学报》（社会科学版）2007 年第 1 期。

李星辉有类似的看法：网络文学由大众化与世俗化构成主调。文学最初是属于民间的，"杭育杭育"的劳动号子就是劳动者最早的诗歌，这时候的文学是机会均等、创作自由的。后来随着社会的发展和文学的成熟，文学也开始走向贵族化，成为文人的专利品，民间的众声喧哗变成了象牙塔里的个人吟咏、文人间的应和酬答，甚至传经布道的政治工具。网络改变了这样的局面，网络是一个自由、平等、开放、兼容、共享的无限空间，所有的网民都可以自由进入、表达情感、发挥想象、相互交流，数字化"赛博空间"将文学话语权重新交给了民众，文学开始回归民间。

网络文学的回归民间导致了文学语言从传统文学语言的字斟句酌，走向网络文学语言的大众化、世俗化、生活化、平庸化。网络文学的写手们，在现实生活中他们无论是达官显贵，还是黎民百姓，进入网络后他们便丢失了自己的身份，抛开了自己的等级，成了平起平坐的网民。网络给了他们自由自主的文学话语权，给了他们精神的自由，心灵的自由，他们就用大众化、世俗化的文学语言，来展示普通人最原始、最本色的生活感受，张扬个性，舒展自我。他们就用生活化、平庸化的文学语言，来直陈心中真实的欲望，倾诉个人的境遇，诠释对生命的感悟。网络写手们摒弃尊崇权威，选择崇拜平庸；摒弃矫揉造作，选择率真纯朴；摒弃理性沉思，选择情感宣泄；摒弃高尚伟大，选择戏谑诙谐。任何人都可以发表文学作品，任何人都可以用自己能够想到的词语去表达真实的思想情感。惊世骇俗的大作也好，陈词滥调的凡文也罢，这些对于网络写手们来说都无关紧要，他们图的就是这份文学创作时的自由、平等，图的就是这份语言表达中的平凡、世俗，图的就是这份个性张扬中的尊重、认同。①

比如今何在的网络小说《悟空传》中对唐僧和三个徒弟的师徒关系的描述，就全然没有传统文学作品《西游记》里表现的那样充满威

---

① 李星辉：《网络文学语言的四个特性》，《求索》2010 年第 6 期。

严、值得敬重，也根本抛弃了为求取真经而共患难的神圣和崇高，描述的只有世俗的任性和相互的敌对。网络文学作品中随笔类、杂感类的散文占绝大部分，小说和诗歌次之。爱情、搞笑、武侠、诡异、游戏是其主要题材，纪实性的网恋故事、心情告白、琐屑人生、旅游杂记、校园写真占的比重很大。网络文学语言中散发出来的这种大众化和世俗化的味道，是会让那些习惯了传统文学语言中规中矩、崇尚权威、追逐主流的读者感觉异味，甚至瞠目结舌的。

网络文学语言的"狂欢化"特色还表现在灵活运用戏仿、幽默的语言上。有一篇戏仿刘禹锡《陋室铭》的诗词，形象地刻画了某些官僚不学无术、排斥异己、溜须拍马、拉帮结派、玩弄权术的嘴脸："才不在高，有官则名；学不在深，有权则灵。这个衙门，惟我独尊。前有吹鼓手，后有马屁精；谈笑有心腹，往来无小兵。可以搞特权，兴帮亲。无批评之刺耳，有颂扬之雷鸣。青云直上天，随风显精神。群众曰：臭哉此翁！"还有一首戏仿电影《红高粱》的插曲，揭露了行贿者的灰色心态："花高价，买名酒，名酒送礼赶火候。喝了咱的酒，不想点头也点头；喝了咱的酒，不愿举手也举手；一四七、三六九，九九归一跟我走，好酒好酒。"这些语言使作品更具特殊的讽刺效果，给人以生动、逼真之感，令人深思和遐想。当然，戏仿不是网络文学独有的东西，但由于它契合了网络"脱冕"和"祛魅"的游戏精神，因而一直在网络文学中大行其道。

曹进、张娜从著名哲学家皮尔士的符号学视角探寻网络文学语言①。象征符号是一种与其对象没有相似性或直接联系的符号，所以它可以完全自由地表征对象。象征方式的表征只与解释者相关，它可以由任意的符号贮备系统中选择任意的媒介加以表征，并可以在传播过程中约定俗成地、稳定不变地被应用。如鸽子作为和平的象征是完

---

① 曹进、张娜：《网络文学语言之皮尔士符号学诠释——从对象关联物的角度》，《兰州文理学院学报》（社会科学版）2014 年第 2 期。

全自由的选择，它作为象征符号与和平无直接的联系，因为它不涉及一个具体的和平，又没有任何相像之处，而是特定历史的或现实的文化语境影响下的选择性创造。

"元芳，你怎么看?"这句话不过只是《神探狄仁杰》系列电视剧中狄大人常对副手李元芳的一个普通发问。但在网络中这句话却有了不同的含义，此句的流行，源于一起网络事件。网友以"元芳，你怎么看?"对警察进行嘲讽，暗指案情背后或有蹊跷。世间万事问元芳，使得元芳迅速被网民引用，表达某种质疑、嘲讽或公开征询看法。由此看来，假如不知道"元芳，你怎么看?"一语背后的故事，人们是很难联想到它在网络中的这种用法的。虽然"元芳，你怎么看?"本身已经属于一种语言符号，但在网络中，它的使用经过了网民们的再创造与再阐释，形成了可表达任何质疑的新释义，因而笔者认为，"元芳，你怎么看?"在汉语中的本意就成为这个符号的本体，而它的新解释则是指称对象，二者之间显然没有任何形式联系，因此若按皮尔士的三分法来划分，应当归类于"象征符号"这一类。这类带有象征意义的网络语言，代表着最高级、最抽象的相似性。所指与能指之间的平行性被最大限度地抽离、抽象。能指在解读的过程中，被赋予了新的意义，实现了由虚到实、由具体到抽象的意义协商过程，内涵和外延同时被扩大。在这个意义的流失或者膨胀过程中，解释者还加进了感情色彩，大多带着无奈、调侃、戏谑、嘲讽的意味。公共媒体以这些匪夷所思的理由解释为借口掩盖真相，隐喻事件背后的真相，网友也就顺势借用了这些词语，同样用于那些想说却不好详说的场合，于是一系列新义词汇就在媒体与大众两相缄默的默契中形成，说的也恰是那些你知我知而不便宣之于口的意义。象征符号的魅力与生命力似乎也正在于此。它一方面行使着作为符号表情达意的使命，另一方面又技巧性地对真意进行修饰，使得使用符号的双方需要付出更多的思索过程，而它蕴含的丰富内涵也使得符号的解读更具变化性，更适于用在多变的网络世界中。随着符号的高频率使用，它也自然而然地为人们所熟知，一个网络流行语也就因此形成。

二　网络文学语言特点的成因

综合学者的诸种见解，网络文学独特的语言特点主要有两大成因：网络文学与生俱来的先天性不足，以及大众文化心理的深度介入，是制约和阻碍其发展的决定性因素。

中国网络文学的产生与全球电脑网络及其文化的发展密切相关。最初多是由理工出身、能够熟练应用计算机和互联网的海外华人创建的。缺乏必要的文学知识，只不过是借助网络这自由、廉价、便捷的渠道来寄托、传播自己的乡恋。这就形成了中国网络文学的先天性的不足。中国内地网络文学的兴起是在 20 世纪 90 年代后期，无论是最早进入一些网站免费个人主页的写手还是网络文学刊物，都离不开熟悉计算机技术的网络人才。这种对网络及其对理工出身的网络人才的依赖，滋生出操作主义的思潮。对技术的操作和信任，击溃了人们对传统的理性经验和感情体验的信心。网络文学已不需要具有感情体验的词汇，因其不能像技术一样容易把握。网络文学的语言尽量向可操作性贴近，使人一目了然，不需要去思索。网络写手的写作就像运用技术一样，只要发挥自己的机智和才智，组织语言就像操作技术，进行不同的组合和翻改就行了。操作主义的思潮抹去的不仅仅是语言的弹性和张力，而且也抹去了由语言所表现的人的独特的创造才能。语言的理性和感情色彩的淡化，其实是淡化了文学作为精神产品对人的发展过程的升华作用。这是同人的现代化的历史进程相背离的。

透过网络文学语言背离传统文学语言的现象，我们可以从中窥见当前我国大众对文学的审美心理走向。网络文学其实是大众文化的产物，也深受大众文化的影响。首先，大众文化的消费本位意识框定了网络文学的审美价值取向，使其把动机和目的指向大众实实在在的但却是表层的精神需求上。网络语言的平面化、通俗化和粗劣现象正是在此类的文化氛围中形成并发展起来的。其次，大众文化背景下所形成的对于传统经典的鄙弃心理也羁绊着网络文学的步履。"我是网虫我怕谁"的"无赖"心态促成人们对传统经典的反看行为，对讲求句法、追求典雅的文本嗤之以鼻。这势必会消解网络文学的语言魅力，淡化网络文学的美质。最后，当前大众文化的浮躁心态也必然投射到网络文学的创作中，使得网络写手们无暇去领悟并运用传统文学的语言精华，急功近利以及感情的肆意倾泄抑制着网络文学向更高、更深层面的掘进。[①]

三　网络文学语言特点的争论

对于网络文学语言，有人持肯定态度，也有人持否定态度，这两种观点为：

第一种是呼吁净化和规范网络文学语言的观点。著名作家冯骥才先生在一次谈话中说："语言是一个民族文化的围墙，更深刻地讲是一个民族的心理，直接关系到一个民族的思维方式、情感和下意识等。"很多学者也认为，在网络日益普及的虚拟空间里，网络作者为了传输方便、提高交流速度和表达个性化的效果，对一些汉语和英语词汇进行任意"改造"，对规范语言的语法进行无限制"创新"，将文字、数字、图片、符号等随意拼接，由此产生的与规范化语言表达方式格格不入的新词新句，是"文化垃圾"，是"对传统汉语的破坏"，"给我们的民族语言带来了冲击，甚至造成了一定的'烧伤度'"，这些语言不仅污染了民族语言的纯洁，而且还体现了网民的知识贫乏与精神苍白。

第二种是强调汉语系统具有一定的自净功能的观点。与上述强烈呼吁规范网络文学语言的观点相对照，有的学者持较为宽容甚至兼容的态度，他们认为网络文学语言不是什么语言异类，因为语言历来是一个开放性的符号系统，历来都是随社会生活和文化形态的发展变化

---

① 周学红：《网络文学语言的理性思考》，《商丘师范学院学报》2002年第18卷第4期。

而发展变化的，其规范并非是人为规定或强制性的，而是约定俗成的。正如王希杰曾说过的："语言的规范化工作并不是一点儿作用也没有，但是同词语的自身的矛盾运动相比较，则是微乎其微的，有时是微不足道的，功盖天地的可能性是很少的……从宏观上看，人类的语言基本上都处在人类自觉的语言规范化运动之外，但是所有的语言并不是从混乱走向混乱的，正好相反，人类的语言都从混乱走向了有序。当词语处在局部混乱状态的时候，当它远离平衡状态的时候，它具有自我组织的能力，它能够自我调节，自动从局部混乱走向有序，人们的语言规范化工作比起语言自身的这一自我组织、自我调节的功能来，显然是不可同日而语的。"①

网络文学语言的狂欢性，是对传统文学语言审美性的一次挑战，它已成为大众娱乐文化不可缺少的一部分。但"狂欢"过后，确实应对网络文学语言进行认真研究和整理，要取其精华，去其糟粕，决不能因网络语言中的某些词语颠倒了传统语言的词义与语序而谈网色变。网络文学写作的在线环境和平台，决定了网络语言的产生和基本特性；"狂欢化"特色确实给网络文学语言带来了生机和活力，也为我们提出了新的语言研究课题。

目前，对于一般性的网络语言的研究已经取得了一定的成果，如中国第一部网络用语词典——《中国网络语言词典》正式出版发行。这部语词性的词典收词 2000 条左右，正文约 40 万字，主要收集网络一般词语、聊天室常用词语和一些外来语及缩写。这部工具书的出现对新网民克服词语障碍无疑有很大帮助作用，同时也系统总结了中国网络语言发展状况，具有一定的文献价值。

同时，某些地区也针对一般性的网络语言出台了一些规范的法规，如 2006 年 3 月 1 日起，国内首部将规范网络语言行为写入法律的地方性法规——《上海市实施〈中华人民共和国国家通用语言文字法〉办

---

① 石琳：《网络文学语言的异化和规范》，《当代文坛》2008 年第 3 期。

法》开始生效，其中明确规定，国家机关公文、教科书不得使用不符合现代汉语词汇和语法规范的网络语汇。根据该办法，今后如果上海的政府文件、教科书或者新闻报道中出现"美眉""恐龙""PK""粉丝"等网络流行语言，将被判定为违法行为。[①]

这些现有的研究和法规能为我们规范网络文学语言提供一定的借鉴经验，但是，网络文学语言的规范要区别于一般语言的规范。因为，文学语言有别于一般的语言。

1992 年国家语委的权威刊物《语文建设》发起一场"文学语言规范问题"的大讨论，语言学家和文学家们纷纷发表意见，最终认识渐趋统一，即文学语言的规范与一般语言的规范应该具有不同的特点和内容，不能混为一谈。据此，我们也有必要区分网络文学语言规范与一般语言规范的不同特点和内容，并根据网络文学语言规范的特异性提出相应的规范原则。

首先，网络文学语言规范的层次性。对于网络中的不同区域，我们有必要采取不同的规范要求：对于聊天室的口语来说，可以持一种比较宽容的态度，只要造词方式基本符合汉语习惯，没有不健康的用语即可；网络新闻的语言风格要尽量客观理性；而网络文学的语言应明白晓畅，方便网民阅读。并且，网民的队伍在不断壮大，新老网民的语言状况在网上共存，也形成了层次的差别。所以，网络文学语言的规范工作应该是有层次的。

其次，网络文学语言规范的动态性。文学是语言的艺术，网络文学有异于传统文学的语言特色，因此也就有了区别于传统文学的艺术特征。网络文学虽然还未能积淀出相当数量的精品，但它毕竟形成了一种异于传统文学的特征。网络文学即兴的、快餐式的创作使得有些作品在语言上缺乏推敲磨炼，带来语言运用上相应的不足。但是，它们的存在客观反映了社会意识形态中消极的一面，要改变这种状况得

---

① 石琳：《网络文学语言的异化和规范》，《当代文坛》2008 年第 3 期。

从提高全社会的道德素质入手，而不是仅仅通过行政手段所能做到的。

同时，语言文字又是审美的重要内容，因此我们需要采取一些具体的措施来更好地实现文学审美的功能。比如设立专门的语言观察点，对在网络文学中流行的语言进行跟踪式观测、分析，定期编订新词语词典，增加有意义的新词，删除不再流行或已消失的词语。

作为一种崭新的文学形态，网络文学具有强大的生命力和诱人的艺术魅力。如果我们能创建一个合理的评判环境，给其以宽容的发展空间，网络文学将会从现在的无序走向有序，文学的自由时代也会随着网络文学的良性发展而真正来临。

第四章 网络文学批评的新语境

自古以来，文学批评便延续着"贤儒论文"的传统，"非才高不可言文学，非学富不可论批评"，文学的话语权始终被束之高阁，掌握在少数高知精英阶层的手中，沿袭着公认的经典评判标准。然而，随着互联网的出现，网络文学以其浩瀚的数量和繁杂的种类，形成了世界上独一无二的文学奇观。在技术赋权下，文学批评的主动权第一次交到了全体网民手中，网络文学批评的蓬勃发展不仅颠覆了文学批评的固有传统，同时也开创了文学批评的全新语境，掀起了一场关于文学批评何去何从的严肃讨论。

本章试从中国网络文学批评标准的讨论与争鸣出发，分析网络文学批评"和而不同"的发展趋势，探索在新美学原则影响下，网络文学批评的批评表达变迁，把握网络文学批评实践中所面临的主要问题，全面系统地阐释网络文学批评所处新语境的形态特征。

第一节 "和而不同"的批评语境

自进入 21 世纪，我国网络文学的迅猛发展催生出数量庞大的网络文学批评，而网络文学批评该遵循怎样的标准或说尺度，一直存在较多理解维度。禹建湘 2016 年对网络文学批评做出总结，得出网络文学批评应持的三个维度：审美、技术与商业。① 这一总结具有一定的科学性，然而随着网络文学形态的不断发展，网络文学批评也逐渐展现出新的态势，网络文学批评的尺度正在向越发体系化、聚合化发展，同时在新的维度上进行批评的发散。

一 网络文学批评尺度的聚合趋势

网络文学批评尺度在经历了长时间的模糊与缺位后，根据周根红的归纳，目前较为常见的批评尺度分为三种主要类型：一为继承传统文学批评观念，将网络文学视作传统文学的分支；二则从接受层面出发，以网络文学满足大众消费快感的特性出发，用通俗文学的标准对其进行评价；三则更关注网络文学的媒介特性，将其所独有的网络性放在首位，以媒介视角评价网络文学。② 前三种批评维度在 2016 年以后的研究当中大多已经有详细的归纳与评述，本文在此不加赘述，而将研究着眼于近期兴起的第四类批评尺度，即多维批评尺度。

所谓多维批评尺度，是有意识在聚合的多个维度下进行网络文学批评的归纳，力求在批评尺度上形成对整体的体系性批评维度的判断。这种聚合态多维批评尺度又可以根据维度形成的态势，划分为强聚合与异聚合两种形态。

强聚合即着眼于网络文学的审美价值（思想价值）、商业价值（商业性）与媒介技术（网络性）三重属性形成批评维度，并围绕其对网络文学进行评论。这一观点最早由禹建湘在《网络文学批评标准的多维性》一文中进行了详尽阐释，他提出，根据"网络文学的批评标准显现于对作品的肯定与否定的评判中、争议于传统与创新之辩，并合谋于商业与技术之维"三个层面的研究分析，并最终对网络文学

① 禹建湘：《网络文学批评标准的多维性》，《求是学刊》2016 年第 3 期。
② 周根红：《当前网络文学评价标准建构的批评与反思》，《江苏大学学报》（社会科学版）2021 年第 1 期。

批评的多维度强聚合态势做出了总结①；2017 年，周志雄在谈中国网络文学批评的维度时，也提出应从"相应的价值维度、理论维度、审美维度、文化维度、技术维度、接受维度、市场维度"上考察网络文学，做到"既要注重评价的有效性和通约性，又要能在更高的层面上促进网络文学的发展"②，其中重点论述了网络、审美、商业、理论四个维度，尤其在网络维度中指出网络文学中思想探索性与个人表达的契合度，这与后文论述的赛博格维度有异曲同工之处；周根红于 2021 年对前几年当中的批评尺度进行批评与反思，根据先前研究存在的问题，更着眼于三个维度的相互联系，"遵循文学、媒介、市场、价值等网络文学生产因素，强化网络文学的媒介属性和文学属性这两个重要的前提，重新思考网络文学的评价标准"，提出"理解媒介变迁、回归文学本体、重视市场影响、重估思想价值"四个评价维度③。强聚合多维批评尺度的特点在于较为全面地考虑了影响网络文学价值的多个要素，并在要素的联系之间搭建起具有较强联系的多维度的批评尺度，力求对网络文学评论形成清晰且全面的批评标准。

异聚合则可以看作是对强聚合态势中三个维度的拓展、删减和异化。单小曦率先基于综合标准的弊端提出否定"网络 + 文学"意义上的标准，需要真正"网络文学"意义上的标准，因此引入了"媒介存在论"，形成包括"网络生成尺度、技术性—艺术性—商业性融合尺度、跨媒介及跨艺类尺度、'虚拟世界'开拓尺度、主体网络间性与合作生产尺度、'数字此在'对存在意义领悟尺度"在内的多维批评系统④；高宁则创新性地将应用数学方法引入网络文学批评，着眼于网络文学的商业价值，构建出"人气类指标、道具类指标、用户类指

---

① 禹建湘：《网络文学批评标准的多维性》，《求是学刊》2016 年第 3 期。

② 周志雄：《中国网络文学评价体系的维度及构建路径》，《中国文艺评论》2017 年第 1 期。

③ 周根红：《当前网络文学评价标准建构的批评与反思》，《江苏大学学报》（社会科学版）2021 年第 1 期。

④ 单小曦：《网络文学评价标准问题反思及新探》，《文学评论》2017 年第 2 期。

标、销售类指标"等维度，并使用权重公式计算出分值，对网络文学作品的价值进行评定①；提出多维批评体系的还有徐静，她在 2016 年将网络文学的出版体系评价重点，从评价客体的网络文学本身转移至评价主体上，主张"构建'作者—网站—评论家—读者'这一全方位多角度的综合评价体系"。②

值得注意的是，异聚合多维批评体系中将网络文学的"人民性"作为重要评价基础，以此构建出整体性的多维度批评尺度，在 2011 年，周兴杰、童彩华提出用"人民文学"的思想指导网络文学发展，不仅着眼于网络文学当中的审美价值，同时也观照了网络文学的媒介性特点，普适于人民文学的表达③；在此基础上，姜太军、李文浩提出应运用"人民的"批评标准进行网络文学批评，从"为什么人写作"考察其隐含读者、从能否满足人民精神文化需求衡量其文学价值，从人民的批评活动作为其批评考量④；而在 2020 年，白烨在论述网络文学的人民性特质时，则提出网络文学批评的根本在于"人民"，要以"为人民"作为基本的坐标来衡量网络文学价值，"这就是要把满足人民精神文化需求作为文艺和文艺工作的出发点和落脚点，把人民作为文艺表现的主体，把人民作为文艺审美的鉴赏家和评判者，把为人民服务作为文艺工作者的天职"⑤。周志雄也在同年提出，"网络文学是新型的人民文艺"，网络文学批评者应该侧重于从网络文学的思想价值尺度上评价网络文学，"既让读者看得爽，又让读者在阅读中有所领悟，有感动，获得精神的提升，获得审美的享受"，可读性与教育性并重才是优秀

---

① 高宁：《基于多属性综合评价方法的网络文学评价指标体系研究》，《出版参考》2015 年第 8 期。

② 徐静：《构建网络文学出版评价体系及推荐系统浅析》，《出版发行研究》2016 年第 2 期。

③ 周兴杰、童彩华：《用"人民文学"的旗语为网络文学指航》，《湖南社会科学》2011 年第 3 期。

④ 姜太军、李文浩：《"人民的"批评标准与网络文学批评》，《湖南科技大学学报》（社会科学版）2016 年第 6 期。

⑤ 白烨：《网络文学的人民性特质》，《文艺报》2020 年 10 月 26 日。

网络小说作品的标准，强调中国网络文学的现实性与爱国基调需要有别于西方的理想主义①，总体而言，"人民性"网络文学批评尺度的内在要求可以用"为人民抒写，为人民抒情，为人民抒怀"概括②。

对此，我们可以尝试总结出"人民性"网络文学批评标准的几个尺度，首先是在思想价值尺度上，必须符合人民群众的精神文化需求，同时带有教化与反思作用；其次是艺术价值，网络文学是否采用反映人民群众生活与大众所喜闻乐见的题材，创作是否扎根人民生活，尤其在于是否是现实性的、有一定艺术性的；最后是需要结合文学批评的主体进行考量，人民参与批评的背后存在着媒介性的因素。从"人民性"批评构建出的聚合多维尺度上看，似乎站在一个更高层面的视角俯视整体的网络文学现状，并不针对具体的商业性和技术性尺度，而是将其蕴含在第三层"人民参与批评"当中，人民对于某一作品批评参与的程度，反映着商业与市场参与程度，而这样广大的人民批评参与的前提，就是网络文学在技术性上的独特性。"人民性"网络文学批评尺度的多维性具有相当部分的合理性，体现在既将"人民"作为批评的基本出发点，扩大了批评外延，又完成多维度的高度聚合，在统一的内部视角下进行网络文学批评；也规避了一般多维评价标准的双重性问题，但是在实际的批评实践当中具有一定泛化，一定程度上消解了网络文学当中独特的部分网络价值。

面对如何实现批评尺度的多维化深入发展问题，根据具体维度确定权重比例显然有着较大的操作难度。首先，网络文学具体文本情况复杂，数理方法的介入固化多维性的区分，在本质上就与多维性追求的"灵活、整体"相矛盾。有学者在构建多维批评尺度时，采取了以35%、20%、20%、15%、10%的权重分别对应原创性，文学性，客观性，教化功能性以及点击量这五个维度，从而形成文学批评③，尽

①　周志雄：《网络文学是新型的人民文艺》，《文艺报》2020年9月21日。
②　白烨：《网络文学的人民性特质》，《文艺报》2020年10月26日。
③　程梅：《论网络文学批评标准的构建》，《文化创新比较研究》2020年第11期。

管在多维性的深化上形成了权重，但是具体权重的分配原因没有详细的阐释，权重系数的得出存在理想化和随意化，一定程度上缺乏对大量具体网络文学作品的考察，尤其对于网络文学的类型化创作认识不够。因此，本文尝试以所提出的"聚合"与"分散"两种形态作为网络文学批评尺度多维性深入发展的两个方向。

其次，如何看待三个基础维度当中网络性（即媒介或技术维度）的问题。可以肯定的是，以某一维度为基础引申出的多维度批评尺度一旦陷入单一维度当中，所提出的批评尺度本质上就不能称为真正的多维批评尺度，例如前文提到的纯应用数学方法分析网络文学批评，因其过分强调商业性，周根红认为，"这种标准看似颇有创新，其实本身并不科学，也不便于实行"①。那么这一标准在媒介维度是否适用？答案是复杂的。网络文学的概念不论如何界定，网络（媒介）始终是其重要因素，而媒介在多维度当中的位置如何摆放，是多维度的根本，还是其中的某一维度，论者亦有分歧。强聚合当中的两个主要维度划分都将媒介（技术）作为维度之一，单小曦则将异聚合当中的媒介引入艾布拉姆斯的四要素，作为"第五要素"统摄着他所提出的六个评价尺度。对此，周根红认为，"媒介存在论"过分注重了网络文学的"存在形式"，缺乏对媒介变迁和媒介特点对网络文学产生影响的深度关切。这种立论可以成为文学理论研究的视角，但因过于理论化而很难成为文学评价的视角。②然而在欧阳友权教授看来，媒介的位置问题在网络文学批评尺度的多维性上并不是不可调和的，恰恰由于网络文学批评标准的探索性、不确定性与可塑性，决定了批评家必须要有变通的立场和心态③，两种尺度的研究范式具有兼而有之的

---

① 周根红：《当前网络文学评价标准建构的批评与反思》，《江苏大学学报》（社会科学版）2021年第1期。

② 周根红：《当前网络文学评价标准建构的批评与反思》，《江苏大学学报》（社会科学版）2021年第1期。

③ 欧阳友权：《网络文学批评的困境与选择》，《中州学刊》2016年第12期。

可行性，这也是对网络文学批评尺度多维发展的应有态度。

综上所述，我们可以对网络文学批评尺度的多维性在聚合形态上的发展进行总结。在构建多维性批评尺度已经大势所趋后，诚如单小曦所言，多维性需要进行深度的发展。而深度发展的一种形态即为聚合发展，在这一方向下较为突出的是：一是以强聚合当中三个基本维度为基础，对各维度之间的综合联系进行考察后形成新的多个复合维度，以周根红提出的四个维度为例；二是以异聚合当中以某一维度作为主要矛盾，集中分析由其引申出的多个维度，以求达到聚合评价的效果，实例是单小曦的"媒介存在论"；三是以"人民性"网络文学批评为例，以审美主体为出发点，讨论网络文学批评尺度在客体上的多维性，回应了前两者作为审美客体批评存在的矛盾，具有鲜明的聚合性，即所有维度统摄于"人民性"之下，既多层次完成文学批评，又依存于人民性。三者都选择构建多维的网络文学批评尺度，同时着眼于整体，力求以聚合的视角建立对于网络文学整体价值上的评价标准，是多维性深入发展的大方向。

二　网络文学批评尺度的分散趋势

与聚合相对，发散的多维性批评尺度是以网络文学发展与形成环节的部分为批评对象，以多个维度集中分析某一具体环节或价值上的网络文学批评现象。虽然对象发散为某一具体环节或关系的实现，但因其小切口的特点，往往能通过更深层的维度发掘完成多维性的深入发展。

欧阳友权教授在分析网络文学批评史的领域问题时就指出，遵循网络文学特点，寻找切中作品实际的评价标准，其尺度必须是多元的，而不应拘泥传统，更不能片面单一。考虑到网文的媒介特性，网络文学批评除了适应传统的文学评价体系之外，还应该有适于技术传媒的标准，包括网文粉丝黏性、作品点击量、产业化程度以及写作中的"续更"能力等诸多方面。如何科学地拓展网络文学批评尺度的维度，成为论者关注的问题。①

黄鸣奋在论述网络文学观念的多维性及未来走向时，非常大胆地从社会层面（IPV）、产品层面（IPM）和运营层面（IPI）进行审视，在社会层面，网络文学是智能集成、通俗文化与增值服务的统一；在产品层面，网络文学是信息资源、潜能表达和迷宫艺术的统一；在运营层面，网络文学是互联天下、舆情动向和 IP 形态的统一。这些逻辑角度加上时间定位，就构成了网络文学的多维性，同时也是今后网络文学发展的可能性走向。他同时还指出，"相关研究在实践中有助于把握网络文学的未来动态，在理论上有助于为网络文学批评建构新的观察点，以至于为整体文学丰富和确立新的相对全面的批评标准"。②

韩模永在 2019 年对网络文学中艾布拉姆斯四要素进行网络文学空间当中的研究，认为四要素均在网络文学的实践中发生了空间性的转变，而每一要素转变的背后，是将空间维度纳入批评标准当中的诉求。具体来说，与"世界"、"作品"和主体的变化相适应，网络文学批评尤其要注重发掘赛博空间、文本空间和场域空间在文学中的存在意义，建构游戏式批评、空间批评和场域批评模式，从而形成一种多维综合的网络文学批评标准。③

欧阳友权教授论及网络文学价值的三个维度时，从"文学性"与"网络性"之间寻找价值关联，着眼于网络文学中人文审美的价值构成：网络文学的虚拟体验，蕴含了社会转型期人们在赛博空间的梦想与抵抗；网络技术平权下的读者本位，规制了网络作家平视审美的价值立场；而类型小说的"套路"叙事，则是网络创作中艺术适配创新

---

① 欧阳友权、喻蕾：《网络文学批评史的问题论域》，《中南大学学报》（社会科学版）2017 年第 3 期。

② 黄鸣奋：《网络文学观念的多维性及未来走向——基于 IPV、IPM 和 IPI 的考察》，《徐州工程学院学报》（社会科学版）2018 年第 1 期。

③ 韩模永：《网络文学"四要素"变迁及其批评标准的空间维度》，《当代作家评论》2019 年第 3 期。

性的价值选择。① 这意味着从社会结构、技术要素和文本生成三个层面厘清了网络文学在"网络性"与"文学性"之间的价值关联，而不是相互排斥或者直接抵消。② 虽然欧阳友权教授并未直接说明建设网络文学批评标准，但从价值尺度来看，这三个维度就可以形成一个发散形态的多维性批评尺度。

综合上述论者的观点可以发现，正是由于网络文学价值观念的多维性决定了网络文学批评的多维性，尤其是对于网络文学价值的深入挖掘，对网络文学批评形成新的全面标准有着先导性的作用。在黄鸣奋开拓的多层次当中，批评维度更为发散：网络文学或许在未来的批评尺度当中面临着处理人工智能写作问题、深度个性化问题与万物编码的跨物种问题等③，这些维度也许目前难以成为普适的批评尺度，但大大扩展了网络文学批评的维度外延，有其合理性；而他提出的"社会规范与创作自由的关系"涉及伦理学等范畴，如同朗·富勒将审美与法学引入伦理学的道德现象分析④，伦理学的加入是前文论述的"价值尺度"的一种深化与发散；而后两位论者都着眼于赛博空间当中的审美性，为传统文学批评进入网络文学批评完成了价值上和理念上的转化，极大地便利了网络文学批评基于传统文学批评构建自己的多维度批评尺度，尤其是欧阳友权教授谈及关于赛博空间当中人的内心世界时，比前文所提及的"人民性"有着更为深入的维度探究，"人民性"批评注重在网络文学的现实维度上进行价值判断，然而却忽略了网络文学本身就具有终极的现实指向，它的诞生与发展就反映着人民心中对于社会快速发展的复杂心态，所以这也是本文认为"人民性"批评在多维性的搭建当中，忽略或消解网络文学价值的部分，多维性的批评尺度更不应以传统文学批评当中的"人民性"批评网络

---

① 欧阳友权：《网络文学价值的三个维度》，《江海学刊》2020 年第 3 期。
② 周志雄、吴长青：《2020 年度网络文学理论观察》，《中国图书评论》2021 年第 2 期。
③ 欧阳友权：《网络文学价值的三个维度》，《江海学刊》2020 年第 3 期。
④ 曹刚：《美的伦理学——曾钊新伦理思想的审美维度》，《伦理学研究》2017 年第 5 期。

文学带有西方色彩的价值，诚然，我们需要在网络文学的批评尺度上构建带有意识形态色彩的话语主导，但是也不能忽视真正从审美价值与大众出发的网络文学批评尺度应该有着包容的、从现实空间与赛博空间双重审视"人民性"的宽度，否则，"人民性"文学批评的维度虽多，但实际的多维性意义却有所削减。正如欧阳友权教授所说："用传统精英文学的尺度对之做艺术评判，其深邃性与创新性总体来看不宜高估，但作为大众文学之于社会转型期一代人生活梦想的畅意表达和心理期待的虚拟满足，其意义是被大大低估了的。"[1]

在此基础上，也有一个值得注意的多维网络文学批评尺度的搭建，那就是对中国网络科幻文学的多维批评。科幻作为网络文学的一个子目，天然有着更接近赛博空间的优势，黄鸣奋在《网络文学评论的科幻视角》一文中，在文体、题材与历史意义三个视角（维度）考量网络科幻作品[2]，认为用理解科幻文学的方式理解网络文学背后实际是数字时代媒介化进程的必然[3]；钟舒在《赛博空间：中国科幻文学的一个批评语境》中将赛博空间作为科幻文学批评的一个维度，她认为，"网络科幻文学完成了从认识新媒介、接受新媒介再到顺应新媒介的转向而呈现出一个短暂的繁荣景象，尽管在创作群体上因远离精英文学靠近娱乐文化而饱含诟病，但这是文学媒介化的必然之路"[4]。

这给予网络文学批评的启示就是，多维度的网络文学批评尺度可以在外延上有着更多的扩展，尤其是在赛博空间这一独特的文化形态下。简要介绍赛博空间，该词在加拿大科幻小说家威廉·吉布森于 20 世纪 80 年代中叶创作的科幻小说中首先使用[5]，用谢丽·特克尔的话来说，科技实现了后现代主义，而赛博空间则是一个后现代的文化空间，具

---

① 欧阳友权：《网络文学价值的三个维度》，《江海学刊》2020 年第 3 期。
② 黄鸣奋：《网络文学评论的科幻视角》，《文艺报》2019 年 8 月 19 日第 5 版。
③ 钟舒：《赛博空间：中国科幻文学的一个批评语境》，《当代文坛》2020 年第 6 期。
④ 钟舒：《赛博空间：中国科幻文学的一个批评语境》，《当代文坛》2020 年第 6 期。
⑤ ［美］威廉·吉布森：《神经漫游者》，Denovo 译，江苏文艺出版社 2013 年版。

有离身性、主观超越性等特征，意味着个人的主观情绪可以进行几乎无限制的表达[①]。甚至有学者早在 2006 年就认为，赛博空间下的文艺理论研究具有"万维"前景[②]。20 世纪末美国进入所谓"信息高速公路"建设后，以《虚拟人生》为代表的网络游戏通常被认为是赛博空间的具体体现，然而在今天的中国，具有更为庞大体量且同样具有交互性、传递主观感受与神思的网络文学，成为赛博空间实现的主要组成部分，而能否进入这一新兴文化形态内部，能否建立中国特色的网络文学批评的赛博空间维度，就成为批评尺度多维性的发展要求之一。当然，需要注意的是，赛博空间的介入并不是唯媒介论，而是站在不同维度审视网络文学。

发散形态的多维性网络文学批评尺度代表着多维性网络文学批评尺度的未来发展趋势，随着论者对网络文学这一复杂事物认识的深入，渐渐从聚合态的多个传统维度当中寻找到更多维度，既拓展了网络文学批评维度的宽度，将伦理、人工智能甚至深空探索都纳入了可能存在的批评维度当中[③]；也大大挖深了批评维度的理论深度，在赛博空间的社会维度、技术维度、文本批评生成上对网络文学批评维度进行新诠释。

三　"和而不同"　批评语境下的展望

2016 年禹建湘教授发表的《网络文学批评标准的多维性》可以说是网络文学批评尺度多维性的代表，也正是在 2015—2016 年后，网络文学批评似乎都自觉地以多维度、体系化的标准进行文学批评，其中也不乏相互学习与对批评的再批评，然而不论争论结果如何，聚合形态的多维度批评已经成为主流趋势；同时，发散形态的维度探索与拓宽也在进行中，进一步完善了多维性批评尺度的理论依据。然而，由

---

① 冉聃：《赛博空间、离身性与具身性》，《哲学动态》2013 年第 6 期。
② 麦永雄：《赛博空间与文艺理论研究的新视野》，《文艺研究》2006 年第 6 期。
③ 钟舒：《赛博空间：中国科幻文学的一个批评语境》，《当代文坛》2020 年第 6 期。

于网络文学的多变性、复杂性与中国独特的网络文学赛博空间的背景，想要构建出一套完整的评价维度难度巨大，因此，本文试图总结之前研究成果，对网络文学批评尺度的多维性进行描述。本文认为，网络文学批评需要至少从以下三个维度考察。

首先是审美维度。网络文学作为文学的实在本质仍然是审美的，然而网络文学批评的审美绝不等同于传统文学当中的审美，应该是与网络文学本身的文体特征相关的、具有平视的审美语境。其次是价值维度，这一价值既包括商业价值，亦包括思想价值，价值评判的多维性决定如何看待网络文学的开发与利用，对于思想价值的把控也体现着文学批评的把关作用。最后是媒介维度，不论是"媒介存在论"还是"场域批评结构"，媒介与平台的独特性也决定了网络文学在原创、再生等方面的独特性，能否摆正媒介的位置，是网络文学批评能否真正实现多维性的关键。

同时，网络文学批评的空间维度变得更为多样：

第一是物理空间维度。物理空间即我们现实所处的空间，目前进行的大部分网络文学批判活动都是从物理空间当中出发的。这包括了前文所概括的三个维度，也可以是从人民性批评着眼的第二维度，其中包含了审美因素，即大众的喜爱与接受；商业元素即本身的群众消费与 IP 带来的改编活力；真实反映人民在时代背景下的精神消费需求，网络文学当中平视的价值交流与人民广泛交互参与，是网络文学的价值因素。综合性的从人民维度考量网络文学，可以在保证网络文学批评多维性的同时形成集中的评价结果，便于批评实践。

第二是赛博空间维度。与物理空间对应，网络文学的审美接受与批评活动也具备赛博性。赛博维度与单纯的技术维度不同，它既代表了一种媒介空间的高度聚合，有着跨媒介、跨艺术形式的特点，也是当代人精神现状的必然未来走向。选择这一维度是由于网络文学自身的赛博属性，同时也具有中国当代网络文化的特色。网络文学能否在赛博空间当中把握住自身的独特性，以独有的再生性与超越性实现自身的持久发展；能否承担起成为虚境的第二精神家园的科技发展使命，同时保证实境第一精神家园即意识形态与国家民族文化的主要地位，都是网络文学批评当中需要思考的问题。

综上所述，网络文学批评尺度的多维性有着多种划分方式，维度的横纵向发展各有优势，总体上呈现出聚合与发散两种多维形态，共同为实现确定的网络文学批评尺度的多维性而努力，相信在未来对网络文学及相关要素的研究深入下，终会确立起科学的网络文学多维批评尺度。

第二节　新美学原则下的批评表达

唐善林先生因受王德胜教授所著《当代处境中的美学问题》一书中谈到的"日常生活审美化"话题影响，写作了《建构当代中国的"新美学原则"——〈当代处境中的美学问题〉引发的思考》一文，谈论了"如何尝试构建当代中国的'新美学原则'"这一问题。他谈到"新美学原则"是一种"以感性为本体"的、"突破边界"的当代语境中的感性权力学原则，"在肯定感性生发意义和独立价值的基础上，积淀的理性才能对其予以合理的建议或引导，从而有效地形成一种符合个体快乐自由生存的审美情感"，"始终积极介入当代人的生存现实，关怀人在当代现实中的感性需要，采用一切可以采用的方法和途径，把当代人的日常生活、艺术欣赏和创造等一切包含感性经验的活动都纳入美学视野，在赋予个体感性本体价值和意义的基础上，以一种人文关怀的精神，对人的现实感性进行合法性论证和合理性引导"。它绝非"欲望本能主义的美学原则"，它"一方面挑战来自理性主义的传统美学原则，使个体感性在美学研究中真正获得其本体价值，还原一个快乐自由的感性人"，"另一方面则挑战来自欲望主义的本能原则（如施虐/受虐式的暴力美学原则），对欲望本能进行适度压抑"，"它肩负着双重责任：对理性霸权的合理反抗，对欲望本能的适度压抑，以此坚定不移地确立和保卫个体真实感性的本体地位"。①

自 1998 年起，中国网络文学已经走过 20 余年，在这期间，涌现出了一大批具有广泛影响的网络文学作家和网络文学作品，且至今仍保持如火如荼之势。正如欧阳友权在其诗学研究专著《比特世界的诗学——网络文学论稿》中所指出的，"网络文学的隐性结构则由以下五个层面构成：一是体制重建，在知识谱系和文学体制重建文学的'原点'；二是民间立场，构筑网络文学的自由、兼容、民主、共享的'在线民主'；三是电子诗意，网络文学以祛魅与返魅打造新媒介的艺术灵魂；四是文化表征，形成了一种后现代主义文化精神；五是人文含蕴，用'意义'承载'精神'是网络文学生产'原道'的图腾"。② 网络文学"由网民在电脑上首创，在互联网上首发，以日常生活为题材，供广大网络用户欣赏和互动"，"充分体现了网络的交互性、超文本、大众化、开放性"。③ 这一文艺形态以其"打破精英主义垄断的祛魅性、为众多作者提供审美经验的体验性以及浓重的技术与商业属性"④ 等原本文学形态中不存在的新特质，进一步打破了文学艺术与日常生活之间的界限，深度契合了"日常生活审美化"的要求。

一　类型小说繁盛

信息社会的互联网经济瞬息万变，公众的注意力"像水一样流动"，文学家、文学作品与文学站点若想在网络中立足的话，就必须着力于"捕捉用户时聚时散的注意力"。⑤ 在这样的大环境下，分门别

---

① 唐善林：《建构当代中国的"新美学原则"——〈当代处境中的美学问题〉引发的思考》，《中国图书评论》2008 年第 8 期。

② 禹建湘：《在网络文学前沿开辟诗学荆林》，《理论与创作》2010 年第 4 期。

③ 孙景乐：《网络文学文本的后现代性：从审美语言到日常生活》，《宜宾学院学报》2016 年第 4 期。

④ 王传领：《论"日常生活审美化"背景下网络文学的特质》，《新疆大学学报》（哲学·人文社会科学版）2017 年第 1 期。

⑤ 黄鸣奋：《网络文学之我见》，《社会科学战线》2002 年第 4 期。

类、各有千秋的类型小说无疑成为网络小说的"最佳栖息地",如修真小说、穿越小说、盗墓小说、推理小说、奇幻小说等丰富的小说类型。以及"转生"模式、"逆袭"模式、"快穿"模式、"种田流"模式、"甜宠"模式等多种网络小说写作模式,也成为描绘当下生活的现实"浮世绘",投射出当代消费文化的品位与格调。文学界与评论界对于类型文学的研究与引导也逐步展开,2007 年"类型文学创作委员会"成立,2008 年国内第一家以类型文学为研究对象的科研机构"浙江省中国当代类型文学研究中心"在杭州诞生,2010 年中国首个类型文学领域的专业奖项"西湖·类型文学双年奖"创办,以传统文学的批评眼光与标准,对网络类型小说进行评选和推荐,达成了传统文学与类型文学的对话,也促进了类型文学逐渐走向经典化,通过双年奖的评选,大家从"庞杂丰富但良莠不齐"的海量作品中找到了类型小说的高度,通过对话、碰撞、交流,可能促使类型文学转向自觉化。①

但在很多批评家眼中,类型文学的发展仍旧有很长的路要走,白烨指出,"当下网络文学的类型化还处于过渡状态,分类过于琐细,一些看似不同的类别其实区别不大,作品内容构成的正面意义与表现形式上的艺术品位都亟须加强,在类型化的发展上还有很多提升空间"。② 他还提到了泛娱乐化对于网络类型小说发展所产生的影响,"由受众的年轻化、趣味的低俗化、网络的游戏化、影视的神幻化共同构成的泛娱乐化社会文化思潮,目前正以不可遏制的走势四处漫泛和强力运行,成为左右社会文化生活的主要能量。从广大文化受众的角度和广义文化生活的视域来看,这对当下的社会文化是一种既具丰富性,又带鲜活性的补充与拓展"。但这种类型化思潮的基本取向,不仅与传统文学相分离,也与经典文学相违背,同时由于其非主流化、

---

① 舒晋瑜:《网络文学进入类型创作时代》,《中华读书报》2013 年 6 月 26 日。
② 舒晋瑜:《网络导致文学崩溃,审美断裂?》,《中华读书报》2010 年 5 月 26 日。

非思想化、非价值化的基本倾向，"对既有的文学传统和现有的文学秩序，乃至基本的文学观念，都造成了有力的遮蔽，形成了内在的抵牾，构成了一定的消解。它们所带来的，至少是利弊兼有的双重影响，甚至以一味'向下'的趋势与我们所提倡的向上的文化构成极大的抵牾"。① 同时网络文学因为作者与读者之间、写作与阅读之间的互动过于密切，而容易形成相互绑架、裹挟的局面，一些文学网站的运营在主要依赖商业手段的同时，还缺少别的有效方式，提供的作品品位低俗、创新力匮乏。

即便以类型文学为主的网络文学的批评与引导还有很长的路要走，学界依然对其未来的发展表示期待。谢有顺对当下网络文学写作表达了肯定，认为其为文坛注入了生机和活力。"很多当代作家写得很流畅，也符合文学的规范，但所写的生机勃勃的东西太少，有生活气息、生活质感的作品少，细节的雕刻非常匮乏。我觉得网络文学恰恰补上这一块，让每一个人说出他的故事，生动的、偏僻的、底层的，我们想象不来的故事，这是非常好的事情。"②

二　现实题材转向

自 1998 年网络文学元年至今，网络文学一直是一种迎合受众喜好和市场规则的姿态，诞生了玄幻、奇幻、武侠、仙侠、悬疑、都市、言情等多种主题类型。"从 2005 年的'玄幻文学年'算起，网络玄幻小说持续了十余年的热度。"③ 近年来，在"新美学原则"的观照下，网络文学写作者以及阅读者对于日常现实题材的关注度上升，文学评论界也及时关注到了网络文学这一"可喜"的反映时代精神的转向。评论家马季注意到，"2016 年，玄幻、仙侠和都市仍然是网络文学的主要创作类型，现实题材作品受读者关注的程度有所上升。随着《欢

---

① 舒晋瑜：《盘点年度文学，为文学历史积累》，《中华读书报》2017 年 6 月 7 日。
② 舒晋瑜：《网络导致文学崩溃，审美断裂?》，《中华读书报》2010 年 5 月 26 日。
③ 禹建湘：《从玄幻想象到现实观照：网络文学的审美转向》，《中州学刊》2019 年第 7 期。

乐颂》《亲爱的翻译官》等电视剧热播，网络文学现实题材创作迎来良好时机"。① 以阅文集团为代表的文化集团，近年来纷纷开办现实主义题材的作家训练班，组织网络作家进行学习采风，以达到倡导现实主义写作的目的。自 2016—2018 年以来，关于现实题材网络小说的改编翻拍以及征文活动如火如荼，网络文学的审美转向也在潜移默化地发生。禹建湘教授提出，"2017 年文学网站的现实题材作品数量开始超过幻想类题材作品，其中，起点中文网 2017 年现实题材作品占比超过 60%，而在 2018 年阅文 IP 生态大会上重点推选的精品力作 70% 都是现实题材的作品，这表明现实题材已成为网络文学主流，网络文学的现实主义审美转向正在进行中。现实题材在网络文学的回归，表明了艺术的存在是人类观照自身、认识自身、思考自身的功能并未改变，网络文学同样遵循着艺术真实与历史真实相结合的原则"。② 黄发有教授也肯定了现实题材网络文学作品的强劲发展趋势，认为"现实主义题材创作的强化与升级成为网络文学发展的新潮流和新机会。作为影响网络文学未来走势的审美选择，网络作家聚焦现实题材，寻求新的挑战，成为一种战略性的观念调整和美学转向"。③

　　有关部门对于现实题材作品的扶持力度不断加大，现实题材作品发展趋势持续向好。但董江波在汇总研究各部门扶持措施之后，却对现实题材发展所存在的问题表示担忧，他认为，我们现在扶持的现实题材作品，有一部分只是披着现实题材的外衣，实际却是伪现实的。"我多数是穿越，穿越到战争年代，穿越到唐朝，还有玄幻的、异能的、修仙的，唯独找不到反映这个时代的作品。"④ 而真正现实题材的作品，在创作过程中又存在着很多阻碍。董江波认为，从 1998 年网络

---

①　舒晋瑜：《2016 年网络文学生态状况调查》，《太原日报》2017 年 2 月 22 日。

②　禹建湘：《网络文学虚拟美学的现实情怀》，《江海学刊》2020 年第 3 期。

③　舒晋瑜、黄发有：《警惕现实题材网络文学走向泡沫化》，《中华读书报》2019 年 5 月 22 日。

④　舒晋瑜：《"我们不是在扶持现实题材的作品，而是在扶持伪现实"》，《中华读书报》2018 年 4 月 25 日。

文学的兴起直至 2008 年，网络文学经历了一个"野蛮生长时期"，而 2013 年由于杂草过盛，宏观的管制出台后无论是庄稼还是杂草都被割了一遍，此后的网络文学"长成了'又想表达，又想回避'的'样子'"。① 在现实题材网络文学的写作中，可能会遇到关键词被屏蔽、部分描写尺度过大被审查等"限制"。即便是在如此大规模、高速度的发展下，由于"网文界评奖、签约、扶持体系缺乏系统性、持续性、常规性"，网络作家的写作仍旧是以迎合市场和读者为主，所以网络文学中的现实题材作品的写作仍旧不够，或者"存在大量伪现实的作品"。②

　　面对这一现状，关于网络文学如何关注现实、如何进行题材转向，文学界也展开了许多讨论。在主题为"壮丽七十年，迈向新征程——献礼新中国成立 70 周年"的 2019 网络文学会客厅，"网络文学如何关注现实"成为与会嘉宾探讨的焦点话题。苏童认为，"无论是网络文学作家还是传统作家，记录时代，书写时代是大家的共识"。大地风车表示，"要成为一个网络文学现实主义题材写作者，要尽量走进现实、接触现实、深入现实，要近距离观察真实的社会和生活场景，要有自己独立的检讨、思考"。在观照现实题材的同时，对于现实题材网络小说的批评与反思也在进行。在近些年的网络文学征文活动中，存在部分主题先行的"冲奖文"，既缺乏对现实题材的深入接触与深刻理解，也缺乏基本的思想价值和艺术价值。黄发有指出了现实题材的网络文学所存在的缺陷，呼吁现实题材的网络小说创作应提升质量，避免题材重复、文字拙劣、艺术同质化的通病，努力突破发展瓶颈。除此之外，他还表示现实题材的网络文学创作要想真正有一番作为，"不仅不应该片面追求产量的快速增长，还应该警惕泡沫化的陷阱。

---

① 舒晋瑜：《"我们不是在扶持现实题材的作品，而是在扶持伪现实"》，《中华读书报》2018 年 4 月 25 日。

② 舒晋瑜：《"我们不是在扶持现实题材的作品，而是在扶持伪现实"》，《中华读书报》2018 年 4 月 25 日。

现实题材的网文创作已经遍地开花，对于其后续发展而言，质的提升才是真正的考验"。① 网络文学对现实题材的书写，因为肩负着帮助人理解自身、树立信心、追求真理的重担，所以更要提升质量、扩大正面影响。正如高尔基曾指出的："进步艺术的目的在于帮助人理解自身，树立人对自己的信心，发展他追求真理的意向，为反对人间的鄙俗行为而斗争，在人们心灵深处激起羞愧、愤怒和豪迈精神。"② 在现实题材网络文学发展如火如荼的今天，我们呼吁网络文学现实题材书写要深入现实、深入生活、提升质量，具有十分重要的意义。

三　人文精神彰显

相较于传统写作而言，网络文学写作不再是一项刻板、严谨的崇高事业，而是一种"悦心快意、自娱娱人的网络游戏"，作品也不再有"宏大叙事和深沉主题"，而是成了"随用随取、用过即扔的文化快餐"。③ 欧阳友权教授说道，"网络对文学精神素质的解构并没有妨碍其对于人类精神的建构，因为这些解构本身就常常蕴含着某种精神的建构"。④ 网络的产生与发明，为人类的精神活动提供了"迄今为止最广阔的虚拟空间"，即使是作为一种打发时间、放松心情的游戏方式，网络文学的写作与阅读也是人类精神性的创造活动。"网络文学起于休闲式游戏，在游戏中富含意义内容与精神，又在游戏中建构着一种网络精神，用一种特定的方式延伸着人类精神的地平线。"⑤ 网络虚拟环境给人提供安全感，使得创作者可以毫无顾忌地展现其真情本色，"形成了网络文学纪实性、写真性的情感宣泄模式，也张扬了世俗化、人性化的泛情主义，在一定程度上改变了过去文人中'为赋新

169

---

① 舒晋瑜、黄发有：《警惕现实题材网络文学走向泡沫化》，《中华读书报》2019 年 5 月 22 日。
② ［苏联］奥夫襄尼克夫：《大学美学教程》，汤侠声译，北京大学出版社 1989 年版，第305 页。
③ 欧阳友权：《论网络文学的精神取向》，《文艺研究》2002 年第 5 期。
④ 欧阳友权：《论网络文学的精神取向》，《文艺研究》2002 年第 5 期。
⑤ 欧阳友权：《论网络文学的精神取向》，《文艺研究》2002 年第 5 期。

词强说愁'的矫情流弊，消除了'欲说还休，却道天凉好个秋'式的感情蕴藉方式。这对于'发乎情，止乎礼义'的传统'孔颜人格'是一种反叛，却又与含蓄温婉的传统审美标准大相径庭。网络文学情感模式的人文意义，主要在于它是对人的生命力的一种肯定和释放，是对人的个性活力、生命欲求的善待和高扬，因而具有积极的人文精神意义"。① 网络文学给予了每一个人"平等的符号权力"和"最为广泛的话语特权"，它是"对自由精神的一种豁然敞亮"。在传统文学活动中，创作者深陷于旧体制的束缚之中，背负着作家身份所带来的使命与责任，受制于功名利禄的压迫与焦虑，而缺失了真正意义上的自由创作。"在网络中，文学传播载体的日益廉价和便捷所诱发的文化民主，把文学的主导权交给了民众手中，给予文学以'回归民间'的契机，昔日发不出文学声音的文化弱势人群开始浮出文学地平线，'人人都能当作家'已不再是一个遥不可及的梦想；另一方面，网络在给予人们以文学话语权自由的同时，也给了人们精神的自由，心灵的自由，张扬个性的自由，舒展自我的自由，实现和丰富人性的自由。网络使文学失去的是束缚，而使人类得到的却是文学与精神的双重自由。"②

网络文学虽然火了，也在逐渐走向主流，但是与传统文学之间的相互隔膜仍旧存在。正如鲁迅文学院常务副院长白描所说，"这种隔膜的存在是不正常的。因为彼此间有太多的误读和误解，太缺乏交流。传统作家和网络作家彼此之间把差异性看得过大、过重，却忽视了趋同或者近似的一面，这就是同在文学的旗帜下，彼此对艺术真谛的追求，对人类良知的追求，对大众认可的追求，对自身行为价值的追求，对生的现实的追诉和对梦的彼岸的渴念。我们都是或者应该都是文学理想的忠实信徒，这是所有行为的终极意义。我们忽视或者淡薄了这一终极意义，因此缺乏相互走近、相互砥砺、相互温暖的意识。其实

---

① 欧阳友权：《论网络文学的精神取向》，《文艺研究》2002 年第 5 期。
② 欧阳友权：《论网络文学的精神取向》，《文艺研究》2002 年第 5 期。

差异性也正代表了存在的意义，不必强求一律，在文学的生态园里，乔木、灌木、蕨类、苔藓，层层叠叠参参落落，各有自己的空间，互生互补成林，在一个审美需求多样化的世界，这样的构成是有它不可取代的意义的"。[①] 网络写手数量庞大，彼此身份背景并不相同，由于网络文学特殊的评判机制，使得大部分网络写手将点击和打赏似乎视为判断他们作品优劣的最高准则，对于主流媒体，甚至包括作协在内的主流创作组织不屑一顾，这也为研究者深入网络文学创作，了解网络文学作品，引导创作方向，增添了更多的阻碍。欧阳友权说道，"点击、打赏，立竿见影，既有真金白银，又给写手以信心，名利双收。但写手自己心里也清楚，单靠点击量、打赏数代表不了一个作家真正的文学成就，更不能使一个写手成为文学史上的'作家'，历史从来不看一个作家赚了多少版税，也不会看重作品的数量是多还是少，历史只看你为文学、为社会、为人类的精神世界提供了什么新的有价值的东西。在充满功利诱惑的浮躁语境中，网络创作尤其需要怀着对文学的敬畏与责任静心明志，守正创新。这样，当他面对巨大的网络文化市场时，就不会只顾眼前的苟且，而是能目视高峰，心向远方"。[②] 网络文学评论和研究与传统文学评论和研究相比，面临更多的困难与阻碍。一方面由于网络文学作品数量庞大，且篇幅较长，会给批评者和研究者带来不小的阅读挑战。另一方面，网络文学的特征与传统文学不同，若以传统的评价标准对其进行研究分析恐怕会有失偏颇，但目前新的网络文学评价标准并没有建立起来。因此我们还需要继续探寻网络文学作品的正确打开方式，深入创作和作品中去建构合理的评价标准。

四　未来发展走向

中国国际经济科技法律人才学会常务理事钮保国表示，"网络文

---

① 舒晋瑜：《2009：网络文学招安之年》，《中华读书报》2009 年 12 月 30 日。
② 舒晋瑜、欧阳友权：《中国网络文学研究的"元老"》，《中华读书报》2017 年 10 月 25 日。

学的大多数作者在权益保护方面缺乏经验，作品的批评和评介更多来自读者的三言两语和情绪宣泄，缺乏权威的导读，因此整合网络文学资源，加强网络文学与正规出版社、文学期刊的合作，加强网络文学的批评，加强对网络文学创作者知识产权的保护显得尤为重要"。为了促进网络文学的健康发展，中国网络文学促进委员会宣布成立。该委员会以促进网络文学健康发展，整合网络文学资源，维护网络文学工作者权益为宗旨，在以下五个方面开展工作：出版发行《中国网络文学年鉴》；推动网络文学批评；组织网络文学评选；整合网络文学资源，加强网站与传统文学期刊的合作；保护网络文学工作者权益。①对于网络文学的批评、评选离不开网络文学评价标准的建立，中国文艺评论家协会网络文艺委员会秘书长庄庸与人合著的《网络文学评论评价体系构建：从"顶层设计"到"基层创新"》提供了有价值的见识。通过对网络文艺领域的创作实践、创新风潮和重大理论问题进行研讨，指出网络文学在国家战略中扮演重要角色和作用，而网络文学评论评价体系构建，是小切口撬动大格局的好杠杆，为中国话语、中国思想理论体系的构建运动，提供时代风向标的预演。② 禹建湘教授提出，"尽管由于网络文学的繁杂、文学批评的惯性以及网络文学批评实践的历时较短等原因，网络文学批评标准还处在一种混沌、众声喧哗的状态之中，但通过众多批评家艰苦的探索，网络文学批评标准有了从无到有、从雏形到完备的渐变过程。网络文学批评标准与传统文学批评标准相比，多了技术与商业两个维度，为此，网络文学批评的标准至少要从审美、技术、商业三个新维度来考量"。③ 在兼顾网络文学的"文学本质"的基础上，考虑到其信息技术与商业产业特色，由此才能构建一个系统完备的评价体系。

2015 年初，中国网络小说就开始在北美流行，并以北美为基地辐

---

① 舒晋瑜：《网络文学　大步行进中需要调整》，《中华读书报》2007 年 12 月 5 日。
② 舒晋瑜：《2016 年网络文学生态状况调查》，《太原日报》2017 年 2 月 22 日。
③ 禹建湘：《网络文学批评标准的多维性》，《求是学刊》2016 年第 3 期。

射全球，在一年半的时间里就征服了百万级的英文读者。中国网络小说在北美的翻译和传播，目前的主要阵地是专门翻译中国网络小说的网站武侠世界（Wuxia world）。2016 年 12 月 1 日，阅文集团与武侠世界签署了 10 年翻译和电子出版合作协议，初步达成 20 部作品的合作协议，开启了中国网络小说对外输出的新模式。多部网文改编的影视剧上映后取得非常好的成绩，之后也成功地以影视剧的形态走向海外。影视剧独特的传播力度也更好地带动了原著文学作品在海外的传播，很多海外出版方都主动来寻求更多更深入的合作，也极大提升了中国网络文学界的文化自信，让中国的网络文学能更快速地走向海外市场，形成更大影响力。网络文学在海外的发展引起了社会关注，将是中国文化"走出去"在新时代的具体实践。关于网络文学未来发展趋势问题，也有许多学界人士给出建议。陈崎嵘指出，"网络文学发展目前最重要的问题有三个：第一是提升素养、创作精品。进一步提升网络作家认识宏观世界、熟悉现实生活、把握重大题材、创造独特人物的功力。第二是注意防止网络文学 IP 的泛化。第三是继续打击网络文学侵权盗版行为。加强有关网络文学的法律法规建设，社会有关部门协同管理，继续严厉打击侵权和盗版活动，依法维护并保障网络作家的正当权益"。[1] 庄庸也提出了关于发展的三个重要问题："一是入'史'，如何跟中国文学史，尤其是当代文学史和中国传统文化'千年文脉'接续。二是'理论'，中国网络文学评论评价体系和文艺理论体系的构建迫在眉睫。三是'写作'，系统提炼和总结网络文学创作实践和写作经验与教训，寻找网络文学'讲一个好故事、把一个好故事讲得更好看、让这个好故事能够贯通价值链，甚至立足中国本土面向全球讲好中国故事、传播好中国声音、阐释好中国特色'的最佳路径。"[2] 欧阳友权教授也指出，"网络文学要走向高峰，我有三点建议：一是

---

① 舒晋瑜：《2016 年网络文学生态状况调查》，《太原日报》2017 年 2 月 22 日。
② 舒晋瑜：《2016 年网络文学生态状况调查》，《太原日报》2017 年 2 月 22 日。

慢下来，好作品，慢中求，与其日写万字让人一目十行却看过即忘，速成速朽，不如以'工匠精神'变'速度写作'为慢工细活的'精品创作'。二是沉下来，理性地反思历史、现实和人生，接地气（贴近人民、贴近实际），架天线（继承传统、学习他人），打深井（沉入内心、深入生活），做到持身正、立心诚，在对人民生活的体察和历史文化的沉淀中，获得思想的源泉、力量的源泉、创作的源泉。三是静下来，拒绝浮躁，抵制诱惑，追求长线效益而不是短期变现，争取大浪淘沙，把你留下。宁静才能致远，怀着对网络文学的敬畏之心来从事创作，可能会更好"。①

南京大学黄发有教授说道，"对网络文学目前的情况，需要保持清醒的认识，希望网络文学和网络作家不要成为没有根基的飘浮物，要永远保持鲜活的生命力，而网络文学面临的严峻考验是怎样不被时间所淹没，如果在这个较量中没有冲击力和持久力，就会直接被埋葬"。② 近几年现实题材作品脱颖而出，作品的主题格调、内容质量以及社会效益均有明显提升，这使得多年来网络文学玄幻满屏、一家独大的现象得到扭转，关注时代、关注社会、关注民生的网络作品增加迅速。网络作家的艺术灵犀从天马行空的虚拟世界走向热腾腾的现实生活，这对矫治网络创作剑走偏锋、引导网络文学健康前行的意义不可低估。通过重点开发现实题材，开辟创作切入点，有效拓宽了网文创作边界，推动了内容精品化和题材多样化的发展。一批反映当代中国社会大变革的作品引起读者关注，这些作品在保持网文特色的基础上吸收了传统文学的艺术技巧和表现手法，在人物塑造、思想内涵方面达到了一定的高度。未来网络文学的变化可能会走向两极：一方面，一些老作者希望自己的作品向精品、经典进发；另一方面也会出现迎合下沉市场的作品。但是我们要理智看待这种现象，像《红楼梦》一

---

① 舒晋瑜、欧阳友权：《中国网络文学研究的"元老"》，《中华读书报》2017 年 10 月 25 日。

② 舒晋瑜：《2009：网络文学招安之年》，《中华读书报》2009 年 12 月 30 日。

样能够历经时间、历史检验的经典作品总是少数，多数网络文学仍旧以迎合市场和读者为主流，但许多作品虽有其缺憾所在，在某些方面也不失为"名著"，也有其意义和价值所在。

第三节　批评实践中的问题意识

网络文学是随着互联网的兴起而发展起来的一种新兴文学形态，它们体量庞大、门类众多、交互性强、传播范围广，有着依托新兴的网络传播媒介而迅速传播、有庞大的阅读群体等特点。网络文学从最初的不被人认可到现在网络文学精品辈出，以网络文学为核心的 IP 改编成为市场的利益新热点，都让网络文学越来越成为文学发展过程中一个不可忽视的文化现象，成为一个我们必须要关注和研究的重点。

网络文学在政治政策方面也得到了政府的重视，相关"讲话"与条例的出台也让我们对加快进行网络文学科学性学术性研究的目标更加明确，也更加迫切，2014 年习近平总书记在文艺座谈会上就作出强调要抓好网络文学发展的重要指示。2015 年 9 月在《中共中央关于繁荣发展社会主义文艺的意见》中也特别提出，要"大力发展网络文艺，推动以网络文艺为代表的新兴文艺类型繁荣有序发展"的号召。在理论界，如何构建科学的网络文学评价体系也引起了学界的关注，《人民日报》《光明日报》《文艺报》等在学界有影响力的报刊发文呼吁建立一套网络文学评价体系，中国作家协会副主席陈崎嵘曾呼吁要撰写出网络文学的《文心雕龙》与《人间词话》，要为网络文学寻觅"一盏灯"。

在这样的背景下，我们可以看出，网络文学评价标准已经成为研究新热点。那么在各方的密切注视下，如何建设一个科学的评价体系，对网络文学进行科学的评价与引导，就成为我们迫切需要解决的问题。

山东大学文学院网络文学研究中心的周根红教授在《当前网络文学评价标准建构的批评与反思》中对网络文学评价体系建设提出了多

种构想。首先是"依托文本，抵制商业化等负面影响"①。她指出，文学评论必须建立在文学作品解读的基础上，因为现在网络文学评论界中的文学评论家很多评价标准都是建立在"空谈网络文学的特性"上，没有调查就没有发言权，一些网络文学评价者并没有阅读大量的网络文学作品，同样也就没有立足于文本本身进行批评，这样的网络文学评价标准总归是没有支撑性的，也缺乏有效性与客观性。所以在建设网络文学评价标准时，一定要加强网络文学评论家队伍建设，要求他们注重文本的阅读，不断提高网络文学队伍的整体素质。

网络文学多以小说这类体裁为主，作品体量大、篇幅长、更新快、节奏紧密、跳跃性强，与传统文学相比具有截然不同的叙事手段、技巧、外在呈现形式。所以针对网络文学这种突出的自身特点，网络文学批评体系"应该采用'突破传统批评模式，采取动态建构模式'与'注重立体建构，实现内外部评价机制的一致'的两种方式结合的建设方法"。② 网络文学评价体系的建设一定是动态的，随着网络文学这个母体本身的发展变化而变化。网络文学阅读与传统的文学经典阅读有很大的不同，在网络文学还在飞速发展的过程中，就建设一个稳定的恒久不变的评价体系显然是不真实的。动态构建简单来说即适应时间对文学的检验，随着网络文学自身的变化、社会结构和读者结构的变化，顺势修改网络文学评价标准。

网络文学批评本来就是千变万化、包罗多种要素的，这些要素如"学术评价、媒体评论、文学史构建、作品传播、获奖评奖"等各个方面，而这些方面都是相互联系、相互作用的。所以网络文学评价体系构建时都要从这些方面进行考虑，既考虑文学作品本身内部因素又考虑外部因素；既考虑到学术的因素又考虑到市场的因素；既注重理

---

① 周根红：《当前网络文学评价标准建构的批评与反思》，《江苏大学学报》（社会科学版）2021 年第 1 期。

② 周根红：《当前网络文学评价标准建构的批评与反思》，《江苏大学学报》（社会科学版）2021 年第 1 期。

论方面，又注重实践方向。举例来说，就是既可以单纯从学理角度来分析文学评价标准的发展规律，又可以通过设立网络文学奖项、高校开设网络文学批评研究课程、进行网络文学会议研讨等类似实操的方式来推动网络文学评价体系建设。

欧阳友权教授在《建立网络文学评价标准的必要与可能》一文中，他首先点出网络文学与传统文学在评价标准方式上存在明显不同，并指明在网络文学评价标准上，我们一直是处于一种"失位"的状态。接下来，欧阳友权教授，从"热评金庸热"谈起。武侠小说同样也是一种通俗性文学，但是他的文学价值还是很高的，同样在文学史上受欢迎。通俗性并不是原罪，文学本来就应该是生长于民间的一种文学形式，目前有一些高大上的纯文学，不过是社会分工所导致的文学异化，这种纯文学使得文学成为一门专门技艺，而失去了其本身人民性的特质。但是网络文学则不一样，网络文学属于文学的一种回归形式，本质上属于大众文学的一种，从而为网络文学正名，并提出我们应该赋予网络文学以历史合法性依据，并设立一个为其提供适洽的评价标准的主张。

欧阳友权教授提出构建网络文学评价标准的两种思路，也就是应该从两部分做起："守"与"变"。

我们需要"守"的部分就是认识到网络文学仍然属于人文性的文学行为，明确网络文学中的"网络性"主要是为"文学性"服务的，所以传统文学批评中的标准内涵与网络文学批评中的标准内涵有一部分应该是一脉相承的。网络文学评价标准应该是"思想性、艺术性、可行性、商业性、影响性诸要素的统一"，同样应该讲求"思想精深、艺术精湛、制作精良"。[①]

我们需要"变"的部分是指针对网络文学作为新兴文学而自身具有的显著变化来提出应该具有相应配套要素的。新网络文学评价标准，

---

① 欧阳友权：《建立网络文学评价标准的必要与可能》，《学术研究》2019 年第 4 期。

也就是我们需要面对网络文学呈现出的新特征而做出的新改变，分别是如下三个方面：一是"建立经济效益与社会效益相统一的评价标准"，二是"构建网络文学评价标准时应注意技术性与网络性此类新媒体要素的影响"，三是"评价标准应该顺应着网络文学'以读者为中心'的趋向发生变化"。

网络文学的评价标准具有主体差异性，网络文学是"地"的文学，是"人民"的文学，与传统的文学经典作品评价所关涉的主体范围是不一致的，它还会涉及商业资本等因素。所以网络文学的评价标准是一个"力的多边形"，每个批评主体所持角力是不同的。

同样的，通过阅读欧阳友权教授《中国网络文学批评史》一书，笔者认识到，网络文学批评标准应该坚持诗性的评价标准。网络文学与传统文学在传播方式上有质的不同，在构建网络文学评价标准时也应该全面地了解网络文学的生产者、接受者、文本及媒介传播，以寻找新的理论增长点，同时要放低批评姿态，切入网络文学的现场，深入网民群体，从网络创作、欣赏实践中吸取有效资源。

陈崎嵘先生在面对网络文学评价体系建设时曾提出"两种取向、三个维度"[①]的说法。其中"两种取向"分别表现在建立有正确思想价值取向的网络文学批评标准和树立良好的文学审美趣味的网络文学批评标准这两方面上，其中前一条即要求批评者在进行网络文学客观评价时要判断其所阅读的文本是否是符合社会主义核心价值观念的文学，是不是坚持以人民群众为主体的文学，是不是以国家民族利益为导向，是不是追求真善美的网络文学。后一条取向则要求批评主体在进行网络文学客观评价时要斟酌并体悟其所评价的文学文本是否具备良好审美趣味，追求积极、健康、乐观、高雅的思想倾向；是否对文学心存敬意，对网络志存高远这几个方面。同时，建构网络文学评价的"三个维度"主要指的是审美、技术、商业，由于此观点与欧阳友

---

① 陈崎嵘：《网络文学评价体系亟待建立》，《太原日报》2013 年 9 月 30 日。

权教授在《建立网络文学评价标准的必要与可能》一文中提出的要素观点具有相似性与一致性，在此不加赘述。

于太行的《网络文学评价中的两个倾向性问题》一文从网文创作与研究层面中存在的两个问题，为我们在建立怎样的评价体系提供了思路。网文具有消费性，"而这种消费性本身不是文本本身的价值，而是文本外延延伸出来的价值，所以网络文学评价首先要从作品的文学性出发"，作者也指出网文本身就是对传统文学的一种沿袭，关于网络文学，他提出"网络文学的评价体系一定是对传统大众文学体系的延伸，而不是再创造。网络文学在传播学、大众文化和文化产业上的意义是大于其在文学史上的意义的"。

网络文学创作和研究层面存在的第二个问题主要是"专业读者"与"普通读者"之间的分野导致的网络文学评价标准之间的差异。一般来说，对网络文学进行评价、发声的一般是受过高等教育的专家型研究者，"而这种类型的读者往往会运用综合性质的理性经验，以更多元的角度去解释新鲜事物，对网络文本内容中涌现出的新奇异端事物往往具有包容性，他们对网络文学中涌现出的事物进行评价时没有对其中超出普通读者审美接受能力、价值取向和审美情趣的部分给予明朗的引导，如果专家型读者一直抱着'存在即合理'的态度对网络文学进行评价，一定程度上会对作家与读者造成误导"[1]。这种现象可以举例为，比如说有些穿越类型题材的作品中的一些构想明明存在着把写作的背景放在真实客观的背景中，但是却对真实存在的历史人物所做出的行为，身边发生的事件做出不顾历史事实的虚构，一些不可能出现在古代的物件出现在了古代，一些只符合现代人的思维想法放在了古代，后宫戏分明成了现代人职场钩心斗角的图鉴，这样的做法明明是对读者进行错误引导的，但是一些专家型读者却没有明确地对这类创作进行批判，而是把它归类为历史"架空"这一类的范畴之

---

① 于太行：《网络文学评价中的两个倾向性问题》，《网络文学评论》2019 年第 2 期。

中。这样的行为对于一些普通读者来说，无疑会造成他们知识结构的混乱，明显无助于主流价值观的确认与引导。

目前，网络文学无疑成为我们日常阅读的主要文学资源，我们在进行阅读评价时，要做的绝对不是在各种市场商业化的诱导下，给价值观与思维方式建立在传统文学基础上的普通读者以思维混乱，而是应该以更加"先进性的思想"注入文本之中，做到线上要抓 IP 值，线下要抓文学值。让网络文学向真正的文学形态靠拢，强化写作者的担当，做到寓教于乐，这才是我们所要求的文本，才能促进网文评价体系科学化、合理化的构建。

李敬泽认为，网络文学即为通俗文学。并从四个方面论证了自己的观点。一是"因为网络文学继承了中外通俗文学传统，也受到了世界青年亚文化的深刻影响"。[①] 李敬泽认为，分析文学作品，首先必须考察其传统来源，只有明确其受了什么影响，才能从传统的脉络中评估作品的创造性。二是从网络性中去找，"网络文学的重要创造，也是现在谈得比较多的，是它的交互性和读者参与，有效运用了网络技术的可能性"。他认为，"网络文学在这方面有很大的发展，它使创作和阅读几乎同步发生的"。因此未来的网络文学批评体系必须从作者与读者之间的沟通、交互入手。三是从读者反应上去找。"既然网络文学是面向大众的通俗文学，那么读者接不接受，喜不喜欢看，无疑是一个重要的评价标准，实际上，更深层的来讲，这也是市场标准。"当然，这里面的情况很复杂，读者目前阅读网络小说，都是在相关的网文阅读平台上进行搜索阅读，"那么读者如何在众多文本中做出选择，这个选择实际上不可能完全是自主自发的，那些看似是读者的'主动选择'要求阅读出来的文本，实际上也是要靠市场机制、广告推广和营销手段的帮助。也就是说，读者的需要有时是真实的，有时是扭曲的，是在资本的力量下被有意引导出来的'被动选择'"。[②] 所以，

---

① 李敬泽：《网络文学：文学自觉和文化自觉》，《人民日报》2014 年 7 月 25 日。
② 李敬泽：《网络文学：文学自觉和文化自觉》，《人民日报》2014 年 7 月 25 日。

我们在考虑读者因素进行网络文学传播评价时，对读者反应也要有分析，在分析时必须看到这种反应背后的商业机制，看到商业机制是如何引导、调动读者反应的。这就要求我们进行网络文学评价时，评价者要有较高的知识文化素养，有较开阔的文化视野。四是从价值观方面去找。网络文学作为通俗文学，价值观的问题不是没有，而是更加突出。它是消费的、娱乐的、日常的，你跟读一部网络小说，把自己代入进去，一跟就是一年，这就叫潜移默化，是真正的以文化人，一个人对世界、对自我的内在看法由此受到深刻影响。评价体系的建设也一定要从正确的价值观出发，从而做出正确的文学批评，只有符合正确价值观念的文学批评才对网络文学的发展起到正确的推动作用。①

在周志雄的《中国网络文学评价体系的维度及构建路径》一文中，作者首先对"网络文学"的准确定义的发展演变做了一个说明，接着指出，在2011年茅盾文学奖获奖条例里进行了修改，允许网络文学作品参与评奖，其中网络文学成绩最好的是李晓敏的《遍地狼烟》，评委们通过这次评奖活动发现，用传统文学的评价方式去评价网络文学是不足够的。"传统文学是厚重的，而网络文学是轻逸的，传统文学是精英的，而网络文学就是大众的，用传统文学艺术的评价标准去评价网络文学，无疑是隔靴搔痒"②，所以呼吁构建属于网络文学自身的评价标准格外重要。

在文章中，作者认为构建网络文学的价值体系应该有相应的价值维度，他主要从四个方面的维度对其进行阐释：

一是网络文学的网络维度。网络文学主要是全民构建的一种文化，网络文学可以依托新媒体促使文化转向，在这里广大读者也就是民众的创造力被解放出来，由民众共同构成整个时代的变化方向。在这种背景之下，网络文学评价体系也应该具备相应的开放性，了解到网络

---

① 李敬泽：《网络文学：文学自觉和文化自觉》，《人民日报》2014年7月25日。

② 周志雄：《中国网络文学评价体系的维度及构建路径》，《中国文艺评论》2017年第1期。

文学本身的评价体系不应该再从属于传统文学的精英化的评价模式。从而让网络文学评价体系具有网络性上的较高包容度。

二是网络文学的审美维度。中国网络文学本身传承的就是中国通俗文学。现代网络文学中的例如悬念、光环、奇遇、一波三折等手法并不是其独创，而是从通俗文学中传承下来的，只不过网络文学将这种方式放大了，变成了我们现在所说的网络文学中的类型化题材，类似于玛丽苏、杰克苏、配角苏等。网络文学在艺术创作方面有不同于传统文学的创新，在结构、语言、人物形象、叙述角度与方式上都有向更高、更新的审美层次迈进的趋势。网络文学出现了超长篇、接龙式写作、微博体、短信文学的样式，网络文学也运用了更适合我们现代人生活话语方式的语言模式，一些流行词汇、一些新鲜有趣的"梗"文化也都是从网络文学文本中生发出来的，所以我们应该深挖以艺术创新为基点的审美艺术规律内涵，这样网络文学评价体系才能有一个正确完整又富于审美性质的构建。

三是网络文学的商业维度。网络文学的商业维度即指要把网络文学放入整个生产、传播、销售的这个大环境中去考察，用客观评价标准去考量网络文学。

四是网络文学的理论维度。传统文学已经形成了一套较为完备的理论评价学术成果，网络文学可以充分借鉴现有已经成熟的学术研究成果，在网络文学创作实践过程中，积极融合，理论创新，研究必须上升到理论维度才有价值，这样才能深入、科学地了解网络文学发展的规律。

谭德晶《"冒犯"与"躲避"——网络文学批评主体的精神向度分析》一文从批评主体出发，分析了网络文学批评主体的两种精神向度：冒犯和躲避。我们在构建网络文学评价标准时，要看到"躲避"与"冒犯"本身存在的合理性，同时也要看到网络文学在创作过程中可能出现的问题。所以我们在进行评价时，也要着重看文本有没有从这两方面切入，切入后有没有不符合文学正确发展规律的问题的出现。

其中，"冒犯"这种批评方式大都是不合理的，它主要是指消解经典的意识形态的行为；冒犯是网络文学批评中的一个重要的精神取向，"这是一种长期被边缘化、被低贱化的一种民间批评的心态，在这里越神圣的，越具有民族经典性质的文化主体越容易被消解。越主流，越是在我们传统历史或者文学课本上经常出现的文化经典越容易被扭曲、污名"。① 而发生"冒犯"这一文学批评乱象的主要原因是这些对网络文学进行批评发声的人，没有足够的文化审美素质，以自己不成熟、不专业的思想去妄自揣度、去评价文学经典，不利于文艺批评的发展，这是万万不可取的。

同时，我们在进行网络文学评价时也要注意避免"躲避"这种行为。"躲避"指追求轻松娱乐，逃避责任与承担。其中"躲避"还分两种：一种是"对象式的躲避"。另一种是"角度式的躲避"。对象式躲避与角度式躲避，主要是对于与自己生活距离较远的题材或者是不常见的题材的一种关注与偏爱。这是当今社会文化现况下必然会出现的一个行为现象。因为现在网络文学的读者主要是一些青少年，而在义务教育下我们接受的文化教育体系基本上是类似的，所以网民在日常生活中基本阅读的还是一些主流、严肃类型的文学，久而久之，那些从不同角度分析切入原有文本的文学就更加容易引起读者的注意。至于产生这两种取向的原因，则可能是这样，"一是民间文化对长期占统治地位的、高贵的、主流的、教条的、僵化的东西的某种'不敬'甚至'逆反'心理，一种则是由于民间对于文学的关注总是从趣味和'切身相关性'出发的"②。

由此可以看出，网络文学评价标准要从自身的网络性、商业性、审美性等维度进行评判：

----

① 谭德晶：《"冒犯"与"躲避"——网络文学批评主体的精神向度分析》，《文艺争鸣》2005 年第 4 期。

② 谭德晶：《"冒犯"与"躲避"——网络文学批评主体的精神向度分析》，《文艺争鸣》2005 年第 4 期。

第一，网络文学评价一定要从文学性、审美性以及其与传统文学评价标准的内在联系等角度出发，"文学"是其内核，而"网络性"是它的外在修饰，也就是它的媒介。网络文学与传统文学在媒介上是不同的，但在内里的文学性上一定存在着不可分割的传承性。在传统文学中（这里的传统文学指的是狭义的传统文学经典著作），真正受欢迎的传统文学一定是经过时代检验的，是彰显人性价值的，是弘扬真善美的，是人民群众喜闻乐见的，因为目前网络文学领域的监管体系还不够成熟，所以各种类型的题材泥沙俱下，各种色情、暴力、低俗、血腥的内容屡见不鲜，而且言情中还会出现一些畸恋、虐恋、性倒错等题材的出现，尤其是面对那些还没有形成正确是非观，需要进行正确价值引导的未成年人群体时，这些文本内容的传递极易导致未成年读者形成畸形的价值观，所以构筑网络文学评价标准时，对于这种不符合社会主义核心价值观的，不弘扬社会真善美的，不注重情感宣泄的健康性，不利于大众读者正确价值观形成的文本，都要坚决、严厉地予以批评。对于其中符合主流价值导向的，显示人民真实需求，弘扬真善美价值观的文本，应该予以鼓励与肯定。互联网是一个公开的平台，我们在进行网络文学评价时，要注意其社会影响，要注重经济效益与社会效益的统一。

第二，网络文学评价标准要注意保护网络文学中新兴出现的事物，要对其中促进文学发展的因素做出积极的肯定评价，也要冷静理性地对其中有损于文学性的东西予以批评与指正。网络文学在艺术创作方面有不同于传统文学的创新，面对传统的叙事文学或者抒情文学来讲，在艺术与创作方式上都有向更高、更新的审美层次迈进的趋势。网络文学出现了超长篇、接龙式写作、微博体、短信文学的样式，网络文学也运用了更适合我们现代人生活话语方式的语言模式，一些流行词汇、一些新鲜有趣的"梗"文化也都是从网络文学文本中生发出来的，所以我们应该深挖以艺术创新为基点的审美艺术规律内涵，这样网络文学评价体系才能有一个正确完整又富于审美性质的构建。就语言表述方式这个层面来说，文学作品中的文本层次在讲到文学言语层有内指性、心理蕴藉性、陌生性、抗阻性的特点，网络文学用语上有创新性、新颖性的特点。

"欧阳友权教授曾经在《网络文学五年普查》一文中，梳理归纳网络文学语言类型有 19 种类型之多，火星文、注音文、数字文、谐音文、叠音文、戏仿文、动漫文、缩略语、表情符号，还有甄嬛体、舌尖体、元芳体、咆哮体、hold 住体等"[1]，对于网络文学本身的阅读群体而言，这些青年人思维跳跃、接受能力强，这种新颖的网络文学语言更容易吸引他们，也更有助于一种新的时代流行文化的产生。但是我们也要以冷静客观的头脑，对新生事物以及现象中不好的地方予以批判。同样从语言方面来讲，有时候过度的陌生化是一把双刃剑，火星文"煙錵璨傲吡鯛餏縹渼麗，曇誐凋澥啲溮後嗖凄媄"，它的意思竟是"烟花绽放的时候最美丽，昙花凋谢的时候最凄美"，这样的文字语言的创造是没有什么意义的，所以网络文学评价标准在语言层面既要注重其生动性、活泼性，又要注重语言使用的规范性与纯洁性，不要让语言过度调侃化、娱乐化，从而导致对文学言语的损伤。

第三，网络文学评价时既要有扎实的理论功底，又要有新兴的商业化、市场化的大格局大视野。目前，以网络文学为源头，影视、动漫、游戏联合发展，打造"网络文学 IP"已经成为行业发展的新方向，在进行网络文学评价时，一味走传统的学院派评价的老路，明显是走不通的，也是与时代发展相背离的一种评价方式。而在评论时，一味迎合市场、商业，会导致评论者被裹挟成为"资本的传声筒"，有违我们进行文学接受与文化消费的初心。我们在进行评价时，好的作品就应该拥有好的口碑，不恶意抹黑，我们应该相应作出好的适合的评价。而坏的作品，我们应该予以忽略、批判与举报，要有明确的态度。

---

① 葛乐：《全方位检视网络文学新风貌——读〈网络文学五年普查（2009—2013）〉》，《创作与评论》2015 年第 20 期。

第五章　网络文学批评观念的转型

　　一个时代有一个时代之文学，一个时代同样也有一个时代的批评观念。文学的历史从一定程度上来说也是一部媒介的演进史，随着数字技术的不断发展，依托于赛博空间技术的信息社会的到来，并呈现出与以往的任何一个历史阶段都迥然不同的异质性特征，对于文学的创作方式、审美样式、语言表达造成了翻天覆地的改变。而植根于传统社会、深受经典文学理论滋养的传统文学批评观念，已经完全无法满足信息时代下网络文学的认识与批评实践，批评观念站在了一个呼唤转型的节点之上。

第一节　网络时代文学批评的通变观

　　数字技术飞速变革、网络文学蓬勃发展的当下，新生的网络文学作品从话语表达、言说立场和批评方式等层面，都表现出了与传统文学迥异的艺术特性。不仅开创了包括短信体、互动小说、微博体、多媒体小说等多种新的文体形式，使文学的面貌焕然一新，同时也推动了文学观念与形式的变革，对以网络文学作品为批评对象的文学批评提出挑战。

　　刘勰在《文心雕龙》中提出"通则不乏""变则可久"的通变观，探讨了文学的继承与革新之问题，而这一观念同样可以运用于网络文学批评的建构中。

一　网络时代文学观念的变迁

文学批评以网络文学作品为对象，其批评观念的演进也必须适应文学本身的发展规律，审视网络文学批评的变迁，必须回归到文学的元命题，聚焦于文学的本质。

人们很早就开始了对文学本质的探索，传统的文学观念建立于形而上的哲学基础之上，早在数千年前的古希腊，柏拉图就提出了艺术就是现实的模仿，文学的价值被看作"真善美"的有机统一，"真"则是文学作品的核心基础。而在遥远的东方，先贤们同样将文学的功利性置于首位，早期的"诗言志""文以载道"的观念，都印刻着"经世致用"的思想烙印。直至20世纪初，俄国的形式主义首次将"文学性"从外在的社会层面中解脱出来，认为"文学性"是一种文学作品特有的，区别于其他任何事物的个性特征。随着文化研究、人类学研究的兴起，过去仅仅囿于"世界、作者、作品、读者"四要素构成的空间的文学作品，被彻底解放出来，敞开为与时代、社会以及人的生存状态息息相关的"显示"，文学性拓展到文化性的层面，与创作者、阅读者、历史情境、文化环境等因素有机融合。不仅保持了对于"文学性"所包含的审美特征、政治特质、伦理特质的关注，更从"人"的角度对其加以界定。西方文论同样影响着国内的文学观点变迁，"文学是人学""文学审美性"的观点被国内学界普遍接受，创作者和批评家的目光逐渐聚焦于文学本体，审视文学本质，文学观念也逐渐向多元化转型。

但基于传统媒介和文学的批评认识，在进入信息时代后，早已不能满足人们的需求，文学性逐渐被网络性渗透，传统文学的核心观点也逐渐被取代。网络时代下文学观念的变迁，首先体现在对于价值诉求的消解，欧阳友权认为，"网络文学最主要的变化是以其创作的自由性、参与的广泛性、阅读的碎片性与沉浸感、规则的不确定性、作品的商品性等特征，回避了传统文学对'宏大叙事''真理''本质'的价值诉求，……使得文学与非文学的界限开始变得模糊"①。纵观网络文学的创作发展样貌，这一观点是值得肯定的，大多数的网络文学或者那些尚且不能成就为精品之作，确实折射出对文学真理本质的忽视。"中国网络文学的主体是各种'装神弄鬼'的幻想型文学，写手多是为金钱目的昼夜写作的码字工人，文章写作谋生手段而已，谈不上有多么高端的价值诉求"②；而众多被冠以现实型的作品，也不过是对人性中理想化世界的描述，故事大团圆结局或寄托作者渴求，或弥补人生错失，将残酷真实的现实架构于桃花源框架，作品文字营造出欣欣向荣的祥和画面，给读者带来了要风得风、要雨得雨的爽文快感，同时却溶解了文学本身深入骨髓的悲剧美学、崇高体性所折射的思想光辉。因此大多数作品不过是拜倒在金钱石榴裙下的奴仆，失去"为往圣继绝学"的伟大理想，市场经济的诱导，网文作品泛滥，传统文学的架构规则体性受到质疑和挑战，二者之间的界限变得模糊不清，甚至有些桥段可鱼目混珠，已成为不可否认的事实。

其次，网络时代下文学的创作范式也悄然变迁，在传统文学的创作活动中，创作者往往居于文学活动的中心，而在网络文学的创作活动中，作为创作主体的作者身份却是隐蔽的，"网络中创作者和欣赏者都是'三无'人，即无年龄、无性别、无身份，说到底，在网上，没有人知道你是一条狗"③。由此，导致两个指向：其一，文学创作者的真实身份隐藏在公众视野中，其创作活动未然遵循日常信息传播的基本法则，读者可能对文本创作者身份信息和文本指向并不知晓，同时"文责自负"观念淡化，只要不是极为出格不正确言论，一般性的

---

① 欧阳友权、喻蕾：《网络文学批评史的问题论域》，《中南大学学报》（社会科学版）2017年第3期。

② 黎杨全：《虚拟体验与文学想象——中国网络文学新论》，《中国社会科学》2018年第1期。

③ 袁牧华：《网络文学——个体价值的张扬与社会价值的虚位》，《佳木斯大学社会科学学报》2003年第5期。

言语即使不当也不需要负责，在几乎没有人需要承担任何风险的网络世界，创作者、阅读者共谋精神的欢愉而非真理价值的追寻；其二，网文创作者数量的增大，非职业作家的数量不断增加，与职业作家的缺席，使得作家的身份呈现出大众化、平民化、通俗化趋势，创作者的权力也在网络时代被无名者所消解与分享。① 网络文学逐渐告别了创作者中心模式，形成了一种以市场和读者需求为导向的新型创作模式。

　　而就文学的载体来说，网络文学突破了传统的文学"四要素"理论模型，实现了文学从物态化本体向信息化本体的转变，对于物态化文学本体来说，原作的价值是无可替代的，传统文学追求的作品的定型化，无论是创作、传播还是欣赏，都以相对确定性为前提。而对于信息时代的网络文学作品而言，原作与复制品的差异消失了，由 0 和 1 组成的比特字符串信息，彻底颠覆了传统文学的经典化前提，为欣赏者提供了多模式多选择的"超文本"作品，拓宽了文学的叙事空间和叙事管理，但同时也对其意识形态进行解构，由此可以将网络文学文本看作是"一个过程、一个互动、一种话语，一种意义的延异轨迹"。

二　"通"：文学批评的诗性传承

　　网络文学的一系列变化，是当下个体对社会生活反思与体悟所作出的新的表征，其既在一定程度突破了传统的文学样式和价值取向，又在时代土壤的滋润上有所创新和发展，批评对象的变化督促文学批评观念继往开来、推陈出新，做出相应调整，以契合网络文学发展的新样貌。因此，网络文学的变化也构成了批评观念重构的原动力。而在欧阳友权看来，虽然网络文学的范式发生了翻天覆地的变化，批评标准与传统文学批评相比也已展露出崭新的面貌，但传承的诗性并没有

---

① 谭洪刚：《网络文学创作主体探讨》，《吉林广播电视大学学报》2006 年第 3 期。

消除。但也有研究者提出了网络文学批评发展所必须直面的两大难题。其一是网络文学批评的阐释框架具有非预设性特征，由于网络文学的特殊性，此前既没有既定的理论范式，也没有可供效仿的参照对象；其二是作为研究对象的网络文学作品具有非预成性特征，由于其发展还刚刚起步，很难预测其未来前景，更无法定格其文化表情。针对这一现实，欧阳友权提出，网络文学批评者必须遵循两个基本原则：首先应该持建设性学术立场而不是评判性研究态度，尽量以诗性为前提，用科学的态度分析具体的网络文学作品，减少以"好坏优劣"对其下简单判断；其次坚持基础学理的致思维度而不是技术分析模式，这就要求批评者在分析网络文学作品时，不能单单局限于技术层面，而是要建立诗性的学理思维，将诗性作为网络文学批评的学术源泉，从而建构出完善、科学的网络文学批评体系。

刘俐俐和李玉平也看到网络文学批评与传统文学批评标准相通之处，于 2004 年提出了网络文学的批评标准与传统文学批评标准同构的观点。一方面他们从最早海外华人的网络文学创作出发，强调相同"物理空间"对文化传承的影响，提出任何一个人都有其特定的民族、国家、地域背景，相同的物理空间为创作者提供了相同的文化温床。所以海外华文文学的创作者无论身处何方，他们的文化认同仍是归属于中华民族文化的。所以在他们所创办的中国文学网站中，尽管有些许后现代的情调，但无论是从表达方式还是表达内容，都仍然坚守着中华民族的文化特征。"因此，我们以为，虚拟空间虽然是通行无阻的，但是物理空间中存在的民族国家的影响是不可低估的。"① 另一方面，他们借用韦勒克和沃伦有关"文学作品的存在方式"的相关理论，解释了网络文学批评与传统文学批评的密切关系。文学作品的存在方式，既是传统文学批评的切入点，也同样可以作为网络文学批评

---

① 刘俐俐、李玉平：《网络文学对文学批评理论的挑战》，《兰州大学学报》（社会科学版）2004 年第 5 期。

的分析入口。"作为一个新兴的文学样式，网络文学的文学层次同样具有诗性特征，其语音语义层次是通俗化的、幽默简单，有语言狂欢的倾向；其句子和句子所组成的意群层次是散淡、随意的，具有意识流动的色彩；其形象、意象及其隐喻的层次具有较强的倾诉性；其文学作品的客观世界层次含有特定的视角和感受。"所以他们认为就形而上层次来看，优秀的网络文学与优秀的传统文学作品一样，具有形而上层质。所以，网络文学批评也应该沿袭传统文学批评诗性审美的标准，更加全面地理解网络文学的存在方式。

而郭晨、蔡梅娟在谈到网络文学批评时指出，网络文学批评首先应该坚持其诗性的审美标准，建立与传统文学的诗性连接。从网络文学的创作动机、心态、内容、手段及传播方式等因素出发，深刻地了解网络文学的生产、传播与接受者过程，寻找新的理论增长点。同时也要放低批评的姿态，切入网络文学现场，深入网民群体，从网络创作、欣赏实践中吸取有效资源。除了坚持马克思主义的文学批评标准外，网络文学批评还应当将作品放入时代背景中进行分析，广泛吸收其他新的批评标准，探索新的批评标准的可能性。批评家需要亲身深入网络文学批评实践，发现已有批评理论的不足，总结新的批评方法，使批评角度更加贴近网络文学的读者，以还原网络文学发展的历史面貌。

苏翔则认为，网络文学批评可以分为：零距离批评、近距离批评以及远距离批评三种形式。① 零距离批评更偏向于纯理论化的批评范式，批评主体往往置身于作品之外，以客观冷静的态度对网络文学作品的叙事手法、语言技巧进行分析。并着重讨论网络文学作品的语言风格、写作技巧及行文结构。对于文学作品和批评主体的要求相对来说比较高，因此可以部分提高文学作品的水平。近距离批评则是一种

---

① 刘俐俐、李玉平：《网络文学对文学批评理论的挑战》，《兰州大学学报》（社会科学版）2004 年第 5 期。

感悟式批评，或者说印象式批评，形式比较活泼，主要以批评者即时产生的感悟为主，时效性较强，具有比较强烈的主观色彩。而远距离批评则是以鉴赏为起点的一种推荐式批评形式，一般具有权威的引导性。在欧阳友权看来，苏翔建构的批评模式总体而言依然是基于传统的诗性标准来区分的批评方法，在传统文学批评中，这种不同名称的"模式"被广泛地运用，其评价标准也未有质的突破，但这种研究和理论在新标准的探索道路上仍是有价值的、值得参考的。

三 "变"：网络时代批评形态的嬗变

随着网络文学热度持续攀升、市场与用户群体的扩大、内容的纵深发展、新文学现象的不断涌现，网络文学批评对传统文学批评的突破和创新研究，受到了文艺理论研究者的广泛关注。欧阳友权认为，网络文学批评作为一种全新的批评方式，处于大众化和传媒化语境中，"网络文学批评不仅在创作、传播载体上显示出新的特质，同时在语言表达和思想内容上也呈现出与传统批评迥异的大众化风格，更为重要的是它的出现还深刻地影响了我国文学发展和文化构建"①。

1. 批评主体的变化

在网络虚拟空间里，自由和平等已经成为现实，以往批评的权威、精英失去了力量，从学院批评、传媒批评和网络批评三分天下的局面逐渐向网络文学批评倾斜。胡璟在《网络传播中文学批评的空间构成》② 中将网络文学批评的主体认定是"全体有书写能力的人"；柯汉琳③认为，网络文学批评具有批评主题身份多元化的特点；唐小娟④将批评主体更加具体化，认为由生长于后喻文化时代，被称为"数字土

---

① 刘湘宁：《我国网络文学批评存在的问题与对策研究》，硕士学位论文，中南大学，2013 年。
② 胡璟：《网络传播中文学批评的空间构成》，《新闻界》2007 年第 6 期。
③ 柯汉琳：《网络批评与学院批评：矛盾与互补》，《华南师范大学学报》（社会科学版）2015 年第 3 期。
④ 唐小娟：《浅析在线式网络文学批评》，《中国文学研究》2017 年第 1 期。

著"的青少年读者构成,这个群体自有的话语体系和价值判断直接影响到网络文学批评的立场、方法和言说方式;曾繁亭在《网络文学批评主体的衍变》① 中着重探讨"网络文学的批评",按史的逻辑将网络文学批评主体的演变区分为三个不同的阶段分别展开表述,在发轫期是多元批评主体的区隔共存,网络文学的在线批评与网络文学几乎是同一时间诞生的,网络留言板中的回复是网络文学在线批评的最初形态,在崛起期批评主体是分立与博弈的,网络文学专门论坛发展缓慢,有了作品书评区,互联网的发展带来了网络文学在线批评的大众化,在发展期实现了多元批评主体的融会;欧阳友权再次论述了网络文学批评主体的嬗变,强调了阶段性发展,在网络文学的发轫期、崛起期和发展期,批评主体的立场身份和功能作用是有所不同的②。

批评主体发生变化,学者们分析批评主体的角度也产生变化,多从思想精神等角度出发。谭德晶在《"冒犯"与"躲避"——网络文学批评主体的精神向度分析》一文中从批评主体的精神向度出发,提出可以用"冒犯"和"躲避"来分析阐述当代网络文学的批评现象。所谓"冒犯"就是对主流意识形态持反叛、对抗的态度。拒绝与主流意识形态合作,否定传统的公众认知,对一切权威观点、权威人物采取嘲弄的态度,越是看似神圣不可侵犯的,越容易成为冒犯的对象,所以"冒犯"既是网络批评的重要精神向度,也是长期以来被压抑、被边缘化、被低贱化的"民间批评"的一种顽强体现。而"躲避"则主要以大众自身的快感和兴趣为转移,对中心话语、主流意识形态采取回避态度,有意避免体制性、结构性、因袭性的话语形态。谭德晶的研究正是从主体出发,展现网络文学批评精神向度上的"反传统"倾向,体现了网络文学批评主体层面的变化所在。宋婷认识到网络文学批评中批评主体的身份、价值观、审美取向和评价标准都显示出不

---

① 曾繁亭:《网络文学批评主体的衍变》,《小说评论》2016 年第 5 期。

② 欧阳友权、喻蕾:《网络文学批评史的问题论域》,《中南大学学报》(社会科学版) 2017 年第 3 期。

同于传统文学批评主体的新特征，在《网络文学批评主体审美取向的去中心化》[1] 中就批评主体审美取向的去中心化开展讨论，具体表现为网络文学批评审美对象的非经典性，解读文本角度、兴趣的中心和解读方式的去中心化等方面。

2. 新媒介特性对批评观念的构筑

一部分学者率先关注到了网络这一新兴媒介的崛起，对网络时代批评观念的变革，从技术层面阐述了数字媒体对网生网络文学批评的影响。吴英文在《网络文学批评的修辞术》[2] 中强调正是在新媒体技术促进下，网络文学批评从语言形态、文本立场、修辞表达等方面入手，借助大量富于创意的"火星文"和网络流行用语，以日常生活化、口语化、通俗化和"粗口秀"表达修辞方式，全面更新文学批评审美视觉，并试图构建适于网络文化和网络文学批评新的审美价值体系，为网络文学批评文本新形态的创生和发展提供了良好基础。胡友峰[3]则强调了电子媒介带来的技术变革，不仅影响到文学形态及其审美的变化，还带来相应的文学批评的审美变异。陈定家针对网络文学"超文本"的技术特点和形式特性，分析了网络文学的理论批评如何理解"超文本"、怎样警惕"超文本"的局限性问题。他在《"超文本"的兴起与网络时代的文学》[4] 中提出，超文本正在悄然改写我们关于文学与审美的思维方式和价值标准，指明理论批评面对的三类网络文学现实表现为三个方面，同时要警惕对文学造成的各种伤害。

黄鸣奋在《网络传媒革命与电子文学批评的嬗变》中提出，[5] 从纯技术层面展开阐释，从全球网络传媒发生的三次演变入手，讨论与之相关的文学批评，认为每个时期的电子文学批评都有其明确的特点，

---

① 欧阳友权、喻蕾：《网络文学批评史的问题论域》，《中南大学学报》（社会科学版）2017年第3期。

② 宋婷：《网络文学批评主体审美取向的去中心化》，《大众文艺》2011年第1期。

③ 胡友峰：《电子媒介时代文学批评的审美变异》，《中州学刊》2020年第1期。

④ 陈定家：《"超文本"的兴起与网络时代的文学》，《中国社会科学》2007年第3期。

⑤ 黄鸣奋：《网络传媒革命与电子文学批评的嬗变》，《探索与争鸣》2010年第11期。

第一批针对电子文学的批评主要聚焦并推动电脑技术在文学领域的应用，热衷于此的批评家多对电子技术应用领悟颇深，其中不乏编程高手，他们既是电子文学的批判者，同时也是这批文学的创作者。第二批电子文学批评主要关注如何通过新兴传播手段构筑数据自我，他们以在线文学社区为主要活动场地，在数字空间中展示自己的个人魅力与见解，同时也是与创作者对话交流的空间。第三批针对电子文学的批评以更加恢宏的视野，更多关注在线文学社区基于不同媒体的文学的相互转变与流动，注重新媒介特性对批评观念的构筑，系统阐释了新媒体对于网络文学批评的重要影响。

3. 自由性引发的狂欢广场特性

欧阳友权在《网络文学论纲》中说"'自由'是文学与网络的最佳结合部，是艺术与信息科技的黏合剂，网络文学最核心的精神本性就在于它的自由性，网络的自由性为人类艺术审美的自由精神提供了又一个新奇别致的理想家园"[①]；陈国雄也在《数字媒介与文学批评的边界》[②] 中强调，"数字媒介文学最核心的精神本性在于它的自由性"，互联网批评的自由性使大众得到批评的自由和快乐，并且使交流与对话成为文学批评的必然存在方式，利用了巴赫金"对话"理论中的人文立场和思辨方法，互联网所蕴含的平等、兼容、自由和虚拟的基因，不仅有效解构了文化的阶级之分，打破了权力话语对文学批评的垄断，为建立互联网批评的民间立场提供了巨大的支持和保障，使互联网批评在网络这个"狂欢广场"上呈现"百花齐放"的局面，且这种局面与以往的文学批评相比可谓前所未有、空前强大。谭德晶将巴赫金的"狂欢理论"运用于对互联网批评这一批评狂欢现象的权势之中。互联网为人们提供了一个可供万人齐聚的巨大共时空间，正与贯穿人类文明发展历史的广场相一致，给予了大众一个平等交流、各抒己见的

---

① 欧阳友权等：《网络文学论纲》，人民文学出版社 2003 年版。
② 陈国雄：《数字媒介与文学批评的边界》，《中州学刊》2010 年第 2 期。

场所，但互联网文学批评的广场不仅延续了自由平等的灵魂，同时也继承了狂欢中疯癫戏谑的灵魂。在广场之中，由于批评主体的泛化和身份的隐匿，使得批评呈现出戏谑、“下身化”、夸张、狂妄等特征。对此，谭德晶以高度学理性的语言对其现象进行了详细阐述，概括了网络文学批评自由性与狂欢广场特性之间的牵绊。刘志权①也从狂欢化角度诠释了网络文学的特性。

而关于以狂欢理论作为网络文学批评自由性特征的切入点，也有学者对其持审视的态度。陈莉②继承了何学威、蓝爱国的观点，认为大众文学与主流意识形态之间有着天然的隔阂，对于主流话语普遍采取回避或解构的态度，这就导致很多学者将其与巴赫金的民间狂欢节联系起来，并以狂欢理论作为理论武器，对于网络文学的语言、风格、活动进行解读。但在陈莉看来，巴赫金的民间狂欢化理论与当前的网络文学现象之间固然存在着内在的契合点，但大部分研究学者只关注到巴赫金狂欢理论，对“欲望”以及物质—肉体放纵性的张扬，而并没有看到狂欢理论中深层的诗学价值。因而造成了很多网络文学批评的精神维度缺失。

4. 在线性带来的批评语言通俗化

网络媒体对于文学批评的影响是全方位的。它不仅影响了批评的主体，影响了批评的审美特性，它还对于批评的运作方式、批评的文本写作（包括内容和形式两方面）产生了深刻的影响，这一影响深刻地体现在网络文学批评的语言通俗化特征上。

谭德晶在《“在线性”对网络批评形式的影响》③ 一文中谈及了网络写作和阅读“在线”的特性，分析了“在线性”对互联网批评形式

① 刘志权：《当代文学转型中的赛伯批评空间——兼谈网络文学的若干特性》，《南京师大学报》（社会科学版）2003 年第 3 期。

② 陈莉：《网络文学批评中的精神维度遗失——以何学威、蓝爱国〈网络文学的民间视野〉为例》，《当代文坛》2007 年第 1 期。

③ 谭德晶：《“在线性”对网络批评形式的影响》，《中南大学学报》（社会科学版）2003 年第 5 期。

的重要影响，他认为，所谓"在线"就是作者和读者的直接在场，这一性质使网络文学批评的写作形式更加短小随意、更生活化，也使批评更加注意艺术形式和技巧的新颖独特，强调幽默搞笑、巧喻、粗俗的艺术。他的另一篇文章《"冒犯"与"躲避"——网络文学批评主体的精神向度分析》①把网络批评的形式描述为"即兴化、短小化、中心泛化"等，网络批评语言"口语化和幽默化"，还有"批评内容的边缘化、情绪化与趣味化"等，而网络文学批评这种种新的变化，在其根本上又都是由网络批评主体的某种特定的精神向度所决定的。

把握好网络文学批评观念的传承与革新的尺度，是网络文学批评发展的重要环节，坚持网络文学批评的"通变观"，继承传统文学批评中的诗性坚守，同时着眼于网络文学批评的新特征、新发展、新态势，才能建立好网络文学良性发展态势。

第二节　网络文学批评观念转型的语境与范畴

"文学批评观念的形成与其所处的社会的、文化的、文学的语境有着一种密不可分的关系，批评理论的建构与其生成的语境之间具有一种广泛的互动性关系，在某种程度上说，如果脱离特殊语境其意义往往就会趋于消失或者变得不可得，任何一种文论批评观念都是对特定历史、特定语境、特定对象的一种回答、解析和判断。"②语境描摹是对观念形成与转型的背景描摹，范畴廓清则是对于内容类问题的分析，涉及批评的着眼点以及创新性，是对"有什么"问题的陈述。探究网络文学观念的起承转合，描摹清晰其变更的语境、范畴具有重要意义。

---

① 谭德晶：《"冒犯"与"躲避"——网络文学批评主体的精神向度分析》，《文艺争鸣》2005 年第 4 期。

② 杜吉刚：《文学批评史研究中的"历史化"问题》，《学术论坛》2009 年第 11 期。

一 语境与范畴的阐释

语境的概念出自语言学，一般理解为使用语言的环境。早在 1923 年由波兰功能派语言学家马林诺夫斯基提出，他认为由于话语与环境之间存在一种密不可分的关系，无论是文学还是人类日常交际，它都扮演了极其重要的角色，了解语言环境对于理解语言有着至关重要的作用。从语言学的角度出发，被学界广泛接受的定义主要可以分为两类，"一是将语境解释为从具体的情景中抽象出来的、对语言活动参与者产生影响的一些因素，这些因素系统地决定了话语的形式、话语的合适性以及话语的意义；二是把语境解释为语言活动参与者所共有的背景知识，这种背景知识使听话人得以理解说话人通过某一话语所表达的意义"。①

而随着"语境"重要地位的确立，这一概念也逐渐向其他学科辐射，与其他非语言学概念相互交织，由于非语言因素的加入，使得语境的概念的边界得以不断延伸，逐渐出现了狭义与广义之分。狭义的语境专指在语言交际活动中，语言单位的音位、语素、词、短语、句子与言语作品——话语所出现或处在的环境；广义的语境则指所要考察的事件（非语言的）所出现的环境。可以称前者为"小语境"，称后者为"大语境"。②而网络文学是数字技术、文学变革、审美转向等多方合力的结果，因此网络文学批评观念转型的语境研究，早已经超出了本体语言学和理论语言学的范围，上升到了交叉学科的研究高度，应沿用"大语境"的概念对其分析阐释。

与"语境"的语言学背景不同，范畴是由哲学领域延伸出的概念，在哲学中，范畴是指把事物进行归类所依据的共同性质，是哲学逻辑系统中最为核心的重要概念，同时也是一种抽象程度极高的命题

---

① 何兆熊、蒋艳梅：《语境的动态研究》，《外国语》（上海外国语大学学报）1997 年第 6 期。
② 完颜雯洁：《浅谈语境对言语交际的影响》，《现代交际》2011 年第 1 期。

结构性概念。从分类学的角度而言，范畴可以用于指代种类的本质，这是一种对事物进行分类的性质依据，而非事物本身。而所谓的范畴化指的是将事物依据一定标准分类，使其具有符号化的功能。[①]

对网络批评观念的转型进行探讨和研究之前，对网络批评的范畴进行划分界定是极其必要的。关于网络批评的范畴划分一直是学界争论不休的问题，但在众说纷纭之下，回归文学理论的本源，从文艺批评的视角入手，还是能大致分为接受度较高的两类：学术批评与大众批评。曾有学者表示："虽然由于目的和表达方式的差异，学术批评和大众批评的互动交流往往存在鸿沟，但它们又都是文艺批评中不可或缺的组成部分，相互需要和相互影响：学术批评以大众批评为现象和源泉，大众批评则以学术批评为参照基石，双方的共同发展和共同促进一并构成文艺批评的完整生态。"[②] 这也就从文艺批评的功能、目的和笔法上对网络批评完成了范畴化的工作。

二 网络文学批评观念转型的语境迁移

随着网络的飞速发展和新媒体时代的到来，人们的社交群体和平台被不断拓宽，个人表达需求和得到聆听的渴望逐渐攀升，这些源自网络文化中的欲求流淌到了文学创作领域，在一定程度上突破了成为作家的门槛和界限，由此汇聚而成的网络文学大潮逐渐在当代中国文学中占据了重要位置。无论是网络文化还是网络文学，都是在剖析和评判中国文学史时无法绕开的关键一环。网络文学批评是一种新型的文学批评样式，它立足于网络文学本身，在言说立场、话语表达以及批评方式方面都表现出了与传统文学批评迥异的艺术特性。[③] 不可否认的是，它对既有的文学理论产生了诸多影响，也在很多方面，如写作方式、传播方式、发表方式和接受方式等方面改变了传统文学过程。

① 胡壮麟：《语言·认知·隐喻》，《现代外语》1997 年第 4 期。
② 韦铀：《网络语境下网络文学的学术批评开展》，《出版广角》2020 年第 23 期。
③ 欧阳友权、吴英文：《网络文学批评的价值和局限》，《探索与争鸣》2010 年第 11 期。

首先，社会的变革与发展导致了网络批评观念转型的语境迁移。根据作家白烨的观点，中国的文学批评在进入 21 世纪之后，由于经济基础、文化环境和传媒手段发生了变异，打破了从前以传统文学为主的单一格局，新兴格局分别由以下三部分组成：以文学期刊为阵地的传统型文学、以图书出版为依托的市场化文学和以网络传媒和信息科技为平台的新媒体文学。他表示："文学批评是整体文学事业的一个组成部分，文学领域又是文化场域的一个重要构成，而文化场域还与一定时代的社会生活紧密相联。"① 正是由于文学批评与社会生活之间的紧密关系，使得文学批评的发展必然受到时代更替与社会演进的影响，文学批评的语境也随之发生改变与迁移。

其次，传播媒介与传播方式的变化导致了网络批评观念转型的语境迁移。随着互联网用户群体的逐渐扩展，网络新媒体已经成为我国主流媒体传播交流方式之一。在活跃的新媒体环境下，传播语境也随之改变。根据马林诺夫斯基的观点，传播语境可以细分为"文化语境"和"场景语境"，并深入研究了它们对话语的影响和制约。马林诺夫斯基发现这两种语境随时随地都能发生交互，脱离二维平面而向三维发展的文本，不断生成时刻滚动的数据，对传播语境进行一遍遍地裂解，最终达到碎片化的效果。我国也有学者曾提出，"对于在网络语境中开展学术批评的学术群体来说，不仅要关注在场媒介的情景语境，还要关注媒介生态变化的文化语境，在网络语境中要从思维、情景、表达等方面改变传统纸媒的研究模式，转以即时数据研究、共时性互动批评、全息碎片化表达的方式开展在场学术批评"。②

再次，商业化的发展导致了网络批评观念转型的语境变迁。由于网络的迅速扩张，立足于社会经济的发展、植根于网络的网络文学和网络文学批评也就不可避免地会带上商业属性，这其实是与传统意义

---

① 白烨：《文学批评的新境遇与新挑战》，《文艺研究》2009 年第 8 期。
② 韦铀：《网络语境下网络文学的学术批评开展》，《出版广角》2020 年第 23 期。

上的文学理论和文学批评背道而驰的。虽然网络文学发展速度令人惊叹，可供网络文学批评的对象也膨胀到难以计数，但是这势必会造成网络文学和网络文学批评之间的脱节。也有学者针对这一问题表示担忧，"传统批评家们接触到的网络文本不仅是相对滞后并且有限的，更受到网络读者审美趣味的影响。而传统的文学评价标准不再适应新的网络文学，点击量尽管只是一个数字，却恰恰成为了网络文学最直观的评判标准……处于当下这个信息时代，文学像速食一样快速更新，批评也在不断随之更新，它早已褪去传统的外衣具有了属于网络时代的新特征"。① 这是网络批评的现状，也是网络批评观念亟待转型的表层问题之一。

从 20 世纪 90 年代开始，我国的文学批评就逐渐开始有了蓬勃发展的态势，然而本应该作为其支撑材料的相关理论却没有跟上发展的节奏。大多数的网络文学在创作立意和思想高度上很难与传统文学相提并论，它们并不像传统文学那样，习惯站在民生大计的立场上生发情感，而是比较倾向于传达私人情感。所以，如果面对网络文学继续循着惯性沿用过去对传统文学的批评模式显然并不妥当。经过几十年的发展历程，网络批评观念再次站在了转型的关键路口。

欧阳友权认为，网络文学通过几十年的不断发展，"从初创期'文青'写作高位起步，到世纪之交互联网股市遭遇严冬后的'断崖式'下滑，再到 2003 年起点网创新商业模式后带动的整个行业'类型化'写作的爆发式增长，网络文学基于付费阅读、IP 转让、全媒体跨界融合的市场化推进"。已经逐渐走出了一条"中国式的发展之路"。② 欧阳友权还对目前学界针对网络文学现状研判提出的前沿问题做了梳理，指出了网络文学批评所面临的的问题及现状，在他看来，网络批评观念正处在一个转型的关键节点之上，标准构建问题也成为网络文学批

---

①　王龑：《论中国网络文学批评的特征与发展趋向》，硕士学位论文，内蒙古大学，2013 年。

②　欧阳友权：《网络文学：驰骋在改革开放的时代蓝海》，《中国艺术报》2018 年 12 月 7 日。

评的一个焦点和热点问题。"网络文学亟需建立起自己的评价体系和批评标准，但究竟建立什么样的体系、确立怎样的标准却是一个难题。"由于传统的文学批评标准已不能适用于网络文学现状，而网络文学批评的新标准一时又很难完全确立，在欧阳友权的倡导提议下，关于网络批评的标准构建已经引起了学界的重视，并且得到了一定力度的扶持：国家社科基金于 2016 年首次为此设立重大招标项目"我国网络文学评价体系的理论与实践问题研究"；2018 年，国家社科基金再次设立"中国网络文学评价体系建构研究"的重大招标项目，足见对网络文学批评标准问题的关注，同时也说明这一问题对网络文学发展的特殊重要性。

三 网络文学批评观念转型的范畴变化

网络文学批评观念的转型体现在各方面，包括批评主体、批评内容、批评方法等。

1. 主体身份泛化

在一般认知中，文学批评主体需要具备较强的专业素质，只有储备了足够的理论知识和经过了良好的专业训练，才能够在传统文学批评领域中有一定建树。这是为了使文学批评者拥有更加系统的批评意识。即"批评家持特定态度实现其还原欲望的心理现象"[1]，因此各种批评行为都是批评者心理欲望的表征。这种来自特定的批评立场、出发点的特定的批评态度决定了批评者批评的方式方法和情感倾向，这种批评意识是需要长久塑造的，并且扎根于批评者脑中。由于批评者的这种对作品的解析欲望，从而就能够使批评本身成为一种理性的、知性的分析。[2]

"凝视的王权逐渐确立了自己——眼睛认识和决定一切，眼睛统治一切。"[3] 黎杨全认为，这种凝视与权力运作机制在文学批评实践中

---

[1] 蒋原伦：《批评意识论》，《文学自由谈》1989 年第 1 期。

[2] 苏翔：《网络文学的批评模式建构与转型发展》，《岱宗学刊》2010 年第 4 期。

[3] Michel Foucault, *The Birth of the Clinic*, trans. A. M. Sheridan Smith, Vintage Book, 1994.

也能窥见踪迹，批评家是"凝视"的主体，他选择、甄别、"观看"文本，实行价值判断，在把文本、作者对象化的过程中建构了"立法者"的身份想象与言说权力，并通过大学教学与文学史排座次把它们转化成为教诲性、真理性的语言。① 他将批评家称为"文坛清道夫"，而能够得到这个身份的主体必然是在文坛享有稳固地位的评鉴者，只有如此才能在进入文坛的作家们身上投射凝视压力，建立一种评鉴与询唤机制。苏翔也在关于网络文学批评模式建构中提及了批评主体的问题，她认为网络文学的批评主体应该以传统作家、传统批评家以及文学专业领域内的学者为主，这一观点也一再提高并强化了文学批评的准入门槛。

但是随着文化语境的变迁，传统文学批评中的批评主体也受到了冲击和挑战，越来越多的新鲜血液涌入其中，批评主体身份出现了泛化的趋势。在此之前，普通大众一直是被排斥在文学批评主体之外的，他们除了被动接受现成的文学作品之外，似乎并不具有对文学作品的鉴赏能力和批评能力。但是网络文学的出现则打破了这一局面，它破除了蕴含于文学批评之中的阶层壁垒，也消解了原先固有的批评市场准入原则，接纳了无数网络文学自带的客流群体，他们既是读者，也是批评者。

禹建湘在其论文中详细阐释了现今网络文学批评主体，即个人化大众批评。他认为："网络文学批评首先是批评主体的重组，传统文学批评的'现代精英主义'立场和'被动大众'观念要改变，批评家要放弃文学'立法者'的身份认同，而应走向个人化的'大众批评'，也就是蒂博代倡导的'自发的批评'。"② 他所提出的"大众化"包含两个方面的内容，其一就是批评主体的泛化，网络文学多首发于文学网站上，并设有评论区供读者与作者互动，在读者评论时，他们的身

---

① 黎杨全、王智华：《从立法到阐释：文学批评家网络生存的困境与可能》，《江西社会科学》2012 年第 5 期。

② 禹建湘：《空间转向：建构网络文学批评新范式》，《探索与争鸣》2010 年第 11 期。

份在无形当中已经完成了向批评者的转换过程。其二则是指批评的核心在于批评话语趋近、归化于大众话语,有着清醒的大众本位意识。批评语料本就取自于大众,批评思想本就由大众汇集,批评主体就是由大众构成,那么由此产生的网络文学批评也就能无限贴近于大众。

王龑也表达了类似的观点,他认为,"网络文学批评的主体变成了既可以读者身份参与又可以作者身份参与其中的匿名式批评"。① 与传统批评一致,批评者的身份首先应该是读者,但其不同在于,网络批评之中,批评者在网络空间中隐匿了自己的真实身份,而是以虚拟身份参与批评活动。其发表的一切观点与意见,均不代表任何学派和群体,也不会受到其现实的社会身份束缚。这些网络批评具有很强的即时性、主观性,真实反映了批评者当下的感受,并不掺杂任何复杂的推理论证或引经据典。在王龑看来,"作为大众文化的产物,网络批评的大众化与匿名性导致了批评主体的泛化,批评的核心建立在了批评话语接近、归属于大众话语,带着清醒的大众本位意识"。②

正如黎杨全所说:"数字媒介带来了文学场域的变化,专业批评家可以从纸媒转战网络,获取新的言说空间。"③ 虽然批评主体正在向大众化倾斜,但并不意味着传统批评家群体被挤出网络文学批评主体,或者就此没落,他们也正在积极主动地适应目前的新语境和新范畴,将自己固有的文学批评观念转型升级,在新批评主体中谋求立足之地。

2. 批评内容迁移

网络文学发展了几十年,对很多关于文学的基本观念影响深远,并且使得它们发生了改变或转型,而网络文学批评的职能要求它与实践层面上的网络文学遥相呼应,这就造成了批评内容的迁移。从话语形式来看,当前的专家批评已高度"专业化""学院化",形成了一整套由各种名词、概念、范畴交织而成的术语体系,对于大众来说难免

① 王龑:《论中国网络文学批评的特征与发展趋向》,硕士学位论文,内蒙古大学,2013年。
② 王龑:《论中国网络文学批评的特征与发展趋向》,硕士学位论文,内蒙古大学,2013年。
③ 黎杨全:《数字媒介与文学批评的转型》,华中师范大学出版社2012年版。

有佶屈聱牙之嫌，在阅读和理解上存在障碍。

事实上，在大众草根阶层已经自行形成了一套话语体系，对于严肃的学院派来说堪称隐语。语言是思维的载体，话语体系的不同必然导致批评内容的差异，带来批评观念的新范畴，而草根阶层的"行话"显然更贴近日新月异的网络文化语境，传统文学批评群体如果想要浸入新的文化语境，就必须逼迫自身完成批评内容上的转型，以便更好地融入网络环境。

欧阳友权认为，网络文学批评对当代网络文学建设的最大贡献在于，它相比网络文学来说虽然起步较晚，声音和力度也比较微弱，但它"依然在理论与实践的双重逻辑上承载了网络时代文学观念变迁的历史表达，并在对传统文论逻辑原点的调适中，尝试建构自己的理论形态"。[①] 除此之外，欧阳友权在《网络文学批评对文论逻辑原点的调适》中将批评内容大致分为了三个层次：第一层，网络文学批评回答了"什么是文学"这一文学的"元问题"，并对其定义进行了重新解读，探讨了网络文学对传统文学观念和架构的冲击力度，审视了传统文学观念在新媒体文学面前的去向。在"文学是什么"的问题上，网络文学批评者的观点推进了文学逻辑原点的时代延伸，丰富了网络时代有关"文学"观念的内涵。接着，网络文学批评又对"文学写什么"进行了新的诠释。"数字化生存的平民叙事"正彰显出网络时代"文学写什么"的微妙变化，数字化虚拟空间的兼容与共享性，使得艺术边缘族群的创作梦想和社会底层的欲望表达有了张扬的机缘，民间话语能以"广场撒播"的方式共享自由平台。"这样的'草根'心态对于'艺术写什么'的意义在于：它褪去了贵族书写的艺术体制，又消弭了个人创作的社会镜像化掣肘，促使艺术走向本真叙事，让作品所述之物贴近数字化生存的感性现实。"[②] 而对"文学干什么"的理

---

① 欧阳友权：《网络文学批评对文论逻辑原点的调适》，《广西师范学院学报》（哲学社会科学版）2018 年第 4 期。

② 欧阳友权：《文艺边界拓展与文论原点位移》，《廊坊师范学院学报》2007 年第 4 期。

性认知，也是网络文学批评对文论逻辑原点的一个重要调适维度，这一观念的批评表达涉及文学的职能与作用、功能与价值等问题。如果说传统的艺术评判尺度更多的倾向于社会认同而淡化个人差异，网络文学的功能取向则更重视个体的精神娱乐，因而网络文学批评并不要求"像欣赏经典作品那样，讲究细嚼慢咽、探幽触微，发掘其微言大义"。①

3. 批评方法改变

长期以来，文学批评都被视作一种能够超脱于文学理论压制的审美体验，并且能够给予一个时代文学方向上的指引。同时，文学批评并不局限于某一个学科门类中，它能够在诸多学科理论中融会贯通，面对多种发展态势百花齐放的当代文学和不断推陈出新的新媒体网络语境，它理应被激发出新的活力。

正如欧阳友权所说，"网络文学批评本身存在一定的矛盾和悖论，其表现之一便是网络批评具有平民化的开放平台，却又存在评价标准的失衡失依"②。在这个转型升级的关键时期，网络批评观念应该构建新范式，而批评新方法正是其中不可忽视的环节。建构网络文学批评势在必行，但是就目前学术界来说，大多数关于网络文学的批评停留于"在线式"批评与"非在线式"批评。这两种批评方式各有其优势，在线式批评方式具有较强的时效性和互动性优势，可以有效提升网络文学的开放程度，拓展批评主体，真实有效地反映主体的观点，但也由于其过于自由开放的特性，增加了其道德导向的把控难度，容易出现价值失衡、道德失范等问题。这种在线式批评应该单独地作为感悟式点评，而不能够成为比较权威、学术界比较认可的网络文学批评模式。欧阳友权在《网络文学概论》中也提出了这个批评的悖论，但是没有给出合适的批评模式与标准。

---

① 欧阳友权：《网络文学批评对文论逻辑原点的调适》，《广西师范学院学报》（哲学社会科学版）2018 年第 4 期。

② 欧阳友权：《网络文化概论》，北京大学出版社 2008 年版，第 192 页。

苏翔在自己的论文中提出一种全新的网络文学批评模式，将其命名为"距离批评模式"，即零距离批评、近距离批评和远距离批评。① 零距离批评是一种纯客观的批评模式，它的要素是纯理论化的，重点分析网络文学作品的结构方式和语言特点。将批评主体置身于文本之外，达到主体性消失或是暂且退场的效果。而将文本解构为纯粹的语言符号，促使批评主体摆脱文本的束缚，突出文本的纯粹性。近距离批评与零距离批评不同，则是指批评主体有意识地感性参与批评过程中的批评模式。近距离批评介入关于作品的感情色彩，并且摆脱传统的批评必须服从理论需要的准则。近距离批评模式可以是感悟式批评，也可以是印象式批评，受批评者影响较大。优点在于能够及时让作者感受到读者们的情感反馈，并且使这种互动性交流不至于太过呆板，批评形式比较活泼。远距离批评主要是指通过推荐的方式来进行批评的模式。针对目前网络文学推荐批评的缺失状态，远距离批评是针对前两种批评方法所提出的一种外力驱使的强有效补救方法。

众所周知，文学批评范式经历了五次重要"转向"——希腊时代的人类学转向、中世纪的神学转向、17世纪以笛卡尔为代表的"认识论转向"、19世纪末20世纪初的"语言论转向"以及20世纪后期的"文化论转向"。禹建湘则在这五种转向之后，针对网络文学蓬勃发展的现象，提出文学批评范式将面临第六次重要"转向"，这就是"空间转向"的新范式——其中批评的方法是"跨语境的文化批评"。这种批评范式是根据网络文学的公共性、虚拟性，以网络文学的快捷、方便、自由等特点建立起来的。② 在流行文化、大众文化、商业文化、消费主义等不同文化语境的夹击之下，网络文学批评方法不能再局限于某个领域，而是要关注多领域的表达，寻求更大尺度的跨文化语境系统和阐释空间。新的网络批评方式绝不仅仅是简单跨越了品格不同、

---

① 苏翔：《网络文学的批评模式建构与转型发展》，《岱宗学刊》2010年第4期。
② 禹建湘：《空间转向：建构网络文学批评新范式》，《探索与争鸣》2010年第11期。

话语系统有差异的种种语境，而是在跨越的过程当中，不断寻找网络文学和新时代精神相契合的点，在社会生活和文化这个更加宏观的背景下去思考和挖掘网络文学的价值所在，观察网络文学在各种文化语境和场景语境中的生存情况。麦克卢汉则更富有想象力地提出要将感官和文字结合起来，借助人们所具有的多种感觉丰富的网络文学批评形式，以感官影响大众的思维方式和表达方式，从而寻找批评渠道和批评手段的新可能。

第三节　网络文学批评观念的转型与传承

网络文学几年时间，从星星之火发展为燎原之势，迅速挤占了一大块文学地盘，改变了文学发展的总体格局，这促使研究者"需要从科技时代的生存基础和生存现状来认识、适应、参与网络文学，文学批评者尤需具备鲜明的历史发展意识，形成与时俱进的文学批评观念"①。然而任何观念的形成都有其自身的发展与演进脉络，并非空穴来风、一蹴而就，尽管 1991 年 4 月，中国留美作家少君就已经在网上发表了第一篇网络文学作品《奋斗与平等》，但直到 1998 年痞子蔡《第一次的亲密接触》的发表，才标志着真正意义上网络文学的成熟。如果把 1998 年看作我国网络文学的元年，迄今也只有 20 年，网络创作尚且如此，网络批评以及由此而延伸出的批评观念、批评标准、批评体系等更应在创作之后，批评观念本身缺乏厚重的历史积淀，形成量积累未必达到质飞跃的局面，再加之身处其中形成的"身在此山中，云深不知处"的惶恐，笔者只能参阅近 20 年的期刊文章、硕博论文及影响较大的名家专著，尽力勾勒网络文学批评观念的转承和发展轮廓。

在具体问题展开之前，"网络批评观念"有两个子内涵需要明确，

---

① 禹建湘：《空间转向：建构网络文学批评新范式》，《探索与争鸣》2010 年第 11 期。

即"何为网络批评"以及"网络文学批评观身处的文学批评观念背景"。在网络文学的范畴谈论"网络批评",指批评对象的变更而非批评平台的限制,即批评对象是与传统意义文学相区别的网络文学,批评言论的来源是广泛的而非单纯网络平台的论说,换言之,只要批评对象符合要求,无论是"助推网络文学精品化与主流化的发文章、写专著式学院派批评、凸显特点话题,引导舆论走向的媒体报道、新闻式批评抑或即时发生、堪称批评主力军的网民在线批评"① 都值得关注。但本文的论说只涉及其中成体系的文章批评,零散的个体主观言论评说不在涉及范围内。

改革开放后,文学界批评观念不同年代呈现出不同的局面。"80年代中期,中国文学批评界出现了'批评年'、'方法年',尽管可用的方法原则沿袭较少,但批评的'审美论'形成一种主流的文学批评倾向,并在具体的批评实践中逐渐形成了自身独特的核心旨趣。"②"中国90年代文学批评在思维观和价值观上受西方后现代主义文化思潮影响,无论批评观念,还是思维向度、批评方法,都表现了对后现代主义文化话语的极度张扬,从而展现了不同于80年代文学批评的文艺景观。"③"进入新世纪后,中国文学批评发生重要变化,学者们多持建设性态度,经历80年代的引进和90年代的吸收,21世纪则侧重于构建本土意识,研究中国问题和文学事实,构建与之相符的文学理论批评方法和话语。"④ 网络文学批评正是在新世纪整体文学批评发生新变的基础上展开的,在借鉴西方已有成熟体系的基础上,生成本土语言和问题,因此,研究网络文学批评和批评观念,不能固守于传统或西方理论,即批评观念的述史不能简单以西方批评观念概括之,而应将中西古今相结合,描绘其20年在网络文学天地的转承面貌,包

---

① 欧阳友权、张伟颀:《中国网络文学批评20年》,《中国文学批评》2019年第1期。
② 欧阳友权、张伟颀:《中国网络文学批评20年》,《中国文学批评》2019年第1期。
③ 詹艾斌:《文学审美论的确立与新时代审美批评的重建》,《求索》2019年第3期。
④ 段吉方:《"中国经验"与当代中国文论话语体系构建》,《探索与争鸣》2016年第12期。

括：网络文学批评转承与发展的原始动力，批评观念变化的语境和范畴，网络文学批评观转型与继承及其现状与期盼。

一　网络批评观念转型传承的原始动力：网络文学的变化

网络批评观念的转承符合历史上文学批评观的通变观，是刘勰"文律运周，日新其业；变则可久，通则不乏"① 理论在新时代文学中的印证。文学批评观念必须适应文学的发展，网络文学批评观转变的根本动力是由于网络文学发生的变化。欧阳友权认为，"网络文学最主要的变化是以其创作的自由性、参与的广泛性、阅读的碎片性与沉浸感、规则的不确定性、作品的商品性等特征，回避了传统文学对'宏大叙事''真理''本质'的价值诉求，……使得文学与非文学的界限开始变得模糊"②。

创作中出现的超长篇小说、类型小说、"太监文学"与"小白文"，是显性的、看得见的变化，在文学灵魂深处，网络文学创作同样发生了巨变，把网络文学引向新的审美视域。首先，扁平人物取代圆形人物。网络文学还原了中国古典小说的叙事模式，其"打怪升级"的情节构造，是对中国古典扁平文学的延伸、翻写、借境、重塑、重构、新造。扁平人物个性鲜明，在网络小说超长篇的架构中，不必考虑人物的性格变化，也不必考虑人物性格和情节的关系，只需按照定式推动情节发展即可。直线叙事取代复调叙事。复调叙事是对叙述角色、叙述态度、叙述角度、情节时序、情节密度、场景描写、人物关系等进行精巧安排，采取多线索叙事方式，多线索对位多故事。此外，在"读图时代"，大众的期待视野是阅读具有画面感的文学作品，网络文学的图像化语言正是对这种期待视野的迎合。作者用图像

---

① 刘勰：《文心雕龙·通变》，郭绍虞《中国历代文论选》（第一册），上海古籍出版社1979年版。

② 欧阳友权、喻蕾：《网络文学批评史的问题论域》，《中南大学学报》（社会科学版）2017年第3期。

化语言取代诗意表达，构建一种极度视觉化的图像世界，以期获得影视、游戏改编的机会。传统文学的语言是一种诗性语言，通过对日常语言的"陌生化"营造诗意语境。传统作家青睐于语言的复义、张力、悖论、反讽、隐喻，娴熟地掌握语言的能指、所指，在一个完整自洽的语言系统中抒发情感或表达思想。而网络文学的图像化语言收编了文本语言，实现了图像与语言的共存与交互。网络文学按照"机械复制"的原则制造出具有视觉冲击力的图像世界，完成了米歇尔所提出的"图像转向"①。网络文学体现了"视觉形象的复杂性、多样性和效果的急速倍增；同时又展现为这些形象的同质性、类型化和仿像化倾向的增长"②。

与此同时，新兴媒介的发展将人们带入了一个全新的"读图"时代，或者"读屏"时代。电脑、手机、移动电子设备闪烁的荧屏给予人们更加方便快捷的阅读方式，将更多人的注意力聚焦在电子书、小说、博客文章中。这些有着不同年龄、不同职业、不同身份背景的人，可以在网络平台之上及时、平等地阅读网络文学作品，并以不同的方式传达出各具特色的文学批评声音，及时抒发自己的意见建议。阅读主体的差异必然造成了批评主体的多样化和复杂化，直到 20 世纪末，中国网络文学批评界已经基本形成了以学院派批评、媒体批评、作家批评为主体的批评队伍，由于职业身份背景差异导致的批评操作方式、批评理论素养以及审美感知能力等方面存在差异，使这三大群体的主要批评展现出迥异的特征。

而随着网络和大众文化的蓬勃发展，批评标准逐渐多元化，使得"三足鼎立"的批评格局被打破。批评不再是受到专业文学训练的相关从业人员的专利，普通读者也可以直接参与到网络文学的批评中来，网络文学批评进入一个多元批评时代。尽管这些文学批评带有一些非

---

① 禹建湘：《产业化背景下网络文学 20 年的写作生态嬗变》，《中州学刊》2018 年第 7 期。

② 周宪：《反抗人为的视觉暴力》，金元浦主编：《文化研究：理论与实践》，河南大学出版社 2003 年版，第 252 页。

理性的色彩，但有效延展了文学批评空间，丰富了批评主体身份。尤其是在超长篇的玄幻、穿越连载出现以后，文学创作与文学批评的关系变得更为紧密，网络文学为了满足不同层次、不同年龄、不同审美趣味的阅读者，也在一定程度上发生了多元写作的转变。一方面作家在创作连载的过程之中，可以及时与读者进行互动，批评者的意见不但可以影响创作，甚至可以直接改变文本的结局走向。另一方面，同人文化的兴起，使得网络文学批评者有机会直接对作品进行修改和戏仿。① 文学批评主体类型从单一走向相对多元化，实现了对于传统文学批评格局的挑战和突破。

而也有部分研究者认为，超文本文学的发展，才导致了对于既有文学理论和批评体系的彻底颠覆。首先，超文本文学的非线性结构，超越了个别文本的局限，将众多文本通过关键词的链接互联为一个树状的网络系统。这一树状的网络系统结构松散、语意断裂，不同的叙事路径相互交织、交错相通，打破了情节与结局的严密因果关系，读者可以自由选择进入文本的方式，使得传统文学的静态线性结构被富有弹性的网状非线性结构取代。针对超文本网络文学的特征，文学批评范式也必须由传统的逻辑学范式向现象学范式转变，充分凸显网络文学的多元性、不确定性和未完成性特质。其次，超文本文学强调的是迥异于传统的文本观，即不存在本体意义上的原作，一切文本都以读者的活动而转移，从而消解了文学批评与文学创作之间的界限。批评者可以直接参与文本的创作活动，并可以在有限范围内决定文本的结构和结局的发展方向。因此同一作品在不同读者视野中会呈现出不同的结构和面貌。读者还可以通过增添新文本（包括情节、人物以及自己的感想、对于文本评论、相关的参考资料等）来创造新的路径，使之成为整个文本的一部分，真正实现了文学活动中作者与读者、读者与读者之间的多样共时交流。超文本文学的这一特质也使得传统文

---

① 杨逾涵：《新时期文学批评现象回顾与理论反思》，博士学位论文，辽宁大学，2013 年。

学中的作者和读者（包括批评者）角色受到了挑战。再次，超文本网络文学的超媒体特性实现了不同艺术门类、传播媒体之间的跨媒体互文性，打破了传统文学的体裁分类及文学与非文学（图像、音乐、动画等）的界限，各种媒体的交叉互文营造出一个由三维图像构成的、具有高度沉浸感的虚拟现实。正是由于超文本网络文学的超媒体特性，要求文学批评必须打通不同艺术门类间的壁垒，将文学批评与绘画、音乐、广播、影视、动画等艺术批评和大众文化研究有机地联系起来。此外，超文本网络文学对一些既定文学理论和文学批评的重要命题和概念造成了巨大的冲击，传统文学理论和批评中的表现、再现、艺术真实、生活真实、文类、主题等概念在超文本网络文学批评中已发生变异甚至完全失去效力。网络文学批评给传统文学批评带来了一场深刻的变革[1]，同时也为网络批评理论的转型传承提供了原动力。

二 网络文学批评观转型传承的语境与范畴

网络文学变化是观念转承的原始动力，网络批评观转承发展的语境与范畴成为另一个重要且迫切需要明晰的问题。"文学批评观念的形成与其所处的社会的、文化的、文学的语境有着一种密不可分的关系，批评理论的建构与其生成的语境之间具有一种广泛的互动性关系，在某种程度上说，如果脱离特殊语境其意义往往就会趋于消失或者变得不可得，任何一种文论批评观念都是对特定历史、特定语境、特定对象的一种回答、解析和判断。"[2] 语境描摹是对"什么背景"问题的回答，范畴廓清则是对于内容类问题的分析，涉及批评的着眼点以及创新性，是对"有什么"问题的陈述。探究网络文学观念的起承转合，描摹清晰其变更的语境、范畴具有重要意义。

---

① 刘俐俐、李玉平：《网络文学对文学批评理论的挑战》，《兰州大学学报》（社会科学版）2004 年第 5 期。

② 杜吉刚：《文学批评史研究中的"历史化"问题》，《中国中外文艺理论学会年刊》2009 年第 1 期。

1. 网络文学批评的文化语境

"20 世纪 20 年代波兰人类学家 B. Malinowski 在其著作《原始语言中的意义》中首次提出'情景语境'和'文化语境'两个概念,并被广泛运用于各种场合。"① "情景语境"指言语行为发生时的具体情景;"文化语境"指个体生活于其中的社会文化背景,本文采取该种观念进行资料整合索引。情景语境不需要额外多言,毕竟创作者是活力而灵动的个体,从宏观层面没有对创作者从事具体创作活动进行具体而微的言行举止分析的必要性,而且这也是不符合文学分析的现实的。文化语境则需要着重笔墨探讨,它指向从宏观层面描摹网络批评观念建构的作用因素。

对于网络文学批评转型的文化语境,欧阳友权在《当代中国网络文学批评史》② 一书中进行了四个维度的阐释:美学转向以及网络技术的推波助澜,为网络时代的文学批评带来新语境和新问题,由此需要构建网络传媒时代的文学批评观;后现代与网络文学存在内在共同性或一致性,使网络批评实践活动成为一种有价值的文化表达、有认知的人文批判和有意义的建构观念;媒介语境直接关联网络文学批评观念的颠覆与解构;超文本创作影响评价模式,继而影响批评观念的建构。该书高屋建瓴对文化语境的分析论证,不仅论证过程符合文学现实的发展规律,而且论证术语、角度、蕴含的理念深度具有广泛而深远的影响。除了书籍的论述,欧阳友权在文章《网络文学批评史的问题论域》③ 中也从这几个方面进行论述,他指出:网络文学批评的观念建构需要关注传播媒介变化对文学批评的影响、网络文化语境中后现代文化对文学批评的掣肘、审美的生活化与日常生活审美化对文学批评

① 周文伟:《论认知语境在话语交际中的制约与消除》,《西安外国语大学学报》2013 年第 4 期。
② 欧阳友权:《当代中国网络文学批评史》,中国社会科学出版社 2019 年版。
③ 欧阳友权、喻蕾:《网络文学批评史的问题论域》,《中南大学学报》(社会科学版) 2017 年第 3 期。

观念的渗透，以及多媒体与超文本创作所引发的文学批评新模式等。书籍和文章具有角度观念的相似性，但在论证的深度和细度方面又有微小差异。总体而言，文化语境的四维度，无疑具有正确性和科学性，观念内容展开合理，宏观微观相结合，令读者深刻领悟作者传达的主旨和意义指向。

另外，笔者以欧阳友权提供的研究视角，对其文化语境涉及视角观照下的典型文献进行梳理，例如：潘桂林认为，传播媒介变化为网络文学争得合法化地位①；禹建湘认为，网络文学带有明显的后现代"秀场狂欢"特征，除了对文字的感知之外，大众对于文学作品的感知时常掺杂某些变幻的影像。网络批评常用到的"互文性"这一特质，本身就是归属于后现代、后结构批评的理论术语，虽然它为网络文学提供了切合其实际的理论视域和阐释方法，但同时也从侧面反映了网络文学的文本生成方式原创性不够，恶搞性创作得到最大程度实践。

2. 网络文学批评新范畴构建

"范畴是区分过程中的梯级，即认识世界过程中的梯级，是帮助我们认识和掌握自然现象之网的网上纽结。"② 中国文学批评史学科体系的建构过程，也就是其学科范畴和关键词体系的建立、完善和发展过程。网络文学具有同样的文学属性，其近 20 年的种种新变，不仅迅速打破了历史观和实践性对文学批评范式的垄断和束缚，从而对文学批评理论提供了更加开放的发展方向和研究路径，而且更广泛的研究切点多方面还原网络文学发展的真实面貌，展示其与传统文学相比的特殊性，而新范畴的构建也是网络文学批评观念转型的重要特征。

欧阳友权提纲挈领地对网络文学批评新范畴进行了总结，他认为，"主体间性、平庸崇拜、渎圣思维、感觉撒播、'粗口秀'叙事、戏仿

① 潘桂林：《学院派新媒介文学批评的现实困境及其破解》，《中州学刊》2017 年第 3 期。
② 《列宁全集》(第 55 卷)，人民出版社 1990 年版，第 78 页。

经典、网络恶搞、文学祛魅、点击率崇拜、虚拟人格等"既是建立新的文学批评观的"砖石",也是解读网络文学现象的观念节点①。并在《网络文学的主体间性》②《论网络文学的平民化叙事》③《网络文学批评的价值和局限》④ 等文章中对其中某一因素或某几个因素详细分析;除此,在欧阳友权倡导下,中南大学研究团队形成的系列成果《网络文学词典》⑤《网络文学关键词100》⑥《当代中国网络文学批评史》⑦也涉及网络批评涉及的新范畴。除了以欧阳老师为代表的中南大学研究团队,国内其他学者也从"范畴新变"的角度对网络文学观念更新给予探讨。黄鸣奋认为:位置可以成为文学批评的基本范畴,对于网络文学批评来说尤其如此,并从社会、产品、运营三个视角对应不同位置展开论说⑧;陈定家《"超文本"兴起与网络时代的文学》从剖析批评主体的精神向度开始,提出超文本正在悄然改写我们关于文学与审美的思维方式和价值标准⑨。

网络文学批评范畴是网络批评观念诞生的具体土壤,也是其转承和发展的重要支撑,厘清短短20年网络文学批评观念的转承和发展,探究其与传统文学批评的共同性和不同之处,从网络批评范畴切入有正确性和科学性,尤其要注重网络文学批评的独特性。

第一,注重网络文学的"网络性"。

小说在网络文学领域占有绝对重要的地位,其批评观念的转型传承规律对网络文学整体批评面貌而言具有典型性和代表性。"传统小

---

① 欧阳友权、喻蕾:《网络文学批评史的问题论域》,《中南大学学报》(社会科学版)2017年第3期。

② 欧阳友权:《网络写作的主体间性》,《文艺理论研究》2006年第4期。

③ 欧阳友权:《论网络文学的平民化叙事》,《中南大学学报》(社会科学版)2004年第2期。

④ 欧阳友权、吴英文:《网络文学批评的价值和局限》,《探索与争鸣》2010年第11期。

⑤ 欧阳友权:《网络文学词典//第二部分"网络文学概念"》,中国出版集团、世界图书出版公司2012年版。

⑥ 禹建湘:《网络文学关键词100》,中央编译出版社2014年版。

⑦ 欧阳友权:《当代中国网络文学批评史》,中国社会科学出版社2019年版。

⑧ 黄鸣奋:《位置叙事学:移动互联时代的艺术创意》,中国文联出版社2017年版。

⑨ 陈定家:《"超文本"兴起与网络时代的文学》,《中国社会科学》2007年第5期。

说观念及文学批评观念通变的基本坐标，无论是纵向的'写实'与'虚构'论证"①，"还是横向的小说都是以'史实'为参考系，从'史实'滑向'虚构'"②，无论社会发展怎样动荡变化、政权更迭，但始终都是纸质文学世界的变化。

而现在以计算机技术为核心的信息社会，网络文学的网络性成为不可忽视的一点。邵燕君认为，要理解网络文学的"网络性"，我们必须跳出哺育我们长大的印刷文明的局限，这就意味着很多"天经地义"的文学"原理"要被改写，包括文学的"位置"和"功能"③。该观念指出理解网络文学的方法途径，后来她在文章《网络文学的"网络性"与"经典性"》中对网络性进行了具体阐释，她指出：网络不只是一个发表平台，而同时是一个生产空间，网络文学的核心特征就是其"网络性"，"网络性"指现实网络文学是一种"超文本"（HYPERTEXT）；根植于消费社会"粉丝经济"，并且正在使人类重新"部落化"；指向与 ACG（Animation 动画、Comic 漫画、Game 游戏）文化的连通性④。

网络性是网络文学重要特性之一，由此也推动网络批评观念的转型。"传统社会涵养出来的文学及其文学性已经不能满足信息时代人们对文学阅读的需求，传统文学的核心观念已彻底被颠覆，文学的文学性已经被网络性驱逐，信息时代的文学批评观念，必将以转型为主，传承为辅。"⑤ 社会在前进，文明在改变，文学批评理论必须与时俱进。数字化新媒介出现后，传统文学批评观念更需要适时更新，网络文学呼唤新观念的出现。

---

① 刘湘兰：《从古代目录学看中国文言小说观念的演变》，《江淮论坛》2006 年第 1 期。

② 曾良：《〈东周列国志〉的史实与虚构》，《明清小说研究》1998 年第 1 期。

③ 邵燕君：《"媒介融合"时代的"孵化器"——多重博弈下中国网络文学的新位置和新使命》，《当代作家评论》2015 年第 6 期。

④ 邵燕君：《网络文学的"网络性"与"经典性"》，《北京大学学报》（哲学社会科学版）2015 年第 1 期。

⑤ 欧阳友权：《当代中国网络文学批评史》，中国社会科学出版社 2019 年版。

第二，强调技术、媒介是文学批评转型传承的立足点。

"网络文学是突破传统、以技术、媒介为支撑的新文学形态，网络性是其重要特征，然而网络文学批评不能抛弃其作为'文学'的本性。"① 找准在新技术传媒条件下网络文学批评转型与传承的立足点具有重要意义。欧阳友权认为：找准立足点，需找到网络文学批评作为"文学"批评的逻辑原点，在批评观念转型中继承优秀的批评传统和文论资源；需根植于网络传媒的技术语境；需要建立在网络文学审美特征的基础之上；其核心在于重塑文学的价值基点②。李敬泽《网络文学：文学自觉与文化自觉（网络文学再认识）》③、陈崎嵘《逐步建立中国特色的网络文学理论体系、评价体系和话语体系》④、刘琼《网络对"文学"的改变》⑤、马季《网络文学审美特征考察》⑥、康桥《网络文学的基本原理》⑦ 等文章对欧阳友权观点做了更具体细微的论说。具体关于价值观的论述可详见中国作家协会创作研究部编选的《网络文学评价体系虚实谈——全国网络文学理论研讨会论文集》。

研究网络文学批评观念的转承与发展，除了厘清其通变性原始动力、语境范畴，还需关注网络文学批评标准的创生、批评功能的变迁、批评主体的演变以及批评影响力等，另外还要尽可能囊括批评立场、批评价值、批评文本等方面的种种变化。只是这方面的叙写没有紧扣文本，故不在此方面进行文献梳理整合。

---

① 欧阳友权：《网络文学批评对文论逻辑原点的调适》，《广西师范学院学报》（哲学社会科学版）2018 年第 4 期。

② 欧阳友权：《当代中国网络文学批评史》，中国社会科学出版社 2019 年版。

③ 李敬泽：《网络文学：文学自觉与文化自觉（网络文学再认识）》，《人民日报》2014 年 7 月 25 日。

④ 中国作家协会研究部：《网络文学评价体系虚实谈——全国网络文学理论研讨会论文集》，作家出版社 2014 年版，第 9 页。

⑤ 刘琼：《网络对"文学"的改变》，《文学报》2014 年 8 月 14 日。

⑥ 马季：《网络文学审美特征考察》，《光明日报》2013 年 10 月 29 日。

⑦ 中国作家协会研究部：《网络文学评价体系虚实谈——全国网络文学理论研讨会论文集》，作家出版社 2014 年版，第 55—57 页。

三　网络批评观念转型传承的现状与寄予

1. 现状：批评观在西方话语和传统文论夹缝中"脱节"

针对网络文学批评观念转承发展的现状，众多学者对其给予不同层面的讨论。但学者们就网络批评观念与网络文学真实生态的脱节基本达成共识。党圣元认为，网络文学研究的瓶颈和困境有两大表现，其一，研究者受传统观念与西方话语裹挟，习惯性地套用传统文学或直接照搬产生自西方的分析模式、评价标准、话语惯例来看待今日中国的网络文学；其二，习惯性地套用传统文学研究固有的观念、理论模式和批评话语，用"老花镜"去看待网络文学这一新的文艺业态、文学式样。并提出网络文学批评观念转型的路径：思想观念方面，要厘清网络文学与传统文学之间的关系；在研究重心上，要实现从个别热点作家作品向整个网络文学现实的转移；在理论资源上，要减少对法兰克福学派批判理论的过度依赖，积极借鉴"文化研究"和"传播政治经济学"等理论资源，通过二者的"结合"，实现网络文学研究的理论与批评创新①。该观点具有合理性，一针见血地戳穿了网络批评观念在传统文论和西方话语环境浸润下呈现的局面，但是观点也过于犀利，一叶障目只看缺点而忽略了有利的部分。此外，黎杨全《虚拟体验与文学想象——中国网络文学新论》②、欧阳友权《网络文学研究的几个学术热点》③ 等也有此类问题的探讨，观点往往持类似的批评态度。

欧阳友权则相对持中肯的态度，他以网络文学的批评主体之一学院派为切入点，回应传统文论观念对当今网络批评的优劣。他的文章指出，尽管有的学院派批评存在观念老套、"我注六经"的弊端，但

---

① 党圣元：《网络文学研究的当下困境与理论突围》，《江西社会科学》2017 年第 6 期。

② 黎杨全：《虚拟体验与文学想象——中国网络文学新论》，《中国社会科学》2018 年第 1 期。

③ 欧阳友权、贺予飞：《网络文学研究的几个学术热点》，《文艺理论研究》2019 年第 3 期。

他们中的许多人面对网络时代文学新变的敏感与担当，对起步期网络文学的解读与引导，面对元典传承与观念新变形成的批评语境的理性选择与执着探索，依然成为网络文学批评的中坚力量①。也有学者在文学批评观念上做了富有新意和深度的探讨，如邵燕君用"亲我主义"概念来指代和概括"草根伦理""民间伦理"②；蔚蓝认为，批评观念和批评手段未能与时俱进，传统文学批评在认知观念上并不完全认可和接受文学格局所发生的这些新的变化，不顾及网络文学与传统文学在观念及写作和传播载体上的差异性③；禹建湘则称：网络文学批评可以突破传统的批评理论和批评观念，朝着更加个性化的方向发展④。

除了整体批评观念在中国传统文论和西方话语中的继承使用状态，也有学者对具体文学观念的洞察切入点提出看法。欧阳友权认为，书写网络文学批评史可采用"选点"与"定格"的技术策略，两种策略相结合督促述史者走进网络文学批评现场，观察一个个批评行为、批评事件的横断面的同时，从已有的理论批评成果中探寻批评观念传承与演进的路径⑤。

2. 寄予：根植网络文学本土，观念创新

综合而言，网络文学批评观念的继承既需要根植于中华民族本身的文论厚土，也要积极吸收从西方引进来的各种理论、观念、价值体系，发挥网络文学的包容性和广博性特征，脱离累积至今的理论谈网络、谈文学。就文学史本身的发展历程而言，继承是相对容易的，有些顽固且守旧的学者甚至打着继承传统、捍卫学术的幌子阻碍新文学的发展，因此，与继承相比，发展创新更为紧急迫切。建立在数字技术和网络媒体基础上的文学样式，批评观念的更新称得上一场"观念

---

① 欧阳友权：《网络文学批评的述史之辨》，《文学评论》2018 年第 3 期。
② 邵燕君：《"正能量"是网络文学的"正常态"》，《文艺报》2014 年 12 月 29 日。
③ 蔚蓝：《文学批评的功能与批评空间的重构》，《南京社会科学》2015 年第 12 期。
④ 禹建湘：《网络文学批评标准的多维性》，《求是学刊》2016 年第 3 期。
⑤ 欧阳友权：《网络文学批评的述史之辨》，《文学评论》2018 年第 3 期。

革命"，拒绝网络性的文学观念，必将被以互联网为特征的信息时代淘汰。

欧阳友权指出了网络文学批评观念发展创新根植于网络性的重要性，他认为：网络时代的文学批评，离开了网络性的文学批评观念，无异于"东向而望，不见西墙"，甚或隔靴搔痒、南辕北辙。在信息技术高度发达的今天，如果文学批评家看不见、看不起、看不懂网络文学，抑或不屑于对网络文学进行学理反思，进行文学批评观念的革新，必将会被文学批评所抛弃①。中国网络文学批评观念的转型发展，形成深度切合网络文学生态本身的观念体系，具有迫切重要性和积极深远的意义。

---

① 欧阳友权、喻蕾：《网络文学批评史的问题论域》，《中南大学学报》（社会科学版）2017年第 3 期。

第六章　网络文学批评标准的创生

面对我国网络文学生产的独特现实，无论是固守传统的文学评价标准，还是照搬西方文艺理论的致思维度，抑或仅从传媒技术的角度用工具理性规划批评范式，皆无法适用于当下产业化、在地化、去中心化的网络文学批评实践，有鉴于此，亟须建立一套综合、全面、多维的网络文学批评尺度已逐渐成为理论批评家们的共识。然而，网络文学究竟需要哪些维度的批评尺度，如何在批评尺度的多维要素间建立联系、厘定权重，如何将批评理论的抽象量尺化作指导实践的切实准绳，仍是目前学界未有定论的争议焦点。

第一节　网络文学批评尺度的多维性

数字化媒介的出现与发展为世纪之交的文学生态带来剧变，使文学的文本形态、审美方式、创作机制和传播方式产生了重大转变，同时也深刻地影响和改变着文学的批评场域和批评话语。一方面，读者、网编、写手、自媒体等网民主体草根话语的"在场式"批评逐渐自成体系，月票、打榜、推荐、章评、弹幕等实时互动评价对优秀网文作品的产生、爆火、"出圈"立下了汗马功劳，尽管它们声势浩大，但其情绪化、标签化、是非对立式的批评模式也从一定程度上消解了文学批评的学理性与深邃性，甚至会引发批评的舆论暴力、价值偏误等问题的产生①，不足以单独撑起中国网络文学批评的天空；另一方面，与网民批评的火热景象相比，精英学者的学院派批评话语则显出滞后、脱节与失语，陷入尴尬境地。"独孤一代"网络原住民的横空出世，流行文艺机制的欠发达，启蒙价值的解体，为五四以来以新文学传统的赓续带来了挑战②。面对新兴文学形态带来的巨大冲击力，一部分批评学者仍以"普遍文学标准说"负隅顽抗，认为网络写手的自我宣泄式文字在本质上是与作为审美意识形态的文学是背道而驰的，痛斥这些作品是"文化垃圾"。而随着新世纪网络文学凭借其独特的"网络性"不断发展壮大，由小众走向大众，由"涓流"汇成"主流"，社会影响力日增，更多的学者逐渐开始意识到现成的传统文学评价尺度对于当下中国网络文学的批评实践来说，已如"前朝古剑"，"作为礼器固然不失威严，作为兵器则不堪一击"③，无论是沿用通俗文学的旧标准，还是套用审美现代性、消费文化、狂欢化理论的舶来标准，都如同"隔靴搔痒"，不得要领。基于对网络文学批评标准建构现存问题的自觉反思和复杂考量，有学者总结并提出了网络文学批评的多维尺度与综合标准，这类观点作为一种辩证思路的探索性价值得到了学界的普遍认同，然而在当下网络文学的批评实践中，究竟应该秉持哪几种维度，如何在批评尺度的多维要素间权衡比重、联动定位，将抽象笼统的维度化为切实可行的标准，如何在复合立体的系统层面对具体网文作品和现象进行综合评价，仍是摆在学界面前尚无定论的难题。众多学者围绕网络文学批评尺度多维性的探讨与争鸣，对于研究构建网络文学评价体系，形成完善网络文学批评标准，具有重要的启示性意义。

---

① 欧阳友权、吴英文：《网络文学批评的价值和局限》，《探索与争鸣》2010 年第 11 期。

② 邵燕君：《网络时代：新文学传统的断裂与"主流文学"的重建》，《南方文坛》2012 年第 6 期。

③ 陈定家：《网络文学理论与批评现存问题及其应对策略》，《阅江学刊》2016 年第 6 期。

一 网络文学批评尺度多维性的要素

1. 批评主体的不同阵营秉持多元价值标准

　　与互联网新兴媒介的结合让古已有之的文学批评呈现出新的气象，不仅改变了批评形式，分化了批评主体，也深入影响着批评的审美特性和价值标准。21 世纪伊始，已有学者开始注意到"在线式"的网民批评与传统的文学批评相比，呈现出不同以往的审美取向和评判标准。谭德晶从狂欢化的角度切入，认为网络批评所在的"超级广场"与巴赫金所言的"狂欢广场"异质同构，指出了广场的边缘性、隐身特性和时空自由度使批评主体的批评活动呈现出"笑谑"、语言"下身化"等狂欢形式，为文学批评"发现了一片野性的亚马逊热带雨林"。[①] 并由此在预设理论之外进一步阐释了网民批评主体在精神向度上表现为反叛权威的"冒犯"和逃离中心话语的"躲避"，"它们大都根据自己的切身体验和生活经验乃至自己当下的感受和情绪而进行解读，而不理会各种思想的、政治的、历史的、逻辑的、美学的乃至真实的传统准则"。[②] 赵慧平的《网络时代的文学批评问题》也指出，批评主体的"无名"让网络大众批评者全无身份焦虑的负担，形成了一个多种批评标准并存的共在环境。而正是"由于不同批评标准的共在造成的自说自话、众声喧哗，由于直感式批评的粗陋性"，[③] 使得那些传统的、合乎理想的文学批评标准逐渐式微，淹没在批评的狂欢之中。

　　随着网络文学日渐步入以类型文为主流的市场化繁荣阶段，网民大众与精英学者在文学批评标准上的具体区隔特征得到了更多学者的关注，吴长青提出，网络评价标准与传统评价标准的主要分野即表现在前者是将网络传播技术与文本结合形态和受众阅读量作为圭臬，而

[①] 谭德晶：《批评的狂欢——网络批评"广场"辩析》，《文艺理论与批评》2003 年第 3 期。

[②] 谭德晶：《"冒犯"与"躲避"——网络文学批评主体的精神向度分析》，《文艺争鸣》2005 年第 4 期。

[③] 赵慧平：《网络时代的文学批评问题》，《人文杂志》2005 年第 2 期。

后者则是以思想意蕴和创作技法作为价值坐标体系的①。跟帖、推荐、写博客、评选榜单等多样态批评形式的出现，使网络文学批评主体逐渐泛化，批评话语呈现出通俗化的特征。对点击量、收藏量、持续热度等业界心照不宣的硬性指标的质疑与认可也表现出了精英批评阵营与大众批评阵营在对待网络小说文学性与传播度上的不同考量。在从顶层设计到基层创新的思路引领下，各地纷纷建立网络作家协会，以排行榜和推介活动等形式自觉构建一种文学标准和市场标准区别于共治的多维评价尺度，力图与市场、资本构成一种有效、必要的张力。夏烈指出，由读者、市场、国家政策、知识精英共同介入的合力矩阵将修复此前力量不均衡造成的裂隙，显示出当下文艺场域的交互性，有助于团结近年来的网络文学研究与评论资源，推动网络文学批评走向综合涵纳质量标准、文学标准、思想意识标准的一条精品化之路。②欧阳友权则将网络文学批评主力划分为三个主要阵营"一是关注网络文学的传统批评家，二是面向市场的媒体批评者，主要由记者、编辑、作家和关注网络媒体的文人构成，还有一类是文学网民的互动批评，即关注并阅读网络作品的网民、粉丝、论坛刷屏者、交互聊友、评论型鉴赏者等等"③，不同主体身份决定了他们所秉持的评价标准和评价

体系的相异与互补。还有一些学者在学院批评和大众批评的两种网络文学批评主要模式之外发现了一道新的门径，即兼有学者和粉丝身份的批评立场，持有这种立场的"学者粉丝"或"粉丝学者"能够以"土著理论"和介入分析的方式，以粉圈化的语言和学院派的功底，成为粉丝中的"意见领袖"④，而这或许能够促进一种融通了内部批评与外部批评的更高综合标准的形成。在《合作式网络文艺批评范式的

---

① 吴长青：《网络文学的批评方法》，《深圳特区报》2014 年 9 月 18 日第 B09 版。
② 夏烈：《网络文学共同体正在形成》，《人民日报》2016 年 11 月 29 日第 15 版。
③ 欧阳友权：《新媒体文艺学的学理结构探析》，《创作与评论》2016 年第 20 期。
④ 吉云飞：《网络文学批评的三种模式——以〈2015—2017 中国年度网络文学〉为中心》，《文艺论坛》2019 年第 2 期。

建构》一文中，单小曦指出，中国批评界按主体阵营划分出了四种不同的文艺批评形态，在网络文艺批评领域杂语纷争，各自发挥优势。他明确提出，建构读者、作者、编者、学者"四方主体合作式批评"是一条值得探索的道路。① 多元批评主体的不同阵营彼此分野，各有短长，在此之上形成网络文学批评尺度的多维性。

2. 批评对象的形态特性要求新的评价方式和衡量指标

网络文学在数量和体量上的巨额实存为网络文学的批评和研究带来了诸多困难，从浩如烟海、类型庞杂、质量不一的网络小说中该如何挑选，挑选什么样的作品来进行分析、研究，对动辄上千章上百万字的大部头作品该如何来进行阅读、评判，皆成为让初涉网络文学批评领域的专家学者们头痛不已的问题。"面对海量的文字，充分阅读或浏览均不可能"②，当小说创作的"推敲"变为"速写"，当新批评倡导的"细读方法"被"扫文大法"所替代，在线批评的网友早已摒弃了传统批评家对微言大义的推敲探索，以鼠标键盘为趁手兵器，用通过浏览、点击、吐槽、献花等行为即时地表明看法，推进了作品的遴选和评判，让传统批评者连同他们的评价方式、批评标准一道，成为被时代抛弃、与时代脱节的历史剪影。鉴于此种现状，不少学者开始重新审视文学批评的传统方法和既有标准，试图探索更适用于具有新媒介特性的网络文学的全新批评视域和评价指标，并将其在文本之内和文本之外的多维层面上共同定位。

吴长青注意到了网络文学在互联网时代语境下以技术传播为价值核心的独特内涵，指出网络文学批评需要立足于对海量文本和即时性文本的阅读，将对读者的阅读流量、作品影响力的考察与作品的文学性一同纳入批评标准。③ 黄鸣奋受到西方学术热点的启发提出

---

① 单小曦：《合作式网络文艺批评范式的建构》，《中州学刊》2017 年第 7 期。

② 邵燕君、陈村等：《网络文学：如何定位与研究》，《人民日报》2012 年 7 月 11 日第 24 版。

③ 吴长青：《网络文学的批评方法》，《深圳特区报》2014 年 9 月 18 日第 B09 版。

了"无网不文"的观念，即没有社会网络就没有网络文艺，认为"信息性、交互性、全球性、虚拟性"等特性清晰地彰显了网络文艺和传统文艺之间的区别，而"新媒介文艺批评不仅承担着对泛艺术化、艺术泛化加以历史描述的任务，而且肩负着激浊扬清的社会使命"①，互联网强大的交互性使文学创作不再是静态、单向度的"作者写"与"读者读"，而表现为读者和作者的共谋，网络文学的超文本形态、"挖坑""追更"机制、读者的实时评论与互动，都使这种共谋的过程和内容超越了传统文学的规范。桫椤将网文文本这种状态和位置的变化称为"文本位移"，它打破了作者、读者、批评者的固有关系，一方面使批评者所面对的文本成为尚在进行的、处在活动期的"半成品"文本，传统批评场中关注的审美要素在动态文本中未能发育完全，即便"完本"的小说也可以被转化为不同的文艺形态来动态性地"转场"再表现；另一方面文本的叙事形式和思想内涵除作者一人之功外，还融合了来自读者反应、大众文学传统、类型化规范和资本力量干预等方面的复杂因素。文本位移和审美转场带来的复杂性需要网络文学批评者用新的视野和交叉学科理论进行分析，从专注文本本身的研究"转向对故事生成、传播过程体现出的文化机理和创作范畴中诸种力量的观照"②，对网络文学进行全面总体评价。

227

　　互联网带来了虚拟现实，网络文学从网络的虚拟性与交互性中获得文学想象，为现代人的生活带来"重置"③的虚拟体验。因此网络文学的批评尺度不能脱离"设定世界"而仅从"现实世界"的衡量指标来厘定。2006年陶东风撰写了《中国文学已经进入装神弄鬼时代？——由"玄幻小说"引发的一点联想》一文，指责"80后"一

---

① 黄鸣奋：《"无网不文"时代的文艺批评》，《中国社会科学报》2017年3月20日第5版。
② 桫椤：《文本位移和审美转场》，《文艺报》2018年8月29日第2版。
③ 黎杨全：《虚拟体验与文学想象——中国网络文学新论》，《中国社会科学》2018年第1期。

代网络作家的玄幻小说胡编乱造，装神弄鬼，价值标准混乱、畸形，引发了众多"80"后网络作家、粉丝读者与批评者的激烈争论。诚然，目前的网络小说良莠不齐、精品尚少，确有一些文化底蕴不足、艺术水平欠缺、思想价值不高等现象存在，但因此而全盘否定一大类别的网络文学，贬低一个代际的网络作家，显然是不可取的，缺乏对网络文学现场的全面考察和深入了解难免会得出偏见。基于网络文学类型题材的丰富性、杂合性和兼类性，是否"装神弄鬼"，是否脱离现实导向，不应简单以类型标签作为尺度来评判，而更应透过"设定世界"的表象检视作品潜藏于内的现实意蕴和人文关怀。网文批评的价值尺度同样如此，不能一看到"弱肉强食""正未胜邪"就痛批作品三观不正，而要深刻理解基于文学想象的"设定"对于网文世界生存逻辑、伦理形态、价值观念的全方位"重置"作用，不能将网络文学中对道德重建之必由路程的探索简单视作价值迷乱。因此，调整传统的文学批评尺度，构建适应网络文学的"网络"形态与"设定"特性的多维性批评标准势在必行。

二　网络文学批评多维尺度的厘定与表现

2014 年末，国家新闻出版广电总局印发了《关于推动网络文学健康发展的指导意见》一文，明确指出要切实改变文学网站单纯追求点击率倾向，坚持面向人民群众的衡量标准，综合作品价值取向、艺术水准、审美情趣、读者口碑，凝聚社会共识，逐步建立科学的网络文学作品评价体系。

构建网络文学综合评价体系的提出得到了不少网络文学批评学者的积极响应。有学者试图通过数理统计、量化分析的方式，依据网络文学的商业特性定立了人气类、道具类、用户评价、销售类、影响力、推荐票、编辑推荐、出版实体书、改编作品、更新频率等多属性的评价指标，并将每一指标再细化为若干不等的二级指标，确立权重，给出公式，计算网络文学作品的综合评价分值①。还有学者提出，要从原创性、文学性、客观性、教化功能性、点击量五个方面综合评判一部作品，建立一套新的网络文学批评标准机制，并根据层次分析法依次赋予分别为35%、20%、20%、15%、10%的各方面量化因素占比权重，构成一个多维的分析结构模型。② 以定量化、精确化方法进行的这类研究为笼统、抽象的传统的文学批评范式研究展开了新思路，但其各项指标名目、数量和权重的方法因是通过主观预设、专家打分等先验方式确立的，缺乏严谨性的学理支撑，且过度重视商业化指标，而对网络文学的审美功能和人文内涵缺乏应有的观照。

基于"文学"与"网络"、"文学"与"市场"间相互依存、相互制约的关系，马季指出了网络文学在受众、审美和表现方式层面的三个变量，提出当下的网络文学已经形成了"文学写作——市场运作——互联网消费"的三元结构，认为网络文学的现实场域中，存在市场价值大于文学价值，传播方式大于文本形态，故事艺术大于语言魅力的价值取向③，而网络文学批评也应从文学、网络、市场的多维层面综合考量。沿着这种三位一体的思路，禹建湘明确地提出了网络文学批评标准的多维性，并分别从审美维度、技术维度和商业维度这三方面具体阐释了网络文学批评应秉持的新维度，主张"要更多地从人与网络虚拟现实关系变迁的维度来考察文学的变革，要更多地关注商业与技术合谋下批评的变异与延伸，要更多地思考网络文学对大众的交往方式、生存方式的影响研究，通过全面、系统的考量建立科学合理的网络文学批评标准"④。这种集百家长、多维考量、整合评判的理性论述为网络文学批评范式的探索提供了有益借鉴。

---

① 高宁：《基于多属性综合评价方法的网络文学评价指标体系研究》，《出版参考》2015年第8期。

② 程梅：《论网络文学批评标准的构建》，《文化创新比较研究》2020年第11期。

③ 马季：《市场机制下的网络文学审美视域——网络文学之于中国当代文学的三个变量》，《创作与评论》2015年第4期。

④ 禹建湘：《网络文学批评标准的多维性》，《求是学刊》2016年第3期。

单小曦也指出，网络文学批评在几个维度的粗放量尺之外，还应有更为深入细分、更具实操性的评价标准："实际上任何事物都有多维性，多维综合是对其进行合理评价的基本要求。"① 所以网络文学的评价活动仅着眼于多维度是不够的，关键是要深入这些维度，科学计算各项权重分数，明确评价根据、统一评价尺度。单小曦还尖锐地指出了多维性标准本身所带有的分离倾向，在评价网络文学作品时，批评者仍然依据传统的批评习惯，将其文学性或审美价值摆在首位，而后关注其网络传播情况、市场份额等数据状况，这就导致所谓的多维综合标准，最终沦为"网络"＋"文学"的杂糅批评标准，而并非是真正"网络文学"意义上的批评标准。他从"媒介存在论"的视域切入，提出网络文学的评价标准应由"网络生成性尺度、技术性—艺术性—商业性融合尺度、跨媒介及跨艺类尺度、'虚拟世界'开拓尺度、主体网络间性与合作生产尺度、'数字此在'对存在意义领悟尺度"等多尺度的系统整体构成，② 且提出了网络文学评价标准需要合理的价值预设原则，"有价值的网络文学评价标准研究恰恰需要以一定的理论视野、理论立场、理论高度为前提，与目前中国网络文学的现实和现状拉开一定的距离"③。理论上，文学批评的确需要与具体作家及其现实生活、创作现场保持一定的距离，但这是基于一种更客观、更理性的学术研究的需要，并非是固守象牙塔里研究理论的纯粹和高度而对主流世界的现实诉求充耳不闻式的"为距离而距离"。何况当前中国网络文学的学院派批评本就失去了网民批评对网络文学实时互动、深度参与的先天优势与影响力，此时纵有再高明的"理论先行"和"价值预设"，不通"网语"，不行"网路"，不近"网情"，也难以渗透到网络文学创作、接受、批评与再生产的各个环节中去，成为脱离实践的"无本之木"，因而，在此对"与网络文学的现实拉开距离"

---

① 单小曦：《网络文学评价标准问题反思及新探》，《文学评论》2017 年第 2 期。
② 单小曦：《网络文学评价标准问题反思及新探》，《文学评论》2017 年第 2 期。
③ 单小曦：《网络文学评价标准问题反思及新探》，《文学评论》2017 年第 2 期。

特作强调，未免有些不合时宜。而其网络生成性尺度、"数字此在"对存在意义领悟尺度的提出即是脱离于网络文学批评实践的一种理论先行，不但悬空于网文受众现阶段的审美诉求之上，且也难于界定和实行，陷入抽象之潭。

其"技术性—艺术性—商业性融合尺度"的提出，则不失为一种创新性评价视角，对"三足鼎立"的评价视角作了很好的补充，但在肯定融合性共生价值的同时，单一维度的价值也是不能否认的，比如在当前三种维度融合尺度最高的电子游戏中，若是脚本很"烂"也会让玩家受众直呼"踩雷"。在融媒体泛娱产业迅速发展的当下，网文作品技术、艺术、商业的三个批评尺度恰如三块木桶之板，短哪一块都会直接折损网文 IP 的价值实现，而三个维度间彼此离断的裂罅更是会直接"废掉"一部作品。跨媒介及跨艺类尺度也是在这种语境下对网络文学作品价值的一种基本度量，但也应注意到，实体书、影视剧、游戏、动漫、同人图、同人音乐、同人周边、有声读物、定位叙事、舞台剧、COS 剧①等各类围绕 IP 的产业链延伸产品，其改编的成功与否会受到多方位及偶然性因素的影响，且各类型各批次的文化产品也可能良莠不齐，评价时难权其重。而太过依赖这种以商业成效反推文学价值的方式，也容易埋没优秀 IP 的开发潜能。"虚拟世界"的开拓尺度也是一个被不少网络文学研究学者所关注的批评维度，北大学者邵燕君指出，关于网络文学价值的讨论，绕不过对其 YY 属性的评价，网络文学所"通向"的新世界未必只能"娱乐至死"，也可能是另一种"异托邦"式的"生"，在此之上诞生的"爽文学观"也在重新定义着"自古以来"的文学观②。不能简单地把虚拟世界所指向的虚拟存在与传统文学强调的历史真实和艺术真实相对立，也不能把从远离

---

① COS 即 COSPLAY 的缩写，COS 剧 COSPLAY 舞台剧。

② 邵燕君：《从乌托邦到异托邦——网络文学"爽文学观"对精英文学观的"他者化"》，《中国现代文学研究丛刊》2016 年第 8 期。YY 即"意淫"的代称，在网络语境中泛指人们超越现实的幻想，即白日梦。

现实阶段的走向增强现实阶段的虚拟世界等同于现实世界的真实性原则，"把预设的'世界观'仅当作一种构思的非现实世界，刻意把技术性质的'假想世界'与人类实存的'本体世界'完全割裂开来，以形而上的、超验的'绝对世界'取代人类的'经验世界'，都是不可取的"①，只有深刻地认识和把握"虚拟世界"这个独特的网络文学批评尺度，才能介入网络文学受众主体的真实情感体验与真切审美诉求，作出既有理论高度，又能引导网民实现价值认同的新时代网络文学批评。

关于网络文学评价的多维尺度及构建路径问题，周志雄提出要想系统地考评网络文学，就应有"相应的价值维度、理论维度、审美维度、文化维度、技术维度、接受维度、市场维度，既要注重评价的有效性和通约性，又要能在更高的层面上促进网络文学的发展"②。同时，研究者在构建网络文学评价体系时应从深入研读网络文学作品出发，系统理解网络文学的创作实践，通过深入地调查、感知与评价，及时总结网络文学创作的中国经验、中国道路，实现网络文学批评的理论创新，从而推进网络文学健康有序发展。这些观点的提出进一步补充并丰富了网络文学批评尺度的多维性理论，但仍未免流于空泛，对多种要素维度之间孰轻孰重，相互关系如何，怎样应用于批评实践，尚未有建设性的诠释。

欧阳友权认为，评价网络文学不能没有"文学"尺度，也不可忽视"网络"本体。其评价标准的要素结构应该是由"思想性、艺术性、可读性、网络性、商业性和影响力诸要素的统一"③。不同层次的作品中各要素所占的权重又有所不同，批评主体的需求、批评活动的目标诉求，对不同要素的取舍和倚重也会有所区别，因而要素与要素之间便组成了"力的多边形"评价模型，需要在博弈与整合中进行使

---

① 吴长青：《重提网络文学批评的有效性》，《河北日报》2015 年 5 月 7 日第 11 版。
② 周志雄：《中国网络文学评价体系的维度及构建路径》，《中国文艺评论》2017 年第 1 期。
③ 欧阳友权：《建立网络文学评价标准的必要与可能》，《学术研究》2019 年第 4 期。

用和把握。他在《网络文学研究的几个学术热点》一文中，对"文学"与"网络"、"文学"与"市场"的关系给出了进一步阐释。指出"文学"永远是网络文学的落点，"网络"和"市场"只能是它的制约因素和充分条件。"一方面要尊重市场选择与自由审美，避免评级体系与批评标准因循守旧或凌空蹈虚；一方面也需围绕网络文学之于文学的独特性与共通性这一核心基准，坚守文学的艺术品质与人文精神"。[①] 他对网络文学仍需坚守人类赋予文学的逻各斯原点的强调，从当下的文学现场看来，是切中肯綮、尤为必要的。近年来，中国的网络文学类型小说无论是在作者、作品数量、题材种类、流量热度，还是 IP 开发、跨艺介改编、粉丝再生产等方面都增速不减，显出一派繁荣景象。但事实上绝大部分作品的质量与几年前相比基本没有什么改善，随便打开一家国内网络文学网站，"小白"式的扁平行文，"灌水"式的拖沓情节，"融梗"式的套路结构，"猎奇"式的低级审美，仍然比目皆是，占据着网站海量作品的主流，即使是排行榜、热度榜上的作品，一年也难见几部良作，更少有让人百读不厌、读旧知新的精品。对商业化、技术化的过度强调和依赖让写作稍有起色的作家急于多渠道、多形式改编旧作，忙于与网站、出版商、产业链下游文化公司争夺版权、利润，"炒冷饭""玩烂梗"，在商业利益集团的裹挟下榨取着作品 IP 的最后一丝"价值"，而无心提高自身人文素养、思想深度、写作水平。他们不像传统作家那样因对自我写作的灵感找寻、题材开拓、内涵提升的高要求而有着深切的写作焦虑，而是只要有读者粉丝、商家平台愿意为他们买单，就基本不用担心作品的人气和销路，甚至完全延续原"套路"、原"风格"、原"设定"甚至更能吸引那些稳定性粉丝群落，如此一来，他们在网络作品的人文精神和艺术品质的提升上便少有自觉，而网络文学批评对构建文学的人文审美价值和社会文化意义的坚守就显得极为迫切而重要。在这样工具理性驱

[①]　欧阳友权、贺予飞：《网络文学研究的几个学术热点》，《文艺理论研究》2019 年第 3 期。

逐价值理性，商业价值压榨人文价值的当下文化语境下，文学批评如何坚守网络文学的价值蕴含呢？欧阳友权在《网络文艺学探析》中提出了"高技术与高人文协调统一"和"人民写作"两个原则，认为应注重网络文学的精神"钙质"和价值品味，处理好文学与历史、文学与道德、文学与社会正义、文学与精神崇尚等意义承载问题，用人文价值来安顿其价值原点。技术手段是为实现人文目的而服务的，在高速发展的技术背后深入挖掘网络文学的人文关怀、审美意蕴和价值内涵，且应摆脱市场评价体系的束缚，始终坚持"以人民为中心"的创作导向，以大众喜闻乐见的文学艺术形式传达时代价值观，实现思想价值、艺术价值与阅读趣味的有机统一。

此外，学者们也对网络文学批评尺度和评价体系的多维性作出了更为细致的诠释。欧阳友权呼吁，批评家要真正切入网络现场，建立网络文学批评的通变观，"除了传统的思想性与艺术性之外，网络文学的评价标准还应该有读者层面、产业层面、技术层面的评价尺度。网络文学的批评标准可以是分层、分级的"。[①] 既需要以纯文学的高标准严格要求，保持作品思想的深邃、内容的精良，同时也需要发挥网络文学特有的优势，保持作品的代入感、认同感、爽快感。甚至基于其媒介特征，还需对作者的版权意识、网络道德操守与法律法规认知制定更为详细的标准。桫椤也从"在场批评"的角度提出，"网络文学批评不仅要像传统文学批评那样担任质检员和鉴定师的职责，鉴别作品的艺术水平、主题价值，更要对作品中的世界创设、故事设定、描写尺度、'金手指'运用等创作技法作出分析"。[②] 在向读者传达网络文学的阅读与批评方式的同时，不仅要为作者服务，通过建立合理的批评体系为其创作提供值得借鉴的经验，同时也要为文化工业生产服务，从浩如烟海的网络文学作品中选取具有孵化价值的优质 IP，推

---

① 欧阳友权：《网络文学批评的困境与选择》，《中州学刊》2016 年第 12 期。

② 桫椤：《网络文学批评发展滞后及对策》，《中国文艺评论》2020 年第 1 期。

动文化产业的蓬勃发展。

借以禹建湘的观点对网络文学批评尺度多维性问题进行总结，网络文学批评不能局限于文本视角，而须兼顾产业链各端，"要调动文化产业学、媒介学、传播学、社会学、美学、翻译学等跨学科知识和研究方法，以网络作品为中心，进行多角度、全方位地跟进。诸如网络文学的审美价值与伦理意识、数字化生存下文学批评的守正与创新、民间视野与媒介批评、媒介技术与图像文化、版权机制下网络文学的最大效益、网络文学改编与影视文化的双向互动、出海网文如何讲好中国故事等都应纳入批评领域"。① 且应放眼全球数字文化，厘清网络文学对 ACG 相关业界的文化辐射，进一步拓展其批评空间。

第二节　网络文学批评标准建构的必要与可能

当传统文学逐渐式微，在新媒介的冲击下逐渐走向边缘，网络文学作为一种新兴文学形式，依托着互联网技术的兴起而不断繁荣壮大，演变出包括网络小说、网络剧本、网络诗歌等丰富多样的形式，朝着文学中心逐步迈进。网络文学以其庞大的作者群体、丰富的作品数量、以及巨大的受众规模，为日益疲软的当代文坛注入了新鲜的活力。如今，中国网络文学第二个十年刚刚过去，其发展正步入一个全新的关键性阶段，而与网络文学良好的发展态势相对——网络文学批评的标准并未形成完整"气候"。中南大学文学院教授欧阳友权在《当代中国网络文学批评史》一书中这样描述："网络文学批评数量的庞大并不意味着网络文学批评占据了文学批评的中心，这是因为网络文学批评的范式还没有完全建立起来，网络文学批评的标准还存在进退两难的境况，评判网络文学的尺度也处在不断摸索之中。在大众化和传媒化的批评语境中，实现网络文学批评这一崭新批评范式的学院化和科

---

① 禹建湘、孙苑茜：《论网络文学批评的失范及其对策》，《写作》2019 年第 2 期。

学化显得尤为迫切。"

网络文学是当代文学的重要组成成分，也是不可忽视的存在。梁实秋先生曾经说过，"没有标准便没有方法去衡量一切，也便没有方法去安配一切的地位与价值"。文学批评标准的重要性不言而喻。文学批评的标准决定着文学批评的性质和发展方向，因为只有确定了文学批评的标准，"批评才能有独立自主的品格，才能够真正成为创作和欣赏的指导，而不是社会习惯或风气的尾巴"。由此可见，网络文学批评标准建构有着其必要性。而近年来，随着大量的网络文学批评成果的出现，网络文学批评标准渐渐有了雏形，并不断被完善。正如欧阳友权教授所指出的那样，"构建网络文学的评价标准势在必行"。

一　必要性的多维度体现

1. 传统文学批评标准的错位

网络文学呈现出井喷式增长趋势，甚至可以说占据了中国当代文学的小"半壁江山"，具有巨大的受众影响力与批评研究价值。在这之前，学界有相当一部分学院派专业文艺批评家对网络文学不屑一顾，认为网络文学不过是网络写手在网络空间上的信笔涂鸦，网络文学只是他们为了发泄个人情感、追求轻松娱乐或谋取经济利益的手段，并不能算是真正的文学，只是"一种随心所欲的游戏"。①

的确，与传统的文学作品相比，网络文学具有明显的后现代主义特征，反对本质化并消解艺术。从结构上来看，传统的小说讲求叙事结构与意义结构的圆融和美观，叙事布局应讲求经济性的节约原则，谋篇布局要有所侧重，详略得当，突出重点，意义结构也应遵循情感与逻辑的原则，不能是漫无边际地进行描述和随意发挥地进行叙事，不能忽略事件之间的关联性与情节发展走向。而网络文学恰好与之相反，由于作者利用新兴的网络空间进行"赛博格式"的写作，没有时

---

① 陈定家：《试论新媒介文化的批评标准与叙事逻辑》，《中州学刊》2017 年第 3 期。

间和空间的限制，随时随地皆可进行，加之相当一部分网络文学作者以谋利为目的进行写作，作品的字数成为收益计算标准的重要一项，所以网络文学大多是一种"灌水"式的、随意耗散式的"文字游戏"或"文字输出行为"。从语言上看，网络文学的作用突出体现在通过使用美感与快感诱导策略使读者在闲暇之余逃离纷繁复杂的现实社会，进行无须思考式的阅读，以获得精神上的轻松和欢愉。显然，网络文学与《白鲸》《尤利西斯》等极具思想深度的文学作品相比，其语言更加趋向口语化，多用短句，尽可能降低句子结构的复杂度，不考虑"修辞立其诚"的造句原则，不少学者以此为依据，不承认网络文学在文坛上的合法地位。

但是现在随着网络文学的迅猛发展，有越来越多的学者给予网络文学以专业视角的关注，尤其是在 2013 年，诺贝尔文学奖获得者莫言出任了中国网络文学大学的首任名誉校长，这无疑是对网络文学在文学世界具有合法地位的一次有力明证。然而，正如北京大学邵燕君所说，伴随着专业批评者而来的，是网络文学批评标准与传统文学批评标准的界限的模糊不清，不少学者以传统的"文学性"批评标准来对网络文学进行精英本位的批评，将目光着眼于网络文学作品本质的批判，得出的结论便是网络文学只是一种浮于表面的文学现象，缺少思想的深刻性与语言表达的艺术性，在价值层面上要远远低于传统意义上的文学。[①] 如在 2011 年茅盾文学奖的获奖候选作品评选过程中，评选委员会首次允许了网络文学作品进入评选作品的行列，这看似是对网络文学在绝对意义上的肯定，但实际并非如此，在仅有的几部参赛网络文学作品中，成绩最佳的是李晓敏的《遍地狼烟》，排名已在 40 名开外，在整体上与传统文学作品相比明显缺乏竞争力。

值得一提的是，要对传统文学批评在网络文学批评领域进行必要性的隔除，尚存在一定的困难。笔者在对相关研究成果进行梳理总结

---

① 邵燕君：《面对网络文学：学院派的态度和方法》，《南方文坛》2016 年第 6 期。

之后，结合现状进行思考，认为困难具体体现在以下几个方面：

网络文学体系庞杂，类型化特征明显，按类型可分为玄幻、军事、言情、游戏、历史等类型，进一步细分，言情又可分为校园言情、古代言情、职场言情等，历史又可分为架空历史、穿越历史、历史人物传记等多种类型；文学网站以起点中文网、红袖添香等为领军网站，共存不计其数，而每个网站的运作方式又不尽相同，对作者的创作频率、内容结构与思维的影响也各不相同。正如批评家马季所言，对于秉持传统文学批评观念的专业批评者而言，进入网络文学创作的现场空间是极为困难的，网络文学产业牵涉主体之间的关系十分复杂，"资本为什么会进入网络文学，网站如何培育自己的作者，评论家是不知道的"。这就使得网络文学批评标准的建构出现了尴尬局面，一方面是摒弃以传统眼光看待新兴网络文学的呼声，另一方面是因无法进入网络现场导致的网络文学批评标准在某种层面上的缺失，中间的空隙应如何填补，尚需进一步研究与探讨。

2. 网络文学作品的价值召唤

中国古代文论有孔子提出诗歌的"兴观群怨"说，强调诗歌与社会现实紧密相连，认为诗歌可以启发人的智慧，提高人的道德修养，反映和批判社会现实，具有极强的社会功用。西方较早的文艺社会功用说起源自柏拉图。他在著作《理想国》中阐述道，文学创作应该服务于政治需求，成为统治阶级教化民众的工具，年轻人应该接触的是歌颂正义、光明、神圣的文学。[①] 他将文学的虚构性与艺术性单方面等同于说谎、虚假。站在贵族统治支持者的立场上否定荷马史诗的文学与历史价值。虽然这一理论具有明显的、不可避免的时代与阶级局限性，较为原始、粗糙，但以其作为蓝本，后世文学理论研究对文学的社会功用学说不断进行完善，出现了以马克思与恩格斯为代表的马克思主义文学社会学、以孔德为代表的经验实证文学社会学以及以阿多

---

① ［古希腊］柏拉图：《理想国》，郭斌和、张竹明译，商务印书馆 1986 年版。

诺为代表的社会批判文学社会学等一系列文学社会学理论，各个流派的侧重点各有不同，此处引用阿多诺的社会批判学说作为理论依据。

阿多诺在《艺术社会学论纲》中认为文学具有社会属性，作为精神文化的载体，文学艺术的作用之一就是进行社会批判，反映人的意志与现实社会的深层意义关系。① 当今中国进入新时代，社会物质财富增长迅速，人们对精神文化产品的需求日益增长，网络文学作为文学形态的重要组成部分，在中国拥有广泛的受众市场。网络文学应该适时反映社会现实，进行社会批判。欧阳友权提出，网络文学具有巨大的影响力，需要构建并秉持正确的价值评价标准来进行舆论引导与规范化创作。网络文学同时兼具文学与网络媒介双重属性，无论从其中任何一个性质向度来看，它都与社会紧密相连并产生能动的反作用。网络文学关系到中国的精神文化建设、网络话语权与价值观念体系构建，关系到中国的大众通俗文学生产、传播与消费，关系到"国民阅读和青少年成长"，在更宏观与长远意义的层面上，关乎国家"文化软实力打造和国家形象传播等一系列重大问题"，具有极强的价值引领与社会风气形成作用。构建网络文学评价标准体系已经不仅仅是对网络文学本身进行评价的表层尺度，更是超越了表面现象，具有更深层次、更广泛的意义。②

从文学消费与文学生产的双向辩证关系理论出发，对网络文学的价值意义进行研究，亦具有可行性。文学生产决定文学消费的需求，文学产品的质量高低与否，能在很大程度上对文学消费的主体产生精神性影响。鼓励优秀文学作品的创作往往能够"创造"出高品位的读者，相反，任凭低俗文学泛滥则容易导致同样低俗的读者出现。③ 网络文学也是如此。正如陈崎嵘所说，网络文学应该有健康的审美趣味取向。④ 由于网络文学创作空间的匿名性与隐蔽性，一些网络写手为

① 方维规：《文学社会学新编》，北京师范大学出版社 2011 年版，第 124 页。
② 欧阳友权：《建立网络文学评价标准的必要与可能》，《学术研究》2019 年第 4 期。
③ 童庆炳：《文学理论教程》，高等教育出版社 2015 年版。
④ 陈崎嵘：《呼吁建立网络文学评价体系》，《人民日报》2013 年 7 月 19 日。

了增加点击量，获取经济利益，在作品中加入大量血腥、暴力、色情等打法律"擦边球"的元素来博人眼球，另外，穿越、玄幻、武侠等类型化小说不需太高的文化知识，上手难度较小，导致大量写手涌入，使得作品同质化问题严重，缺乏创新性，抄袭现象层出不穷，作品数量过多，监管难度过大，作者基本的作品版权得不到有效保障，也使得一些作品随意扭曲历史，违反最底线的艺术真实，宣扬不正确的世界观、人生观与价值观，产生极为不良的社会影响。

网络文学现存问题的重要性与复杂性都在呼唤一个正确而强有力的批评标准构建起来，对网络文学作出规范与引导，以实现我国网络文学的持续健康发展。

3. 批评主体的内在需求

除了上文提到的学院派专业批评之外，网络文学由于其自身创作媒介、生产传播方式的特殊性，所接受的批评类型还有草根批评、媒介批评、编者批评以及西方文化研究视角的产业生态批评等非传统批评。[1] 此处着重分析草根批评与媒介批评两种受众最广、影响最大的批评形态范式。

草根批评作为兴起最早，也是数量最为庞大的批评形态，是网络文学批评的重要组成部分。由于网络技术的发展及其所具有的虚拟性、便捷性特点，几乎每一个具有网络使用条件的人都可接触到网络文学，草根批评者可以打破时空限制，随时随地发表自己的感想与议论。从最早的 BBS 论坛开始，经历博客、评论到现在的弹幕弹窗，草根批评可谓是一直处于向上发展的阶段。草根批评最主要的主体便是网络文学的非专业读者。非专业读者在阅读网络文学作品之后，或是产生共鸣、正理解，进而得到净化，或是产生正误，总之，都有着自己独特的思想感受，他们通过发帖评论等方式对文学作品进行批评，将自己从文本中生发出来的情感进行抒发与宣泄，并对作者的情节设置、故

---

① 林俊敏：《网络小说生产》，花城出版社 2020 年版。

事发展走向提出见解和建议，而大部分网络文学作者出于对经济收入的考量，都会将读者的批评纳入作品构思框架的范围内，迎合读者需求，以稳定现有的受众市场并扩展新的读者群体。

但是，草根批评的主体大多缺乏专业性，他们在对网络文学作品进行批评时所使用的的大多是非专业化的言语，具有随意性、口语化特质，想什么便说什么，点到即止，只浮于作品表层，没有深入作品的整体谋篇布局和意义架构层面，有时缺乏必要的逻辑构思和审美追求，缺少思想内涵与理性思维深度。

与之相适应的是，媒体批评的共时性兴起。作为人的视觉、听觉等多种感官的综合性延伸，新媒体几乎成为麦克卢汉所划分的人类社会电子时代阶段的标杆式象征之一。与传统的纸质报刊不同，新媒体是媒体技术发展的高级形态，具有更加强大的时效性与交互性，能够进行实时更新、发布与传播，传播影响的地域也较"古登堡时代"有了极大的延展。网络文学作为网络媒体平台发展的产物之一，自然而然地会受到其发展母体的批评。根据欧阳友权的统计，从 2011 年至 2015 年，我国各大媒体平台举办了不计其数的网络文学评选活动，其中，最具代表性的是 2011 年由山东省的《山东文学》、《齐鲁晚报》和网易公司共同举办的中国首届网络文学大奖赛，它开启了网络文学比赛与奖金发放的先河，在评选奖励机制上逐渐向传统文学靠拢。2013 年，广东省的《羊城晚报》在每年定时发布的"花地文学榜"中特别开设了"网络文学榜"专栏，给予了网络文学与传统文学平等的地位。此外，还有各年中央与地方各省举办的各类评奖活动，形式多种多样，数量也不断增长。①

除了对网络文学本身的小说成就评价之外，各类媒体还对网络文学的发展，文学、产业生态及网络文学研究进行了媒介报道与批评。例如，2010 年，《光明日报》和光明网联合开展了"光明聚焦·网络

---

① 欧阳友权、张伟颀：《中国网络文学批评 20 年》，《中国文学批评》2019 年第 1 期。

文化系列报道"活动，对网络文化生态与建设发展方向、对策做出了思考与讨论。另有《光明日报》、人民网、新华网等各大媒体平台刊登了许多网络文学批评作品，给予了网络文学足够的重视。

但是，与此同时出现的还有媒介自身属性带来的不可避免的局限性。媒介追求新鲜感、受众度，注重舆论效应，通常会对一个普通事件进行挖掘并进行以市场与热度为导向的解读、炒作，"将现象话题化，将事情事件化",① 是一种带有主观色彩的评价，这势必会影响到网络文学批评的客观化表达，而且一些批评文章在被刊登的过程中，会以媒体的具体化需求和受众定位为标准进行某种程度的修改，这些文章被刊登出来，都会或多或少地被默认为代表该媒介载体的价值取向，所以需要对媒体的网络文学批评认知标准进行规范，才能尽可能缩小由其自身局限性带来的对批评的改造范围，还原真实的、原生的批评精神成果。

二　网络文学批评标准建构的多维可能性

作为电子技术发展的产物，网络具有极强的开放性、自由性与交互性，而网络文学正是创作主体在网络"赛博格式"的人机交互空间维度里创作出的文学形态。由于多方面的复杂原因，针对网络文学的批评标准存在各式各样的问题，而标准的构建也应有一定的条件支撑，才不至于盲目进行，跑偏方向，缺乏科学性与可行性。

1. 基础学科学理支柱的有力支撑

网络是一个技术造就的虚拟世界，对其进行思考和评判的依据和方式也应该与现实世界有所不同。

首先体现在哲学层面。虚拟世界使得人与人之间交往的时空界限被打破，距离大大缩小，而网络文学创作的主体与接受客体之间完全不同于传统文学的"输出——接受"单向度的被动接受方式，也不同

---

① 白烨：《文学批评的新境遇与新挑战》，《文艺研究》2009 年第 8 期。

于传统文学的"创作——传承——接受"的单一线性的历时性接受方式，而是一种全新的"融合——影响"模式。网络文学作者每日进行章节更新，读者紧随其后，对作者的创作思路与语言运用等进行评价，这种方式使得作者能与读者通过网络进行实时互动，并根据其建议修改自己以往的作品，指导新章节的创作。这在一定程度上反映出人的主观能动性的提高，文学创作主体与文学接受主体之间的互动关系出现技术转向，以虚拟技术为媒介进行沟通，这在虚拟哲学的框架内，属于技术性的认识论发展。[①]

与此相适应的是，网络文学通过虚拟技术衍生出许多其他媒介文艺形态，如动漫、游戏、电视剧等。作家夏烈指出，这种跨界融合是"人类又一次伟大'造物'实践的到来"，网络技术及其所造就的网络文学，是"人类灵智结构的惯性、创造性的一部分"，理应纳入当代哲学思考问题的范畴。[②]

其次从社会学层面而言。夏烈认为，网络文学作为文学的一部分，具有社会功用。它除了能满足人们最基本的娱乐、精神诉求外，还能对社会产生反作用，促进时代的发展与社会的进步。这与上文提到的文学社会学不谋而合，无论在中国还是在西方，无论在历史中的社会还是现代的信息化社会，文学都自觉地、天然地带有社会反映与批评的功能，通过影响人，继而影响社会。在另一方面，夏烈还提醒到要警惕资本市场对网络文学创作的主导占据性作用，他将其列入文艺社会学的"核心命题"之一，既要发挥市场的积极推动作用，通过恰当的经济奖励机制保持创作的鲜活性与量化保证，也要防止"资本主义生产方式在网络文艺上的篡权和跑偏"，不能使网络文学成为资本市场的附庸，它应该有自己的独立品格。这无疑是一项远大的、有难度的社会学工作。

---

① 杨军：《虚拟哲学探析》，硕士学位论文，福建师范大学，2007 年。
② 夏烈：《网络文艺批评的三个学理支柱》，《光明日报》2016 年 9 月 3 日。

最后，是所有文学都绕不过的属性——审美性。网络文学因为创作门槛较低，且具有匿名性特点，所以网络写手大量涌入，难免鱼龙混杂，作品质量参差不齐。上文提到，相当一部分网络文学作品以帮助读者放空思想，获取轻松、愉悦的快感为创作目标，所以语言与情节构思偏向"无厘头"，甚至"无脑化"，缺乏作为文学作品所必需的文学审美性。文艺学与美学都有着相关的理论基石，只要进行借鉴吸收，将其融入、运用到网络文学批评标准建构框架之中，就能促使批评标准体系更加科学、完善。

2. 已有的批评标准回溯

学界目前已经有了一些关于网络文学批评标准的探索，这些探索虽然大多为个体化的研究成果，尚未进行系统整合，但其所具有的严谨性与多学科交融视野已为未来综合性批评体系的构建打下了良好的基础，提供了有利的条件。此处将以最具代表性的两大理论成果作为可能性分析材料。

第一，合作式网络文艺批评范式。

这一理论由杭州师范大学单小曦在一篇文章中提出。他从笛卡尔的"我思"和先验自我开始，将观察视角延伸至与之前的理论相比较为完善的海德格尔的"交互主体"，以"主体间关系从先验思辨走向现实经验世界"的现实性转化为出发点，着力研究了"主体间通过何种媒介建立关系的问题"。以马克·波斯特的"网络建构新型主体问题"为基础，进一步提出了针对网络文学批评主体间的"数字交互性"。①

合作式网络文艺批评范式有两种典型形态：

其一，呈现出"金字塔式"结构。专业学者、网络文学编者、网络文学创作者与读者四者共同担任这一结构的组成元素。作者批评与读者批评分别位于"金字塔"的底端各一边，编者批评位于这一结构的中间位置，"金字塔"的顶端是专业学者。读者作为文学作品的直

---

① 单小曦：《合作式网络文艺批评范式的建构》，《中州学刊》2017 年第 7 期。

接接受者,在阅读过程中对作品有所理解与体悟,直接将自己的感悟发送在论坛、弹幕等版块,形成读者批评成果;作者作为网络文学作品的直接创作者,是与作品关系最为密切的主体,对作品的构思方法与创作心境最为熟悉,因此可以直接从事作品批评,从外界都无法接触的天然存在角度对自己的作品进行解读与宣传;编者批评主要发挥沟通桥梁的作用,对读者批评和作者批评进行编辑,形成初步的整体;最后是专业学者批评,这一批评主体位于最后的顶端环节,对之前三者的批评成果进行系统的取舍与整合,并运用专业理论知识进行完善与提高,形成完整的、综合性的批评话语系统。

其二,呈现为"环形合作形式"。正如单小曦所言,这一形态比前者更为完善,能更加具体地体现出主体间的交互运动合作关系,也消解了主体地位高低差异,使关系更接近于"合作",趋于平等。四者通过双向箭头进行连接,任何一方都可以成为批评话语的发起者,也都可以成为批评话语的集成者。后一主体以前一主体的批评话语为蓝本,结合自身感悟与学识,对其进行再创造,一环扣一环,可循环进行,也可反向运动。

有两点值得注意。首先,第二种形态只是单纯构建起了作者、读者、编者与学者四者依次连接的批评话语传递顺序,没有给予读者与学者之间的关系以足够关注,因为一些专业学者出于批评需要,同样要阅读大量的网络文学作品,从而获得了网络文学读者的身份,否则批评就只能是空中楼阁,只有理论,没有实际。所以,网络文学的读者作为一个泛化概念,自然会包含部分专业学者,而并不仅仅是非专业人士,两者有着明显的区分,不能都放在一个筐子里,应该在读者概念上予以比较细化。其次,这两种形态对于各主体之间的交互关系存在着一定的理想化成分,例如认为读者批评会以作者批评家的批评文本为基础进行再创造,专业学者会对前三者的批评话语进行专业层面的提高与整合,但实际情况往往并非如此,每一批评主体都有各自的主观思考与感受,其所进行的批评实践就是充分发挥个人主观能动性的过程，并不一定会自觉地以前一环节的批评成果为加工对象，而是从个人角度出发重新构建新的批评话语文本。读者不愿受到作者主观创作意志的影响，反而希望用自己作为文学接受主体的优势地位来影响作者的创作实践，使其按照自己的喜好进行创作；专业学者也对前三者的非专业批评持保留态度，希望另辟蹊径构建属于自我的专业批评话语，这时，交互合作模式就会被打破，陷入各主体间彼此孤立的传统批评存在状态。

第二，AHP—模糊综合评判法的理论。

评价网络文学的标准不应仅仅是传统的人文批评，即批评者根据个人感受或专业文学理论对网络文学作品的故事情节、思想内涵以及意义效用等感性层面进行批评，还应该广泛吸取其他不同学科体系的专业知识来丰富批评框架体系。这里所要论述的"AHP—模糊综合评判法"理论就是将数学与统计模型构造的、非人文的数理思想融入网络文学批评标准体系之中，从较为客观的方面对网络文学进行定性与定量分析，以科学计算标准进行评判，尽可能地减少批评者个人主观因素的影响。

首先我们应该知道的是，AHP 层次分析法和模糊综合评判法并不是两个完全相同的模型概念。AHP 最早由美国数学家 T. L. Saaty 提出，它将需要分析的对象看作一个整体，将其中所包含的因素进行拆分与归类，并根据各个因素之间的连接关系与不同意义范畴将其分为不同的层次组合，运用求解判断矩阵特征向量的方法计算权重，通过权重优劣比较得出最优方案。这一分析方法将一个系统的整体进行分段计算，在不忽略其中任何一个要素的同时能够对其进行科学合理的分组，每一层次的权重都会对评价结果产生或多或少的影响，并且以评价权重的量化属性为依据可以得出，每一层次的每个要素的影响都不是模糊不清、难以估量的，而是具有数字化呈现特征，给人以直观、严谨、框架式的感受，十分明确。但是这一分析方法较之后者模糊综合评判法有着一定的缺陷。AHP 层次分析法以权重为突出特征，当需要分析的对象过于宏观或者庞杂时，各层次的划分尺度与权重分配就比较难于把握，为了保持判断矩阵的一致性，就很有可能不得不对各个层次、各个因素的权重进行实时调整，而在内容过于庞杂的情况下，"牵一发而动全身"的放大效应极易导致混乱状况的产生。网络文学就是一个庞大的整体，其牵涉主体众多，如作家、读者、编辑、文学集团等，牵涉形式及作品衍生物多样，改编运营情况复杂，资本运作形式及显性程度也各不相同，这时要对网络文学进行批评，就需要适量引进模糊综合评判法，来构建合理的批评标准体系。两者融合所产生的评价体系，能够在一定程度上简化因素过多导致的复杂性，使 AHP 中的定性指标向定量指标转化，以优先关系矩阵为起始点构建模糊一致性判断矩阵，从独立的个体评价中概括出对整体的评价，以提高评价标准的合理性与结果的准确性。[①]

"AHP—模糊综合评判法"第一步需要建立评价对象中所包含的因素的集合，集合的归类标准多种多样，可以从社会效益、经济效益等方面入手，也可以从人气类指标、销售类指标等方面入手，总之，构建起合理的一级指标与二级细分指标即可；第二步建立权重集合，确立各指标所占的权重；第三步确定评价等级集合，如李薇在文章里将评语构成的集合表示为 V = {好，较好，一般，较差，差}，并将其依次赋值为 {5，4，3，2，1}；第四步即开始人为介入评价，由诸如专业评论家、作者本人和读者群体等各类评价主体组成评价小组，按照各类因素对网络文学进行规则框架内的评价，从而得出评价矩阵；第五步通过模糊因素运算得出一级指标的评价结果，通过加入模糊算子将其归一化；最后一步是在前一步的基础上，再次计算并归一化，得出最终结论，即评语。[②]

通过上述步骤我们可以看出，两种分析法则相融合的新方法可以

---

① 高宁：《基于多属性综合评价方法的网络文学评价指标体系研究》，《出版参考》2015 年第 8 期。

② 李薇：《网络文学作品评价体系研究》，《出版广角》2014 年第 19 期。

有效解决网络文学的复杂评价问题，尽管在事前划分因素与层次、评价小组打分时仍有人为主观思想的参与，但是与之前的无标准、无计算的任意评价相比，它能使评价更为客观、准确，具有合理性与可行性，为之后更完善的批评标准制定奠定基础。

3. 作品本体所提供的可能性空间

随着网络文学市场的竞争日益激烈，作者为了获得更多的阅读受众，大多会想方设法地提高自己的创作质量，这其实能够促进网络文学创作的良性循环，即读者黏性带来的红利促使作者提高创作质量，而文学生产决定文学消费的需求与质量，网络文学作品的质量提高，会培养出较之前更为高品位的读者，紧接着文学消费对文学生产产生反作用，推动着文学生产质量的进一步提高，如此循环往复，能够促进网络文学市场的良性发展。

当前的网络文学创作形势向好，作品数量不断增多，好的作品也不是少数。如李可的《杜拉拉升职记》，突破了以往职场小说的激烈商战题材，而是以一名外企普通职员杜拉拉为缩影，揭示了现代女性在职场上的现状与出路，具有极强的现实意义；当年明月的《明朝那些事儿》忠于历史事实，以轻松幽默的笔法将历史人物与事件活灵活现地展现出来，用人们更易于接受的方式使历史得到更好的传播；夺鹿侯《开海》中的男主人公凭借自己的学识与奋斗获得他人的拥戴，启发了读者要依靠自己的勤奋努力才能获得自己想要的生活，在故事叙事之余具有一定的正能量的教育意义。无论从读者数量还是内容质量上来看，这些无疑都是网络文学中的精品。

夏烈提出，当今网络文学越来越具有"中华性"。中国网络文学不是凭空产生，它能从中国当代社会的实践与中国传统通俗小说中吸取营养，进行内质性转化，甚至一些作品中能折射出《诗经》《楚辞》、唐诗、宋词的影子。一些作家忠于历史事实，在秉持最基本的艺术真实的前提下进行合理框架内的改编，于是我们可以看到《芈月传》《大宋的智慧》等一系列反映历史社会，表现历史人物的小说产生，"可以说这是中国古已有之的强大的史传传统和历史演义的文脉所致"。① 此外，在一些玄幻、武侠类的架空小说中，故事情节看似与现实社会毫无关联，实则是来源于现实，创作者就像古龙和金庸一样，从中国传统的江湖、道家学说之中寻找经验，将主人公塑造成有着极强担当责任意识的英雄，以光明反抗黑暗，以正义抵制邪恶，有着"充沛的中华精神认同"，这也是对当今社会我们应该坚守什么样的为人处事原则的示范，具有现实指导意义。

网络文学已经"自成气候"，佳作迭出，具有了可批评的价值，也能使批评话语不至于只是批判，而是肯定多于否定，建议多于贬斥，网络文学批评标准构建的可能性也随之提高，这对文学批评界、网络文学界和读者群体都是利大于弊的事。文学批评界有了好的批评对象，能丰富批评成果，促进批评理论更新，完善批评作品形式结构；网络文学界接收到外界批评话语，能及时意识到自身不足，弥补创作漏洞，提高创作质量，促进网络文学健康发展；读者界也因此而受益，能阅读到更多、更好的网络文学作品，提高文化素养，丰富精神世界，满足精神需求。这才是网络文学批评的应有之义。

第三节　网络文学需要怎样的评价标准

网络文学自诞生以来便以不可阻挡之势闯入当代中国文坛，产生了不容小觑的影响，且逐渐占据举足轻重的地位。作为文学与时代紧密结合的新产物，网络文学的出现和发展一方面无疑会为中国文学界注入新鲜的血液，另一方面也同样会产生新的问题，引发争议、矛盾和冲突。其中，网络文学评价标准的问题很早便引起了学者的关注和思考，在网络文学逐渐成燎原之势时，研究队伍逐渐扩大，相关的探索成果也越发引人注目。

---

① 夏烈：《为什么要提网络文学创作的"中华性"》，《群言》2017 年第 10 期。

可以说，网络文学从 1998 年发展至今大约经历了三个大的发展阶段，网络文学研究也随之出现四个阶段的变化：发端期（1997—1999）、生长期（2000—2007）、爆发期（2008—2013）以及正名期（2014 年至今）①。在网络文学发端期，基于不同的观察视角、阅读经验、学识积累以及个人性情等因素的影响，网络文学的兴起褒贬不一，引发了长时间的激烈讨论。起初许多传统文学作家和理论家对网络文学的诞生皆持较为消极的态度。如刘心武曾指出，"网络文学没有超出想象力的地方"。莫言也曾针对网络文学发表犀利言论，认为"网上的文学与网下的文学相比，区别只在于更加可以胡说八道"。中国人民大学中文系教授方竞认为，"作者群的素质决定了作品的生命力，而目前网民在文学素质上有所欠缺。这就决定了现在的网络文学充其量是通俗文学"。② 这一观点的提出，否定了网络文学的独特文学属性，而是仍将其归为传统文学之列，从属于快餐文化之中。但随着网络文学乘着现代媒介的快车，发展迅猛，越来越多的学者认识到网络文学的独特价值，一时间网络文学评价热情高涨，找到合适的网络文学批评方式成为重中之重。

在网络文学初显其锋芒之时，已有研究者关注到这一新生事物，并开始思考和探讨"网络文学的评判标准和前景"。赵晨钰、江舒远提出可将众人的评判标准大致分为三类："其一：不论是传统文学还是网络文学，评价标准都一致；其二：就网络文学的目前状况而言，评价标准可有所调整，略微降低；其三，重新建立新的衡量标准。"③由此可见，早期的研究更多关注网络文学批评的传统与创新之辩，并未将网络文学与传统文学批评划出明显界限，更未建立独特的评价标准。有学者甚至明确提出"作品的文学性取决于它自身的叙述和表

---

① 范周主编：《网络文学批评》，知识产权出版社 2019 年版，第 1—9 页。

② 万桂红：《网络文学亟待正视与批评》，《高等函授学报》（哲学社会科学版）2005 年第 18 卷第 1 期。

③ 赵晨钰、江舒远：《新文明的号角，还是旧瓶装新酒?》，《中华读书报》2000 年第 2 期。

现，同其他物化的载体（媒体）形式——不管是纸质书刊还是电脑网络——并无必然联系"。① 对于网络文学的独创性和时代性的忽视持续到 2001 年，欧阳友权首次提出网络文学原创性的标准，认为网络文学的特色和优势正是在于作品的原创性，次年，欧阳友权又对网络文学批评的"人文精神意义"标准进行补充阐述，从网络文学情感模式的转变出发，进一步强调了文学的本质的作用。② 黄鸣奋在同年提出网络文学要以超文本为基础而构建网络文学理论，区别于以线性文本为基础建立的传统文学理论。具体来说，黄鸣奋提供了三种建设文学理论的思路，一是运用超文本理念研究传统美学命题，例如从交互性理念的观点出发，分析古人所说的"以文会友"，或是运用交叉性理念分析江西诗派的"点铁成金"，运用动态性理念分析刘勰所说的"质文代变"等。二是运用传统美学理念研究超文本命题。"例如，引入传统的'悲剧''喜剧''正剧''闹剧'等观念研究网民的悲欢离合及以之为题材的作品，借鉴传统的'趣味''个性''风格''流派'等观念研究网络文学的创作特征等。"③ 三是运用超文本理念研究超文本命题，在指导思想和研究目标两方面都亮出自己的特色。

除了对网络文学媒介特征的考量之外，也有部分研究者选择从网络文学背后的商业化背景出发，强调网络文学评价标准与其产业化特征之间的关系。如陈奇佳就提出商业化的网络文学写作"重要的是讨论文学写作和文化产业链之间的关系"，且认为这也许是这些网络文学写作的真正特点所在。在网络文学已经构成了复杂的产业形态的现实下，陈奇佳呼吁"不管是影视剧还是动漫剧本写作，都需要批评家

① 吴俊：《网络文学：技术和商业的双驾车》，《上海文学》2000 年第 5 期。
② 欧阳友权：《互联网上的文学风景——我国网络文学现状调查与走势分析》，《三峡大学学报》2001 年第 6 期；欧阳友权：《论网络文学的精神取向》，《文艺研究》2002 年第 4 期；观点参考禹建湘《网络文学批评标准的多维性》，《求是学刊》2016 年第 3 期。
③ 黄鸣奋：《网络文学之我见》，《社会科学战线》2002 年第 4 期。

有针对性地在网络文学中发现、评价和挖掘其中相应的能够产业化的成分"。① 与陈奇佳的观点相近，马季也认为在市场机制的作用下，网络文学与传统文学相比出现了新的变量，主要表现在三个层面：受众层面的变量、审美层面的变量和表现方式的变量。在受众层面，马季指出当下的网络文学已经形成了"'文学写作——市场运作——互联网消费'相互制约、相互依存三位一体的结构"，② 且在网络文学领域之中，市场选择在其中起着导向性的关键性作用，甚至远超其文学价值。马季认为，选择权已经完全交到市场手上，文学的标准只能用于衡量那些已经通过市场选择的作品。但尽管市场发挥的作用越来越大，网络文学作家也并非完全失去自主性，他们的自主性主要体现在其文化选择上，只是在市场机制下，市场选择要大于文学选择。

但从网络文学自身的逐渐发展和网络文学批评实践的逐渐开展来看，研究者逐渐地开始基于文学发展的内外部变化，用更客观和辩证的态度多角度地进行批评实践。既不固守成规，也不盲目地推翻一切，并能从外国文艺理论中积极地汲取营养。夏烈提出网络文艺批评的三个学理支柱：哲学、社会学和美学，在把握住网络文学审美本质的基础上，认识到其与时代和社会的紧密联系。③ 但缺少更深入的细致分析。张柠也同样希望批评标准能在网络文学的文学性外，开拓出新的尺度以适应新的现实，但她也指出无论是文学性的评价还是新标准的确立都是不小的难题。她提出网络文学文学性的研究首先在语言和叙事布局上便与传统文学中严谨的情节设置和意义结构有着明显差异，网络文学并不遵循传统的"节约原则"，读者也不必利用"剩余时间"进行阅读，因此，继续用传统的叙事总体性去要求网络文学必然会加大网络文学批评与创作之间的裂痕，那么，我们就需要去颠覆经典文

---

① 陈奇佳：《网络文学批评当从产业角度入手》，《中国艺术报》2013 年 12 月 18 日。

② 马季：《市场机制下网络文学审美视域——网络文学之于中国当代文学的三个变量》，《创作与评论》2015 年 2 月 20 日。

③ 夏烈：《网络文艺批评的三个学理支柱》，《光明日报》2016 年 9 月 3 日。

学评价体系中的"单中心的精英话语模式"以尝试建立新的标准。张柠认为，新的科学的评价体系和评价标准的建立需要多学科、跨学科的协作才能够完成，应包含三个主要学术领域的专家：第一是传统文学专家；第二是民间文学、民俗学、文学、人类学、社会学的专家；第三是传播学、媒介文化、符号经济学专家。这些见解部分上意识到了网络文学批评的问题和困难所在，指出了跨学科合作的必要性，对新标准的建立有一定指导性意义。[①]

随着网络文学队伍的逐渐壮大以及各方力量的融合互通，网络文学逐渐生长并成熟起来，相关的网络文学批评虽然明显落后于其发展速度，但随着研究者对网络文学评价标准的讨论不断深入，研究视野也随即不断拓展。

南帆关注到网络文学强大的市场号召力，以及与传统文学的不同之处。从读者与文本的关系出发，指出由于经济发展而导致的生活节奏加快，使得"相对于人们不断重复的'历史'范畴，'欲望'是某些文学介入读者精神生活的另一种形式"。[②] 而"受挫欲望的象征性补偿机制很大程度地解释了网络小说取悦大众的秘密"，南帆的这一观点在社会精神层面揭示了网络文学与时代受众间的双向互动关系，并将"欲望"纳入网络文学的常规评价范畴之中，与"无意识""象征性补偿"等精神分析的概念相互补充，使得网络文学的评价标准得以摆脱与传统文学批评不相容的驳斥状态，真正做到了为网络文学"正名"。当然，另一方面，我们也不能忽视网络文学作为一种通俗文学与传统文学之间的联系，将二者完全对立。首先，通俗文学并不是一个"本质主义"的概念，纵观文学史不难发现，许多曾经被认为难登大雅之堂的通俗文学作品，如话本、词、曲之类，都已成为读者心中不可磨灭的经典之作。也因此说明通俗文学并未拒绝"历史"信息，

---

① 张柠：《网络文学的文学性和新标准》，《文学教育》（上）2015 年第 2 期。
② 南帆：《文学批评拿什么对"网络文学＋"发声？》，《文艺报》2016 年 10 月 28 日。

而那些"文以载道"的经典文学作品，并不能将"欲望"的色彩彻底清除，鉴于这样的联系与交集，有必要从历史范畴和欲望范畴上寻求对网络文学的认识方式和解读方式，从而建立全面的、系统的评价标准。

网络文学是在新媒介孕育下的产物，其诞生直接与技术革命相关联。因此，陈定家从新媒介文化批评的角度对一些界内存在的问题表达忧虑，提出警示。他认为网络作家中不乏沉溺于网络技术所带来的新语言、新题材、新表达的技术"发烧友"，而"'发烧友'对试听器材技术精度和功能的崇拜，往往超越了对图像或声音本身所蕴含的人的能力的关注""在'发烧友'行为中起作用的并不是那些具有人文意义的图像和声音，而是一种工具理性，一种技术逻辑"，陈定家指出这一过于关注技术本身的倾向容易导致一种"技术批评模式"，"这类研究者的眼睛只盯着'网络'，几乎无视'文学'的存在"，"认为技术传媒和信息工具才是它与传统文学的本质区别"。在他看来，这类研究实在有舍本逐末之嫌，网络文学终究是一种文学类型，技术只能是承载其内容的外壳，如果缺失人文审美的价值立场，这类理论言说于实际的理论批评建设意义甚微。①

同样关注读者接受机制的研究者还有康桥，康桥认为，"网络文学的批评标准应该与批评对象的文学承诺、创作实践、读者期待相匹配"。② 在他看来，正由于以往过分强调文学的严肃性和思想深度，而导致文学的快感与美感体验的功能被忽略，而致力于营造"快感"的大众文学也被归为通俗之流，被文学殿堂拒之门外。这种较为粗暴的划分与分流，使得大众追求快感的精神需求无法在传统文学经典中得到满足，读者和传统文本之间始终存在着隐性的隔膜，而网络文学的出现无疑打破了这层界限和隔膜。所以，康桥提出："快感和美感标

---

① 陈定家：《试论新媒介文化的批评标准与叙事逻辑》，《中州学刊》2017 年第 3 期。
② 康桥：《网络文学批评标准刍议》，《光明日报》2013 年 9 月 3 日。

准应该是网络文学批评的基础性标准。作者能否为读者提供强烈、鲜明的快感与美感体验，读者是否愿意代入主人公是网络文学作品成败的关键，也是最为重要的接受反应效果评价。"① 他认为网络文学的强项并不在于按照"真实性"去反映生活，而在于以丰富的想象力创造出诸如"玄幻小说""修仙小说""穿越小说"的文学作品，这样独特的文学类型使得作者和读者都能极大地驰骋想象，获得不断的快感。与此同时，康桥也指出即便网络文学创作不乏"类型化"倾向，但优秀的、深受读者欢迎的作品，仍然是那些在人物塑造、情节设计、艺术风格上有其原创特色的，因此，他强调"独创性"才是网络文学艺术性的重要表现，同时也是网络文学评价的重要尺度。

出于对网络文学所代表的大众文化特征以及社会主义文化建设的要求的研究，姜太军、李文浩提出要建立"人民的"批评标准，而这也引发了文艺理论研究者的普遍关注和激烈讨论。"研究者普遍认为'人民的、艺术的'标准与当下中国的文艺发展实际贴合较为紧密，'实现了历史精神和人文精神、艺术追求与美学追求的高度统一'，是对恩格斯'美学的、历史的'标准的继承与发展，对于营造文艺批评的良好氛围意义重大。"建立"人民的"批评标准既要延承传统文学批评中的基本方向，如从作品是否满足人民的精神文化需求、书写人民的真实的生活情感状态、反映人民的理想愿望心声意愿等方面进行考量，又要顾及网络文化语境下，主客观条件的变与不变。姜太军、李文浩论证了在网络文学批评中建立"人民性"标准的可行性、合理性，并提出大众批评是对专家批评的有效补充，具有其不可替代的优势。"'人民的'批评标准的提出要求研究者与批评者在进行文学批评时关注文学作品与人民日常生活之间的联系，了解人民的精神文化需求"这是其根本的要求。②

---

① 康桥：《网络文学批评标准刍议》，《光明日报》2013 年 9 月 3 日。
② 姜太军、李文浩：《"人民的"批评标准与网络文学批评》，《湖南科技大学学报》（社会科学版）2016 年第 6 期。

面对网络文学批评中存在的"精英文学标准"和"通俗文学标准"以及"综合多位标准说"的弊端，单小曦提出："在新媒介时代可以'倾向'或'根据'文学活动的媒介要素，建构出继模仿说、实用说、表现说、客观说四大批评模式之后更契合网络文学批评需要的'媒介存在论'批评"，他认为这一批评视野下的网络文学评价标准，由"网络生成性尺度、技术性—艺术性—商业性融合尺度、跨媒介及跨艺类尺度、'虚拟世界'开拓尺度、主题网络间性与合作生产尺度、'数字此在'对存在意义领悟尺度等多尺度系统整体构成"。其中网络生成性尺度将网络文学的质量高低与其对网络媒介、网络审美潜能的开掘程度相联系；技术性—艺术性—商业性融合尺度强调不能忽视网络文学的技术性和商业性特征，应与艺术性相结合来看待；跨媒介及跨艺类尺度关注网络文学文本跨越传统单一语言符号界限，形成复合符号文本、跨越到出版、电影、电视等媒介领域以及网络文学跨越到动漫游戏等艺术领域的现象；"虚拟世界"开拓尺度实际上是衡量网络文学在个性和独创性上的表现，不以走进现实，而恰以走出现实为评判的标准；主体网络间性与合作生产尺度以作者和读者的互动为聚焦点，将网络文学的创造看成是作者和读者的交互合作生产；"数字此在"对存在意义的领悟尺度从现代存在论哲学出发，强调网络文学如何在虚拟世界中引导读者领悟存在意义。① 单小曦提出的从多尺度形成的系统层面做出综合评价对我们认识到网络文学批评工作的艰巨性和繁复性并开拓思路有启发意义，但其提出的尺度在批评实践中仍然存在概念化、模糊化的问题。

较有特色的提法是夏烈所指出的网络文学的"中华性"。他结合网络文学近20年发展的内外因，提出"网络文学既是一种根植于当代改革实践和中国民间及传统文化的创作混生体，也是越来越强烈地反映着全球语境下中华主体性确立的敏感区"②。从读者群的角度看，网

---

① 单小曦：《网络文学评价标准问题反思及新探》，《文学评论》2017 年第 2 期。
② 夏烈：《为什么要提网络文学创作的"中华性"》，《群言》2017 年第 10 期。

文与影视、动漫等大众文化受众群体的需求逐渐发生改变，由早期单纯对于"娱乐性""消遣性""爽感"的追求，而逐渐转为从文化产品的消费中寻找生活参照、精神动力、价值关怀和家国情怀。读者需求的转变也影响了创作的取向，在庞大驳杂的网络文学作品中，涌现出越来越多"直接反映中华优秀传统文化的创新作品"以及"续写革命历史文化和社会主义建设时期改革文化的精品力作"。夏烈具体从这几个方面作出论述：一是越来越多的网络名家倾向于对中华史的叙述。二是即便在以"怪力乱神"为能事的玄幻、仙侠类网络小说中，由于年轻作家对于传统文化的认同感越发强烈，传统文化所包含文化内涵、价值观念、美学意蕴也越来越多地在作品中得以体现与运用。三是军事类网络小说始终以另一种方式强化着"中华性"表达。"文脉与国脉相连，文运与国运相牵"，在夏烈看来，网络文学作为新时代的宠儿，必须要承担起"中华性"表达的任务，在创作中熔铸更高的价值观，在未来引起中国文学的凤凰涅槃。[1]

随着研究的深入和经验的积累，越来越多的学者更多的关注到了网络文学批评标准的多维性特征，禹建湘认为，在"网络文学的批评标准呈现于对作品的肯定与否定的评判之中、争议于传统与创新之辩，并合谋于商业与技术之维"[2] 的发展实际中，尽管存在网络文学自身的芜杂繁复和文学批评惯性的局限以及批评实践尚短等问题，使得网络文学批评标准依然处在一片混沌之中，但相关的批评工作逐渐走向完备。与传统文学相比，网络文学批评还需考量技术和商业的尺度，要避免简单地照搬传统的审美文学批评标准，看到网络文学在主体性、叙事的想象方式等方面出现的变化。从文学审美维度而言，"必须考虑到网络文学呈现的虚拟审美逻辑，要将文学的审美性定义得内涵更丰富，外延更广泛"；从技术维度而言，"网络文学批评必须

---

① 夏烈：《为什么要提网络文学创作的"中华性"》，《群言》2017 年第 10 期。

② 禹建湘：《网络文学批评标准的多维性》，《求是学刊》2016 年第 3 期。

对技术带来的写作后果进行有效预测与评估，技术性的信息处理创作出来的文本，必须要放在技术层面来讨论"，这是基于文学在技术变革的时代背景下改变了其生存样式和传统写作的三维物理思维方式而言的；而商业维度主要是针对网络文学产业化的社会现实而言，在商业化写作成为主流的实际下，客观地看待其影响尤为重要，"商业化一方面使得网络文学出现了迎合流行时尚之弊端，挤压了多样化文学作品的生存空间，另一方面，商业化又促进了网络文学题材和主题的多样性"。①

欧阳友权也同样选择直视网络文学批评所面对的重重困境，针对作品阅读数量庞大、评价标准缺失、评价方式不统一等问题，提出建立网络文学批评的通变观的构想。由于"网络文学批评标准的探索性、不确定性与可塑性"特征，决定了研究者、批评家必须保持通变的立场和心态审视网络文学作品。而在具体实践中，通变的批评标准又必须考虑网络文学的新媒介特征，如"网络功能发挥尺度、跨媒介及跨艺类尺度、技术性—艺术性—商业性融合尺度、'虚拟世界'开拓尺度、主体网络间性与合作生产尺度、'数字存在'对存在意义领悟尺度、'数字现实主义'美学尺度"②。这一通变的观点是对网络文学发展壮大中庞大和体系化的现实状态的谨慎应对，启示研究者们要灵活地寻求新变。

韩模永认为，即便受到了媒介革命和文本变革的影响，依然可以从艾布拉姆斯提出的"文学四要素"出发，理解网络文学的要点所在，从而建立网络文学的评价标准。在分析了"世界"、"作品"、"作者"和"读者"在网络文学环境下的存在状态后，韩模永发现在网络文学之中，经典的文学"四要素"均发生了空间性转变。"其'世界'从现实世界走向了赛博空间（虚拟世界）；其'作品'从时间艺术走

---

① 禹建湘：《网络文学批评标准的多维性》，《求是学刊》2016 年第 3 期。
② 欧阳友权：《网络文学批评的困境与选择》，《中州学刊》2016 年第 12 期。

向了空间艺术；其'作者'和'读者'呈现出既合作又分裂的局面"①，在这些文学活动要素出现变革的大背景下，网络文学批评应做到"注重发掘赛博空间、文本空间和场域空间在文学中的存在意义，建构游戏式批评、空间批评和场域批评模式，从而形成一种多维综合的网络文学批评标准"，② 这一见解不乏独到之处，从传统的文学活动过程中各要素相互联系的角度进行切入，打通了"网络与文学、文化与产业、技术与艺术"的脉络，建立符合网络文学发展趋势、媒介特性的良性评价标准。

程梅针对当下网络评论圈一片混沌，缺乏统一标准机制的状况，尝试用新的方法和思路建立一套多元化批评标准体系。与此同时她也强调，网络文学标准的多元性不在于对固有标准的结构，而是建立"多声部"的批评标准体系，"在线性标准之外，增加空间性的批评标准，以历史性和在场性相融合的批评价值取向来引领网络文学走向更高的境地"。③ 在借鉴美国运筹学家萨蒂提出的层次分析法的基础上，程梅通过对多个量化因素的综合分析，最终确立了包括：原创性、文学性、客观性、教化功能性以及点击量在内的五个量化因素，作为网络文学的评判标准，并依据其重要程度得出在评判中所占的权重比例（权重见下表）。

指标	权重（%）
原创性	35.0%
文学性	20.0%
客观性	20.0%
教化功能性	15.0%
点击量	10.0%

---

① 韩模永：《网络文学"四要素"变迁及其批评标准的空间维度》，《当代作家评论》2019年第3期。

② 韩模永：《网络文学"四要素"变迁及其批评标准的空间维度》，《当代作家评论》2019年第3期。

③ 程梅：《论网络文学批评标准的构建》，《文化创新比较研究》2020年第11期。

这五个标准既有对传统文学批评指标的借鉴，如文学性和客观性，也有针对网络文学发展中出现的新因素，面对新的现实所做出的反应，如原创性、教化功能性和点击量。而各个标准权重不一也有利于对网络文学进行批评实践时轻重相权，避免弃重就轻。其中，对原创性的重视在网络文学抄袭现象频发的当下社会具有重要的现实意义；文学性坚持网络文学的审美本质，不以偏见的眼光看待"网络文学自出现以来表现出的散漫'不入流'"，深入文本本身探求其语言、结构和思想内容；客观性要求网络文学"必须有正确的倾向性，即基本社会价值观念和历史发展观念应是正确的，对社会历史内容的阐述不能违背客观史实情况，也不能篡改历史歪曲史实"，[①] 这有利于引导网络文学的价值导向，使其能产生良好的社会影响；教化功能性关注网络文学带给读者以哲理的思考和精神的净化而非单纯的情感宣泄和快感的享受，这一尺度有利于提升网络文学的深度和水平；根据作品点击量来衡量作品的水平是一种较为直接的方法，因其直观地反映了作品的受欢迎程度和大众的审美眼光，虽然粗暴但不失为有效，且也是不容忽视的角度。

总的来说，网络文学批评标准的研究至今已取得了丰硕的成果，虽然各方观点依然存在矛盾和冲突，但也走在互为补充、融合和统一的道路上。可以肯定的是，网络文学批评标准的建立既要借鉴传统的、时兴的、本土的和国外的批评理论，更要求批评家深入网络文学现场，不在网络文学这片汪洋大海中做"浮泳"式的工作，一味地捕风捉影而无法探查其根本。时代造就了网络文学，并赋予其复杂的面貌，当前网络文学的现状固然有令人担忧的方面，但作为新生事物，其发展前景是光明的。相信随着网络文学不断成熟壮大，与之相关的产业体系不断完善，我们能更近距离地观察它的真实面目，并逐渐建成促进其向前发展的健康科学的批评标准体系。

---

① 程梅：《论网络文学批评标准的构建》，《文化创新比较研究》2020 年第 11 期。

第七章　网络文学批评的表征

网络文学发展至今已经逐渐成为当代文学重要的组成部分。与海量的网络作品相比，网络文学批评的构建明显滞后于实践。传统文学批评给予网络文学批评理论性的思考架构，为其纵深健全发展打下坚实的地基，而网络文学批评则以其生机勃勃的特性为文学批评注入新的血液，成为文学批评发展至今转型的契机。显然，文学的发展历程和网络文学产生的背景等因素共同决定了当代网络文学批评的具体表征。

第一节　在颠覆中分享话语权

欧阳友权在其专著《当代中国网络文学批评史》中谈到网络文学批评功能的变迁时明确提出，网络文学批评"在颠覆中分享了话语权"。他从草根加盟颠覆精英批评垄断地位、网言网语冲击文学批评的表达方式、在颠覆中尝试重建网络文学批评新范式三个方面描述了网络文学批评"在颠覆中分享话语权"的全过程。

网络文学批评在颠覆中分享话语权。这是20多年的网络文学批评经验总结出的理论结晶，现在也逐渐成为一种共识。这句话含蕴丰厚，颠覆便不证自明意味着一个新旧文学批评的二元对立，即传统文学批评和网络文学批评，颠覆和分享都是一种行为动作，在这里甚至有着发展的逻辑顺序。而颠覆不是说全盘否定，这其中更突出的是前所未有的异质性。一直以来，传统文学批评的话语权都掌握在有一定文化水平和鉴赏能力的少数精英知识分子手里。在他们的评价机制中，有一套特有的学术共同体，专业的名词、普适的理论、殊途同归的方法论和认知模型。经典的标准要求文学批评具有理性化、体系化、规范性的表达。这便使得文学批评的准入门槛较高，也使得文学批评的话语权始终集中于学院派手中。而网络文学批评一出现便以翻天覆地之势打破垄断，与网络文学一样形成人人参与、众声喧哗的狂欢态势。分享诠释了网络文学批评和传统文学批评的关系，是一种共生、共享、共谋的和谐状态。普罗大众以草根批评者之态进入文学批评的场域，打破原有批评规则，也就意味着文学批评话语权主体结构发生改变，同时丰富了文学批评解释的多样性，拓展了文学批评的参与渠道。

总的来说，网络文学批评以颠覆之态打破原有的文学批评格局，以不容忽视的异质性品质确立了自己在文学史的合法地位，分享了传统文学批评长期垄断的话语权。与此同时，网络文学批评也在与传统文学批评的共谋中互相补充、互相完善。

一　网络文学在颠覆中分享话语权

纵观网络文学批评的历史发展，至今已经走过了 20 年的风风雨雨，追溯最早的网络文学批评起源，大多出自网络文学写手自身，比较有代表性的有李寻欢、易维、元辰、王小山、少君等，他们此时的批评并未受到重视，只是这些少数人的自说自话。网络文学的迅速发展和盛大繁荣倒逼网络文学批评体系的发展，学院派专家学者在 2000 年前后加入网络文学批评的阵营，网络文学批评从此正式进入学术视野，而不再是零星的声音。以欧阳友权、单小曦、陈海燕、邵燕君、夏烈、周冰等为代表的精英学者对网络文学基本问题进行了理论化、体系化、专业化的讨论。从创作实践的表征出发，探寻了网络文学的概念、理论及研究范式等内容，比较有代表性的有黄鸣奋《女娲、维纳斯，抑或魔鬼终结者?》（2000），欧阳友权《网络文学本体论纲》（2004）等，但此时仍然是在传统文学批评的框架中，运用传统文学批评的话语方式和理论路径对网络文学进行学理分析。

传统理论资源在面对崭新的网络文学创作时显得捉襟见肘，如果一定要在其论域中阐释网络文学就会出现适得其反的效果，这会使传统理论在阐释作用方面弱化甚至失效，或是导致批评理论与批评实践之间的分离。学界逐渐认识到仅套用传统文学批评资源评价网络文学无疑削足适履。2012年，学界中已经出现了建立网络文学自身评价体系的讨论，比如王颖的《亟需建立网络文学评价体系》（2012）、陈崎嵘的《呼吁建立网络文学评价体系》（2013）、李朝全的《建立客观公正的网络文学评价体系》（2014）等文章。"网络文学评价体系构建"更是2016年中国文艺理论学会网络文学研究会学术年会的主题。同年，国家社科基金首次为此设立重大招标项目"我国网络文学评价体系的理论与实践研究"，2018年，国家社科基金再次设立重大招标项目"中国网络文学评价体系建构研究"，足见网络文学评价话语问题已成为焦点。同时期代表性成果有庄庸的《网络文学评论评价体系构建——从顶层设计到基层创新》。期刊论文中，单小曦的《网络文学评价标准问题反思及新探》比较有代表性。该文批评了当下普遍存在的"通俗文学标准说"、"综合多维标准说"以及"普遍文学标准说"，从媒介存在论角度别出心裁地展开了网络文学评价问题的思考。提出"构建网络文学批评标准需要采用合理的价值预设和历史性、语境化的原则"。2019年，陈海发表《网络文学评价体系的三大痼疾及相关建议》一文，指出了当代网络文学批评所存在的不足，并针对不足提出了解决问题的现实路径。还有许多专家学者也对网络文学批评标准和体系建设提出了自己的看法，比如禹建湘的《空间转向：建立网络文学批评新范式》（2010），邵燕君的《面对网络文学：学院派的态度和方法》（2011），周志雄的《中国网络文学评价体系的维度及构建路径》（2017），欧阳友权的《建立网络文学批评"共同体"》（2017）

等。至此，中国网络文学理论研究取得一系列成果，使得理论批评在网络文学研究中占据的话语权越来越大。

网络文学批评与传统文学批评分享了话语权，这代表其已经进入文学史的范畴。为网络文学批评述史便也成了水到渠成的事。欧阳友权在《网络文学批评的述史之辨》中指出，网络文学批评在"述史"的过程中面临"资源掣肘""批评定制""语境选择"三大难题，并针对这些困境给出了相应的解决方案。同时在《辨识新时代网络文学的三个维度》中呼吁学界从"拐点期"、"择优排行"以及"主流化和精品化"三个认知维度出发来获得对新时代网络文学较为明晰的认知。

宏观来看，欧阳友权和张伟顾的《中国网络文学批评 20 年》系统地梳理了 20 年的网络文学批评形成的三股批评力量，探讨了网络文学评判现状、基本问题研究、评价体系和批评标准、发展对策和网络文学资源清理与数据库建设等主要问题。同时也提出网络文学批评的发展仍存在着许多问题和不足，主要包括三个方面：第一，专业批评人才队伍建设不完善。虽然迄今为止，全国各地高校已经有了以地区集中的网络文学研究根据地，但是核心力量也因此局限于高校和作协系统，相较于体量庞大的网络文学创作，评论人员参与的人数增长显然是滞后的。第二，批评者的入场之困。与传统文学批评相比，网络文学批评入场首先需要跨越技术鸿沟，对网络拥有一定的了解和运用能力，其次是克服动辄成百上千万字的网络文学作品的阅读压力。第三，评价体系与批评标准的缺失。

其中，网络文学批评发展的当务之急就是建立统一的标准的批评范式和批评体系，这一直是网络文学批评理论建设的重镇。周才庶在《新时代中国网络文艺的文论话语建构》中指出，当前网络文艺的国家导向是加强正面引导，促进繁荣，同时她还从批评主体、评论对象、话语方式三个层面诠释了网络文艺批评形态的多样性，认为网络文艺的话语建构需要以文艺作品为本体、以审美特性为重要准则、以中国特色为旨归，从而形成理论合力，提高文论话语的诠释力。韩模永在

《网络文学"四要素"变迁及其批评标准的空间维度》中提出，网络文学的虚拟存在方式、文本的空间转向、裂变的文学场现实决定了网络文学批评标准的游戏式批评、空间批评和场域批评。禹建湘和孙苑茜在《论网络文学批评的失范及其对策》中仔细分析了网络文学批评，指出其中存在宏观臆断、批评失语、表层阐释、理论乏力、传媒预设、言论失实等弊端，在此基础上更进一步分析网络文学批评失范的原因并提出纵向深入网络文学场域，横向拓展多维批评体系，打通网络文学文化辐射等建构方式。网生网络文学批评中的一些网友依据其网络文学现场的在场也在探索自己的批评模式，比如网友"艾露恩"提出了网络文学批评的六条新标准，来判断评论的好坏和评论者的能力：一是"力量"表达明确。二是"敏捷"结构清晰。三是"体质"逻辑严谨。四是"智力"理论扎实。五是"感知"观察敏锐。六是"魅力"文采感人。无论这些评价标准是否可行或合理，但批评者们对于网络文学批评标准和评价范式的自觉意识和创新精神，是网络文学批评得以持续蓬勃发展的重要原因。

　　网络文学批评之所以能够对文论逻辑原点进行调适，是因为其作为新质出现。网络文学批评实质是对网络新媒介带来的新的文化资源整合方式进行的批评。围绕此话题学者们各有见地。王泽庆在《网络文学批评的三个关键词》中就选择了"媒介""技术""资本"角度切入。陈定家在《试论新媒介文化的批评标准与叙事逻辑》一文中指出，网络文学批评被工具理性和技术理性主宰，因而陷入了文学批评标准混乱、价值迷失之困境。潘桂林则在《学院派新媒介文学批评》中更直接地点明了新媒介文学批评的现实困境，即忽略了网络文学线上交流的现实和交流对象的阅读期待，由此发出高校调整并创新学术评价体制，增强知识分子的使命意识的呼吁。黎杨全在《网络文学：新媒介现实主义的崛起》中指出新媒介语境下，现实主义的创作及理论面临着新的审视与重铸。网络文学中的"架空"一定程度反映了网络社会的"新现实"，即欲望叙事背后的虚拟生存。在此基础上，他在《网络文学、本土经验与新媒介文论中国话语的建构》中更先锋地提出了中国本土经验化的网络文学批评理论构想，即建构以草根批评与土著理论为基础的新媒介文论生产结构。周艳艳在《新媒介审美逻辑下网络文学批评话语的问题及重构》一文中切换视角，她从新媒介所体现出来的审美特征出发，在此范畴内讨论当前网络文学批评存在的不足，从本体论、生态论等方面着手，论述了当今网络文学批评话语因没有基于新媒介审美逻辑而导致的不适配。

富有创造性和发展前途的理论在浩如烟海的文论中如夜星熠熠生辉。程海威和欧阳友权从网络文学批评中发现了未来文学批评的新元素，致力于完善"文学批评共同体"的"读者维度"。他们在网络文学批评中提炼出了网生文学批评的概念，将其归纳为一种"新民间批评"。所谓"网生文学批评"就是指"网络原生的网络文学批评"，批评的参与者们为广大网民，他们在各个平台发表随机、感悟、点评式的评论。相对于20世纪乡土寻根文学中作为对象的民间，这里的民间作为主体出现，代表了一种民间立场。无独有偶，首都师范大学马新莉在其硕士学位论文《"新民间"话语场地》中也对网络写作与网络文化下了"新民间"话语场地的定义。在她的理解中，"新民间"指

的是信息技术时代产生于互联网上的一个为大众提供了新的文化民主可能性的大众言说空间，而网络特有的话语发表体系保障了这个话语场地的常规运行。基于网络原生批评具有的各种现代性技术和现代乃至后现代倾向的特征，这场变革真正开始了。技术赋权让批评主体有了跳转的机会，批评表达的文本祛魅形成一种脱冕言说的状态，但同时网络审判也带来批评标准价值虚化的问题。新的批评模式也在建立，在虚拟批评空间中互动形成的开放场域，小众观点的大众表达张扬了个性，审美取向的多元共生导致的去中心化。这种新批评的意义在于与学院派批评交融互补，其电子化阅读的导览图消除了批评者的人际焦虑，减少其偶像负担，还构成了容错机制使得网生文学批评回归真实，接受美学观间性对话的新实践，读者以体验优先的评论规导着作

者的创作。

　　还有其他学者也深入网络文学批评论域进行新的开拓，或引入、或创造新的理论，另辟蹊径去阐释网络文学。李志艳、邹建军在《文学地理学视野下网络文学的空间问题研究》中将文学地理学作为中国本土化的原创批判理论，是一个比较新奇的学术视野。杨柏岭、张泉泉则在《"想象的实感"：网络文艺批评的原则、类型及艺术真实论》中提出"网络文艺心理＋对话"的批评机制，他们以"艺术真实论"的重构为核心，解读网络文艺的新特质，强化网络文艺心理学研究，重视网络文艺的现实感及审美属性，构建以网络文艺新特质为本位的文艺批评体系。李盛涛在《文化生态学：言说中国网络文学的有效理论和话语形态》中提出，文化生态学可作为一种言说网络文学方法论式的有效话语理论形态，文化生态学和网络文学之间的"荒野性"是决定两种话语形式之间的内在关联。王一鸣在《网络文学叙事圈的动因、过程与叙事制度》一文中，将数字叙述理论引入网络文学研究领域，从网络文学叙事圈的动因、过程和制度三个层面剖析其生产、阅读、互动等内在机制，回答了一系列基本问题。刘巍在《新媒体文学批评的可能路径之一——以"腾讯文学评论专区"为例》中，以腾讯文学评论专区为例，探讨了新媒体文学批评的基本信息、"我"对批评秩序的觊觎和非断言式对话批评的择优机制。除了以上学者对于激活当前网络文学理论的生机与活力作出的尝试，笔者认为网络文学理论的话语空间还有一些空白点有待深入挖掘，互文性作为一个写作与阅读共享的领域，按照乔纳森·卡勒的说法，互文性实指一个话语空间。这样的文本间性目前已经有部分学者注意到并引入阐释，但开拓的深度和广度都有待加强。

　　此外，胡璟在《网络环境中文学批评的重组与构建》中，以白烨与韩寒的"韩白之争"为例，简单地认为白烨关闭微博的败局就意味着这是批评主体与网络互不兼容，学院派批评与网生文学批评并不是水火不容、你死我活的关系，它们是共同完善文学批评架构的协作零件而已。且从 2016 年到 2019 年的《中国网络文学年鉴》的年度理论与批评总结中可以看出，学院派依然是网络文学批评的中坚力量。与胡璟的结论相反，国家的资源一直在向学院派倾斜，比如 2013 年，由中国作协牵头，多家网络文学网站合作，"网络文学大学"应运而生。2017 年，北京国家数字出版基地与北京印刷学院签署了"数字出版人才培养基地"共建战略协议，并筹备了"数字出版与网络文学高级研修班"。

学院派占据的话语权过大导致了网络文学批评生态圈的不平衡，这是一个无法回避的现实。如果说网络文学批评的生命力在于其人人可参与的民间性和真实性表达，那么这种发表言论准入门槛的降低必然会导致网络文学批评鱼龙混杂，便需要学院派的规约和纠偏。因为只有受过正规学术教育的人在总结构建时才能高屋建瓴，富有前瞻性和逻辑性。然而学术系统的训练使其免不了受潜在文本理论的影响，在这种焦虑的影响下学院派如何摆脱、如何创新便是能否创造新的学术生长点的关键。

二　网络文学在颠覆中分享话语权的特征

1. 对传统文学存在方式的颠覆

网络文学对传统文学存在方式的颠覆主要体现在文本形式和媒介方式的纸质物化到网络设备存储电子化，以及文本类型的单一化到杂糅化。从"远古时'劳者歌其事、饥者歌其食'的说唱文学到文明之初的龟甲简牍文学，再到文明时代装帧出版的纸面印刷文学……文学作品是以书本、杂志、报纸等硬载体文本形式出现的，构成一种物质化的存在"。① 而信息时代的文本主要以数字化的形式存在，不借助于网络设备，它们看不见、摸不着，并不以物化的形式呈现。过去我们常使用"汗牛充栋"来形容人藏书之多。电子时代的来临，纸质藏书

---

① 欧阳友权：《网络文学：挑战传统与更新观念》，《湘潭大学社会科学学报》2001 年第 1 期。

已经在很大程度上被电子光盘、平台、App 等替代。从报纸刊物作为第一媒体发展到以互联网和移动网络无限增值服务的第四和第五媒体，单一的语言文字和插图已无力承担文学发展中的巨大信息承载量，文学网络电子化的存在方式可以集文字、图像、语音、音乐、视频于一体，从而打破传统文学的视觉单一，把视觉、听觉等感官感受杂糅在一起，以全方位的观赏诱惑刺激着新生代的读者。如为了加大网络文学的变现途径，网络平台联合音乐平台运营开发制作有声书，让网络作品有声化，并在各平台上线。阅文集团和腾讯音乐合作的网络小说《凤回巢》就是实现"文学＋音乐"的破界融合制作，网络作品打破单一的文字表述，开始向声、色、光多模态综合靠拢，满足书粉、音乐爱好者的多方面需求和体验。

我国古代文论家刘勰提出"质文代变"，可见在信息时代背景下，网络的普及与应用使得文学发生了巨大改变，它不再局限在单纯的文字中，而是逐渐渗透到其他更多的领域。"文学性是一种漂浮的能指，它从最初的仅仅指向文学语言、文学本体，到今天几乎已经完全逃逸到了文本之外，超越了一般的语言文字，成为各种艺术甚至大众文化的一种审美诉求。"①

2. 对交互性文学生产体系的颠覆

从文学产生肇始，文学创作、传播和接受共同构成交互性的文学生产体系。在某种意义上，网络文学本身就是一种文化。技术革命给人们带来"信息化生活"的同时，也带来了网络文学所赖以生存的社会文化土壤。海量信息以爆炸式的力量让人们欢欣雀跃，也让人们在巨量信息面前感觉茫然、无所适从而失去对崇高的追求。数字技术给人类生活带来科技的便利，也让人在科技面前丧失理性，从而在无形中强化对科技的崇拜和依赖与物欲的享受和追求。网络技术延展人们生存的虚拟空间，同时也压缩了人们的现实生活边界，恣意消解文化

269

---

① 蒋述卓、李凤亮：《传媒时代的文学存在方式》，广西师范大学出版社 2010 年版。

和现实对人们的约束。植根并依赖于网络技术而产生的网络文学，网络的虚拟性对网络文学的创作主体、主体内容生产、主体创作动机和主体创作话语更是有着很大的影响①。

第一，对创作主体的颠覆。互联网的出现打破了自人类社会职业分工以来的精英话语垄断。在网络信息化大潮的冲击下，数字化信息技术以等权的方式对精英式操控实施话语权下移的革命②，极大程度地颠覆了创作主体。网络时代下的创作主体为每个可以连接互联网的个体，提供一场全民参与的狂欢。网络创作的零门槛和网络创作的开放性、自由性改变了传统文学下职业作家垄断的局面，非职业选手比比皆是。据统计，"我国网络文学用户的规模达到 4.55 亿人，半年增长率达到 5.2%"③，"国内网络文学创作者已达 1755 万，其中签约作者 61 万，兼职作者占比高达 61.9%"④。网络时代下作家的门槛大幅度降低，作家的功能不再局限在职业的少数人的身上，只要有网络，任何人都可以进行创作。同时，创作主体呈现出不断年轻化的新趋势，其中 30 岁以下的网络作家占到了 60%。

第二，对主体生产内容的颠覆。"网络传播时代是一个文化消费的时代。在数字化图像时代，视觉消费逐渐成为当今文化的重要因素。"⑤ 随着互联网的普及，各大网站依托网络平台，将用户付费作为主要盈利模式，主要应用超文本链接和多媒体等手段来呈现网络文学作品，"由于商品逻辑成为现代生活的逻辑，消费意识支撑了网络大众的意识形态，对于这种意识形态的数字媒介表达就成了网络文化的

---

① 谢丹华：《数字化出版对内容生产的逆向颠覆——以网络文学为例》，《编辑学刊》2012 年第 6 期。

② 欧阳婷、欧阳友权：《网络文学的体制谱系学反思》，《文艺理论研究》2014 年第 1 期。

③ 参见中国互联网络信息中心（CNNIC）2020 年公布的《第 44 次中国互联网络发展状况统计报告》。

④ 参见中国音像与数字出版协会于 2019 年 8 月召开的第三届中国"网络文学 +"大会公布的网络文学发展报告。

⑤ 杨向荣：《媒介文化时代的文体新变及其反思》，《中国文学批评》2019 年第 4 期。

内在动力和文化底色，成为网络时尚化消费意识确证自身的话语方式"。① 因此，网络文学越来越趋向于以商业化运作为导向进行创作。由此，以用户为导向的内容生产带来作品内容的快餐化和游戏化。玄幻、仙侠、奇幻、都市、武侠、游戏、言情、悬疑、穿越等网络小说的内容在数字媒介时代呈现百花齐放之式，满足不同的阅读消费群体的口味，不少网络小说就是在作者与读者的即时互动中完成的。

第三，对主体创作动机的颠覆。传统作家的身份意识里承载着治国经邦的深沉使命，他们的文字是抒怀社会现实、体察民情的时代之声。而网络文学创作多为文学爱好者为获得更多认同而创作的作品。王一鸣通过电话、邮件方式对 15 位一线网络文学写手进行了较为深入的访谈，同时广泛调研各大文学网站，龙的天空（国内最大的网文论坛）、知乎、豆瓣、百度贴吧等网络文献，得出网络文学创作的动机最初大多出于兴趣爱好，随着时间推移，当成为自己的职业后，必定会带上一定的商业目的。

第四，对主体创作话语的颠覆。巴赫金认为，"一切莫不归结于对话，归结于对话式的对立，这是一切的中心。一切都是手段，对话才是目的。单一的声音，什么也结束不了，什么也解决不了。两个声音才是生命的最低条件，生存的最低条件"②。也就是说，对话是生活的本质，它存在于纵横交错的生活的现实空间里。互联网是人际自由交流的平台。网络"赛博空间"里有 QQ、BBS、blog、百度贴吧、校内网、微信、个人主页、E - mail、留言簿、论坛、新闻组等，由于虚拟网络空间的匿名性、不确定性和偶然性，对话主体经常可以敞开心扉，平等对话。依赖互联网技术产生和生存的网络文学带来文学"等权革命"，造成精英知识分子的话语沦陷。互联网以其自身的规则和逻辑平视本真的生活状态，满足社会各个层级公众间的交流、创造和

---

① 欧阳友权：《比特世界的诗学——网络文学论稿》，岳麓书社 2009 年版。
② ［俄］巴赫金：《诗学与访谈》，白春仁、顾亚铃译，河北教育出版社 1998 年版。

表达的欲望，给予"人人都是作者"的创作自由。自由创作激发文学创作的民间性，创作自由给予了网络文学滋长的动力和活力。网络文学文本由封闭性文本转向开放性文本和互动性文本。文本制作从强调作者的个体思想表达转向强调群体价值话语的主导地位。

3. 对读者阅读生态的颠覆

传统文学的创作、传播和阅读都离不开物质载体的限制，交互性文学生产体系中的各个环节给文学阅读设置了诸多壁垒，作者——作品——读者之间蒙着神圣的面纱，隔着千山万水，草根大众想要跻身"作家"之列，那是一个遥远而不可即的梦想，而要想阅读作品，不仅要花费不菲的价格，也囿于地理空间而不可得。相较于传统文学，以互联网为土壤发展起来的网络文学使文学回到民间，形成了数量庞大的网络作家群体，创作的作品不再像传统出版那样接受出版遴选和与出版商分享版税的尴尬，阅读作品也因为互联网强大的搜索功能、作品唾手可得的便捷等，而广受各年龄层次读者的追捧。如起点网、纵横中文网、榕树下等小说类的网站都有不少读者。大众消费文化之下的读者也乐于通过轻触碰、快点击享受快餐式、囫囵吞枣式带来的阅读快意。网络"冲浪式"阅读追求的是在单位时间里获得信息量的最大化和感官愉悦化。这一网络文学语境都是网络技术市场配置和阅读市场选择的产物①。据统计，移动应用服务和文学类网站每天的文学阅读超过 10 亿人次。互联网将纸质载体出版下的相对封闭性个人阅读，带入到实时与他人互动、交流和共享的阅读之中。可见，电子阅读不仅改变了文学传递和承载的外部形态，也深刻地影响着人们的阅读样态。传统文学之下，读者和作品之间呈现的是个体化的、单一的、线性的、自我思考式的阅读模式，在网络电子时代转换成群体式的、多元的、网织的、讨论互动式的关系。读者在阅读中不仅受到作品的影响、个人的反思，还受到来自网络空间他人的启发和群体的影响。

---

① 欧阳婷、欧阳友权：《网络文学的体制谱系学反思》，《文艺理论研究》2014 年第 1 期。

电子阅读让读者以全新的姿态进入"无纸阅读"的时代，这一现象成为"互联网＋"时代新的"阅读生态"，在社交阅读、客户端阅读的覆盖性、互动性和便捷性上拥有无可比拟的优势。

4. 对传统媒体文化权力格局和大众传播秩序的颠覆

传统媒体中的大众媒介主要是以单向传播为主的。在特定的社会意识形态之下，官方任命或认同的集权主义者为了迎合社会价值观和意识形态组成了社会文化精英的主体。他们是信息审核的裁定者，决定把哪些信息传播给受众。精英文学写作时代，作品通过印刷媒介载体批量生产，这些经过甄别或推崇的作品向社会公众进行单向度传播。他们把信息单向度传播于读者，读者只能在给定的信息中被动接受，却无法通过同样的媒介传播信息。互联网和 PC 的出现与普及摧毁了这种权力中心，解构了传统媒体。网络的出现使受众从传统大众传播媒介的桎梏中解放了出来，文学的自由性得到了充分的彰显。互联网使传统的大众传播出现了新的变化，也改变了传播的一些基本方式。显然，不同于传统媒介，信息时代的传播是双向的、交互的，这一媒介特征彻底颠覆了传统媒介时代单一信息传播的格局。在互联网时代，每个社会个体都在互联"网"的节点中处于人人平等的位置，每个人都可以在"网"中生产创作和发布传播信息。传媒"把关人"的权力被分解成无数的个人传播主体，这一多元、分散的主体具有动态交互性。由于信息传送者和信息接收者之间几乎没有第三者的介入，所以传播的速度十分迅速，传播主体之间也处于相互平等的地位。其实，属于典型的大众传播的网络传播就是人际间的传播，具有人际传播的特性，它反映人类传播的进步而不是倒退，它是改变人类思想的主要方式之一。而信息时代背景下，受众与传播者的界限十分模糊，你可以在网络中点击信息，自己独自浏览；也可以将此信息再次传播给他人。在这个信息交互的过程中，传播空间与传播渠道几乎是数不尽的，这是对过去精英主体作为信息裁定者的身份进一步消解。网络文学就在互联网的温床中应运而生，"人人是作者，人人是读者"的全新媒介传播秩序由此建立。在网络文学蓬勃发展的时代，涌现出一批知名的网络文学作家，如：唐家三少、天蚕土豆、萧鼎、烽火戏诸侯、我吃西红柿、辰东、忘语、梦入神机、耳根、猫腻等。

5. 对价值原点的崇高与经典的颠覆

网络文学经历 20 多年的快速发展，网络作品出现爆炸式增长，其高产基数是网络产业化、商业化语境下的产物。从整体来看，网络文学不乏众星捧月的佳作，但还是呈现出数量多、精品少的特点。浩瀚庞大的作品数量尤其吸引了广大青少年读者群体的眼球，抢占了大量经典文学阅读者，带来经典文学作品光芒的遮蔽。虽然经典作品的魅力和价值不会受到影响，但是关注度减少，势必造成其代际传承的影响力削弱。经典作品必然经得起时间的检验，其作品的优劣不会因个体的差异而产生太大的不同。可是，具有商品性质的网络作品常常标榜"流量即正义""我任性我有理"的口号，甚至为了迎合市场不断降低作品的底线。欧阳友权认为，"网络文学这个从技术的丛林中成长起来的'野路子文学'，其所展现的价值取向有一种'革命性力量'创生艺术价值的新锐思想，同时也会产生一种'解构式的叛逆'摧毁传统的价值理念而导致自逆式的价值错位，形成对原有价值选择的自我消解"①。互联网的触角伸向社会生活空间的方方面面，以开放的话语解放了文学生产力。在互联网延展和网络文学发展的 20 余载中，网络空间长期以来呈现言论自由、众声喧哗的生态，传播者与受众的关系是平等对话的关系，这和巴赫金的"复调"理论一致。不同的网络写手可以由于不同的动机在互联网上进行写作，他们可以是精英个体，可以是草根，可以抒发个人的情感，可以表达社会的现实，可以仅仅为了博得眼球增加点击量，可以信手涂鸦式排遣孤独或者寂寞，可以为了获得名利而写作……在人们的潜意识里，互联网就是一个大染缸，严肃的、活泼的、自由的、官方的、民间的，难辨真伪，人们可以在

① 欧阳友权：《网络文学的价值取向及其自逆式消解》，《高校理论战线》2011 年第 10 期。

网络中欢欣鼓舞、互相谩骂、尽情发泄、跟风从众……但是，随着网络空间的治理，互联网不再只是一个俗众狂欢的共享空间，不只是一个纯粹贱视权威、颠覆神性、消解崇高的"渎圣"世界。在长期以来网络文学是否引起文学属性根本变化的争执和对立中，我们应该看到，互联网可以是雅俗共赏的空间，我们不能以过度简单化抑或过度理想化的分析来评判事物的正与反、利与弊。网络文学在经历了游戏性、休闲性、宣泄性和狂欢性后，正在逐步走向理智，也可以成为文学的承担形式并成为文人的一种生存方式，网络文学也可以出经典之作。如《后宫·甄嬛传》是当代网络作家流潋紫创作的长篇小说，里面有人性的善与恶，有谋略的强与弱，有真情实感，更有文学，它把宫斗戏做到了顶峰和极致，堪称后宫宫廷戏的终结版，小说改编的同名电视剧也获得了较高的收视率。

6. 对传统审美文化的颠覆

"中国传统文化形成了一种讲求距离的静观审美文化形态。如果说传统意义上的文学具有神性……传统文学作为一种'权力话语'，显然具有强烈的权力意味和精英色彩。"① 传统文学似乎将普罗大众拒于千里之外，大众只能仰视它的威仪，膜拜它的光辉。在人们心里，传统文学写作是一种神圣的行为，文学担当着传递人文理想和塑造审美品位的大任。在中国高语境文化中，人们拘囿于社会现实中道德、法律、规则等的限制，总是无法本真地呈现真实的自我，内心常会依据社会现实和各种利害关系来规范和约束自己的言行。互联网的虚拟性和隐蔽性，在某种程度上大大降低了社会规范的约束力，使压抑的自我释放出来，在众生喧嚣中自由言说。这种自由言说的快意契合现代社会中一部分人的审美取向，他们在虚拟空间的自由惬意中享受审美的愉悦。网络文学的出现迎合了普罗大众的心理，具有向民间复归

---

① 李娟：《网络文学的诉求：生命的价值之维》，《海南大学学报》（人文社会科学版）2011 年第 3 期。

的审美特征，由此大大地激发了文学爱好者的创作力量。网络文学大多从个人或平民视野出发，以小叙事切入现实生活，叙述现实生活中的当下体验。与传统文学相比较，网络文学题材灵活，语言诙谐，更能迎合年青一代的审美趣味。随着越来越多的文学爱好者参与到网络文学创作之中，他们不仅把原有的创作习惯带入其中，还将传统文学的价值观和审美观嫁接到网络文学中以求探索新的审美标准。

总之，网络文学批评分享话语权的背后是无数个参与网络文学批评的主体分享到了话语权。欧阳友权在2003年编著的《网络文学论纲》中提到，在网络这个话语场地中，每个人既是文化创造者又是受众，个体进行自我及相互间的授权，试图有效增进话语权力。人们追求"个人政治"的书写，意欲在网络空间中树立起"个人在世界上生存的最佳动态性形象——复杂的自我处境、现代性生活方式和人类的反思性思想运动"[①]。但是大多年长者因知识条件偏向主动放弃网络活动，所以作为网络文学主要受众的年轻人占据话语权比较重。网络文学可以说是一代人新的语言意识和审美标准的觉醒。而认同网络文化却缺乏参与感的年长者在话语权力圈中只能徘徊在游离阶层，他们好像是被剥离出的局外人。然而在现今网络文学批评的学术界，少数年长的学者凭借其深厚的学力和学养，成为网络文学批评领域学院派的权威。网络文学批评的空间也是各种权力关系交锋的场域，根据福柯的"权力空间"这一思想，网络文学批评空间是知识话语与权力运作的具体场所。网络文学与网络文学批评的参与者两个不同主体之间拥有的话语权的差异构成了矛盾，这矛盾中也蕴含了无限机会与张力，出路在于两个群体之间的互动互补。

对于网络文学批评的前景，学者们也没有盲目地乐观，而是在期待中思考，在批判中质疑。但这些质疑更多的是对网络文学批评本体，而不是对网络文学批评的颠覆态势做出的思考。网络文学批评的颠覆，

---

① 欧阳友权等：《网络文学论纲》，人民文学出版社2003年版，第260页。

一方面颠覆赖以运作的机制往往与涵纳属于同一种模式。福柯曾经说过："不存在一边是权力的话语，而另一边是与它相对的其他话语。话语是力量关系领域里的策略要素或原因。在同一个战略中，可能存在着不同的，甚至是矛盾的话语；而且它们不用改变形式就可以在互相对立的战略之间穿行。"① 所谓分享意味着网络文学批评将自身的一部分涵纳进入原本的批评拥有的话语中，网络文学批评蕴含着民间自由、野蛮生长的颠覆性元素，但这些元素往往被权力收编，被社会主流意识形态涵纳。从这种意义上说，网络文学批评是否也是一次反抗文学传统的革命失败呢？这不禁令人担忧，网络文学批评一旦与现代批评机制合谋后是否会丧失其土生土长发源于民间的生命力，进入权力机制话语的规训。另一方面如奥尔巴赫在《摹仿论》中认为《旧约》对新世界进行诠释，也反之扩大更改了新世界范围②。同理，网络世界作为陌生的新世界出现在视野中不能够适应现有理论的应用，于是网络文学批评者们对这新世界进行诠释，使之符合现在的理论框架。但是，这种诠释同时也对需要扩大和更改的范围起着反作用。所以，也许与其说是网络文学批评在颠覆中分享了话语权，不如说是网络文学批评扩大延展了文学批评的理论场域，比起分享更是一种扩大，扩大了话语权的边界和范畴。

　　总而言之，网络文学批评通过打破垄断、冲击表达、重建新范式三个步骤突破传统文论的重围在颠覆中分享了话语权。与传统文学批评相比，网络文学批评包含众多新变：基础学理、主体身份、创作范式、价值认同标准、传媒市场的文化推力等。但也存在着许多问题：主体缺位、专业批评队伍力量单薄、标准悬置缺失、批评观念与持论思路的老套等。重建中需要重点研究文化语境、批评范畴、评价体系

---

　　①　Michel Foucault, *The History of Sexuality*, Vol. I, trans., Robert Hurley, Vintage Books, 1990.

　　②　［德］埃里希·奥尔巴赫：《摹仿论》，吴麟绶、周新建、高艳婷译，商务印书馆 2014 年版，第 19 页。

和批评标准的转型。现阶段已基本建构完成的传统文学批评的显著缺点是从理论到理论。而网络文学批评作为一种批评的再生产，处于传统体系之外，可以以一个他者的身份助其完善。

引导新民间批评融入当代文学理论与批评体系，在融合的过程中要注意时刻保持自身的独立性。网络文学批评范式的标准要素、体系架构和力量组成在二十年的史实和史观的宏大蓝图加持下已经非常清晰，欧阳友权在《建立网络文学评价标准的必要与可能》里中肯地指出，评价网络文学，"网络"尺度和"文学"尺度缺一不可，其评价标准的要素结构应该由思想性、艺术性、可读性、网络性、商业性和影响力诸要素构成"力的多边形"①，认为构建网络文学评价标准势在必行。这确实是网络文学批评发展的必经之路，但究竟建立起一个什么样的体系，确立怎样的标准，到如今仍没有一个准确的定论。这需要在漫长的文学实践中去探索和论证。

第二节　网络文学批评的后现代表征

后现代这一概念在生活中已随处可见。某幅画作可能会因奔放的色彩与非线性的笔触被视为具有后现代主义风格，某座建筑物可能会因建筑元素的变形与位移被认为体现了后现代主义的象征与隐喻，某部文学作品可能也会因迷宫一样的结构被认为具有后现代主义气质。后现代理论并没有准确的定义和范围的限定，它通常被认为"后现代理论拒斥现代理论所预设的社会一致性观念及因果观念，赞成多样性、多元性、片断性和不确定性"②。后现代理论的出现与社会环境的变化及大众心理的变迁密切相关。

自 1968 年法国骚乱事件爆发之后，西方社会的一系列动荡事件证

---

① 欧阳友权：《建立网络文学评价标准的必要与可能》，《学术研究》2019 年第 4 期。
② ［美］凯尔纳、贝斯特：《后现代理论》，张志斌译，中央编译出版社 2011 年版。

实，现代社会正在遭受巨大的断裂危机。黑格尔在 19 世纪时便已预见时代即将发生的巨大变化，"不难看出，我们所处的这一时代乃是一个行将分娩的时代，一个向新纪元转变的时代。搅扰着既定秩序的无聊与烦躁，关于某种尚未知晓的事物的蒙昧征兆，所有这一切都是变化即将来临的前奏"。① 哈桑把后现代主义说成是一种脱离了工业资本主义和西方范畴与价值的"决定性的历史变种"。他把后现代文学解读为整个西方社会变化的前兆，把新的"反－文学"（anti-literature）或"沉默文学"（literature of silence）描述为"对西方的自我概念的厌弃"和对整个西方文明的厌弃。

从现代社会到后现代社会似乎只是一个时间线的过渡，但事实是，它可能来得比我们想象的更加迅速激烈。尼采、福柯、德里达、德勒兹、加塔利、杰姆逊、哈桑及其他学者对后现代社会的理论模式、主体性模式、政治模式以及写作模式展开了想象。

网络文学批评是信息时代的产物，具有后现代的相关特征。瓦蒂莫认为，"从早期先锋派运动中出现的美学爆炸到新先锋派运动中出现的美学爆炸，技术的影响都是一个决定性的因素"②。因为技术的广泛传播与深刻影响，"一系列的新动向出现了——大地艺术、身体艺术、街头剧场等等——就早期先锋派运动的革命化的形而上雄心来说，虽然在某种程度上表现出更多的限制，但在当代艺术经验所及的范围内则变得更加具体"。③ 网络文学批评自诞生之始便带有互联网技术的"胎记"，而互联网技术的影响为网络文学批评与后现代特征之间搭建了一座桥梁，使得网络文学批评成为后现代社会文学场上的特殊风景。在传承传统文学批评的基础上，网络文学批评因多元化的批评主体、即兴化的批评范式以及浅表化的批评内容具有了后现代的"烙印"。

---

① ［美］凯尔纳、贝斯特：《后现代理论》，张志斌译，中央编译出版社 2011 年版。
② ［意］瓦蒂莫：《现代性的终结》，李建盛译，商务印书馆 2013 年版。
③ ［意］瓦蒂莫：《现代性的终结》，李建盛译，商务印书馆 2013 年版。

一 网络文学批评的后现代特征

1. 批评主体的泛化

网络文学批评的第一个后现代特征是批评主体的多元化。网络文学批评的主体不再限于文学批评家与传媒从业者，它吸引了不同地区、不同职业、不同教育背景的个性鲜明的读者在豆瓣、知乎、微博、论坛、微信公众号等平台各抒己见，形成了网络文学批评人人参与、人人平等的"狂欢广场"。文学批评不再是专属于少数人的"门槛"极高的高雅之事，发达的互联网技术使得任何人可以在任何时间从任何角度对任意一部网文作品进行交流共赏。参与批评的人也许从来没有接受过文学批评训练，没有相应的文学知识储备，甚至根本不知道自己参与到了网络文学批评活动之中，但这并不影响网络文学批评迸发的巨大活力。"披着马甲"的读者们兴致勃勃地形成了一个个后现代"部落"，根据自己的喜好在网络的汪洋大海中肆意畅泳，通过文字与其他网友交流"心水"的网文作品，并通过"野生"批评影响作者与作品。如果说 20 世纪初期的白话文运动使更多的普通人识字读书，获取了知识的力量，那么，网络时代多元化的批评主体则使更多的普通人从读者变成了评论者，从"被动"接受作品到"主动"赏析作品，为数众多的读者享受了思考的快乐，网络文学也因此具有"大地艺术"的相关特征。

多元化是后现代理论的一个关键词，它与学者对现代性与现代社会的不满情绪息息相关。凯尔纳与贝斯特认为现代性是"一个标示了个体化、世俗化、工业化、文化分化、商品化、城市化、科层化和理性化等过程的词汇，所有这些过程共同构成了现代世界，现代性的建构也给许多人带来了难以计数的苦难和不幸……现代性还生产了一整套规诫性制度、实践和话语，从而使它的统治和控制模式合法化"。①

---

① ［美］凯尔纳、贝斯特：《后现代理论》，张志斌译，中央编译出版社 2011 年版。

由于新的技术、新的知识形式与社会制度不断更迭，这造成了训诫、压抑与碎裂。后现代理论站在现代社会的一片狼藉之上，拒斥现代思想中的"真理""权威""整体"，打破中心论与二元结构，对多元化与新的连接予以关注。德勒兹与加塔利在《千高原》一书中提出了"块茎状思维"概念，它与西方传统的"树状思维"不同，直接将二分法否定，取而代之的则是从根基生长出树枝与树叶，兼具多样性和差异性。西方历史上，"柏拉图、笛卡尔和康德是树状思想家的代表，他们试图从普遍化和本质化的图式中铲除所有的暂时性和多样性。块茎状思维试图将哲学之树及其第一原则连根拔起，以此来解构二元逻辑。块茎学肯定了那些被西方思想排斥的原则，将现实重新解释为动态的、异质性的、非二元对立的"。①

在网络文学批评领域，多元化与块茎状的发展趋势体现在固有的精英立场逐渐大众化，精英与平民之间不再绝对对立，文学批评因众多主体的参与而具有社会公社性质。这样的文学批评活动不禁使笔者想起巴赫金在《拉伯雷研究》中提到的"狂欢节"概念。狂欢节类型的节庆活动早在古希腊时已有记载，所有的狂欢仪式与演出形式与严肃的官方的祭祀形式有明显区别。它们强调非官方、非教会、非国家的看待世界、人与人的关系的观点。它们似乎在整个官方世界的彼岸建立了第二个世界和第二种生活，这是所有中世纪的人都在或大或小的程度上参与，都在一定的时间内生活过的世界和生活，这是一种特殊的双重世界关系。② 批评主体多元化便是互联网文学狂欢广场上的新风景，一方面，传统的学院派批评在三股力量中仍然发挥着"正本清源"的学术意义；另一方面，大量普通读者的入场激发了关于网络文学的各种问题、陈述、意见和情感，象征着文学批评"特权"的位移，网络文学批评因之更加生动鲜活，以前雅俗界限分明的批评力量

---

① ［美］凯尔纳、贝斯特：《后现代理论》，张志斌译，中央编译出版社 2011 年版。

② ［俄］巴赫金：《拉伯雷研究》，李兆林、夏忠宪等译，河北教育出版社 1998 年版。

在互联网技术的助力之下有了共存互鉴的可能。费德勒曾说："前卫现代小说已经寿终正寝，新的能够'拉近'艺术家与观众、批评家与门外汉之间距离的后现代艺术形式正在出现。"① 网络文学批评正是费德勒所谈及的后现代艺术形式，因此，它呈现出的后现代特征不是中心化的，而是多元化的；不是建构的，而是解构的；不是封闭的，而是开放的。

2. 批评范式即兴化

网络文学批评的第二个后现代特征是批评范式的即兴化。传统文学批评拉长"战线"的做法到网络文学批评处转变为短、平、快的"即兴"打法，批评的深度遭到消解，传统范式中较长的批评周期不得不让位于批评的实效性，作品与批评、作者与批评者呈现出即时的相互形塑的关系。

辰东新书《深空彼岸》于2021年5月1日在起点中文网首发，几乎同一时间，读者在各大平台自发地对辰东的新书进行交流和批评。以新浪微博为例，辰东在5月1日发布微博，内容为"我的新书《深空彼岸》上传了，嫩嫩的新书，欢迎来围观，首发起点中文网，一段新的旅程开始了"。截至5月12日，此条为新书"吆喝"的微博已收获426则网友留言，大部分为5月1日当天所留，留言大多20—50字，篇幅简短，其中不乏对新书内容、人物、情节进行的有价值的讨论，是网络文学批评即兴化的生动体现。留言中有对新书情节的预测"盲猜，一百章后就走上修炼进化路，然后去新星打老头儿"，"重点，彼岸，彼岸又会发出什么新的boss呢？然后最后黑皇先蹦出来？"；有对人物角色的期待"希望这次可以多写点女主的戏"；也有对作者已有作品的称赞"其实东哥的书开局最震撼的还是叶凡，九龙拉棺最牛"；还有对作者的批评"（辰东）写自己不喜欢的主角，那就纯粹是为了挣钱了，态度很恶劣"。除了辰东微博的留言板块，知乎、豆瓣、

① ［美］凯尔纳、贝斯特：《后现代理论》，张志斌译，中央编译出版社2011年版。

起点、微博超话、百度贴吧也成了读者批评的根据地。来自普通读者的即兴化批评带来了最新鲜及时的批评意见，克服了批评活动的滞后性，使得网络文学批评成为一种兼具即时性与共时性的活动。

即兴化的批评范式为读者批评提供了简易入口，激发了读者的积极性与参与度。另一方面，即兴化的批评范式作为深入型批评范式的基础，它能够为学院派与传媒批评提供了解读者与市场的视角和窗口，同时，某些读者批评也有可能随着视野的开阔和理论工具的使用从即兴化转型至深入型。知乎有个问题为"哪部网络小说的开头堪称神来之笔?"网友赤戟是知乎网络小说话题的优秀答题者，他凭借评价《文艺时代》一书封神，"因为黄金三章法则的存在，许多网文写手试图学习废材退婚之类的成熟套路来吸引读者，但能力有限，往往画虎不成反类犬，不是用力过猛就是太过生硬，抑或是千篇一律毫无新意，而《文艺时代》就是这股浊流中的清流。小说的笔锋质朴平实，自带三分幽默，更有'清水出芙蓉，天然去雕饰'的震撼。正所谓大剑无锋，大巧不工，三言两语中就流畅地将故事背景，人物形象勾勒而出，栩栩如生! 其实文笔好的作者并不缺乏，但兼备文笔和文学性的作者却少有。有的作者将技巧生搬硬套，无法让技巧真正为文学所服务。真正有能力的作者主要表现其在讲故事水平上，寥寥数笔就勾勒出鲜明的人物性格，对整个文本的描写、伏笔的把握都十分恰当"。

赤戟的批评虽仍带有明显的网络色彩，用语也仍是网友惯用语言，他的批评逻辑和批评角度却有向学术化、深入型发展的趋势，有着深入论证的潜力。因此，作为网络文学批评的典型特征，批评范式的即兴化是文学批评在后现代社会的自我调适。它符合网络文学大众阅读、全民参与的特点，从读者的文学直觉出发，唤醒了大众的文学热情，建构了基数庞大的网络文学批评生态体系。

3. 批评类型多样化

正如本雅明所认为的"在批量复制时代，审美经验的概念发生了决定性的转变，它体现了从艺术死亡的乌托邦或革命性意义走向一种技术的乌托邦或革命性意义的关键时刻，它最终采取了大众文化的历史形式"。① 后现代社会的一个重要特征是技术带来的文化形式与文学形式的改变，网络文学批评在互联网的影响下，与大众文化合奏齐鸣，发展出了多种批评类型。因为庞大的参与人数与众多的传播平台，网络文学批评的类型在后现代语境中得到了扩充，它不再局限于发表在学术期刊的传统批评，还包括散见于文学网站、社交网站与专业问答网站的长评、短评、弹幕、点赞、打赏、评分等快捷化、数字化的批评类型。批评类型多样化使网络文学批评逐渐形成金字塔型的批评结构，传统精英批评位于金字塔塔尖，它代表了网络文学批评最具学术价值的研究成果，对网络文学发展进行持续的系统的理论追踪和价值判断。但是，塔尖的精英批评仅在学术圈发表流传，它的受众是网络文学领域相关研究人员，呈现出较窄的适用范围。从塔尖往塔基方向发展，批判的人数越来越多，批评的类型越来越多样，批评的互动性与影响范围也越来越大。以今何在的《悟空传》为例，作为网络文学经典之作，《悟空传》在豆瓣读书上收获了超过 11 万读者的评分，短评与长评的数量分别是 24000 条及 1600 条。仅从数据判断，《悟空传》仅在豆瓣一个平台上就吸引了十多万读者参与讨论，2 万多读者进行批评，这无疑显示了网络文学批评的巨大影响力。在豆瓣读书的长评板块，读者还可就评论本身进行二次"批评"，他们可以在"有用""没用"之间进行选择，也可以选择直接回复长评作者。这样的互动与交流远非传统批评活动可比。或者我们可以这样理解，在网络文学批评中，批评者与读者、批评者与文本以及读者与文本之间呈现某种新型关系。正如罗森·布拉特在《读者、文本和诗歌》中所述，读者和文本的关系不是线性的，而是交易性的，即这是一个在特定时间和地点发生的过程或事件，其间，文本和读者互为条件。

另一方面，我们应该警惕多样化的批评类型对基本审美原则的反

---

① ［意］瓦蒂莫：《现代性的终结》，李建盛译，商务印书馆 2013 年版。

叛和背离。多样化的批评类型放大了读者的个体价值，批评应有的专业性与审美性遭到忽视。何平指出，"一定意义上，我们正处于赋权之后批评被滥用的文学时代。20 世纪末崛起的网络文学配套文学批评制度，以粗糙乃至粗暴的打赏、打分、给星等的不讲道理代替了批评应该基于审美鉴赏下判断的讲道理"。[①] 此外，与批评类型多样化"搭档出场"的数字化特征也对网络文学施加了影响。网络文学批评不仅可以以文字形式出现，以数字为载体的点赞、收藏、打赏、评分等批评类型正占据批评市场的主流。数字化批评直观且客观，读者可通过榜单与数字迅速获取作品信息，形成对作品的第一印象。但批评的数字化趋势使冷冰冰的数字取代了表意形象的文字，人们不再需要通过艰深的阅读获取评论信息，数字的大小与作品的质量直接挂钩，位于榜单前列的作品能够得到更多的曝光、更大的流量与更丰厚的报酬，我们似乎正进入"数字为王"的时代。在数据横行的当下，网络文学批评一方面应坚守批评类型的多样化，鼓励更多的读者用不同的批评形式参与其中；另一方面也应坚持批评的审美价值，倡导理性批评、深入思考。

二　网络文学批评后现代特征的反思

如前文所述，批评主体泛化、批评范式即兴化与批评类型多样化构成了网络文学批评的后现代特征。究其根本，后现代社会的网络文学批评是流量、资本与技术涉足的文学批评。尽管学界对后现代的定义与范围仍有争议，流量、资本与技术的在场已是不争的事实，如何辩证面对网络文学批评的后现代特征是摆在学者面前的一道思考题。

流量的入场使得网络文学批评"众声喧哗"，各人犹如在市集上吆喝买卖，各抒己见。文学批评的娱乐性和消遣性日益凸显，刺激、出位、倍儿爽的评论能获得更多的关注和点击，人们似乎抛弃了严肃，

---

① 何平：《"点赞"式批评被滥用以后》，《文艺报》2020 年 12 月 23 日。

抛弃了中立，一切以娱乐为主，娱人至上、娱己为重。流量使政治、宗教、教育、文学等一众领域成为娱乐的"附庸"，带来了流量与网络文学批评结合的新物种。因此，流量使得网络文学批评具有解构的"神力"，它拒斥辩证思考，排斥严肃表达，大量使用网络语言，极易流于浅表化与空心化，因此，网络文学批评似乎已然成为网友的零碎化的社交活动而非需要完整逻辑和思考的传统批评活动。正如詹明信所说："后现代文化给人一种缺乏深度的全新感觉，这种'无深度感'不但能在当前社会以'形象'（image）及'摹拟体'（simulacrum，或译作'类象'）为主导的新文化形式中经验到，甚至可以在当代'理论'的论述本身里找到。故此，后现代给人一种愈趋浅薄微弱的历史感。"[1]

资本的大举进入减少了网络文学批评的学院气息，增加了网络文学批评的商业气质，形成了阿多诺所说的"文化工业"的一环。一篇篇文学评论背后可能是一双双紧盯受众的眼睛，它有着强烈的操控意识，目的在于"驯服"受众并无止境地扩大利益。文学批评的中立性受到折损，尽管它的表面仍无异样，背后那只手却从"操千曲而后晓声，观千剑而后识器"的批评自觉性与使命感变成了无孔不钻、无所不用其极的逐利资本。为此，我们不得不警惕资本强大的渗透能力与异化能力，坚持文学批评的"初心"，确保网络文学批评的金字塔尖不会变得过于小众而失去立足之地。

技术的进场使得网络文学批评"飞入平常百姓家"，成为文学领域独特的风景线。一方面，后现代社会阅读与批评的面貌发生了翻天覆地的变化，文学与文学批评的影响力日渐式微。另一方面，网络文学批评因为技术的普及得以另辟蹊径，将极少数人参与的严肃活动变成了大众参与的"狂欢"活动。在自媒体、社交应用与文学网站上，

---

① ［美］詹明信：《晚期资本主义的文化逻辑》，陈清侨等译，生活·读书·新知三联书店2013年版。

身披"马甲"的读者享有自由的批评权利与同等的发声渠道，不管这些批评深刻与否，规范与否，它们都会遵守时间的线性顺序呈现在网络之上，因此技术使得网络文学批评大众化与扁平化。大众的参与为网络文学批评带来生机与活力，但我们也需辩证看待随之产生的"民粹主义"倾向，发展多维度的以大众为中心且以精英为导向的网络文学批评模式。

后现代社会打开了网络文学与网络文学批评发展的"潘多拉魔盒"，随之而来的变化往往是复杂多样且前所未见的。我们需谨慎把握低俗与通俗、欲望与希望、感官愉悦与精神享受的界限。同时，网络文学批评也在构建后现代社会，狂热的读者、破碎的语言、解构的权威、断裂的阶层、流转的话语权，这些也将作为现代主义的对立面在技术与资本之手中继续"发酵"，构成新的后现代图景。

第八章　网络文学批评功能的变迁

文学批评是文学活动的一个重要组成部分。文学批评随着文学作品及其传播、消费和接受活动的产生而产生，也随着文学作品、文学现象的发展而发展。文学批评范式经历了从人类学、神学到文化论五次重要的"转向"。自 20 世纪 90 年代起，中国网络文学发展突飞猛进，时至今日俨然成为世界范围内的文学奇观，相对应的，也孕育出了网络文学批评这一特殊的文学批评。禹建湘教授将"网络文学批评的出现称作文学批评范式第六次重要'转向'——'空间转向'的范式"①。

第一节　文学批评功能的变与不变

网络文学如雨后春笋般在极短的时间内快速发展起来，时至今日从数量上已经当之无愧地占据了我国文学的半壁江山。但相较于"量"上的繁荣，"质"上的出彩显然要落后一大截。质量参差不齐、写作鱼龙混杂、作品缺少文学性成为网络文学最大的问题和不足，经常被学者诟病。欧阳友权教授认为，目前网络文学批评的成果是符合文学实践的，足以进入文学批评史的，而"呼吁文学批评对网络写作

的引导，期待理论研究对网络文学创作规律的阐发与规制，乃至召唤传统文学与网络文学的互动交流，就成为重要的历史性文学命题"。①

文学批评作为文学活动中重要的一环，有阐释文学作品；促进文学理论建设；阐明、引导意识形态；启迪、引导文学创作等诸多功能。作为一种崭新的文学批评，网络文学批评不仅传承了传统文学批评的这些功能，同时还在新的文学环境下呈现了新特点。"不仅拓展了文学批评史的新思维和新领域，也延伸了文学批评的意义模式及其时空结构，我们应该有把握这一功能范式的历史眼光。作为一种功能性存在，网络文学批评在一定程度上赋予了文学史以更为开阔的视野和不断新变的观念。"② 这些功能上的新变既体现了网络文学批评的特点，也呼唤着网络文学批评系统体系的进一步完善和发展。

一 网络文学批评功能不变的坚守

1. 解释文学现象，回应文学问题

如果说网络文学在其发轫初期还备受质疑，那么时至今日，网络文学给当代文学带来的影响和改变已经得到了认可。网络文学作为一种新兴文学现象以毋庸置疑的姿态改变着传统文学观念。网络文学在发轫之初具有鲜明的自发性特点，在有效的监管、规范、评价体系建立之前就已经有了蓬勃的发展，海量的网络创作中鱼龙混杂、泥沙俱下，勃勃生机中也隐含着未经规范的杂乱与未经引导的危险倾向，此时网络文学批评的规范、引导就显得极为必要。面对网络文学"多而不优、大而不强"的问题，加强网络文学理论批评，可以有效缓冲网络文学作品的量与质、商业需求与审美要求以及技术与艺术之间的矛盾。

欧阳友权先生在《中国网络文学二十年》中对网络文学批评的功

---

① 欧阳友权：《网络文学批评史的建构逻辑》，《社会科学文摘》2016 年第 7 期。
② 欧阳友权：《网络文学批评史的建构逻辑》，《社会科学文摘》2016 年第 7 期。

能做了四个方面的概括。一是树立和把握网络文学现状，回应网络文学创作中的新现象和新问题，这也是其基本职能；二是网络文学基本理论问题探讨，基于创作实践研究网络文学的基本理论、基本概念和基本规律，这是网络文学理论批评的核心；三是网络文学作家、作品评价；四是网络文学评价体系和批评标准的构建。对于这四个方面，我们应对网络批评秉持一种客观、认真、理性评判的态度。如今，网络文学在当代文学史中占比越来越重，一方面体现了"一代人有一代人的文学"特点，另一方面极大地填充了当代文学的内容。因此，对网络文学的理论批评也必然是文学批评史的重要组成部分，这需要批评者们自觉承担起文学批评的责任，以严肃、认真、客观的态度解释网络文学创作、传播中的种种现象，回应网络文学的各种问题，以创新性视角发掘现象背后隐藏的理论，引导网络文学与当今时代、与传统文学、与读者等各个环节寻找到最适配的交接点，为网络文学这一新兴事物的发展添砖加瓦。

2. 构建学科理论，反哺学科发展

"文学创作是文学批评的基础和前提，文学批评则是理论变迁的先导与先声。"① 历史上，文学批判的变化总是发生在文学观念变化的前面，前者的理论发展往往带动后者的转型升级。网络文学二十余载的发展历程，让"什么是文学""文学写什么""文学怎么写"等文学的基本观念出现了某些变化甚至转型，而网络文学批评的职能就在于回应创作时间，以达成对文论逻辑原点的理性调适。

欧阳友权先生在其文章《网络文学批评对文论逻辑原点的调适》一文中，详细阐述了网络文学批评对网络文学学理建设及当代文学的深远意义。他曾以媒介载体的不同比较为基础，将网络文学的逻辑原点定义为"自由"，称"虚拟世界的自由表征"是网络创作面对网络

---

① 欧阳友权：《网络文学批评对文论逻辑原点的调适》，《广西师范学院学报》（哲学社会科学版）2018 年第 4 期。

时代"文学是什么"的追问给出的答案。网络媒体所拥有的自由、平等、共享、兼容的精神特征，为艺术活力的迸发增添了自由的翅膀。但同时他也指出，网络空间所带来的艺术自由是建立在数字世界基础之上的自由，是文学在赛博空间的具象化表达，这并不改变对必然规律性的认知。因此，数字媒介对艺术自由的表征，可以看作是对"自由"这一学理原点的技艺诠释而非意义确证。由此可见，在"文学是什么"问题上，网络文学批评虽没有从根本上改变文学的逻辑原点，但推进了在网络时代中文学范畴中的理论延伸，拓展了"文学"观念的内涵与外延，进一步帮助我们认识文学在当代中"变"与"不变"的辩证关系。

在"文学写什么"的问题上，黄鸣奋教授认为"传统文艺学认为文艺是'人写''写人''人读'的。电脑文艺学虽然承认上述命题在一定历史时期是成立的，却不认为它们天经地义，而主张随着时代的进步将视野逐渐扩大到电脑化的人类、智能动物和机器人的创造性活动"[①]。按照欧阳友权教授的观点，依托数字媒介的文学作品所呈现出的特点主要表现在两个方面，一是长于表现网络世界的虚拟化生存，即"网人在网上写网事供网友阅读"式的网络写作；二是艺术叙事的平民视角和"草根"心态。各网络批评者在其批评实践中找到了"文学写什么"这一问题在新时代中的不同答案，这正是文学观念和理论在新时代的嬗变，网络文学批评的意义也正在于引导、规范这一转变，使其促进新兴文学的发展。网络文学批评者也从对作品特点的分析中察觉出文学书写方式的新变，即"数字媒介写作往往是以平民姿态、平常心态写平庸事态，以撒播感觉来表达自矜的平庸，让高雅相融于世俗，精英存形于普泛，神圣崇高降格为低微和平凡，一切形而上的东西都向下挪移，这样可以利用数字虚拟尽情释放自己的欲望和激情，传达真实的生活感受"[②]。

---

① 黄鸣奋：《女娲、维纳斯，抑或魔鬼终结者?》，《文学评论》2000 年第 5 期。

② 欧阳友权：《文艺边界拓展与文论原点位移》，《廊坊师范学院学报》2007 年第 4 期。

网络文学批评还包括了对"文学怎么写"的基本问题进行讨论。传统文学的主要职能中首先包括了对现实的观照，使之成为传播社会正确价值观的工具，树立文明与文化的标杆。其次是涵养人的精神，给人情感的抚慰和心灵的启迪，让人的现实生存获得海德格尔所说的"诗意的栖居"。网络文学创作应该坚守这些观念，但技术的进步会渗透进价值观的培养建设，网络文学伴随着技术性产生，自然形成了独特的观念和价值体系，其中体现的文学的原点性目的也发生了变化，欧阳友权将其称之为"（网络文学创作）将'文学干什么'的原点逻辑调适为'自娱以娱人的文化消费'"[①]。网络写作有着网络环境特有的兼容、自由、开放，这也是"自娱以娱人"得以成就的关键。但同时，自娱式的欲望表达有时容易削平文学应有的深度，消解文学创作者应当有的艺术、人文、审美、社会承担，文学作品也容易滋生文学价值与责任的缺位。网络文学批评有责任矫正这种偏颇，让文学沿着其应有的正确轨道前进。

二 网络文学批评功能变迁的新质

1. 批评话语权下引导功能的"深化"与"偏移"

网络文学使得创作门槛下移，创作平民化、"草根化"，创作阵容极为庞大。作为如此庞大的文学体量的受众，网络文学的读者成为新意义上的网络文学批评主体。批评主体身份构成极为复杂，按照类型大致可以分为传统学院派批评主体、大众传媒批评主体、在线批评主体三种。其中，学院派进行主要以专业文学的观点来审视批评实践的对象，"他们以学院派的身份或职业批评家的眼光看待新兴的网络文学，及时调整思维聚焦，敏锐地面对新兴媒体中的文学发声，构成学理化批评最具实力的一派"[②]；大众传媒批评主要面向文化市场，由记

---

① 欧阳友权：《网络文学批评对文论逻辑原点的调适》，《广西师范学院学报》（哲学社会科学版）2018年第4期。

② 欧阳友权、张伟顾：《中国网络文学批评20年》，《中国文学批评》2019年第1期。

者、作家、编辑及其他网络媒体利益相关者组成，他们的批评彰显出鲜明的传媒特点，即围绕当下的热点问题，通过说服引导的方式来达到文学批评的目的；在线批评则是文学网民随时随地的自由即时互动，是网络文学批评中的主力军，其批评方式极为灵活，没有固定模式，多为即兴冲动下与其他读者、网络文学作者之间的互动。

批评主体的泛化促使批评话语权从传统的只为部分精英学术派所拥有变为大众普遍拥有，"批评的主动权落到了普通网民手上，审美王国出现大河改道式的族类迁移和时空跳转，一举改写了文学批评的传统法则，颠覆了精英批评延续上千年的垄断地位"，"传统文学批评家的职业性被解构了，文学批评的主体走向'多元化'"①。话语权的下移使网络文学批评对网络文学的阅读引导功能与创作引导功能都得以深化，并催生着新的文学观念的产生。

第一，引导文学欣赏与文学接受。

在引导文学欣赏与文学接受方面，批评话语权的下移使得"实事求是"的文学批评原则更加凸显，文学批评更加回归真实。文学批评"有责任在浩如烟海的网络作品中引导读者目光，形成欣赏导向，帮助读者更准确的认识和理解网络作品……另一方面又可以防范有害作品对读者的危害，起到阅读市场的净化作用"②，在海量的网络文学作品中，如果没有在线批评主体与大众传媒主体的存在，那逐一甄选作品质量优劣、思想价值水平就会成为一个几乎不可能解决的难题。

美国学者曼纽尔·卡斯特尔认为"在线的交谈相较于面对面的日常生活能更多让讨论沟通减少禁忌、制约，交流过程也显得更加真诚"③。网络文学批评显著的特点是"平民批评"、"匿名批评"和"远程批

---

①　程海威、欧阳友权：《"网生文学批评"的话语权生成及其功能承载》，《中州学刊》2020年第4期。

②　欧阳友权：《建立网络文学批评"共同体"》，《中国社会科学报》2017年第5期。

③　[西]曼纽尔·卡斯特尔：《网络社会的崛起》，夏铸九、王志弘译，社会科学文献出版社2001年版。

评", 这消除了批评者的人际焦虑, 使网民能够以独立的身份和坦诚的态度发表自己最真实的想法, 呼应了"实事求是"的文学批评原则。同时, 网生文学批评是一种"大众批评"和"聚合批评", 构成了网文批评的"容错机制", 它们如"成千上万条评论聚合在一起, 以'大数据'为担保, 最终呈现的高赞文章和星级评价能够反映多数读者的意见"①。网络读者在面对浩如烟海的文学作品时, 需要相应的评论、意见作为挑选作品参考的标准, "读者依据 (个人化的网络文学大众批评) 指点而及时浏览优秀的网络文学作品, 其亲民的批评风格彻底消除一切文学批评特权, 营造着网络文学应有的平等氛围, 与网络文学的原创精神一脉相承, 推动网络文学继续前行"②。网络文学批评对真实性的呼唤正迎合了读者的需要。

正是因为大众化的网络文学批评具有明显的"引流"作用, 也致使不少批评者试图操纵舆论走向, 为网络文学"促销"。"当前, 网络文学批评更多地被收编了, 一些文学网站与批评家以商业利益为目标, 操纵文学舆论导向, 批评家利用专业优势, 引导读者兴趣, 撰写商业性的推广评论, 为网络文学当'托儿'。"③ 有的媒体甚至为了商业目的不惜采取噱头营销, 抄袭、水军、操纵榜单等问题层出不穷。各大传媒平台在点击率基础上创建的榜单、排行榜是各网站吸引流量的主要方式之一, 具有浓重的商业色彩。网络文学批评一旦与传媒"合谋", 就极易出现市场导向下的失真, 比如, 网络文学平台出于商业利益的考虑推捧"大神"写手或者新秀, 读者粉丝未经引导的打榜刷榜等, 都会使网络文学批评模糊原本的文本质量上的可参考性。这与在线批评带来的真实性的回归构成了一对因立场不同而取向不同的矛盾。

---

① 程海威、欧阳友权:《"网生文学批评"的话语权生成及其功能承载》,《中州学刊》2020年第4期。

② 禹建湘:《空间转向: 建构网络文学批评新范式》,《探索与争鸣》2010年第11期。

③ 禹建湘、孙苑茜:《论网络文学批评的失范及其对策》,《写作》2019年第2期。

第二，引导网络文学创作。

以《第一次的亲密接触》的出现为分水岭，侧重点逐渐从创作者的一方向受众一方所转移，这也正是区分网络文学和传统文学的重要标志。将重心放在受众一方、在读者引导下以市场为导向创作文本本就是网络小说的鲜明特点。这一特点在某种程度上暗合了姚斯"接受美学"主张。

"在接受美学中，读者的地位超过了作者的地位。读者不仅是没有参与文本创作的作者，而且又是使文本得以成为作品的必不可少的作者。"[1] 作者在创作时往往会预设一个"隐含读者"，即自己预想的有可能阅读自己作品的群体，并根据隐含读者的接受方式与接受程度开展文章内容，从这一角度上来看，隐含读者可以说是没有参与到文本创作中的作者。创作完成之后的文章只有在经过读者鉴赏之后才能被称为作品，因此读者才会成为"使文本得以成为作品的必不可少的作者"。网络文学是以市场为导向的创作文本，有了市场因素的考量，作者就更会把"隐含读者"的喜好考虑在内；更何况，网络在线批评的兴起连读者的"隐含"性都直接消解了，读者在追更、打榜时可以直接接触到作者未完成的作品，并可以通过留下自己评论、发表批评短评等方式直接与创作中的作者进行对话，从而影响作者对文本情节等的排兵布阵。从这个意义上，网络文学读者已经直接进入了创作环节，引导着网络文学的创作。

另外，一部作品完成以后，网络文学批评会以直观的数据化形式呈现在作者面前，创作者会参考网络文学批评者的价值倾向，在预设与调整中进行下次文学创作，这构成了网络文学创作与网络文学批评的良性互动。"在网络批评者身上呈现出创作者身份的重叠后，网络文学的创作者反过来又会成为网民二次创作的批评者，其吸纳、接受

---

① H. R. 姚斯、R. C. 霍拉勃：《接受美学与接受理论》，周宁、金元浦译，辽宁人民出版社 1987 年版，出版者前言。

网民对作品内容的意见和建议的过程正是二次文学批评的过程。"① 创作者、批评者与读者之间无比紧密，也使得文学创作与接受的过程更加自在自觉。可以说，网络文学批评是网络文学发展路上的一盏明灯，规范和引导当代网络文学的创作方向，同时也弘扬了接受美学的理论。

2. 批评风格的后现代主义特征

"后现代主义抗拒历史意识与深度模式，模糊了'高雅'与'大众'文化之间，艺术和日常经验之间的界限"②，后现代主义呈现出反传统、去中心化、崇尚多元价值的特性，与网络文学批评风格具有极强的相似性。

后现代主义反对一元中心论，崇尚多元化，杜绝同质化。网络文学批评自诞生以来，就冲破了传统文学批评中经营学者、学院派等对文学批评的垄断，以其复杂的批评主体构成成分形成一个新的批评场域。在这一场域中，批评者可以无视社会身份、思想价值取向、文化水平等的差异，平等、交互地发表自己的观点看法，繁荣了批评生态，体现了浓郁的后现代主义风格。

德里达认为，"去中心化"标志着中心的边缘化和零散化，亦即，处处无中心，处处是中心。"互联网多中心、多节点、网状分布的物理属性，以及网络媒介上自由、平等和宽容的言论环境，决定着网生文学批评是一种天然的'去中心化'的批评模式"，"网络文学批评推动并弘扬了多元的审美价值取向，使得精英审美由'中心'变为'节点'，文学审美价值体系由'金字塔型'向'扁平型'转变，不同评判标准共存共生"③。基于网络的特点，网络文学批评的主观性和交互性进一步加强，各种不同的观点激烈碰撞，各种不同的声音百家争鸣。

---

① 程海威、欧阳友权：《"网生文学批评"的话语权生成及其功能承载》，《中州学刊》2020年第4期。

② ［英］特里·伊格尔顿：《后现代主义的幻象》，华明译，商务印书馆2014年版。

③ 程海威、欧阳友权：《"网生文学批评"的话语权生成及其功能承载》，《中州学刊》2020年第4期。

和传统的文学批评相比，这种"去中心化"的批评模式凸显了鲜明的时代特点，不仅在文学精神上呈现了强烈的后现代主义色彩，也推动了文化价值观的多元化发展。

但网络文学批评的后现代主义色彩也有负面影响，主要体现在读者在其影响下对文学经典态度的改变。互联网多节点的信息传播，使得话语平权的表达机制得到空前的强化，在加速文化"去中心化"的同时也动摇了文学经典在大众心中的地位。"网络读者（同时也是批评者）不再满足于经典的价值观及其审美规范，对文学经典的信仰开始淡化或动摇。文学经典中的人文关怀、理性自觉和人文内涵，均出现'去神圣化'和'去崇高性'。"① 再加上市场的导向作用，为博眼球获取利益，剑走偏锋的功利化批评更是将社会责任感与文学批评的正确引导作用抛诸脑后，加剧了文学经典的衰落，不利于文学价值的构建。

3. 意义指向和价值承载的变化

"尽管网络批评仍然是一种有意义、有价值、有目的的主体行为，但它的价值内涵和意义目标发生了变化。这主要表现为从注重群体认同转向更重视个性好恶，从形而上认知变为形而下评说，从价值理性抽绎转而更侧重个人经验判断。"② 网络文学批评滋生了更加多元的意义指向，使人能够坦然地坦露心迹、返璞归真。

由于网络文学批评是一种"匿名批评"，批评者的现实顾虑与约束就少了很多，可以将社会地位、身份、学术水平、利益、人际关系等因素抛诸脑后，自由地表达真我，杜绝"面具批评""人情批评"。批评者的批评话语往往也通俗化、大众化，直言快语直抒胸臆，不用遮遮掩掩，网络文学批评也由此变得更加"锋利"，散发着鲜活的生

---

① 欧阳友权、喻蕾：《网络文学批评史的问题论域》，《中南大学学报》（社会科学版）2017年第3期。

② 欧阳友权、喻蕾：《网络文学批评史的问题论域》，《中南大学学报》（社会科学版）2017年第3期。

命力，有利于网络文学生态圈的形成。

但同时，欧阳友权先生也指出了网络文学批评在价值导向上的不足："多元的意义指向，功能选择的价值虚无或价值偏向，也会使网络文学批评出现功能偏激和导向偏误，影响批评功能的正常发挥"①。

三 网络文学批评现存困境及未来展望

1. 创作之"热"与批评之"冷"

相较于网络文学创作的蓬勃发展，网络文学批评没能及时跟上创作的步伐，现在还处于滞后状态。"目前我国网络文学批评及其理论建构很不完善，远未到位，是明显滞后于网络文学创作的。网络文学批评在话语体系、批评标准、批评理论等多个方面，都亟须更多从事文学理论批评的有识之士积极介入、稳健行动、缜密构思、推出成果，从而更好地发挥引导网络文学创作、遴选网络文学精品、提升网友审美水准、引领网络文化风尚的重要作用。"②

出现批评与创作疏离现象的主要原因有以下几点。一是批评队伍不够壮大，专业人员数量少，高校和作协依然占据了网络文学批评队伍的半壁江山，批评家的人数与海量作品不相匹配。另外，许多传统文学批评家仍然对网络文学持怀疑态度，认为网络文学批评是"小道"，不足为之动笔，或者在鱼龙混杂的网络上发表文章有失文学的严肃性，致使其与网络文学批评脱节。二是网络文学作品体量之大、篇幅之长，网络阅读带来的技术鸿沟等为文学批评造成了极大的难度。

2. 批评话语的缺失与滥用

面对网络文学发展现状，一部分传统批评家习惯用传统的思维方式和评价尺度不加变通地套用在网络文学上，在这种体系下得出的结论极易偏颇，有失公允，也常常与进行网络文学批评的本心相违背，

---

① 欧阳友权、喻蕾：《网络文学批评史的问题论域》，《中南大学学报》（社会科学版）2017年第3期。

② 周思明：《网络文学：创作热了，批评也不能冷》，《中国文化报》2019年第3期。

把握不住网络文学的界定性特点，造成有效批评话语的缺失。另外，传媒批评主体在消费意识的把控下，争先加入文化快餐的生产流水线中，生产出大量刺激感官的短评、快评、辣评、浅评等，浮光掠影地借助各类技术应用和网站对读者进行信息轰炸，营造出热闹、繁盛的假象，"但大都是印象堆积、感性围观，不少是隔靴搔痒，而且存在不少误读"①。即兴式的在线批评也存在着批评话语滥用的问题。读者即兴谈的只是自己某时某刻特定的情绪，其批评是否对文本进行细致分析，是否贴合真实想法都无从得知。随感而发的众声喧哗往往难以得到有效的规范，有些批评难免是信口开河、未经过理性思索的一时激情抒发。同时，网络虚拟空间的匿名化、远程化又容易滋生过度的自由化，体现在网络文学批评上，就表现为批评话语的情绪化、粗鄙化甚至攻击化。

3. 批评标准与评价体系尚未建立

以上问题，归根结底都是网络文学批评标准与评价体系尚未建立这一根本性的原因所致。网络文学批评出现的历史还很短，未能与当下正在发展的网络文学隔开一定的历史距离，加之网络文学的复杂性，因而未能形成系统性。在批评实践中便极易造成只是表面性阐释的现象。禹建湘先生就有言，"网络文学超长篇现象会消耗评论家极大心力，如此一来，批评的捷径就是贴标签，以标签之下对文本进行套路化分析，如同网络文学的套路写作，其结果就是使文学批评陷入到表面性阐释的困境中"②。

众多学者对网络文学批评范式与标准的建设付出了努力，为网络文学批评的发展做出巨大贡献。一方面，网络文学再有新变，归根结底本质上还是"文学"，那就应当遵守传统文学批评标准的衡量与评判。另一方面，网络文学毕竟超越了传统文学的固定范式，不能完全死板地照抄传统标准而不加创新，因此建立起一套完善贴切的网络文

---

① 杜国景：《当代中国文学批评语境与机制研究》，《中山大学学报》2015 年第 4 期。

② 禹建湘、孙苑茜：《论网络文学批评的失范及其对策》，《写作》2019 年第 2 期。

学批评新标准极有必要。

在文学生态方面，网络文学批评"需要建构一个创作（作者维度）、管理（政府维度）、经营（网站维度）、阅读（读者维度）、评论（理论维度）五位一体的'批评共同体'，而不是网站、作家、网民各说各话。这个'共同体'以理论评论学理逻辑为中心，创建批评的多维互动方式，以此形成网络文学批评的优化生态"①。

在批评标准方面，欧阳友权先生提出"评价网络文学绝不是提出几条标准那么简单，而需要从这一文学的特质及其与传统、与技术、与时代等多重关联中确立起一定的适配原则，并在实践中逐步探索其评价标准的可行性"②。2010 年马季在评述网络小说十年十部作品时，强调创新精神是根植于当今时代巨变之中的，把握住这一旋律，同样以创新性标准要求网络文学作品是很有必要的③。欧阳友权先生则于 2001 年提出了网络文学原创性的标准，2002 年增加了对"人文精神"的解释——"网络文学具有不加掩饰的本色情感和真情实感特征，网络文学形成了纪实性、写真性的情感宣泄模式，张扬了世俗化、人性化的泛情主义"④。2018 年又进一步丰富其理论，提出"网络文学既然是'文学'，评价它就仍然少不了文学的标准，如思想性、艺术性相统一，真善美相一致，历史的标准与文学的标准不可或缺等等。但网络文学不仅是文学，还是'网络文学'，有'网络'的技术元素……商业价值、产业体量、读者消费的市场化指数是衡量网络文学的重要价值要素。因而，在设置网络文学批评标准时，除了传统的批评标准外，'网络性'（技术维度）、'商业性'（市场维度）是不能忽视的元素"⑤。禹建湘先生则在《网络文学批评标准的多维性》一文中强调了

---

① 欧阳友权：《建立网络文学批评"共同体"》，《中国社会科学报》2017 年第 5 期。

② 欧阳友权：《网络文学批评的五个焦点问题》，《社会科学家》2018 年第 10 期。

③ 马季：《话语方式转变中的网络写作——兼评网络小说十年十部佳作》，《文艺争鸣》2010 年第 10 期。

④ 欧阳友权：《论网络文学的精神取向》，《文艺研究》2002 年第 5 期。

⑤ 欧阳友权：《网络文学批评的五个焦点问题》，《社会科学家》2018 年第 10 期。

网络文学批评标准的多维性，导致了网络文学批评缺乏一种内质性，提出网络文学批评的"标准至少要从三个维度来考量，分别是审美维度、技术维度和商业维度"①。刘桂茹也提出"在艺术性、技术性与商业性之间权衡评价尺度，坚守经典文学的价值取向，为网络文学精品建设营造良性驱动力"。②

诸位学者的观点都各有所长，但关于网络文学批评系统体系的构建还是需要在相当长一段时间内，在实践和历史的考验中逐步确定下来的。但不管其在具体细节上如何深化、新变，从整体上来看，网络文学批评体系都应该既有对传统文学批评经验的合理继承，又能适应兼具技术与市场因素的网络文学的界定性特征，能够做到艺术审美、技术因素、商业考量三位一体，在纵向上深入挖掘网络文学新理论，在横向上保持广大的格局，以广远的视野大胆进行跨语境、跨学科的多维批评体系建设，使网络文学批评能够发挥其应有之义，推动网络文学的长远规范化发展。

第二节　网络文学批评的影响力结构

透视网络文学纷繁复杂的发展历史，可以发现其背后隐藏着批评观念的演进。"这一观念演进依次在网络文学批评的范式变化、标准创生、功能变迁、主体身份和影响力等方面呈现出来。"③ 近年来，网络文学批评的理论研究呈现繁荣向好的态势，涌现出丰富多样的研究成果。但目前的研究重心多放在范式、标准、主体等焦点问题上，功能和影响力问题的关注度相对较低，尚未引起足够重视。

欧阳友权在《当代中国网络文学批评史》一书中对网络文学批评

---

① 禹建湘：《网络文学批评标准的多维性》，《求是学刊》2016 年第 3 期。
② 刘桂茹：《网络文学批评的困境与突围》，《文艺报》2018 年 11 月 7 日。
③ 欧阳友权、喻蕾：《网络文学批评史的问题论域》，《中南大学学报》（社会科学版）2017年第 3 期。

影响力作出如下定义："网络文学批评的影响力是网络批评实践及其效果对网络作家、作品、网络文学发展和社会文化发展所产生的功能作用及其所带来的积极影响的程度。这种影响力以批评主体、批评生态和批评效果构成影响力结构。"① 他还将网络文学批评的影响力结构分为了三个层次，分别是多样化批评主体的激辩与共谋、网络文学批评的网民围观与互动以及批评生态的颠覆与重构。关于这三个层次，已经有多位学者做过单个问题的探究，有较为丰富的成果材料可供参考借鉴。

一 网络批评主体身份变化的影响

起初，为了争夺批评话语权，不同身份的批评主体不惜多次发起争吵与骂战，渐渐地双方认识到敌视与隔绝只能将网络环境变得乌烟瘴气，尝试进行频繁互动以取得双赢。事实上，多样化的网络文学批评主体恰恰是在不断的激辩中最终实现了共谋，也恰恰构成了网络文学批评影响力的重要环节。黎杨全在博士学位论文《数字媒介与文学批评的转型》中分析梳理了文学批评与数字媒介的关系。虽然他研究的主体都是围绕网络上的文学开展的，并不能同网络文学批评画上等号，但他对三大批评主体发展历史的细致梳理仍然具有很高的价值。他指出：传统的"三分法"（网络批评、媒体批评与主流批评）概念与表述含混不清，造成了划分类型之间的交叉、重合与理解的歧义。从主体身份角度出发，可以将数字媒介语境中的批评类型划分为"媒体批评"、"专家批评"与"草根批评"三类。通过对"韩白之争""玄幻之争"等重大事件来龙去脉的分析，他提出了数字媒介改变了文学场域的格局与力量对比的结论——"在目前的语境下，传统文学专家批评与网络文学草根批评呈现出两极对立。前者拥有符号资本，然而日渐远离大众；后者拥有庞大的读者群体，却未取得名义上的合法

---

① 欧阳友权：《当代中国网络文学批评史》，中国社会科学出版社 2019 年版。

性。最近几年，双方的互动渐趋频繁，既有学院体制、专家批评对网络文学的接纳，网络文学的主动归附；也有传统文学试水网络，尝试与草根批评的'亲密接触'，从而成为一种突出的文学、文化现象。"①

吉云飞则从网络文学批评纷繁的表象中抓住了它潜在的发展路径。在《网络文学批评的三种模式——以〈2015—2017中国年度网络文学〉为中心》一文中，他对网络文学批评现有的两种主要模式——学院批评和粉丝评论进行了归纳总结和分析比较。他认为，前者是由学院派知识分子在已有的思想资源、学术传统和主流意识形态的规范性基础上开展的介入式批评，视野开阔、专业性强但缺乏在地性。后者是由网络原住民在各种新媒体平台上自发进行的根植于文本自身和圈内文化的直觉式点评，极具生命力但常常是自说自话的。而他真正寄予厚望的则是第三种正在形成的模式——"学者粉丝或粉丝学者，追求既内在又外在的更高的综合，而这需要经过一种真正的内部批评和真正的外部批评才能抵达。第三种模式显然体现了批评主体身份融合的趋势。"②谭德晶在《网络文学批评论》一书中则着重对草根批评的概念、内涵、特征进行了较为全面的总结，他运用了巴赫金的狂欢理论，主要剖析了草根批评的"狂欢性"。根据草根批评的"在线性"对批评形式具有一定程度上的影响，提出"'在线'对批评形式最重要的影响就是更加生活化、更加短小"③。同时也根据网络批评的"空前广泛的参与性"和"民间色彩"，提出网络迎来了"批评的平民时代"的观点。

曾繁亭对于网络文学批评主体的分析则与其他学者不同，他并未将网络文学批评主体做简单的类型划分，而是基于他们在相互关联、彼此渗透不断变化的客观现实，将网络文学批评主体的演变区分为三

---

① 黎杨全：《数字媒介与文学批评的转型》，上海三联书店2013年版。
② 吉云飞：《网络文学批评的三种模式——以〈2015—2017中国年度网络文学〉为中心》，《文艺论坛》2019年第2期。
③ 欧阳友权主编，谭德晶著：《网络文学批评论》，中国文联出版社2004年版。

个不同的阶段：多元批评主体区隔共存的发轫期、批评主体分立与博弈的崛起期以及多元批评主体融会的发展期。"从区隔共存到分立博弈再到交汇互融，这样的历史轨迹充分证明了多样化批评主体内在存在着矛盾与冲突，而正是在一次又一次的碰撞中，实现了区隔消弭与合力共谋。"①

针对网络文学批评现场层出不穷的矛盾冲突，单小曦在《合作式网络文艺批评范式的建构》一文中试图探索出一种通力合作的批评范式。他将中国批评界现有的各类文艺批评形态按主体划分——学者批评、读者批评、作家批评、编者（编辑）批评等，认为它们在网络文艺批评领域发挥各自优势，取得了一定成绩，其杂语纷争的局面也自有其积极意义。同时，他不乏尖锐地指出，它们在批评实践中遭遇的问题更为突出，每一种批评主体的个体行为都很难达到有效阐释网络文艺现象的目的。基于这一突出问题，他提出要建构读者、作者、编者、学者的"四主体合作式批评"模式。这一新的文艺批评范式具有"'金字塔形合作式话语生产'和'环形合作式话语生产'两种具体操作形式"。②

二　网络批评受众身份变化的影响

有学者指出，"网络文学批评广场改变了批评读者单一的'受众'身份，读者以围观者和互动者的角色参与到'广场狂欢'中，以自发的方式形成'全民性''泛时性'的巨大影响力"。③ 网络文学批评广泛而活跃的读者群体，无时无刻不在进行着或深刻或肤浅的交流，构成了巴赫金式的广场"狂欢"。

胡春阳《网络：自由及其想象———以巴赫金狂欢理论为视角》一文探讨了网络自由的本质、社会意义及其与时代精神的互为观照。

---

① 曾繁亭：《网络文学批评主体的衍变》，《小说评论》2016 年第 5 期。
② 单小曦：《合作式网络文艺批评范式的建构》，《中州学刊》2017 年第 7 期。
③ 欧阳友权、吴英文：《网络文学批评的价值和局限》，《探索与争鸣》2010 年第 11 期。

该文指出："狂欢的一个重要的表现形式就是笑与诙谐变成了在网络虚拟空间中的纵情恣肆。网络技术的特点与人们在网络上的现实表现都显现了狂欢的本质，网络成为人们摆脱各种压制力量与繁琐无趣乏味的日常生活的方式，成为过第二种生活的广场。"① 然而，网络的狂欢只是虚无缥缈的狂欢，在线的自由也是束缚在网络空间这一鸟笼中的自由。由于主客体关系的扭转，主体的功能、地位逐渐被客体取代，其反思力早已被消解掉了。从这个角度上来说，网络传播作为人类现实自由追求的一种历史样态，它对人的现实自由的实现既起推动作用，又有阻碍作用。

李圣在其博士学位论文《巴赫金文学理论与 90 年代后中国文学批评话语的建构》中也提到"巴赫金的广场批评话语认为其出现已颠覆了旧的文学观念，解构了意识形态，填平了精英与大众间的鸿沟，建构了多元交往的文化公共空间"。② 他认为网络所提供的巨大赛博空间给人们提供了平等自由的条件，在这其中不受身份的束缚，"去中心化"的特点也是"权威"进一步被压缩。他将研究重点摆在了巴赫金狂欢广场理论与中国当代网络批评的关系上，并认为：第一，比特广场与狂欢广场有异质同构的关系，都具有广场的边缘隐身性；第二，广场话语具有广泛的参与性，学院批评与草根批评处于矛盾统一的整体中，它们的相互依存、相互渗透促进网络文学批评的发展；第三，广场话语具有包容性；第四，颠覆性，即网络批评后现代特征——对权威的抗争和对权力的否定。不过，他也看到了网络批评在使中国文学批评进行到平等自由的草根批评的虚拟空间的同时，也带来了诸多问题，如过度的娱乐化以及由粗口式的批评催生的网络语言暴力。

在学术论文集《网络文学与文学变局》中，杨剑龙、陈丽伟在

---

① 胡春阳：《网络：自由及其想象——以巴赫金狂欢理论为视角》，《复旦学报》（社会科学版）2006 年第 1 期。

② 李圣：《巴赫金文学理论与 90 年代后中国文学批评话语的建构》，博士学位论文，哈尔滨师范大学，2017 年。

《论新世纪初网络文学的话语狂欢》一文中指出，"网络向大众发出文学狂欢的邀请，它变成了一个众声喧哗的话语空间，这主要体现在逐次完成的网络文学创作过程与网络文学批评。而'韩白之争''梨花体'两次论战，分别以个人博客和网络论坛为阵地，充满'文学群众运动'意味"。①

在《批评的狂欢——网络批评"广场"辩析》一文中，谭德晶提出，研究网络批评的狂欢必须要探讨其实际表现形式。他将网络批评狂欢各种纷杂的形式按照性质分为三大类："笑谑"、语言的"下身化"以及"狂式"（一种极端的、夸张的、狂妄的表现形式）。而"狂式"的批评形式在网络中是一种广泛的存在。他充分肯定"狂欢"在文学中所展现的积极作用，并认为："在狂欢文化中所焕发出来的艺术形式和语言的巨大活力，不啻是在文学及其批评的源头发现了一片野性的亚马逊热带雨林。"②

欧阳友权在《当代中国网络文学批评史》中重点研究了涌入网络广场进行批评围观的读者群体，认为他们并非简单的"乌合之众"。读者游离于严肃、等级、秩序化的现实批评世界之外，在网络世界里脱离了对"权威""教条"的崇敬、恐惧与屈从，放弃了现实世界的权力与身份，以自发的方式形成受众整体，产生网络批评的影响力。

网络文学批评读者在"狂欢广场"围观与互动的影响力主要体现在两个方面：一是体现在批评参与的广泛性上，网络文学批评的受众实际上参与了批评的生产。"狂欢广场"营造了大众化的乌托邦，摆脱了现实批评世界的规范和束缚，打破了传统精英批评的蓄意诱导，以匿名狂欢的形式摆脱了权威的严肃性，以日常的甚至是嘲弄、戏谑的方式代替了高雅和崇高。二是体现在万众齐聚的"泛时性"上，网络批评读者可以不受时空限制，众多批评读者按照网络文化的逻辑可以将

① 欧阳友权：《网络文学与文学变局》，中国文史出版社 2014 年版。
② 谭德晶：《批评的狂欢——网络批评"广场"辩析》，《文艺理论与批评》2003 年第 3 期。

注意力转向同一个批评内容，以参与围观与互动，在特定的虚拟时空场域进行"共时性"联欢，这不仅扩大了网络批评的受众面，后续的批评者还能不断介入同一个批评过程，对已建构的批评成果予以连续性地"历时性"修正，实施对批评的批评。①

三　网络批评生态层面的影响

不可否认，网络文学批评的出现对网络批评生态产生了巨大冲击力，这主要表现在对传统批评生态的颠覆与新批评生态的建立。必须承认的是，网络文学批评的影响力并不仅仅表现在积极意义上，它本身所具有的局限也会给健康的文学批评带来负面影响。程海威、欧阳友权在《"网生文学批评"的话语权生成及其功能承载》一文提出"网生文学批评"（即"网络原生的网络文学批评"）这一概念，认为"在互联网推动形成的三种批评新取向中，网生文学批评是介于网上传播的传统文学批评与具有先锋实验性的超文本、多媒体批评之间的'中间路径'，是最能代表文学网民主观好恶、审美趣味与价值倾向的一种批评形态"。②

草根批评与精英批评间似乎是一对矛盾体，它们相互对立且相互依存的特点推动了多元化审美取向的发展。新时代下的网络文学批评，应以引导为主，使那些刚入门的"新民间批评"融入当代文学理论与批评体系。

在《当代中国网络文学批评史》一书中，欧阳友权详细阐述了批评生态的颠覆与重构。他指出：第一，网络文学批评壮大了文学批评主体和受众的阵营，改变了文学批评的阵地和传播格局。网络文学批评生产者和消费者通过多种终端、多类媒介参与到批评过程中，使批评成为一种公共交流。第二，网络文学批评带来了文学批评观念的变

---

① 欧阳友权：《当代中国网络文学批评史》，中国社会科学出版社 2019 年版。

② 程海威、欧阳友权：《"网生文学批评"的话语权生成及其功能承载》，《中州学刊》2020年第 4 期。

化。网络文学批评在数字化传播平台背后，还隐藏着一股巨大的批评生态影响力——平民化的批评精神，这一批评精神是网络文学批评最具活力的精神驱动力，也是改变传统批评生态的强劲颠覆力。

禹建湘在《空间转向：建构网络文学批评新范式》一文中肯定了网络文学批评对于网络文学和文学批评自身所具有的双重重要意义。当前的网络文学批评形式主要有回帖、论坛讨论、短视频科普、微博回复等形式，具有明显的批评主体大众化和批评内容通俗化发展趋势。不过，网络的自由与开放一方面促进了文学批评向更广阔的方向发展，另一方面也造成了网络文学的评价标准缺失。面对这一棘手性难题，他认为："随着网络文学的兴起，文学批评范式将面临第六次重要'转向'。这就是'空间转向'的新范式。网络文学批评范式是迥异于传统文学批评的新范式，建构网络文学批评新范式，就是建构'个人化大众批评'批评主体、'跨语境文化批评'批评方法以及'开放性多元批评'的批评的价值观。"①

吴钖在《本体·价值·批评：作为学科的网络文学》中提到了网络文学批评的重要意义，认为批评之于网络文学，是一种"建设性力量。客观、科学的批评不仅能推动网络文学的生产、传播和接受，也是网络文学理论发展的重要推力"。②吴钖更为关注的是学院派的专业批评，并呼吁传统批评家要成为网络文学的专业"把关人"，并尽快建立和完善科学的网络文学评价体系。

在《电子媒介时代文学批评的审美变异》一文中，胡友峰指出："电子媒介时代文学的解读'话语权'开始转移，批评主体开始发生显著变化，读者的主观能动性得到突出，内涵更加丰富多样。一方面，以往学院派批评的经典遴选体系一家独大的局面被打破，以兴趣集中起来的作为'网络群落'原住民的读者的大众遴选体系开始活跃起

---

① 禹建湘：《空间转向：建构网络文学批评新范式》，《探索与争鸣》2010 年第 11 期。
② 吴钖：《本体·价值·批评：作为学科的网络文学》，《湘潭大学学报》（哲学社会科学版）2020 年第 5 期。

来。大众遴选与学院派经典遴选体系的差异，使得审美模式的变异性需要重新考量。"① 另一方面，由于学院派、媒介、读者、作者等不同批评主体秉持的传统审美理念，不能有效地对电子媒介时代的文学文本进行有效阐释，电子媒介时代的文学批评呈现出不及物、空洞化、批评标准的模糊性、批评实践的以偏概全等问题。因此，建构一种立足于文本自身的文本诗学，以应对电子媒介时代文学批评的审美变异是有必要的。

赖敏在《网络文学文化生态现状思考》一文中表达了自己对于网络文学批评社会正向影响力不断扩大的期待。在她看来，"当今网络文学批评显现出多层级、互动性、灵活性特征。人们探讨的视野已经突破了早期分割开来的技术领域、后现代主义和文学本身，呈现出一种整体关联态势，建立起文学研究中的多层次文化生态意识，只是批评的声音不够宏亮，姿态不够大方，其正向的社会影响力远远不够"。②

在《网络文学批评的价值和局限》一文中，欧阳友权、吴英文细致论述了网络文学批评的价值与局限。作者认为，网络文学批评的出现在丰富文学批评的机制和重塑文学批评的格局上具有重大意义。作者也提出网络文学批评观念有了显著变化，主要有"批评者身份的改变，传统批评家的角色在网络中被消除，创作者、批评者和读者这三者之间的界限出现了交互式转换融合；批评目的发生了变化，由'载道经国、社会代言'变为'自娱娱人、趁网游心'；网络批评的艺术祛魅，将导致经典交权、中心消解、评价标准悬置、认同尺度模糊、个人趣味至上等"。③ 最后，作者不乏忧虑地表示，在话语平权和张扬个性中如何建构起富含普适价值的评价标准是网络文学批评要解决的课题。

---

① 胡友峰：《电子媒介时代文学批评的审美变异》，《中州学刊》2020 年第 1 期。
② 赖敏：《网络文学文化生态现状思考》，《中华文化论坛》2012 年第 6 期。
③ 欧阳友权、吴英文：《网络文学批评的价值和局限》，《探索与争鸣》2010 年第 11 期。

四 网络批评对文学经典的影响

此外，网络批评的影响力还表现为它对待文学经典的态度。在文章《"经典边界"的移动——论网络文学的主流化和经典化》中，基于大众传播媒介带来的文学经典边界的拓展和移动这一基本语境，林俊敏谈到了网络文学的主流化和经典化问题，揭示了网络文学经典作品的产业化形成机制。同时，他清晰地意识到，这并不能说明网络文学已经跻身于传统文学经典，成为一流的作品，而是说网络文学以自身独立于传统文学的生产机制，产生了自己的"经典"。大众媒介的形成使网络文学经典化建立了另一种生成逻辑和传承谱系。①

欧阳友权、喻蕾在《网络文学批评史的问题论域》一文中详细阐述了网络时代文学经典目前所存在的不足和问题。文学经典具有传播和宣传主流意识形态的功能，这在一定程度上重塑了文学的审美逻辑。然而，文学"赛博空间化"批评方式所呈现出的"去神圣化"和"去崇高性"都将之前的范式打破，"媒介形态的变化改变了人类感知模式，重组了人际关系，推翻了既成的政治秩序和美学秩序。从此，文学经典的命运发生改变，开始面临权威性的消解和人文内涵丧失的危机。随着信息由单一中心、层级传递向多中心、无层级、同步网络传递的转变，……特别是文化资本和商业利益的介入，导致网络批评出现'幕后推手'、'网络水军'和'炒作公司'等，更加剧了功利化批评的剑走偏锋"。②

在学术论文集《网络文学研究文丛：网络小说类型专题研究》中，《数字媒介时代的网络文学批评现状及出路》一文从新媒介文艺批评角度，为网络文学作品的经典遴选机制提供了行之有效的方案。

---

① 林俊敏：《"经典边界"的移动——论网络文学的主流化和经典化》，《暨南学报》（哲学社会科学版）2019 年第 5 期。

② 欧阳友权、喻蕾：《网络文学批评史的问题论域》，《中南大学学报》（社会科学版）2017年第 3 期。

作者常方舟认为，与网络文学创作的繁荣景象形成对比，网络文学具象批评是缺位和失效的，批评主体的合法性和有效性仍然备受质疑。在数字媒介时代，批评权力的争夺和冲突本质是用户生产内容（UGC）和专业生产内容（PGC）之间的潜在对立。文学批评的重要意义在于评议文学生产的价值过程，体现为文学的经典化。虽然网络文学经典之作尚难盖棺定论，从媒介更替的必然规律来看，以数字文化为基础的网络文学势将成为文学经典产出的主要源头。由于媒介形态的演变，网络文学的经典标准和经典化方式同样与传统文学存在差异。传统经典的遴选和建构是政治意识形态作用、知识精英和受众等多方介入的综合性结果。数字媒介时代、资本、技术和受众则成为网络文学经典化的重要影响因素。引入新媒介文艺批评的方法论，反省和检验网络文学的经典化机制，对网络文学未来的良性健康发展定有所助益。[①]

在短短20余年的时间里，网络文学发展迅速，一跃成为网络时代主流的文学形态。在媒介交融互通的当下，蓬勃发展的网络文学已经超越了单纯的"网络"或者"文学"范畴，深入当代社会文化空间的各个层面，在我国人民的精神生活中占据了重要地位，是社会主义文艺中不可缺少的重要部分。作为一场轰轰烈烈的文学实践和文艺建设活动，网络文学的革命意义日益凸显。而小荷初露的网络文学批评虽然发展时间不长，却也深深影响了网络文学乃至整个社会文化的发展。它的影响力以批评主体、批评生态和批评效果构成影响力结构。一方面，网络文学批评对文学批评的理论与实践均发挥着无可替代的积极作用；另一方面，我们也不得不承认，它仍然存在着明显的缺憾和消极的反作用。在数字媒介语境下，网络文学批评的影响力问题还与网络文学经典化等热门议题密切相关，对文学评价体系的建构有着重要意义。

---

① 荣跃明、王光东、常方舟：《网络文学研究文丛：网络小说类型专题研究》，东方出版中心2019年版。

第九章　网络文学批评的当今与未来

网络文学在经历试探与摸索后，已向纵深挖掘，网络文学批评伴随着网络文学的迅猛发展同样走上了康庄大道，但由于惯性使然，文学批评界对网络文学与网络文学批评嗤之以鼻的人依然存在，网络文学批评克服研究的瓶颈，如何进一步提升学术影响力是需要长期关注的问题。

第一节　网络文学批评的意义与局限

信息时代和大众文化的崛起促进了网络文学的发展，网络文学批评也应运而生。网络文学批评是一种新型的文学批评样式，与传统文学批评的写作方式、语言表达、传播载体、价值立场以及标准机制都存在着诸多差异，具有鲜明的"网络"特征。一方面，网络文学批评的出现对当代中国的文化构建和文学格局都产生了巨大的影响，存在着不可忽视的意义与价值；另一方面，网络文学批评经历了从无到有，从弱到强的发展过程，作为一种新型的文学批评形态还存在诸多局限，学界也有诸多研究者正视了网络文学批评发展存在的局限和困境。

一　网络文学批评的意义

2001 年 6 月 14 日至 15 日，北京市文联研究部和《中国青年报·数字青年》在天津举办了"网络批评、媒体批评与主流批评"研讨会。此次研讨会将网络批评、媒体批评、主流批评放置在一起，相当于肯定了网络批评在信息时代与互联网技术迅猛发展的传播形态下，与相对传统的媒体批评、主流批评分庭抗礼的局面。网络文学批评作为新兴的文学批评形态，在话语需求释放、话语真实表达、文化产业发展方面都有着重要意义。

1. 话语需求：大众文化的窗口

网络文学批评的首要意义在于使文学批评的发展越来越大众化。欧阳友权与吴英文在《网络文学批评的价值与局限》一文中直接阐发了网络批评言语的两个重要特征和价值，一是以真话对抗虚假的言语立场，他们将网络文学批评比喻为"一个'平等、兼容、自由、开放的虚拟民间场所'"①，这种开放自由的言说环境使得批评者处于一种"直接在场"的虚拟状态，类似于一种"日常性"的对话，从而脱离了主流文学批评中的晦涩表达，以及主流批评与媒体批评共同存在的身份隔阂。唐洁璠也在《网络批评的文化意义》中阐述了网络为大众文化空间带来的释放，"网络的平等性、兼容性、自由性和虚拟性使它彻底解构了文化的阶级等级和权力话语对媒体的垄断，为文学批评来到民间提供了技术上的支持和保障，使文学批评真正成为大众的'公共财富'"②。文中还提到了刘学红在《网上江湖》一书中的看法："网络世界成为另一个世界，纯粹精神的世界……在 ID 的掩护下，你可以多多少少说点你想说的话，而不用再挖个坑埋起来。同时，你也终于能够发言，有人能倾听你的话语，话语的世界终于给了每个人平等的机会，而这一次将不再靠金钱、权力、地位。"③ 相对于传统文学批评中难以避免的"人情批评""面子批评"，网络批评的言说环境带来了前所未有的自由，更重要的是，网络批评解放了以往文学批评被意识形态长久压抑和束缚的局面。

---

① 欧阳友权、吴英文：《网络文学批评的价值和局限》，《探索与争鸣》2010 年第 11 期。
② 唐洁璠：《网络批评的文化意义》，《时代文学》（理论学术版）2007 年第 6 期。
③ 刘学红：《网上江湖》，湖南人民出版社 2002 年版。

谭德晶在《网络文学批评论》一书中直抒胸臆，与网络批评的言语表达方式一致，谭德晶脱离学术话语的表达，直接阐述了网络文学批评对于中国话语空间的变革性意义，几千年以来不论是官方的，还是体制或是资本方面，都不曾给予民间批评真正的发声机会，并且人们逐渐习以为常，将之当作理所当然的事情，但实际上"发声"与"批评"应是每个人都该被赋予的权利，人们的话语需求一直被"囚禁于笼"，从未得到展翅高飞的机会。谭德晶从几千年前的文学作品流传开始谈起，从《诗经》时期到古典时代再到现代纸媒体时代，揭示文学即使是在受到官方意识形态的强烈打击下，仍然会有民间的声音破土而出，抑或是暗暗生长，大众的声音从未被覆灭。谭德晶先生如此陈说网络文学批评的大众文化意义，"网络使文学批评破天荒地挣脱了意识形态的荒唐控制……但现在，在网络的自由媒体之中，文学批评被意识形态荒唐控制的现象已经一去不复返了，文学批评全面地回归到人性、真情，回归到客观真实，回归到了艺术本身。虽然这种回归现在还显得比较幼稚，但它毕竟已经澄清了几千年来被政治道统所搅浑弄臭的文学批评之水。这是网络所割除的寄生在文学批评身上的一个大赘疣"。① 以上学者的研究较为系统地论述了网络文学批评的意义，且较具有代表性，他们的观点可以概括为，第一，网络批评实现了"日常性"的大众文化突围；第二，网络文学彻底解构了阶级等级和权力话语的垄断；第三，网络批评割除了绕弯子的文学批评，带来了清新、自然而真实的批评风格。

从话语表达需求来看，网络文学批评的意义是变革性的，是具有颠覆性的意义的。以谭德晶先生书中对文学批评的历史梳理为本，网络批评其内在的精神源流与人民大众的发声心愿是极其贴近的，可以说在本质上网络批评前所未有地解决了人民大众长期以来的话语表达需求，它的现实证明就是随着网络出现带来的交流方式的变革，21 世

---

① 谭德晶：《网络文学批评论》，中国文联出版社 2004 年版。

纪以来 BBS、人人网等各种交友互动论坛都呈现出爆发式的增长，网民数量也呈现指数倍的上升。阶级等级和权力话语的言语枷锁在网络批评空间被弱化了，话语需求也在意识形态的引领与尊重下获得了最大程度的自由。文学批评从以往的荒唐的意识形态控制中解脱出来，但这也并不意味着网络批评不需要意识形态的引领。在某种程度上，我们需要从以往学界对网络批评的大众文化意义中，探讨网络批评与意识形态的关系。

大众文化出现的背景不仅与网络批评空间的生成有关，更与文化全球化有关。随着网络批评空间的出现，人类的文化形态发生改变，可以说，文化批评通过科学技术实现了全球化的交涉、互动、传播与共享，这其中既渗透了文化批评场域下观念的交流，也无法避免文化意识形态的冲突。而当文化与现代工业生产、商品紧密结合在一起时，文化就具有了资本的特点，后现代主义文化不再仅仅是文化思潮的名称，而是进入了人们的日常生活，带来了大众文化的喧嚣与狂欢。在文化全球化的背景下，当代中国正处于建设文化自信与文化强国的伟大实践中，面临着文化全球化带来的霸权主义与殖民主义的资本主义意识形态捆绑，以及后现代主义文化有可能带来的娱乐泡沫，其实更需要意识形态的引领，帮助我们对文化全球化的本质做出清醒认知，构建良好的网络批评空间，在释放话语需求构建大众文化生态的同时，也坚定文化自信，构建良性循环的网络批评开放系统。

2. 话语真实：批评方式的互动

欧阳友权与吴英文在《网络文学批评的价值和局限》一文中提到了网络批评对于文学批评互动方式的改变。他提到网络批评在"结束批评家单向度私密评品的同时，开创了大众参与、交互共享的四维空间，同时网络批评是网络文学作者、读者身份交融之后批评主体之间脉理交织的多向度交流，其批评过程呈现出明显的动态性"①。

---

① 欧阳友权、吴英文：《网络文学批评的价值和局限》，《探索与争鸣》2010年第11期。

作者认为，传统批评家在网络文学批评过程中所扮演的"批评中介"的角色在一定程度上为作者与读者的沟通与对话搭建了桥梁，弱化了二者之间的距离感。另一方面，作者、作品、大众形成"三角"关系，构成交互语境的间性批评方式。网络文学作者在写作过程中会出现"期待视野"，读者作为其"潜在阅读对象"对作者的创作产生一定影响，而读者经由作品的阅读欣赏产生的批评互动行为，同样会在网络批评空间受到"他者"的影响，尽管这种影响我们无法判断是积极的还是消极的概率更大，抑或者说它是中性的更为合适，但不可否定的是，读者与读者之间以作品为根据所产生的交流会因这种"他者"的存在而进一步产生观念的不断更新，接受美学理论中称："只有通过读者的传递过程，作品才进入一种连续性变化的经验视野。"① 网络批评带来的这种交互语境的批评方式互动，能让网络文学作者与读者都能更为直接地体会到对方真实的审美诉求，观念传达的信息壁垒得到消除，双方的审美距离得以拉近。

同时，这种交互语境的批评互动方式也隐含了网络批评对话语真实的意义和影响。因为网络批评空间的大众参与性与交互共享性，参与者的批评言语相对于现实生活，都是"第一性"真实的，加之匿名性的身份遮蔽，这份批评空间的真实就显得尤为自主和自由。欧阳友权先生提到，网络批评在"没有了编辑审查的约束，稿酬版税的焦虑和批评之外功名利益的考量，在无约束、无压力、无功利的'三无'状态下激发起了敢说真话的勇气，获得'我口表我心'的畅快"。② 谭德晶先生也认为，网络批评带给当代文学批评的第二意义在于清除了文学批评领域"故弄玄虚"的"毛病"。他认为，文学批评领域存在滥用西方各种主义、理论思潮的现象，出现了"食洋不化"的危机，文学批评变成"一种从理论到理论，从抽象到抽象的空洞的东西"，

---

① H. R. 姚斯、R. C. 霍拉勃：《接受美学与接受理论》，周宁、金元浦译，辽宁人民出版社 1987 年版。

② 欧阳友权、吴英文：《网络文学批评的价值和局限》，《探索与争鸣》2010 年第 11 期。

大有晦涩难懂却无实际效用之感，而网络批评的话语真实革除了这种批评风格，显得更为清新、自然和真实，也更符合当前社会人们真正需要的交流沟通的方式。在网络批评中，过于理论化与逻辑化的言语方式都不符合网络批评参与者的需求，话语真实避免空话套话，避免文字游戏，避免臃肿修辞手法，而在意怎样直击主题，直接表达自己的真实感受，即使是包含理论与逻辑的话语，在网络批评空间中，网络批评言语也会讲究深入浅出地进行表达。传统文学中的旁征博引、引经据典在网络批评空间也有市场，不过相较于传统文学批评，那是更为有趣的言语表达方式和服务内容了。

3. 创意赋能：文化产业的繁荣发展

当下，网络文学在后现代主义消费语境下和文化产业形成了紧密的关系，网络批评同时促进了文化产业的快速发展，丰富了文学作品的传播方式以及为大型商业 IP 文化产业夯实了基础。

中国人民大学文学院的陈奇佳教授在《网络文学批评当从产业角度入手》一文中提到，当下"网络文学已经构成了一个非常复杂的产业形态，它真正的价值和意义在于能够给当前中国的文化产业提供一定意义上的创意支持"[①]，他认为当下文化产业大型商业 IP 的转化缺失好的剧本，而网络文学所呈现出来的创意优势又是可以与文化产业形成天然互补的。网络批评可以将网络文学市场上鱼龙混杂的文学作品加以加工和改造，从而转化为具有优势的文化产业创意，为文化产业链的上游提供创意支持。同时，唐洁璠也认为网络批评改变了文学作品的宣传模式，该学者从传播学的角度探讨了传统文学批评与网络批评在文学作品宣传模式上的差异。传统文学批评依赖于传统专业批评家与媒体记者等人通过撰写相关评论获得"权威效应"，而网络批评没有"权威"和"霸权话语"，所有的优劣都由网络批评参与者发声，从而能够直接通过网络平台的大数据支持显现网络文学作品的优

---

① 陈奇佳：《网络文学批评当从产业角度入手》，《中国艺术报》2013 年第 18 期。

劣，做出适合文化产业转化的真实的市场化判断。整合优秀网络文学作品的创意桥段，使网络批评为文化生产产业链源头提供创意支持；而网络批评空间营造的话语真实环境，让大众成为真实的评判者，是网络批评对文学作品宣传模式的重要意义，也为文化产业市场化选择创造了巨大价值。

此外，网络批评对于当下的积极意义还有很多。比如它改变了文学作品的生产方式，网络批评如网络文学创作的一面镜子，一段时间内的网络文学所暴露出的问题都将在网络批评中映射出来，许多网络文学作者在创作时会将读者的"期待视野"考虑进来。再比如它使文本形式获得了空前的解放，消解了"精英意识"与"平民意识"这种意识形态范围内的概念界定，使文学创作朝着更为民间的方向发展。欧阳友权还在他的博士学位论文《网络文学本体研究》中以深刻的哲学意义探讨网络文学的终极意义，他主张面对网络文学这一新"此在"，我们得放下所有先入为主的观念，应该从胡塞尔的哲学意义上的"现象"的角度出发看待网络文学，通过这种"现象学还原"，才能够参透网络文学的"显性存在"，达到"隐性存在"即"真理"的目标。总体来看，网络批评在很大程度上摆脱了等级阶级、权力话语、利益捆绑的创作阻碍，使得文学创作与文学批评都成为众人平等的事情，网络文学创作者消除了创作的门槛，网络文学批评者也跨越了"批评中介"的观念影响，这种平等自由的环境，无论是对网络文学本身的发展，还是对文学批评生态的改善和对当代文化的建构，都有着积极而深刻的影响。

二 网络文学批评的局限

1. 批评主体的割裂与专业性欠缺

张文东指出，现在的网络批评有一种仍然在使用传统文学的批评思理和方法，落入"旧"的模式，与网络文学割裂，脱离最新的文艺创作现实；而另一种则在网络平台上对所有文学艺术进行自由分析和评价，主体鱼龙混杂、话语参差不齐导致价值性和关注度不高。并且这两种一直保持隔离甚至对立，"最后不仅都成了自说自话，又都在自己代表不了真正的网络文学批评的同时，否定了对方可能代表的权力，使现实的网络文学批评在看似繁荣的表象之下实际埋藏着致命的空洞"①。

欧阳友权的观点则更为系统和完善。他认为，今天我国的网络文学批评已经形成一个由三类批评主体构成的三大批评阵营："即由传统批评家构成的学院派批评，由传统媒体人构成的传媒批评和以文学网民为主体形成的在线批评"，他认为三类批评各有侧重，各展其长，也各有缺陷，但并未形成兼容互补之势，导致了批评主体的割裂，也使得网络文学批评存在较大的局限性。单小曦也认为，各批评主体在网络文艺批评领域发挥各自优势，但它们在批评实践中，每一种批评主体的个体行为都很难达到有效阐释网络文艺现象的目的，难以形成有效的批评。史霄鸿在《新媒体书评人与网络文学批评机制的有效构建》中也提出了以上类似观点。

此外，欧阳友权还对网络文学批评主体的缺陷做了一定分析。他认为："网络文学批评的首要困境和局限表现在专业批评队伍不足，力量单薄；相较于网络创作力量和庞大的原创作品体量，评论人员的数量还很有限，远远赶不上行业发展需要；而许多传统批评家视网络文学批评为'小道'和边缘，不屑于介入，年轻人还需要成长，目前能在该领域持续发声的学者数量过少。"禹建湘和孙苑茜也在合作论文中指出，当网络文学蓬勃发展时，批评界的大多数人仍然态度轻慢，未将其纳入批评视野。党圣元则从外部环境对批评者素质进行了源头式的探析，认为批评主体对网络文学"市场化和产业化现实的文化价值认识不够"，在涉及网络文学的商业化、市场化、产业化、泛娱乐化现状同网络文学发展之间的关系等相关论述时，评价过于悲观和

---

① 张文东：《新媒体与新批评：网络文学批评的"诗性"理解》，《当代文坛》2015 年第 6 期。

消极。

2. 批评学理的消解与批评深度的缺失

欧阳友权与吴英文在《网络文学批评的价值和局限》中直言"即兴、趣味、恶搞等颠覆性批评方式",在一定程度上消解了批评的学理性和深邃性,甚至引发批评的"舆论暴力"和价值偏误。欧阳友权这里所说的网络批评指的是"网评现象",拆除掉信息壁垒和地域鸿沟的网络批评重在开放、自由、共享与互动,因此会由于批评的即时性、即兴性以及趣味性使得批评的学理性与逻辑性减弱,批评的视野和内涵都会相应缩小。在其主编的《网络文学概论》中也指出了同样的问题:网络批评具有平民化与自由化的开放平台,但又仍然存在评价标准的失依失衡。欧阳友权提出的这一问题,得到了学界的广泛认同,学者们从不同领域对其进行了剖析和研究。

桫椤从传播载体、批评风格的限制、批评主体的视角和站位的局限三个角度论证了网络批评难以对大众读者产生影响。他指出,网络批评的传播载体限制了批评意见的传播空间,网络上看不到专业性意见,纸质报刊上的评论文章又与网络文学本身隔绝;部分批评的严肃格调和大量理论运用难以引起大众兴趣从而被大面积接受;批评主体阅读量的缺乏,未进入网络文学现场或是将其当作传统文学来进行批评,都会使批评意见缺乏公允从而导致影响力的降低。

赵慧平则从批评环境方面就网络文学批评深度缺失的问题进行了阐述:"目前对网络文学的批评总体上还处于初识与惊异阶段,批评所调动的资源还不足以表现出自身对新现象的适应"[①],而这是由于网络批评是随着网络文学的出现而自然出现的,赵慧平还指出,网络批评最为困难的不是对于网络文学这种现象不够熟悉,而是网络批评自身所蕴含的思想资源和批评资源都不足,目前还没有形成系统理论的批评体系,因此就学理化的网络批评来说,还需要重新审视业已成体

---

① 赵慧平:《网络时代的文学批评问题》,《人文杂志》2005 年第 2 期。

系的文学观念，并对其做出相应的调整。房伟在《再造经典的难度与批评的失语——论中国当下文学的评价机制》中也提出了网络文学与批评断裂的问题，"文学批评，已经丧失了生产中介的地位和作用"①。网络批评在文化产业链中的断裂也同样表明，网络批评没有充当起文化产业生产过程中重组、改造、整合并形成丰富的生产资料的责任。

柯汉琳着重分析了网络批评学理性的消解，与网络批评主体多元化之间的关系，认为网络批评者身份的泛化给文学批评带来一定价值的同时，这些批评者自身在艺术学养、理论根基和批评实践经验等方面的悬殊差异却无法令人忽视。相当一部分网络批评者缺乏学院派批评群体所受的专业训练，学理性、学术性、理性判断力不足，语言文字功底总体来说相对粗糙；同时过分追求娱乐化，对批评起了瓦解作用；由于网络批评的自由性，也使得网络批评带有随意性、情绪化的缺陷。他认为批评主体往往把评价标准悬置，刻意消解经典，个人趣味至上，结果导致许多批评观点主观化、平面化、片面化甚至极端化，极大地破坏了文学批评的形象，背离了文学批评的基本标准和主旨。而网络批评对即时性和时效性的追求，使它的批评快速而肤浅，尽管其中有一针见血的只言片语，但始终无法避免碎片化、平庸化的致命弱点。

欧阳友权和吴英文也曾在合作论文中指出"网络批评用即兴式点评弱化思考的深邃性，用趣味式言说消解批评的学理性，写作方式容易流于'碎片化'，表达诉求流于平面化，在一定程度上削减了批评的话语深度，绕开了文学研究历史性和社会性的理论担当，与思想严整、逻辑缜密的理论批评相比，缺少了思考的深度和广度"②。还有恶搞式批评一旦超过了一定的"度"，超越了道德底线和社会良知，就会造成"舆论暴力"和价值偏误等诸多不良现象，这无疑也体现出网络文学批评学理性的消解对其发展所造成的阻碍。

---

① 房伟：《再造经典的难度与批评的失语——论中国当下文学的评价机制》，《时代文学》2011 年第 3 期。

② 欧阳友权、吴英文：《网络文学批评的价值和局限》，《探索与争鸣》2010 年第 11 期。

此后，更多学者关注到网络文学批评的这一局限：单小曦在《合作式网络文艺批评范式的建构》中指出，网络读者批评大多具有口水化、随意性、偶感式、片段化甚至粗俗化的特点；感性有余理性不足，缺乏学理性和反思性；在行文表述方面也表现得比较幼稚和浅显，缺乏基本的逻辑性。网络作家批评受制于商业功能，很难具备基本的批评视野和批评高度，既无法形成反思性批判，更无法形成具有学理性的批评话语体系。网编批评由于离中国网文写作太近，容易沉陷于操作技术层面而不能自拔，也难以产生高度和深度。禹建湘、孙苑茜认为，"当前的网络文学批评，往往以一种标签式的方式来界定、评判作品，缺乏传统批评那种入木三分式的症候式阐释"，使得网络文学批评流于表面，缺乏深度和学理性，"没有以一种新理论或新视域来发现网络文学的复杂性和多义性。没有提供具有新品格的批评理论"①。

3. 批评思路陈旧与评价体系的缺席

在面对网络文学这一新兴文学形式之时，部分理论家和学者深受西方批评流派影响，习惯用传统思路与标准对其进行批评研究，从而导致网络文学批评始终呈现出批评思路陈旧、评价体系缺席的弊端。

崔宰溶的博士学位论文《中国网络文学研究的困境与突破》从多方面总结梳理了网络文学批评存在的不足，将其主要原因归结为西方理论的影响。他认为，以西方理论为研究背景的网络文学批评一直在强调"超文本""多媒体文本""后现代主义"，且认为这三个理论或文学形态是网络文学的主要特征，但网络批评的局限就在于此，崔宰溶提出"中国的网络文学具有与西方的前卫的、实验性很强的网络文学不同的独特性，所以我们不能直接拿这些西方理论来分析国内的网络文学"。其次，传统文学研究理论也对于网络文学批评的发展产生了一定阻碍，当下许多网络文学研究者依然无法跳出"作品"的概念，因而会沿用传统的文学研究和文学观念去研究网络文学，这里其

---

① 禹建湘、孙苑茜：《论网络文学批评的失范及其对策》，《写作》2019年第2期。

实涉及网络文学发展的一个旧题，就是我们到底该用怎样的观念和眼光去看待网络文学与传统文学，也涉及网络文学的批评标准问题。同时，崔宰溶还提出网络批评缺少全局的视野和眼光的问题。认为现下国内研究者都将着眼点放在网络文学的个体研究上，没有注意文本与文本之间的关系，将文本看作是一个独立的个体而忽略将文本放在整个网络文学中去研究。

桫椤在《网络文学批评发展滞后及对策》中同样就网络文学批评思想陈旧问题提出看法，他认为正是由于原创性网络文学理论和批评方法的探索进展不大，没有与现场相适应的评价标准，评论过程中所依据的理论资源极为驳杂，导致"批评意见和理论观点难以同频共振"。吴述桥则认为，现有文学批评集中在网络文学性质、特性、现象和类型等"外围"打转，要起到阐释、筛选和建构文学经典的作用比较困难，而想要找到有效的理论与方法也并非易事。除此之外，王小英和祝东提出了网络文学批评另一个重要的问题。在《回望与检视——网络文学研究十年》中，两位学者提到近年来网络批评的宏观研究重复过多，网络批评的研究多重合在其特征、表现、传播方式、营销方式等宏观考察，或以后现代性、快餐化、民间性、狂欢性角度来对网络文学进行分析，且大多只停留在表层现象的描述，并没有通过详细的调查和研究，缺乏真实的数据例证支撑或逻辑严密的推理论断，因而显得生硬而脆弱。

而这些问题的发现与阐明，也将矛头指向了网络文学批评发展的一个全新课题：建立新的评价体系。欧阳友权最早提出传统批评标准难以用于评价新兴的网络文学，他认为，"新的评价标准又尚未建立，才使得网络文学批评变得无所依傍，导致批评与创作的严重疏离"[①]；而现有的网络文学批评标准和体系还不足以实现使"网络文学批评既保持文学的人文审美价值和社会文化意义，又切中'网络'和'文

---

① 欧阳友权：《网络文学批评的困境与选择》，《中州学刊》2016 年第 12 期。

学'双重背景下的艺术创新，回应网络时代的文学发展和文学问题的意义"①。因此逐步明晰现代网络文学批评的标准，并与传统文学批评标准相融会贯通，是之后文学批评专注的方向。重点是批评理论要与现实实践相匹配，欧阳友权在面临网络文学批评困境的批评立场的主体选择上总结出以下三点："首先从上网开始，从阅读出发，呼吁批评家真正进入网络文学现场；第二建立网络文学批评通变观，具体包括批评主体身份的通变、批评标准的通变和评价方式的变化。最后要打通写、读、管、评各环节，建立文学批评的共同体。"② "要鼓励更多的文学批评理论家以'局内人'姿态进入网络文学批评，'从上网开始，从阅读出发'，让网络批评回归网络问题和文学现实，这样才能发挥理论批评应有的建设性作用，才能助推未来的网络文学在超越现有局限中迈向提质进阶之路。"③

网络文学批评的意义不可否认，但存在的局限和问题也无法忽视。时代的发展以及媒介技术的更新迭代不断影响着文学形式和文学观念的发展与变化，网络批评同样应该与时俱进。网络文学的诞生有其时代性，在中国的繁荣式发展更有其深刻和深远的文化背景和时代背景，当下的网络批评，需要构建自己的批评标准和理论体系，需要关注文学的新形式和发展趋势，并逐步建立起良好的网络批评生态社区，充分发挥网络批评在时代中正处于的"热效应"，成为适应时代发展的网络文学批评新范式。

第二节　文学经典在网络时代的命运

文学经典，是一时代之精英文化的代表，也是"时间累积的文学认同标准"。被奉为经典的文学作品因为具有传播主流意识形态的责

---

① 欧阳友权、张伟颀：《中国网络文学批评 20 年》，《中国文学批评》2019 年第 1 期。

② 欧阳友权：《网络文学批评的困境与选择》，《中州学刊》2016 年第 12 期。

③ 欧阳友权：《中国网络文学的贡献和局限》，《粤港澳大湾区文学评论》2020 年第 4 期。

任与使命，也一直是文艺批评对对象进行评价时所持论的"文学标的"。在传统的媒介时代，纸质媒介的非匿名性传播，设立了严格的文学准入、发表机制。人们需要通过掌握文学作品的发表权，借助文艺批评的力量，淘汰那些不符合经典表征的作品，遴选出当代中国网文学批评史中符合经典形态的"合法性"作品。而随着网络时代的兴起，网络平台聚合了数量空前的文学批评者和批评读者，引发了媒介权力的重新分配，数字技术让信息由单一中心、层级传递向多中心、无层级、同步传递转变，加速了批评权力的"去中心化"。打破了封闭的批评体系，让文学批评向所有人开放。此时，文学批评面临着对于批评者、批评对象、批评方式、批评立场的重新洗牌。一方面，我们正视文学经典在网络时代受到的掣制与压力；但另一方面，文学经典在网络时代也并非一味的"受损"，实际上，它也在某些方面搭上了这个时代的快车，在其本体和延伸的某些方面得到了发展。

一 关于文学经典在网络时代命运的讨论

纵观 20 世纪 90 年代以来的相关文献讨论，主要有两个时间段比较突出，一是在 2000 年前后，二是 2014 年至今。1998 年至 2000 年是网络与文学产生火花的初始阶段，一些当代作家、学者作为互联网的首批用户，亲密接触了新兴网络文学并目睹了传统经典文本的阅读处境，在 21 世纪到来之际纷纷发表观点；2014 年则是"网络文学 IP 元年"，各种网络小说被影视化或改编成动漫、游戏，吸引了大量原生读者与衍生文化的爱好者。自此以后，大众对文学的关注重心逐渐从传统经典文本向网络文本倾斜，学界再次掀起了对文学经典命运的探讨。这 20 余年以来，学者、作家们的观点大体上分为三种：一是持积极态度，认为文学产生于心灵，网络只是改变了文本的传播方式，传统文学经典以此为媒介顺势借力，传播速度提升、读者范围扩大，文学本身属性并无变革。二是持消极态度，认为网络促成了文化进化和文学新变，赛博空间（Cyberspace）所产生的新兴网络文学必然成为主流，占领传统文学经典的生存空间，使之走向隐退。三是持中立态度，承认网络时代给文学经典同时带来了新的突破和生存危机，保持忧患意识，并提出应对措施。

第一种是"文学经典发展论"，观点持有者以王朔、张抗抗、李敬泽、余华、黄鸣奋、於可训、周波等为代表。王朔认为，新兴网络文学和经典小说只是和读者的交流方式有所不同，一个是通过互联网，一个是通过对话，实际上"骨子里没有区别"；张抗抗在参加网络文学评选时，发现虽然网络作品的出现区别于传统文学作品，但二者确实"同根生"，只是表现形式和传播方式的改变，而并没有"质"上的改变，因此她认为网络文学的出现只是传统文学在赛博空间的延伸，以至于能多大程度上改变传统文学还是个未知数。相比张抗抗的谨慎态度，李敬泽则更加直接地指出"网络文学"是一个伪概念，因为"文学产生于心灵，而不是产生于网络"；余华赞同网络并没有改变文学本质的观点，并且强调阅读的方式并不重要，重要的是延续阅读行为，并有意指出网络带来的改变"恰恰是要它们返老还童"。这些作家主要围绕网络的工具性和文学的产生方式展开论述，由于他们参照的对象大多是新兴的网络文本（较为原始、没有花样繁多的分类，仍然以传统创作主题为写作中心），所以得出的看法比较片面。自千禧年作家群体表态开始，"文学经典在网络时代的命运"作为讨论热潮不断引发各界争论。文学评论家於可训总结"网络不过是一个书写工具和传播工具"，否定其对传统文学产生质的突破。部分学者则在小说家余华的表态上更进一步，比如黄鸣奋认为，"网上传播的印刷文学是传统文学在新媒体的延伸，承载着文学传统"；陈晨将网络作为传播工具的观念发挥到极致，坚信"电子媒介将引领文学经典走上回归之路"。随着时间推进，网络发展逐渐影响到生活的方方面面，一些学者开始承认网络给文学经典产生了巨大的冲击，但仍坚定地认为网络没有改变文学的文学本质和经典本质，即作为语言艺术塑造形象、反映社会生活与表现思想感情，作为典范之作具有永久魅力、经得住反复阅读。南京大学博士周波认为，新兴网络文学虽然挑战了传统文学但是并不否定经典本身，并且重申积极派学者的观点，指出文学经典是对某种文化的延续，能提炼人类本质中某种精神的永恒性，所以能够超越特定时代而产生永久的魅力，不会被网络时代淘汰。他的观点主要强调了文学经典的本身属性，打破了以往紧抓网络工具性特质的论述，具有一定创新贡献。

第二种是"文学经典终结论"，该观点围绕在网络文学研究方面颇具权威的欧阳友权的早期成果展开，并且有陶东风、邵燕君、祁春风等学者先后发表论文。中南大学教授欧阳友权是国内最早开始网络文学研究的专家之一，他的研究分为早期和近期——由于时间增长和网络对文学影响程度的深化，其观点存在前后变化。2007 年前后，他接连发表了几篇论文，谈论文学经典的生存处境，观点颇具代表性。在早期研究中，他提出网络给中国文学的转型带来了三重推力，分别是"去中心化"、"艺术自由度"以及"对文学体制的历史演进探索了新的可能"。他客观列举了互联网技术给文学创作、发表和传播媒介带来的变化，同时着重指出艺术经典观念的变迁以及人们对文学经典日益回避的消极态度。在此时段内，他得出结论——网络对文学经典进行了全方位的解构，文学经典丧失了生存空间。此外，首都师范大学教授陶东风在 2006 年发表的《中国文学已经进入装神弄鬼时代》一文中，谈及被广大网民追捧的新兴"魔幻"小说破坏了中国传统玄幻文学用影射手段讽刺黑暗现实的深刻意蕴，只会装神弄鬼掩盖艺术才华枯竭，体现了网络文学的精神价值维度的缺失。他主要针对网络文学中的"玄幻小说"类型展开批判，并没有将网络文本与文学经典看作两个整体来进行比较，态度较为激进，据此得出的观点存在片面性，有待商榷。而北京大学副教授邵燕君则有意识地将文学经典与网络文学对立起来，从两种文学的整体变化摸索发展轨迹。她在2010 年前后开始进行网络文学研究，认为网络革命不仅打破了精英文学与大众文学之间的等级秩序，而且根本取消了这个二元结构。

在她看来，传统精英文学失去"文化领导权"，文学经典的主流地位遭到挑战。

山东师范大学副教授祁春风同样犀利指出了传统文学面临地位不保的尴尬局面："网络时代是解构经典的时代……新生的网络文学争夺了大量读者，呈现出一种取代传统文学经典的发展态势。"这些观点持有者都是高校教授，而且前后提出的时间跨度长达 10 年。笔者推测或许是他们在教学中频繁面对网络和文学经典的接触、摩擦，因而颇有感触，盘点了网络时代的众多负面因素，预言了文学经典的衰落命运，希望以此引起各方关注、肃正经典文学的权威地位。虽然存在部分较为片面的论述，但这类观点总体上相对准确地反映了新兴网络文学对传统经典文学的围追堵截，并且在论证中结合了一些具体文本和社会现象，具有较高参考价值。

第三种中立观点以韩宇瑄、戴文红等为代表，以及欧阳友权的近期研究。这种观点的出现主要是因为网络普及率在 2010 年以后突飞猛进，网络时代给文学经典带来的影响也更加复杂，随之呈现出明显的双面性。怀着对传统文学经典的信心，他们从辩证的角度对其未来的命运进行了带有主观性的美好畅想。比如浙大博士韩宇瑄承认文学经典由于受到网络时代的严酷拷问出现了许多新特质，但他提出经典本身具有终极关怀、民族精神、文学美等经典性，所以人们应当采取主动选择的姿态应对文学经典的命运危机，充分、合理地使用电子媒介，在复杂的文化语境中坚持正确的审美原则。他的创新性体现在对文学经典的危机处境提出了方法论，但其可行性仍然存疑——在民主自由和娱乐至死的今天，没有机构能强制确立人民的审美原则。南京财经大学副教授戴文红指出："一方面网络传播一定程度上解构与颠覆了中国文学经典，使其审美面临着前所未有的挑战和危机；另一方面也认同网络传播使中国文学经典进入了全新的赛博空间，开创了文学经典前所未有的'数字化生存'新景观，重构了当代社会的价值观念和审美功能。"① 戴教授对文学经典的现状提供了全景展示，但并没有明确地指出危机应对措施，也没有对所谓的"新景观"发表深层定性看法，因此没有应用空间。中南大学教授欧阳友权在近年的网络文学研究中，开始转变原有的看法，认为网络对文学经典具有消解与建构的双重作用。首先，他直面了文学经典在当下遭受的冷遇，站在整个人类发展历史的宏观角度上，跳跃出此时此地的局限，认为文学经典在网络时代受掣肘并不意味着经典的传承中断；文学经典的暂时性隐退不代表历史性退场。"经典的网络传承和其新经典的打造，必将给文学经典的时代创生带来新的机遇。"② 他在 2007 年和 2019 年发表了两种不同的看法，这种对于文学经典命运的预判转变，或许是采纳了辩证法中对立统一、普遍联系和变化发展的思想，但这种乐观心态显然不利于大众对文学经典重视的回升，反而会助长"放任发展"态度的蔓延。

笔者更赞成第二种观点，即承认文学经典在网络时代面临不可避免的危机，网络带来了一些负面新特质，加快了文学经典走向没落的步伐，下文将对网络时代下文学经典所受到的冲击进行陈述归纳。

二　网络时代对于文学经典的冲击

1. 电子媒介对文学经典意义的消解

迄今为止，文学经典的构建与传承主要是"硬载体"书写时代的产物，木牍、竹简、布帛、纸媒等以物质在场性而获得文化的仪式性赋能。俯身书案，秉烛夜读，青灯残卷，让"读书"获得了一种文化或文明的神圣性。如果一种书能够让人们读之无厌，并能代代相传，便被人们视为经典。尤其是在"硬载体"媒介早期，以甲骨、青铜、简牍等为载体的文本，由于成本和移运的限制，若要持存和传承就必

---

① 戴文红：《网络传播对中国文学经典的解构与重构》，《现代传播》（中国传媒大学学报）2013 年第 12 期。

② 欧阳友权：《文学经典在网络时代的命运》，《求是学刊》2019 年第 3 期。

须仔细甄别和遴选，只有优中选优并被不断提及、不断使用的作品才有可能留存于历史冲刷的河床而成为经典。古人说的"皓首穷经"，正体现了对经典的敬畏和膜拜，也是经之为"经"、典之成"典"的接受美学动因。

到了网络传媒时代，这一切都发生了变化。一方面"以机代笔"的在线创作模式使得构思方式由个人构思转向群体构思，叙述方式上也一定程度上打破了语言叙述"恒患意不称物，文不逮意"（陆机）的缺陷。文学作品的价值取向由艺术真实向虚拟现实变迁，赛博空间已经逐渐不再是现实空间的延伸和映射，而是区别于现实空间的再造空间。互联网"去中心化"的特性不断分散着原本属于精英主义者的"把关权"。互联网的"高包容性"和"低门槛性"让每个人都拥有播放信息、写入信息和传播信息的权力，也就是说，互联网使得人人获得了进行大众传播的能力。因此，从无数信息创造的源头到无数信息接收的尽头，网络变成了泥沙俱下的信息汪洋，精英主义者的"把关权"被彻底消解。

另一方面，网络文学的阅读方式主要是在线阅读的形式，虚拟空间的"软载体"文本和信息高速公路的实时"撒播"，以迅捷机制压缩了传播时间却拓展了传播空间，海量的信息扑面而来，迫使接受者以"扫文"和"填鸭"提升阅读速度，根本无暇细品文本精髓（甚或是无精髓可品）；尤其是近年来"屎尿体""废话体""短信体"等现象频繁冲上热搜，冲击的不止有人们的视野，还有传统文学经典及其原理。这种方式本来就对文学经典欣赏不利。在接受效果上则会出现德里达所说的"延异"（Différance），即与传统的罗各斯（logos）中心主义相悖反的终极意义不断被延缓的状态，人们得到的不过是因为不可遏止的异化而造成的"形迹"（Trace）而已。网络信息的浩瀚无边，使得文本语言无法准确指明其所要表达的意义，只能指涉与之相关的概念，不断由它与其他意义的差异而得到标志，从而使意义得到延缓。由于没有了稳定的语言—思想对应关系，作品的意义永远是相互关联的，却不是可以自我完成的，也不是自足自洽的。文学经典的理解和欣赏需要的是读者怀抱一定的期待视野，经由阅读作品时对作者写作时情感的还原和对"第二文本"的创造，进而使文学作品中的内容和其所蕴含的情感不断的积累、丰富。而在这个过程中，文字的能指和所指，语言和思想、情感的关系起到了重要的作用。一旦这种关系被割裂，就好像一座山少了植被、水流和云雾等其他因素，我们去看这座山的时候只能看见"山"这一本体，而感觉不到它的宏伟、寂静，抑或是生机盎然，更感觉不到"空山新雨后"的清新与安闲，"会当凌绝顶"的少年豪气和"只在此山中"那份淡淡的失意、落寞和些许自适。文学对现实的艺术表征，就变成了文学与数字虚拟世界之间的互动生成，文学作品的表征内容最终成为对文学生成要素的一种技术置换。互联网给读者带来了海量的信息和丰富的资源。但是过量的信息让读者在眼花缭乱的同时变得焦躁和急切，难以实现对文学作品的反复阅读，更遑论对文学经典进行人文性的冷静反思。

欧阳友权教授指出："文字是文学内容的符号承载，在纸质媒介时代，批评者受文学经典的'召唤'而实施'凝视性'阅读，经历语言文字的解码、深度介入审美性思考，通过对作品意向的复现和重构，最后能实现对作品人文蕴含的领悟。……多元符号碎片化表达对人文审美的干扰，受众丧失了反复体悟和深入思考的机会，他们的直觉感受取代了想象力空间，最终导致欣赏和批评难以进入欣赏文学作品应该有的想象境界，未能实现与创作者精神世界的对接。"[①]

与此同时，网络在线化的批评方式阻碍了批评者对文学经典的人文性反思，经典的地位便不再"经典"。文字是文学内容的符号载体，在纸质媒介时代，批评者受文学经典的"召唤"进行阅读，经历语言文字的解码、审美思考与参与，通过对作品意向的复现和重构，最后才能实现对创作者主体情感的感悟和作品人文积淀的领会。书籍稳定

① 欧阳友权：《文学经典在网络时代的命运》，《求是学刊》2019 年第 3 期。

的物质形态和文本的线性顺序结构，使批评者对同一经典作品的反复阅读成为可能，增加了批评者反思的机会，批评者有足够的机会沉浸在文本中，为经典文学语言的沉淀提供了天然的条件，于是，经典的人文意义获得了全面阐释的机会。在网络时代，"在线阅读—在线批评"成了流行的批评方式。然而，这种在线式的网络批评对文学经典的解读存在天然的弊端。在网络表达中，"文字符号的编码，解码过程的改变，使汉字本身的形象感淡化了，取而代之的是对语言或者偏旁拆解的强调"。在遭遇符号化或符号的多样化以后，文字的想象性和彼岸性审美为声音、视觉符号所替代，这些都冲淡了文学经典的符号联系，批评对象的人文内涵的阐释空间为仿真的世界所取代。在这个数字化媒介的虚拟仿真世界中，现实、主体成了可以不断自我复制的符号，事物演变成了视觉化的表象，变得与现实无关。符号世界和现实世界的界限不再明显，文字的能指和所指的界限变得模糊。创作者情感、人格、气质、个性、美学观念等人文性因素在符号的批量化复制过程中消逝于无形。无数的能指开始不能指向经典背后的人文性蕴含的所指。同时网络时代信息以几何形式膨胀，读者难以在海量碎片化的信息中实现反复阅读思考。文学经典中的人文关怀，理性自觉和人文内涵无法通过网络时代媒介的通俗化传播方式全面准确地传播，曾经被称颂的经典成为一种单向度的表意存在。由于网络批评具有署名发表、动态性互动的特征，对作品的评判仅限于"此时"的现场感，批评者的主观感受在无限制的空间中不断放大，从而遮蔽或漠视了文学经典的精神向度和人文内涵。

2. 后现代主义思潮对文学经典意义的祛魅

后现代主义（Postmodernism）是诞生于欧美20世纪60年代，并于70、80年代流行于西方的艺术、社会文化与哲学思潮，其本质是一种知性上的反理性主义、道德上的犬儒主义和感性上的快乐主义。以法国的雅克·德里达、让·弗郎索瓦·利奥塔、让·鲍德里亚，美国的理查德·罗蒂等为代表的后现代主义者，基于对传统哲学的基础主义、逻各斯中心主义以及"形而上学在场"等观念的批判与解构，试图颠覆本质主义的整体性、中心性、同一性等思维方式，从而赋予给定的文本、表征和符号以无限多层面解释的可能性，而对个人的经验、背景、意愿和喜好在知识、生活、文化上的优先地位则给予充分的理解、接纳和尊重。并且，后现代主义对真理、进步等价值观念持质疑和否定的态度，一方面倡导人们认识真理的相对性和多元性，同时也极力鼓吹价值相对主义，导致怀疑主义和价值虚无主义思想的滋生，让人们怀疑乃至摒弃理性、真理、宏大叙事和二元对立的传统观念。德里达的解构主义、利奥塔的后现代状况与元话语的终结、伽达默尔的新诠释学、詹明信的晚期资本主义文化逻辑、鲍德里亚的"超仿真"理论便是后现代主义的哲学基础。很显然，后现代主义的思想、观念和理论主张与传统的经典包括文学经典的价值观是大相径庭的，其反传统、反理性、反同一性的主张简直就是冲着传统经典的价值观而举起的理论锋刀——人们之所以认同某一作品是经典，就在于预设了一个基本的前提，即承认这个世界存在着本质主义的整体性、中心性、同一性和真理的有效性、理性的合法性，历史积淀而成的人类对价值的设定和价值观的掌控正是对逻各斯中心主义的逻辑验证。通过网络来欣赏和批评不仅操作的是后现代工具，也秉持着后现代立场，容易在娱乐化的接受中回避崇高，在碎片化解构中颠覆神圣，消解文学经典的意义权威性。

在这种后现代语境下，网络受众对文学的评判常常从传统秩序和支配性话语的知识权威中挣脱出来，解构甚至颠覆文学经典的观念，漠视经典的权威性，并衍生出一种特别的颠覆方式——"恶搞"，特别是对经典的"恶搞"，正是源于互文性去中心化的后现代表征。这种"恶搞"让文学作品中附着的严肃感和权威性不复存在，消解了文学经典的崇高性，模糊了艺术与生活的界限，淡漠了高雅和低俗的分野。网络文学戏谑、反讽、无深度、符码混合、东拼西凑、抹平生活与艺术的界限，还有主体性丧失、距离感消失、历史意识消失等，犹如一枚硬币的两面，一面印证了后现代的艺术特征，另一面则剪断了其与经典艺术审美的脐带，造成网络时代文学经典的缺位与断档。

3. 消费主义文化语境对文学经典的欲望化规避

在中国，互联网兴起于 20 世纪 90 年代，此时恰逢消费主义思潮的涌动期，其所引发的社会文化变革至今仍方兴未艾。在消费主义思潮的影响下，人们将消费视为实现个人意义和价值的必要条件。消费不仅决定了人的阶层地位，也成为大众的生活目标。物质与文化消费欲望在社会不同文化阶层的人群中无节制地释放，极大地刺激了大众文化的生产和消费活动。

人们对文化层面的更高需求日益增长，催生了如综艺、网络文学、微信、自媒体公众号等多种文化消费产品的出现与发展。文化消费批评或是消费文化批评逐渐占据了批评范畴的中心，这让文学批评逐渐边缘化，因为文学经典在文化消费中的比重也越来越低。同时，在"娱乐至死"的文化观影响下，以娱乐化、通俗化为主导的文化产品不断打压文学经典的地位。欧阳友权教授认为："消费主义注重消费，注重物质，注重功利化符号，而置意、价值、崇高等人文理性层面的东西于次要和边缘地位。这样的文化大潮势必消解人文价值的权威性，让文学经典被利益追求和享乐文化所遮蔽或覆盖。互联网的出现，为消费主义文化插上了传媒的翅膀，从线上到线下，由网络形成的消费'黏性'在不断拓展市场半径的同时，还不断创造新的消费欲望。最终消费欲望、欲望消费与互联网合谋，构成庞大的消费主义文化语境，而将文学经典挤到了社会文化的边边角角。"①

网络时代对文学经典的影响还体现在消费主义文化语境从欲望化层面对文学经典的规避上。消费主义文化提倡消费的作用和价值，注重物质、消费和其他功利化的符号。而与之关系没有那么密切的上层建筑，比如人文关怀、审美体验和意义、价值、理性等均遭到了这种

---

① 欧阳友权：《文学经典在网络时代的命运》，《求是学刊》2019 年第 3 期。

文化的抵抗。这样的社会文化语境不仅仅会导致文学经典的价值被漠视，还会导致整个文化产业趋向物质化、功利化，形成"享乐主义"思想和大众的"消费主义"文化认同。使得曾经不被接受的通俗，甚至低俗文化、商业化倾向和娱乐化倾向逐渐走向合理，为大众所接受、认同，直到成为一种共识。而文学经典原本是文化精英们的舞台，他们搭建了沟通生活和艺术的桥梁。但在网络时代，当碎片化、快餐化、追求即时性、享乐性和感官的快感成为大众生活的时尚与追求的时候，文学经典所剩下的就只有逐步边缘化这一条夕阳下的小路。

三 网络时代下文学新经典的建构

欧阳友权教授多年前就曾质疑道：当网络越来越以自己的祛魅方式揭去文学经典的诗性面纱，抛弃经典的认同范式，回避经典那隽永的韵味，挤兑经典的生存空间时，文学还有能力用"经典"来为人类圈起一个精神的家园吗？但笔者仍坚信，经典的影响力和传承方式即使受到网络、网络文化、网络批评的掣肘，也并不意味着经典的传承会在网络时代中断，暂时隐退并不意味着它的历史性退场，经典的网络传承及其新经典的打造，必将给文学经典的时代创生带来新的机遇。

童庆炳先生提到，经典的构成需要满足如下几个要素，分别是文学作品的艺术价值、文学作品可阐释的空间、意识形态和文化权力变动、文学理论和批评的价值取向、特定时期读者的期待视野、发现人（又可称为"赞助人"）等六个要素。如果能够满足以上六个要素和相关要求，网络文学在特定的机遇下，经过发展，其中的优秀作品也能经历时间的筛选留在文学史中，成为这一时期新的文学经典。

在网络时代，文学"新经典"的塑造一方面是保证原有的、传统意义上的文学经典不至于香火断绝，另一方面也是要诞生属于这个时代的、全新的文学经典。塑造这种新经典既要发展最新不断创作的网络文学，也要带动传统文学适应全新的网络时代，在网络时代中成功转型，迎来新的发展机遇。

欧阳友权教授首先系统地提出要构建网络时代新的文学观。树立信息时代的文学生态观，构建网络时代的"大文学观"和"准文学观"，营造一个宽容、审慎的文学生态环境给新时代的网络文学。要做到这两点，横向上我们要一面坚持自己本民族的传统文化，一面以开放的眼光面向世界，博采众长，取长补短；纵向上我们既要把目光放回历史，继承和弘扬优秀传统，又要着眼未来，开拓创新。构建利用计算机网络、面向世界、联合多媒体的全方位的"大文学观"和与大众需求接轨，贴近大众世俗，向高新技术过渡的"准文学观"。

邵燕君老师也提出，网络时代的"文学移民"绝不是"纸质文学"的数字化，而是"文学性"的网络重生。而面对海量的网络文学，从网络文学的生产机制出发，我们无法再用印刷时代的文学标准对其评价，必须建立起一套新的评论体系和评论话语。互联网的普及性和信息传送的便捷性让"作家"不再是属于少数人的职业，写作和进行文学批评的门槛相较于以前大幅度降低，对于文学经典未尝不是一件幸事。在网络时代，每个人都可能是作家，可以自由地写自己的"文学"，这使得文学离大众的距离变得越来越近，文学越来越贴近寻常人的生活，从而增加作品的受众，"技术化""在线民主"强化了在线写作的民间立场，激发了社会公众的文学梦想和艺术热情，让文学在消解中心话语和权级模式中，实现话语权向民间的回归，在推动文学话语平权的时候也用技术方式拓宽了文学的自由度，将文学从象牙塔中解放出来。它减小了作者的写作压力和心理焦虑，便利了作品的发布。与此同时，读者也享受着网络时代带来的便利。互联网让获取信息变得自由，读者获取自己想要阅读的作品的资源变得更加便利，对作品进行批评也不再局限于个人"腹诽"或周围同好这样一个范围狭小的圈子。相关网站为读者们交流感想、发表态度提供了一个平台和超出自己预估数量的"同道中人"，在交流的过程中，对作品的阅读也将随之深入，人文理性的思考呼之欲出。

那么，曾经拥有话语权的写作者，那些文化精英在网络时代又该何去何从呢？难道只能在顺应潮流的过程中泯然众人吗？针对这个问题，邵燕君老师提出了自己的看法，她认为这些文化精英，即文学研究者，应承担起文学由印刷时代向网络时代过渡的使命，不能再扮演"超然"的裁决者和教授者的角色，而是要"深深卷入"，从"象牙塔"转入"控制塔"，通过进入网络文学生产机制，从而发挥影响力。一方面，"学院派"要主动转变自身的角色；另一方面，要将精英粉丝的意见正确地吸纳，在作品解读和批评实践的过程中，尝试建立适用于网络文学的评价标准和话语体系，构建网络文学的学科体系和话语，在文学史中确立网络文学的价值。

"文学经典是时常变动的，它不是被某个时代的人们确定为经典就一劳永逸地永久地成为经典，文学经典是一个不断地建构过程"①，文学在网络时代面临新的挑战与困境的同时也迎来新的机遇。文学经典之所以能成为经典，是因为它的内容不被时代的局限性束缚，其中蕴含的合理性是经过历史的沉淀与时代的洗礼的，在民族文化的深处生息长存，不仅历久弥新，而且常读常新。因此，网络时代的到来并不意味着文学经典的退出，我们需要重拾对文学经典的信心，寻找到阐释和传承经典的有效方法，让经典在与读者的相遇中重新复活，以新的方式呈现经典的魅力，更好地延伸文学经典的生命力。

---

① 欧阳友权：《文学经典在网络时代的命运》，《求是学刊》2019 年第 3 期。

后　记

　　蔚然大观的网络文学不仅是 IP 产业链的新宠，而且是学术圈的新矿。网络文学从传统的文学网站不断出圈，以引流为导向继续制造着文学创作的现象级神话，在传媒的裹挟下，网络文学成为大众与资本青睐的对象，同时也吸引着学界来观察把脉，商业性的网络文学评估与学术性的网络文学批评俨然并存。为此，厘清网络文学批评的缘起及流变就有其特殊的意义。这既是对学术界如何介入网络文学批评作一个回顾，也是辨析学术性的网络文学批评与传统文学批评异同的机会。

　　网络文学批评既是对网络文学这个新的文学现象的一种学术评判，也是文学批评自身发展的一种新拓展，因网络文学而产生的新批评样式，本身就是一个新生事物，这个新生事物，既秉承了传统文学批评的衣钵，又融入了与网络文学密不可分的新气质。如何把握网络文学批评？如何评价网络文学批评？或者网络文学批评是否有能力独自承担起评价和推动网络文学的重任？这些问题，是大众关心的问题，也是学术界关注的问题。基于此，我们试图通过网络文学批评的发展及现状，总结出网络文学批评的新语境、批评标准、批评特征、批评功能等，窥探出网络文学批评整体样貌，从理论上剖析网络文学批评的发展态势。在对网络文学批评做一个整体回顾的同时，思考网络文学批评的得失及未来发展之路。

　　虽然网络文学批评成果丰富多彩，但其毕竟是一个新生事物，网络文学批评与网络文学相伴相生,从借鉴传统文学批评,到自成一体,时间太短,批评的方法与功能、批评的标准和范式还处在摸索当中。网络文学批评既有套用传统文学批评路数的,也有标新立异另起炉灶的,要厘清网络文学批评的整体发展线索非常困难,要归纳出其共同的规律性的新要素更困难。我们尽量在占有网络文学批评材料时,做到全面系统,以网络文学批评成果为基础,寻找出网络文学批评的学术意义与学术创新。

网络文学批评应对的批评语境是多元的,这意味着其本身要经受来自各方面的检视乃至质疑,我们力图通过实实在在、脚踏实地、切实有效的理论考辨,弥补网络文学批评"短板",突破"瓶颈",这是一个既带有总体性又带有突破性的重大学术工程,我们是否能够完成,有待于学界及时间的检验。

在撰写本书时,笔者得到了研究生们及博士生的帮助,他们协助查阅及整理文献,这样的工作是辛苦的,但有助于他们的学术训练。中南大学文学与新闻传播学院对本书的出版提供了实质性的经费支持,感谢领导们对网络文学研究的重视。本书初稿是稚嫩的,中国社会科学出版社郭晓鸿老师耐心而专业的审稿,使本书变得出彩不少,在此笔者表示衷心的感谢!